BIBLIOTHÈQUE ILLUSTRÉE D'ÉDUCATION ET DE RÉCRÉATION.
SPÉCIALE
A L'ENFANCE ET A LA JEUNESSE
PARIS
18, RUE JACOB.
J. HETZEL & Cie.
ÉTRENNES 1880.
JULES VERNE
VOYAGES EXTRAORDINAIRES
COURONNÉS PAR L'ACADÉMIE.
JULES VERNE
Œuvres complètes
MAGASIN ILLUSTRÉ
D'ÉDUCATION ET DE RÉCRÉATION.
COURONNÉ PAR L'ACADÉMIE.
JOURNAL
DE
TOUTE LA FAMILLE.
ABONNEMENT D'UN AN
POUR ÉTRENNES.
COLLECTION HETZEL
BEAUX ET BONS LIVRES
ALBUMS STAHL.
ALBUMS STAHL EN COULEURS.
PETITE BIBLIOTHÈQUE BLANCHE
MOLIÈRE
LA FONTAINE
GUSTAVE DORÉ
LES CONTES
DE
PERRAULT.
ŒUVRES
MAYNE-REID
ERCKMANN CHATRIAN
GÉOGRAPHIE
DE LA
FRANCE
BIBLIOTHÈQUE
spéciale illustrée
D'ÉDUCATION ET DE RÉCRÉATION.
J. GEOFFROY
LIVRES ET ALBUMS NOUVEAUX POUR 1880.
JULES VERNE
VIOLLET-LE-DUC
ALBUMS STAHL
ALBUMS EN COULEURS
MAGASIN D'ÉDUCATION ET DE RÉCRÉATION.
L'Année 1879.
L'ANNÉE 1880.
LA COLLECTION COMPLÈTE 30 Vol.

1880年のエッツェル書店「お年玉本」のポスター
（J.ジョフロワ画，ナント市立図書館）

名編集者エッツェルと巨匠たち

フランス文学秘史

私市保彦

新曜社

畏友故前野昭吉君へ

まえがき

残念なことにピエール＝ジュール・エッツェルの存在は、日本では意外に知られていない。ヴェルヌの才能を発見し、ヴェルヌに空想科学小説・冒険小説の連作『驚異の旅』を執筆させ、エッツェル版と呼ばれる豪華本を刊行したことは知られていても、あるいは児童図書の刊行のパイオニアであることは知られていても、バルザックの『人間喜劇』を企画したり、ナポレオン帝政期にベルギーに亡命したときユゴーの『小ナポレオン』、『懲罰詩集』、『静観詩集』の刊行にこぎつけたことなどは、仏文学者のあいだですらあまり知られていない。そればかりか、「自分の小説の真価は五〇年後にわかるだろうと」豪語したスタンダールの小説の価値に早くから目をつけ、すぐれたスタンダール論を書いたバルザックとならぶ初期の「スタンダーリアン」として、その全集刊行の契約をむすびながら時代を先取りしすぎていたためもあって実現しなかったこと、プルードンの『戦争と平和』を刊行したこと、ドーデの文名をあげることに寄与したこと、ゾラやユイスマンスが処女刊行を求めてエッツェル参りをして明暗をわけたこと、サンドと親密な関係をむすび、彼女の膨大な『我が生涯の物語』刊行の道筋をつけたことなど、知る人は少ない。

どうしてこういうことが起こったのか？　その理由のひとつに、エッツェルの企画の多くが（とりわけ亡命中の刊行は）、他の出版社に委託されて刊行したりしている事情もあるが、なによりも作家の作品は作家の才能の自立的な力によって開花するという先入観から、その才能を開花させ作品を世に出す編集者が存在することに、目を向けなかったからではあるまいか。刊行者＝編集者の存在は作品誕生のかげの産婆役であるにしても、その存在なしには作品が生まれなかったのも事実である。エッツェルを念頭に作家の評伝を読むと、そのように思わざるをえない。しかし、じつはエッツェルほどそれぞれの作家の才能を引きだそうとし、作家に注文をつけ、作家の文章に手を入れようとした編集者はいなかったのである。とりわけヴェルヌの原稿にたいする干渉は偏執的である。

それには、エッツェル自身じつはスタールという筆名で児童読み物を中心におびただしい作品を刊行した作家でもあったということも、関係していよう。日本にも菊池寛や鈴木三重吉のように編集・出版の仕事を兼ねた作家の例があるが、エッツェルをそれと比べると、創作より翻案に長けている一方、子どもの読み物に情熱を燃やしたという点で、「フランスの鈴木三重吉」とでもいうべき存在であろう。しかし、エッツェルは本能的に編集者であって、例えばヴェルヌの創作が自作であるがごとく、そこにも自分自身の作家としての資質を注ぎこんでしまったとも思われるほどである。

いずれにせよ、本書は作家スタールの評伝ではなく、編集者エッツェルの評伝であるから、スタールの作品については、何編かの例外をのぞいて扱ってはいない。それは、別種の書によってなされるべきことであろう。

さて、『動物の私的公的生活情景』と『パリの悪魔』という、挿絵画家と人気作家を動員した戯画と寓話集で輝かしい出発をしたエッツェルは、その寓話集のなかで作家スタールとしても名乗りをあげたが、エッツェルは、その後二月革命時に政治家としても活動することになる。つまり、エッツェルはいわば、編集者、作家、政治家という三つの顔をもつ人物であった。そのため、西洋史学科でエッツェルを卒論にえらぶ学生が日本でもまれにいると仄聞《そくぶん》している。エッツェルは筋金入りの共和派で、ルイ＝ボナパルトがクーデターを決行したときは亡命せざるをえなかったが、本書では、エッツェルのその面での活躍と労苦もできるだけ紹介している。とりわけ、ラマルティーヌを二月革命の表舞台にかつぎだし、やがて外務大臣ラマルティーヌの官房長官になった経過のなかで、エッツェルがのこした回想も紹介している。また、パリ・コミューンでのエッツェルの対応はどうであったかを、パリ・コミューンの経過を背景に浮かびあがらせた。

とにかく、これによって、フランスでの作家と編集者の関係、フランスの出版史のなかでエッツェルがどういう位置をしめるかなど、日本であまり知られていない編集者エッツェルの実像に読者がふれることになることが、著者の最大の願いである。

凡例

書簡の引用が頻出する二点の資料は以下の略記号をもちいる。

・Parménie, A. et Bonnier de la Chapelle, C., *Histoire d'un éditeur et de ses auteurs, P.-J. Hetzel (Stahl)*, Albin Michel, 1953.（A・パルメニー、C・ボニエ・ド・ラ・シャペル『一編集者とその作家たち』、本文中では『エッツェル伝』と略称する）➡P・B

・*Correspondance inédite de Jules Verne et de Pierre-Jules Hetzel*, Établie par Olivier Dumas, Piero Gondolo della Riva et Volker Dehs, tome I-III, Slatline, 1999-2002.（オリヴィヴィエ・デュマ、ピエール・ゴンドロ・デッラ・リーヴァ、フォルカー・デー編『ジュール・ヴェルヌとJ・＝P・エッツェル往復書簡集』）➡V・H

その他の資料は（　）内に注記している。

本文中の注記は本文中に〔　〕内に割注としてつけている。

引用文中の（　）は原文のものである。著者の補足・注記は〔　〕におさめた。

人物の生没年の表記は必要のばあいのみにかぎっている。

名編集者エッツェルと巨匠たち——フランス文学秘史　目次

装幀——虎尾　隆

ヴェルヌ

バルザック

エッツェル

サンド

ユゴー

前頁図版説明

エッツェル（ジュラール＝セガン画）

バルザック（L. ブーランジュ画）

ヴェルヌ（デルヴァル・コレクション蔵）

ユゴー（ドゥヴェリア画）

サンド（石版画）

序章

ナダールと大気球の打上げ

一八六三年十月四日、パリのシャン・ド・マルスの広場には一万人の大観衆が集まり、四十メートルもの高さの大気球が打ち上げられるのを見守っていた。有料席にはおよそ二千人の観衆が押しかけていた。一〇〇〇フランの金を払った一三人の特別客が気球の籠の席に乗っていた。

準備に手間取り、人々が固唾をのむなか大気球が打ち上げられたのは、秋深く、短くなった一日が暮れようというころだった。大気球はゆらゆらと空に昇り、南西の方に流れていった。一七八三年九月十九日にモンゴルフィエ兄弟がヴェルサイユで熱気球を打ち上げて以来の歴史的瞬間である。

この夢を実現したのはナダールという男である。本名はガスパール＝フェリックス・トゥルナッション（一八二〇―一九一〇）で、小説家、ジャーナリスト、風刺画家、写真家と実に多彩な活躍をしている当代の奇人だった。ナダールという異名は、彼が出入りしていた画家のアトリエで、どんなことばにも「ダール」という語尾をつけて「隠語」とすることがはやって、彼はトゥルナダールということになり、それが縮まってナダールとなり、一八四四年以降、彼はナダールと称するようになったという。

　大気球はその大きな図体にふさわしく〈巨人号〉と命名されていた。ナダールはこれを、ルイ・ゴダールとジュール・ゴダールの兄弟に建造させ、気球の下の籠には、ベッドや小さいながらもカメラ用のスタディオまでそなえていた。というのは、ナダールの気球打上げの目的のひとつは空中からの俯瞰撮影にあったからだ。

　パリ中の耳目を集めたこの日の実験は、新聞の話題にもなり、一応の成功を収めたといってもよかった。気球は夜までかかって、かろうじてパリの南西のモーの町に到着したからである。しかし、ナダールは満足していなかった。

　そしてナダールは、十月十八日に二度目の打上げを試みた。その時はナポレオン三世も見物にきたが、実験は失敗のていたらくとなり、気球は何時間も浮遊したあげく、ドイツのハノーヴァーに不時着し、気球に乗っていたナダールは足を骨折、ナダールの妻は胸部陥没という重傷を負った。

しかし、こうした失敗は、その後普仏戦争でパリが包囲されたとき、パリの手紙を地方に運んだり、パリの戦況をイギリスの「タイムス」紙やベルギーの「ベルギー独立新聞《アンデパンダンス・ベルジュ》」に運んだりする、ナダールなどが設立した「軍用飛行会社」所属の気球による快挙にむすびつくものであり、なによりも十九世紀後半の産業・技術発展の新時代の到来を告げるものだった。

ジュール・ヴェルヌと大気球打上げ

　さて、この大気球打上げは、出版界の新風到来ともかかわっていた。というのは、この実験の約一年まえに、当時三十六歳だった未来の大冒険作家ジュー

気球に乗ったナダール

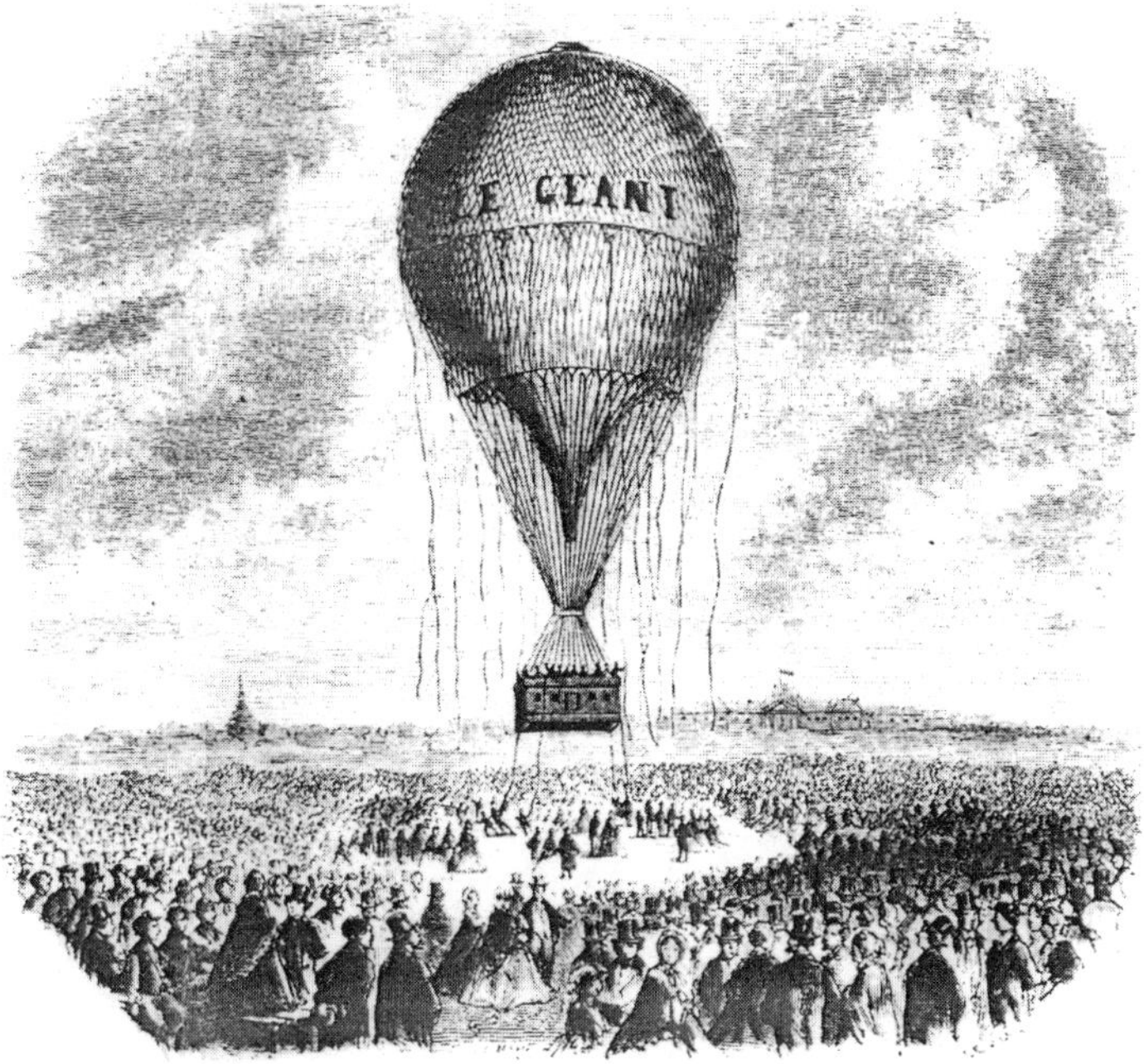

シャン・ド・マルス広場で打ち上げられるナダールの〈巨人号〉
（「家庭博物館」〔1863〕挿絵）

ル・ヴェルヌが、風船旅行をテーマにした物語の原稿を、亡命先のベルギーから帰国して本格的な出版活動にはいっていた高名なる編集者エッツェルのもとに、アレクサンドル・デュマ・ペールの紹介で持っていったからである。

エッツェルは原稿に目を通し、ヴェルヌにいろいろと注文をつけて書き直しを命じた。こうして、ヴェルヌの出世作『五週間の風船旅行』が日の目を見て、同時に世界的な冒険作家であり、ＳＦ小説の父ともいわれる大作家が誕生したのである。

アフリカに風船を飛ばして大冒険旅行をするこの物語は、一八六三年一月三十一日に刊行されていて、ナダールの大気球打上げを先取りするものであった。当時ヴェルヌとナダールが知己であったことを示す証拠はないが、ヴェルヌは大気球打上げに大きな関心をいだき、「家庭博物館」の同年十二月号に、「ナダールの試みが新たな進歩をもたらした」とナダールの快挙を高く評価した。

一方、『五週間の風船旅行』を世に出した編集者エッツェルは、一八四八年来ナダールと知己であった。当時、二月革命の臨時政府のもとで外務省官房長官の要職にあったエッツェルは、ナダールを四八年七月にプロシアに潜入させ、ロシア軍がメームル〔クライペータ〕まで進攻しているという風聞の調査という任務を与えた。さらに、エッツェルはナダールの奇才を見抜いて、その年の十一月にふたりで「滑稽雑誌《ルヴュ・コミック》」を発刊し、その雑誌での活躍でナダールは一躍有名になったのだ。以来ナダールはエッツェルに頭が上がらなくなる。

エッツェルはナダールの大気球打上げに大きな関心をいだいていた。その上、自分の夢を実現するためにヴェルヌという格好の新進作家を発掘したエッツェルは、友人のマセとともに科学記事や科学小説を満載した「教育娯楽雑誌」刊行の計画を立てていた。だから、ナダールの大気球打上げが大評判になったのは、雑誌の幸先を占うのにぴったりのニュースにちがいなかった。

さて、ここでいよいよ本書の主人公たるエッツェルのプロフィールを紹介しよう。

編集者エッツェル

エッツェルは十九世紀フランスにおける最大の編集者のひとりといってよい。バルザック、ジョルジュ・サンド、ユゴー、ジュール・ヴェルヌをはじめとして、ノディエ、ラマルティーヌ、ミュッセ、サント＝ブーヴ、ボードレール、アレクサンドル・デュマ親子、プルードン、ドーデ、ゾラ、エクトール・マロ、ヴェルレーヌ、ツルゲーネフ、ミシュレ・エルクマン＝シャトリアンなど、作品の刊行にからんでなんらかの形でエッツェルの世話になった作家たちは枚挙にいとまがない。エッツェルの生涯をたどることは、十九世紀のフランス文壇を縦断するに等しいといっても言い過ぎではないだろう。

それればかりか、エッツェルは一八四八年の二月革命にまきこまれ、革命の影の立役者のひとりとなり、ラマルティーヌが組閣した臨時内閣の外務省の官房長官に祭り上げられて、政府の中枢で活躍している。つまり、エッツェルは代表的な四十八年世代《キャラント＝ユイタール》〔二月革命の世代〕であり、その点では、さきほど紹介したナダール、ジュール・ヴェルヌと同じ種族であった。こういうこともあって、エッツェルは、ティエール、カヴェニャック、バスティード、トロシュ将軍、ガンベッタなどのそのときどきの政界の大物とも親交があった。

エッツェルの共和主義への信条は筋金入りであった。そのため、革命のあとナポレオン三世がクーデターで政権を奪取して第二帝政の時代にはいるや、ナポレオン三世の仇敵としてユゴーなどの多くの共和派とともに国外退去を命じられ、十年近い亡命生活を強いられた。しかし、この亡命生活をとおして、ユゴーとの親交を深めることができ、ユゴーのナポレオンへの怒りをこめた『懲罰詩集』などを刊行することになる。

その後、恩赦によって、エッツェルが帰国すると、時代はナポレオン三世時代の真っ盛りで、ロマン派の時代の出版はとうの昔に終わりを告げ、さまざまな意味で第二帝政期の、つまりは産業・技術時代の、ブルジョアの時代の出版時代をむかえていた。そしてここでも、エッツェルは時代の潮流を熱心に取り入れて、新時代の編集者の旗手となった。そして、「お年玉本」といった豪華本の刊行と平行して、良書の廉価本の叢書の刊行にも力をいれ、多数の良質の読者層を広げることに成功した。こうした特筆すべき事績は、出版史に永遠に刻まれることになる。

エッツェルはまたP・=J・スタールというペンネームをもつ作家でもあった。スタールの著作の多くは子ども向きの作品であり、百冊をこえる子どもの本を書いている。そのうち、メアリー・ドッジの『銀のスケートぐつ』や、『マーシュ博士の四人娘』のタイトルでのオールコットの『若草物語』やイギリス童話「親指太郎」などの翻案ものは、いまでも愛読されている。このように、エッツェルが作家であったということは、無名の作家の発掘や作家たちへの助言をする際におおいに役立った。エッツェル自身作家としてかなりの力量をもっていたので、原稿依頼をした作家にたいしても、対等の立場で助言をし、若い作家の発掘にも大きな力を発揮することができたのである。とりわけ、彼が発掘したジュール・ヴェルヌにたいして、作品の内容や表現に至るまでも助言できたのは、彼自身が作家でもあったからである。ある意味では、作家としてのエッツェルが創作のなかで実現しえなかった世界をジュール・ヴェルヌが書いてくれたともいえよう。いわばエッツェルは、作家としての創作欲を他の作家に託して書かせたのである。エッツェルの天職はまさに編集者であったといえる。その意味で、わたしはエッツェルは日本でいうと鈴木三重吉にあたるのではないかと思っている。いずれも名文家で、どちらかというと翻案でその能力を発揮し、児童文学で歴史的な雑誌を創刊し、多くの作家を発掘し育成したからである。

作家・編集者としてエッツェルの夢を存分にかなえたのが、ジュール・ヴェルヌである。このヴェルヌという新時代の作家を得て、友人で児童文学者のジャン・マセと共同ではじめたのが「教育娯楽雑誌」であった。このころからエッツェルは児童図書の出版に情熱を燃やすようになり、フランスの児童文学の隆盛を導くリーダーになったといってよいだろう。このような重要人物が今までなぜあまり語られなかったのだろう。ひとつには、バルザックを語っても、サンドを語っても、それぞれの作家を自立的な天才・才能としてとらえ、その才能を生かして支えた編集者の方は単なる出版契約者としての側面しかみず、人間的なつながりでとらえることを怠っていたからではあるまいか。

編集者はいわば読者と作家をつなぐ靭帯であり、編集者抜きでは作品は成立しない。このような出版ジャーナリズムが成立した十九世紀においては、編集者の役割にもっと照明をあてていいのではないか。近年フランス本国では、エッツェルという名編集者が果たした役割や、作家たちとの関係を見直す試みがなされている。

本書では、名編集者エッツェルが果たした十九世紀文化における影の演出者としての役割に注目して、エッツェルが関係した大作家たちのプロフィール、エッツェルが駆け抜けた時代とともに、エッツェルの生涯を語ってみたい。

第一章　シャルトルっ子

エッツェルの誕生と両親　パリの南西八二キロのところにシャルトルという町がある。パリ盆地のボーヌ地方の中心である人口四万人弱のこの町の丘の上には、シャルトル大聖堂がそびえ立っている。この大寺院は十二世紀から十六世紀にかけて建造された壮麗なゴシック建築で、ステンドグラスは深いブルーの色を基調にして燦然と輝き、「シャルトル・ブルー」と称され、たたえられている。この聖母マリア信仰の大伽藍のあるシャルトルはカトリック信者の巡礼の地であり、とりわけ一九一二年に作家シャルル・ペギーが巡礼をして以来、「シャルトル巡礼」として今日に至るまで学生などに引きつがれ、毎年おこなわれている。

一八一四年六月十五日、ピエール＝ジュール・エッツェルは、このシャルトルの町に生まれた。父はジャン＝ジャック・エッツェルで、一七八一年三月三十一年にストラスブールに生まれている。ストラスブールも壮大なゴシック様式の大聖堂で名高い。父のジャン＝ジャックは、シャルトルの大聖堂の尖塔を眺めると故郷のストラスブールの大聖堂の尖塔が思い出されてならなかったという。同様に、息子のエッツェルも、青年時代にストラスブールで大学生活を送っていたとき、ストラスブールの尖塔を見るとシャルトルの尖塔が思い出されてならなかったという。そして、エッツェルは、「わたしはふたつの大聖堂のあいだに生まれたのだ」と面白そうに語ったという。

　エッツェル家は十二世紀まであとづけることができるアルザス地方の古い家系で、先祖には船頭やボタン製造工などがいたようだが、父親のジャン＝ジャックは、ナポレオン軍の第一竜騎兵団の馬具係官として活躍していた。所属する軍隊がシャルトルに駐屯したとき、彼は気だての優しいルイーズ・シュヴァリエという娘と知り合い、惚れこんで結婚した。

　ルイーズはシャルトルの宿駅長の娘で、助産婦であった。一七九三年にシャルトルで催された理性の女神祭り〔革命期に流行った祭りでキリスト教の神ではなく理性を神として祭りあげる祭典〕では女神の侍女役にえらばれたというから、相当に目立った娘だったのだろう。シャルトル出身の英雄マルソー将軍が故郷に錦を飾り帰還したとき市庁舎が舞踏会を催したことがあったが、ルイーズはこの舞踏会でマルソー将軍と踊るという栄誉に浴し、この英雄からラフレシュ陸軍幼年学校卒業をしめす栄誉のリボンを記念に贈られている。そのリボンは、のちにめぐりめぐって息子エッツェルの嫁に贈られることになるのである。

　ルイーズは後年、大聖堂のかたわらにあるシャルトル公立病院の助産婦長としても大活躍をした。シャルトルのあるウール＝エ＝ロワール県に種痘を取り入れたのは彼女であった。

　それから半世紀にわたって、ルイーズは種痘をつづけたので、彼女の手で生まれて、彼女の手によって種痘されなかった子どもはシャルトルにはいなかったほどである。ルイーズは病院内の住居に住みつづけたが、彼女が夜勤のときに坐って仮眠をとっていたルイ十四世風の肘掛け椅子は病院改築のさい助産婦室にはこばれ、「エッツェル夫人の肘掛け椅子」と呼ばれてその後も使われていたという。エッツェルにとって、この敬愛すべき母親はいちばん大事な一生愛慕した人であり、その母のいるシャルトルは文字どおり心の故郷であった。エッツェルがたいへん暖かい性格で、友人への信義にも厚かったのは、このように律儀で有能で愛すべき両親のもとで成長したことと関係があるだろう。

パリのスタニスラス学院　しかしエッツェルは、シャルトルで初等教育を終了すると、親元をはなれ、パリで寄宿生活を送ることになった。一八二七年十月からはパリのスタニスラス学院の半寄宿生《ドゥミ・パンシオネール》、つまり朝昼食のみ支給せられる学生に選ばれたからである。

当時、パリの学校では学校名を上げるため地方の優秀な学生をこぞって受けいれ、親に財力のないときには、食費・授業料免除という特典つきであったが、名門スタニスラス学院もその例外ではなかったようだ。スタニスラス学院は一八〇四年に「ノートル＝ダム＝デ＝シャン街学園」と称し自由教育を標榜して設立されたが、ポーランド王の孫にあたるルイ・クサビエ・スタニスラス、つまりのちのルイ十八世の後援で学院として大学教授を招いて教育するようになってから「スタニスラス学院」と改名した。一八四七年に破産してマリア修道士会が経営するようになったという学校であるから、経営は苦しかったのであろう。ただエッツェルの両親は、子どもになにもしてやれないのを潔しとしなかった。そのため、全費用免除ではなく、親の部分的負担をともなう半寄宿生として息子を送りこんだといわれている。

スタニスラス学院では、のちになって児童図書出版を協同ではじめることになるジャン・マセが同級にいて、彼とは終生の友となり、また仕事上の同志になった。一方、後年ウージェーヌ・ド・ゲランとモリス・ド・ゲランの兄妹を論じた評論を出版してくれたとエッツェルのもとに原稿を持ちこむことになるのちの大作家バルベー・ドールヴィイや、詩人モリス・ド・ゲランその人が上級生にいることには当時気づくよしもなく、ことばをかわす機会がなかったのは当然ともいえよう。こうした秀才があつまっている〝スタン〟と称するこの名門学院にあっても、エッツェルは優等生であって、全校試験ではラテン語と作文で三回にわたって優秀な成績をおさめている。

ストラスブール大学時代

一八三四年、エッツェルはスタニスラス学院を卒業すると、父の故郷であるストラスブールで勉学することになった。ストラスブールでは父方のいとこにあたるオステールの一家の世話になりながら、ストラスブール大学で法学を専攻した。しかし大学では、未来の作家・編集者の片鱗をみせ、エッツェル青年は文学に熱中するようになった。

ドイツと国境を接し、ドイツ語とフランス語のバイリンガルの土地ということもあって、エッツェルは、ビュルガー、ジャン＝パウル・リヒター、ラ・モット＝フケー、シャミッソーといったドイツ・ロマン派のものを読みふけった。とりわけ、フケーの『水妖記』やシャミッソーの『影をなくした男』などのファンタジーに魅了された。後年、夢と空想の児童文学の世界に没入する姿を、すでに予告するものだろう。

大学生として故郷をはなれ、自由を謳歌して、好きな勉強に打ちこむうち、二年間が過ぎた。エッツェルは二十一歳になっていた。すでに分別のある立派な青年であった。ある日両親のもとに帰

若き編集者
（カヴァルニー画）

仕事部屋の編集者（カヴァルニー画）

ったとき、両親がじつは生活を切り詰め自分を大学に送ってくれていることに気づき、エッツェル青年はのぞけるほどに驚いた。これが彼の人生を決定した。

ポーラン書店の丁稚《でっち》

その足でエッツェルはパリに向かった。そして、セーヌ街のポーラン書店の丁稚になった。もちろん、衝動的にではなく、いつしか胸にあたためはじめていた文学にたずさわるという未来をめざして、第一歩を踏み出したのである。

エッツェルは情の厚い人間として成長していた。なによりも人を助けることの好きな青年になっていた。といって、人に頼り、甘えることは嫌いであった。つまり、すでに精神的に立派に自立していたのである。

エッツェルが丁稚になったポーラン書店の主のアレクサンドル・ポーランは、法律を学び、軍人も志すといった野心家であったが、いわば革命の申し子といった世代の彼は、自由思想を鼓吹する作家たちのあと押しをする編集者になり、一八三〇年には、熱心な自由思想の政治家でジャーナリストのティエールや『フランス革命史』（一八二四）の著者の歴史家オーギュスト・ミニェやジャーナリストのアルマン・キャレルなどとともに、ルイ＝フィリップ王政時代の反政府の新聞となった「ナショナル」紙を創設したり、一八四三年には豊富な挿絵でフランスの内外に広い読者をあつめた「イリュストラション」紙〔週刊の挿絵新聞〕を創設し、生涯その社長をつとめるといった大物のジャーナリストでもあった。

エッツェルはアンシァン＝コメディ街一八番地の六階に部屋を借りた。典型的な書生の部屋といったぐあいで、昼間は窓から町の情景を眺めて興に乗ることもできたが、「夜はまるで墓場だった。鉄のベッド、木の塗り机、ふた板がけっして閉まらない胡桃のライティング・テーブル、藁を使った椅子二脚と洗面台、これが家具のすべてであった」と、エッツェルは自伝的物語『パリの艶福』に収められている「ピエロの愛」で語っている。

エッツェルが本屋の水にあっていることはすぐに実証された。エッツェルは、たちまちポーラン書店の有能で忠実な店員として注目されるようになり、二年も経つとポーランの協力者として活躍をもとめられ、「ナショナル」紙で、ルイ＝フィリップ王政を攻撃する論陣も張るようになった。

第二章　出版社乱立から統制へ

出版業多難の時代　この時期、フランスはナポレオン帝政後の王政復古時代を経て、一八三〇年の七月革命によってふたたび共和制にもどったかに思われたところ、ブルボン家のルイ＝フィリップがクーデターによって王座につき、共和派・リベラル派の夢は破られていた。本屋にとっても受難と幻滅の時代となった。革命期以来めざましい勢いで伸びつづけた出版事業は、それだけさまざまな矛盾をかかえたまま七月革命をむかえたが、ある意味ではその時期は出版社受難の頂点であり、それが二十年以上つづくことになった。その状況をかいつまんで、要約しよう。

ロラン・ショレの『ジャーナリスト・バルザック』（第一章）によると、出版点数からみても、一七八九年の大革命の前夜には一〇〇〇点、一七八九年から一八一二年までは年ごとに前年の三、四倍になり（ただし、革命期には減少して一七九九年に六〇〇点）、その結果、近年の統計によると、一七七〇年から一八一二―一八一五年までに一二倍に増えていたことがわかる。そして、一八二六年にはすでに八二七三点、一八三〇年に六七三九点、と鰻上りになる。こうした現象は、十八世紀後半以来の人々の識字率の上昇にともなって、読書の需要が増大したことによる。バルザックによるとこの趨勢から、本の刊行の速度の増大、読者層の拡大、利益追求のシステムの成立といった傾向が生まれたという（「文学の現状について」、「フランス作家への手紙」など）。

この時代の識字率の上昇は、〈表1〉にあるようにいちじるしいものがあった。この表は一七八六年から一九〇〇年に至るまでのフランスの男女について、結婚届のサインから識字率を推計したグラフであるが〔サインが書けるようになると、すでに字が読めるようになっている比率が高いことが検証されたための推計〕、これによると、男性だけを見ても、十八世紀末の一七八六年の四八パーセントから一八五〇年代には約七〇パーセントに上昇していることがわかる。ここで男の識字率が高いのは、男が外の仕事の関係でサインをするチャンスが多くて字が書けることをもとめられ、職業的にも役人、僧侶などの知的階層は男性だったということも関係しているとのことである。またこのグラフにあらわれていない特徴としては、都市は識字率が高く、農村は低いということがある。これは、農業・漁業の人はさしせまった必要が少ないので字を学習しないからであり、工場労働者も同様な理由で識字率が低い。たとえば、繊維工場の職人はほとんどゼロという推定がある。一方、契約の機会や都市の人々との接触が多い商工業に従事する人間は、識字率が高い。地理的には調査した人の名前を取った「マジオロ線」というのがあって、ブルターニュのサン＝マロからスイスのジュネーヴを通ってフランスの南北の北三分の一のあたりを横断するラインより上の方が識字率が高いという結果をしめしている（マルタン・リヨン『書物の勝利』）。これは、パリがフランスの北部に位置していることと、北部に工業地帯が発達したことと関係があるとされている。

また、十八世紀から十九世紀にかけて、フランスではまだ地方語がかなり使われていたという事

表1　婚姻届のサインにもとづく男女別の識字率の変化

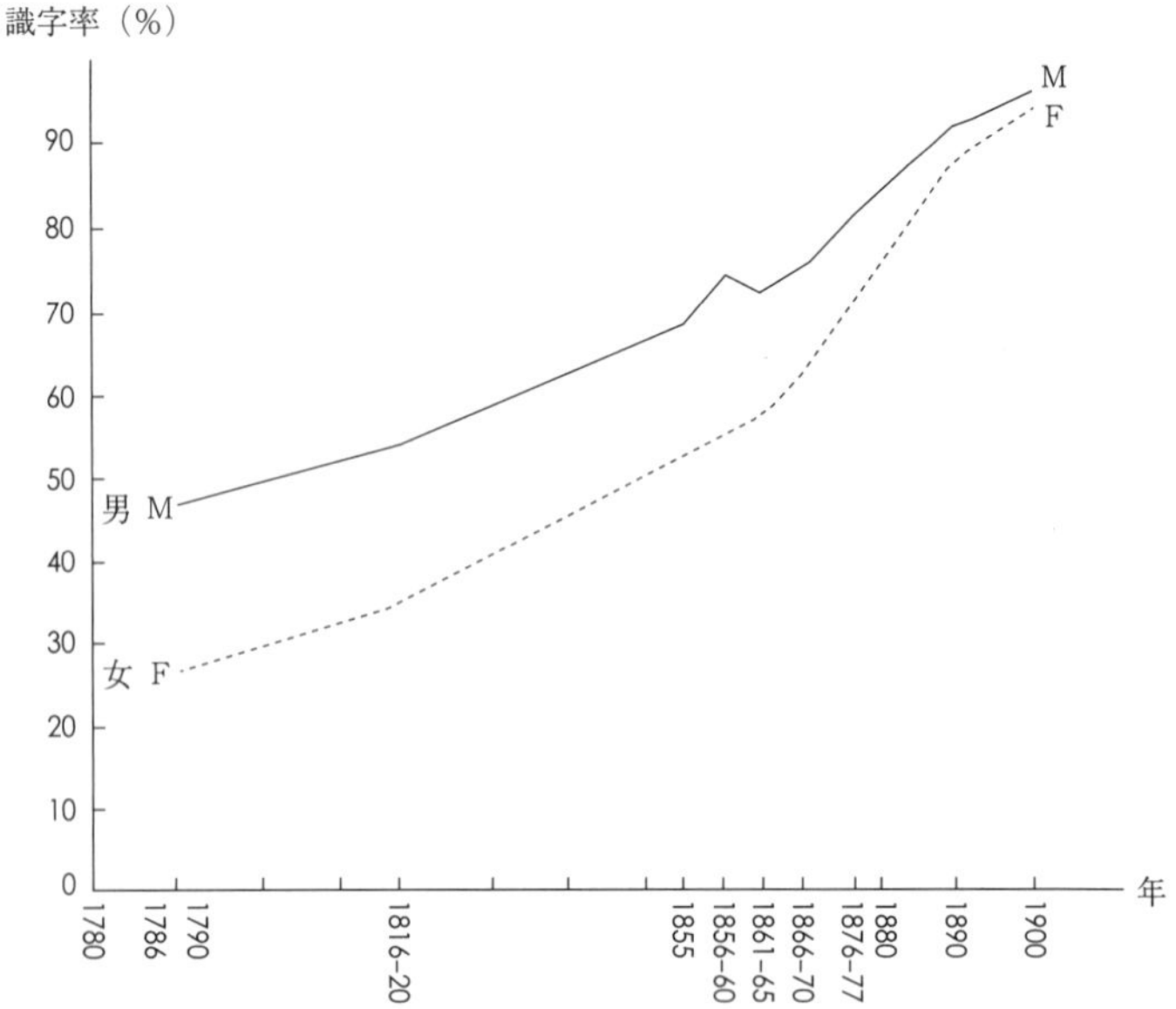

（マルタン・リヨン『書物の勝利――十九世紀フランスにおける読書の社会学的歴史』プロモディス，1987年，28頁）

表2　1811〜1911年のフランスの印刷所の増加

年	人口	印刷所	人口／印刷所の比率
1811	29.17（千人）	506	57 492
1840	33.57	877	38 222
1851	35.97	1 011	35 493
1861	37.39	1 031	36 268
1879	36.88	1 511	24 508
1911	39.60	4 006	9 885

（アンリ＝ジャン・マルタンほか『フランス出版史』第３巻「出版社の時代」プロモディス，1895年，73頁）

実も無視できない。十八世紀ではなんとフランス語を話す人間は少数派だったのだ。南仏ではプロヴァンス語（オック語）、ブルターニュではブルトン語、アルザスではドイツ語、北部ではフラマン語、あるいは、イタリア側の地方ではイタリア語などが話されていた。スペインよりの地方語はバスク語で、たとえばナポレオン時代の一八〇六年の政府の調査では、バスク語を話す人は一〇万人もいたとされている。これはフランス語の識字率とも密接に関係していて、フランス政府にとっては大問題であった。政府の法令や政令や告知は文章で通達されていたが、それを読めないばあいは通訳・翻訳が必要となり、国家権力にとって大きな障碍になった。当然教会でも、聖書や教理問答を理解してもらう必要性があった。そこで、共通語のフランス語の識字率を高めることが国家的な事業となった。学校制度の完備や教育改革がナポレオン帝政以来おこなわれたのも、そのためだった。その結果が前頁のグラフになり、それがまた印刷業・出版業の隆盛をうながしていったわけである。

このような情勢のなかで出版・印刷業は発展をつづけたが、出版点数のほうは、一八三一年に六一八〇点と下がってしまう。一八二六年の八〇〇〇点台にもどるには、八二五三点になる一八五五年まで待たねばならなかった。こうした出版界の危機の原因にはいくつかの問題が錯綜しているようである。

第一に出版社や印刷屋の乱立ということがあった。一八一四年にラコンブという本屋が語るところによると、「パリではほとんどの通りに本屋や印刷屋が一軒は見られ、王国の地方都市でもほとんど同じであった」（「ルヴュ・デ・ビブリオテック」――ショレ『ジャーナリスト・バルザック』第一章より引用）といった状態になった。業界組合が革命期に解散され、業界の会議所が一七九一年に機能を停止するや、出版業界は無法状態となり、出版は金になるという話がひろまり、昨日の無学な人間であった農民、惣菜屋、利権屋が、一攫千金を夢見て今日は本屋に成り上がるというありさまになった。それにつれて、〈表2〉にあるように印刷屋も倍増してきた。印刷屋がふえたのは、識字率の増大、輪転機などの印刷技術の発展、挿絵の発達などの原因で、定期刊行物も激増したためである。

　もちろん、ナポレオンは一八一〇年来政令を発布して乱立に歯止めをかけようとし、印刷屋を許可制にして数を制限したが、本屋のほうは数の制限を設けることができず、印刷屋の数の制限も六〇軒からたちまち八〇軒に増やさざるをえないという混乱ぶりだった。

　ナポレオンはすべての出版物を事前申告制にしたが、それは、たとえばスタール夫人の『ドイツ論』のフランスでの出版を警視総監が書店をとりまいて差し押さえるといった有名な弾圧事件にもみられるように〔この弾圧はスタール夫人をターゲットにして、検閲が通っても警視総監の名で出版物を押収できるという別の条例の制定もからんでいる〕、出版物の内容そのものの規制のためでもあった。しかし、出版業の乱立の規制と出版物そのものの規制は盾の両面であろう。

　こうした状況でフランスには出版物があふれだした。ダンピングされた本はイギリスからの輸入品の見返りとして表向き利用され、本の輸出の許可が出されたりしていたが、じつはそれらの輸出許可をうけた本は英仏海峡に投げ捨てられたという。その冊数は、二一〇〇万冊、金額にして一八七三万六九五九フランに達したという（デュポン『印刷業の歴史』――ロラン・ショレ、前掲書、第一章）。こうして、本の需要とそれにともなった出版業のアナーキーな乱立は、ついに出版社、印刷屋の経営を圧迫することになる。

出版統制と七月革命

すでにのべたように、ナポレオン時代から、政府側は躍起になって本屋の規制を強めようとした。一八一〇年二月五日の政令によって、出版業・印刷業に対する営業許可制がさだめられた。その後政体が代わっても、その基本は踏襲された。そこには、「善良なる生活と品行を保ち、祖国と君主に忠実なることを証明する書類があるすべての個人」に営業許可はおりるとうたわれていたが、事実上は出版統制であり、申請にはじつに面倒な手続きが必要であった。

まず、印刷屋開業のためには、個人の資産は二万フランから三万フランなければならなかった。ちなみに、のちにのべるように、バルザックは一八二六年に印刷業の許可を取っているが、そのさい資産二万二千フランと申告している。別の印刷業者アンリ・フルニエは二万五千フランと申告している。「善良なる生活と品行」云々のくだりでは市長からの証明書に四人にわたる隣人・友人の署名がそえられねばならない。できれば、以前の勤め先の長の証明書、出身地の県会議員の証明書をつけるとよい。個人の出生証明書は不可欠であったが、これは王政復古時代には省略されたというからいい加減なもので、要するに反政府的な活動をしないという証明がもとめられたのである。

記録によると、「善良なる生活と品行」の証明をそえずに申請したジュール＝ルギュリュス・マルタン氏という申請者は、「居住区と市長によってよく知られている四人の署名」をそえた「当該証明書を送付された時点で許可証はくだされるであろう」と、条件づきで却下されている。そんなわけで、プージャンは申請にあたって、一五人の本屋の署名を集め、シャルル・ベッシェは一八二三年に一三人の署名を集めている（ニコル・フェルケ『バルザックとその編集者たち』第一章）。首尾よく申請が通ったとしても、何週間も何カ月も待たないと許可はおりてこない。出版への規制は、一八一四年よりいっそう強められていた。印刷すべきものをまず事前に申告し、五部を政府機関に提出し、出版許可がおりると、『フランス書誌』に登録して出版の運びとなる。こうしたことに違反を犯すと、罰金が課されたり、免許が取り消されたりする。

このような状態でいかなることがおこるかは、容易に推測されよう。申請のための費用と手間を省くために、許可なしに営業する業者が増大するということになった。もちろん、反政府的な刊行物は、地下出版によってなされていた。業者は適正な措置を政府にもとめたが、政府はますます違反にたいする罰則のみをきびしくするばかりで、いわばイタチゴッコがつづくことになった。

七月革命前夜の一八三〇年六月十六日には、違反出版にたいして一〇〇〇フランの罰金と六カ月の禁固が処せられる旨の通達がなされたが、出版・印刷業界は当然反発をつよめた。

そうした切迫した状況のなかで、七月二十六日の官報「モニトゥール」は七月革命の発端となった有名な王令を発表した。出版の自由の停止と、予定されていた新議会の解散と、議員数の減員と、九月初旬の選挙の予告であった。

出版の自由の停止はとりわけジャーナリストを怒りに駆り立て、ティエールをはじめ、コショワ＝ルメール、シャトラン、レミュザなど四三名のジャーナリストは「ナショナル」紙に集まり、「自由な体制は断絶された。力の体制がはじまった」という書出しの有名な抗議声明をまとめ、市民に発表した。その日の午後、証券取引所《ラ・ブルス》とパレ＝ロワイヤル広場では、反政府の集会がもたれた。ラ・シュヴァルディエール、ルノルマン、ジュール・ディドといった印刷業者は、「われわれは仕事もなければ印刷工場もなければ本屋もない」といって印刷工の解雇声明をした。学生と印刷工たちは怒りの叫びを政府にたいして上げた。

翌七月二十七日、出版禁止の政令にもかかわらず、「ナショナル」紙、「ル・タン」紙、「グローブ」紙、「ジュルナル・デュ・コメルス」紙などが刊行され、前二者は無料で配布された。警察は新聞社にのりこんで新聞を押収し、版を破壊した。「ナショナル」紙、「ル・タン」紙は抵抗した。こうして、印刷工、学生、労働者、店員などが蜂起し、二十七日から二十九日にわたる「栄光の三日間」がはじまった。市民は武器を手にしてバリケードをきずいて、政府軍と対決した。多くの血が流されたが、しだいに革命派は優勢になり、ついにシャルル十世は退位を宣言し、イギリスに亡命した。しかし、民衆が蜂起しはじめるや、ルイ＝フィリップを支配者にしようと銀行家のジャック・ラフィットが動きはじめていた。こうして、混乱のあと、ラ・ファイエット将軍とティエールを味方に引きこみ、ルイ＝フィリップを王位につけることに成功した。

臨時政府が樹立されると、争乱の収拾がはかられた。印刷工の活躍はめざましかったが、経営者の多くは街頭に出ないで、家にこもっていたり、負傷者の救助のみをおこなった。しかし、ダヴィッド＝アンリ・ブラン、オーギュスト・ミーなどの印刷業者、ロマン・タルディウ、オーギュスタン・ルヌアールなどの出版業者は、活躍がみとめられレジオンドヌール勲章を授与されている。そのなかには、六年後にエッツェルを採用することになるポーラン書店も「ナショナル」紙の経営者としてはいっていた。

しかし、労働者による破壊の後遺症は大きかった。最大手の印刷業者フィルマン゠ディドは、労働者に、「パリ市民の尊敬をうけるように」、「自分自身で打ち立てた秩序を尊重する模範をしめすように」と呼びかけた。じっさい、印刷工は自ら印刷機を破壊したことで仕事を失っていた。「何人かの労働者は栄光の日々のあいだに、同志のために王立印刷所のみならず個人の工場においても印刷機を破壊したり横領したりしている（…）印刷機を破壊することで、労働者はフランス人民の教育に役立つ道具を破壊したのだ」とフィルマン゠ディドは、一八三〇年九月六日の「ジュルナル・デ・デバ」紙で訴えている。また、仕事自体も激減していた。蜂起関係の文書、宣伝パンフレットのたぐいのほかはめぼしい出版物はなかった。というわけで、「印刷業者にとってはなんという転落だろう。我らの栄光ある日々以来、みな窮乏におちいっている。ある者はパリの城壁でつるはしをふるっているありさまだ」と、ある印刷屋はなげいている（「プレキュルスール」紙、一八三一年二月五日）。

こうして、業者たちは銀行や商店に資金の借款をはじめた政府にたいして、資金援助の請願を熱心にはじめた。政府は商品を担保にした資金援助をみとめた。本屋が参加した担保物件鑑定委員が編成され、物件の値ぶみがなされた。たとえば、アルフォンス・ルヴァヴァスール書店の担保物件は、

ラトゥーシュ『フラゴレッタ』二巻本、八折版、一五〇部
バルザック『結婚の生理学』二巻本、八折版、一部五フラン評価で三〇〇部
エミール・デシャン『フランス・外国研究』八折版、三〇〇部

バルザック『最後のふくろう党員』(のちに『ふくろう党』と改題)四巻本、十二折版、一部二フラン四〇と評価され、四〇〇部

こういった担保物件でこの書店は四万フラン借入している。多額の援助の例としてはベシェ夫人の書店があり、L・ガロワの『ナポレオン』と『フランス美食学』や法律関係の本を担保に一八三〇年から一八三一年にかけて一〇万フラン借入した。またポーラン書店は、(金額は不明だが)ヴォルテールやルソーの本を担保に借入している。しかし、こうした借金を返済するのは容易ではなかった。返金を遅らせているうちに、政府は法律的措置や担保物件の競売を一八三三年ごろからはじめた(フェルケ、同書、第二章)。

この競売はさらに書店をおびやかした。というのは、ある試算によると三七〇万フランの価値のものが二〇万フランでしか売れず、それが市場に出まわるから、政府も損をし、本屋にも壊滅的な打撃を与えるはずであった。そこで、本屋に金を貸していて利害のあるラフィットや、商務大臣のティエールや出版社の代表のボサンジュなどが、担保物件を大蔵省から文部省と商務省の依託に移したうえで、書店などの債務を清算する法案を提出したが、却下されてしまった。そこで、計一〇〇万フラン以上の借入金のある三九の書店は、国会に返済の期限を一八四一年にのばすことと利子の免除をふくむ請願書を提出した。一八三六年四月十六日のことである。

そのなかには、ボサンジュ、ディディエ、バルバ、ベシェ夫人、ルヴァヴァスールなどにまじって、ポーランも名をつらねていた。しかし、政府はいかなる例外もみとめなかった。こうして、なかには、前述したルヴァヴァスールのように廃業に追いこまれる書店もあった。国庫には担保物件

が空しくつまれていた。「おびただしい『一八三〇年の暦』、おびただしい『青ひげ』、おびただしい『エモンの四人の息子』、おびただしい『ノストラダムスの予言』、おびただしい『ロビンソン・クルーソー』〔これらは、「青本」いわれた、行商で流布した民衆本である〕などが山づみになっている」と、一八三七年に「コルセール」誌の紙面はなげいている。しかし、徐々に国庫に押収されていた物件は売りに出され、それはそれで書店の正常な販売を圧迫していた。

エッツェルの独立　一八三六年にエッツェルがポーラン書店にはいったのは、このように書店の受難がつづいている時期で、ポーラン書店も例外ではなかった。彼はポーランの手ほどきをうけて、執筆者に原稿を依頼し、売込み原稿を読まされ、金策に銀行をかけまわり、出版業の裏表に通じていった。

　エッツェルがたちまち編集者として頭角をあらわしたことは、一八三七年には、セーヌ通り三三番地にポーランと共同で新たに書店を開業したことでわかるであろう。エッツェル二十三歳のことである。ただし、この年で独立への足がかりをつくるというのは、当時としてけっして若すぎるものではない。二代目のなかには八歳から十歳であとつぎになるのもいれば、ソトゥレのように、二十五歳でポーランと共同経営にはいった例もあった。彼はメリメやスタンダールなどを編集しバルザックとも親交をもっていたのだが、ポーランとともに「ナショナル」紙の経営に参加しているうちに、恋愛事件と事業の悩み〔そのなかには「ナショナル」紙の主幹として七月革命前夜の一八三〇年四月に政府に告発され、三カ月の禁固と一〇〇〇フランの罰金刑に処せられていたということもあったようだ〕などで、一八三〇年に三十歳の若さで自殺をしてしまった。その死はポーランをはじめとする出版人たちや友人でもあったバルザックなどの作家たちに、おおきな衝撃をあたえたのだった。エッツェルを共同経営者として独立させたとき、ポーランは亡きソトゥレへの思いをエッツェルにたくしたことは容易に推測されよう。

ポーランとの協同の最初の大仕事はテオドール・ラヴァレの『ガリアの時代から一八三〇年までのフランスの歴史』（一八三八―四〇）という四巻本の大著の出版だった。著者のラヴァレは博識で知られた歴史家で、エッツェルらが刊行したこの著作は代表作のひとつとなり、その後一八五〇年まで定期的に版を重ね、一八五〇年以降はシャルパンティエ社に移り、さらに版を重ねるといった出版物となった。

一方、エッツェルはやはりポーランとの共同による『時禱書《リーヴル・ドゥール》』〔定められた時に捧げるミサの祈禱文を集めたもの〕の刊行を熱心に準備していた。「最上の紙を使用し、画家のジェラール・セガンと建築家のダニエル・ラメに挿絵と装丁を依頼し、ブレヴィエールやゴダール・ダランソン、アンドリュウ、ブレスト、ルノワールなどに版画を彫らせている」などと予約宣伝のパンフレットにうたっているが、ここにはすでにエッツェル特有の凝り性、完璧主義があらわれている。すでにのべたように、当時の出版状況はきわめて厳しいものであったが、エッツェルは危機を乗り切るには、確実に売れるもので、良質の出版をすることが最上の道であると見通し、それを実行しようとしていたのである。この「宣伝パンフレット」には、青年編集者の心意気があらわれているといえよう。

『時禱書』は二十回配本によって刊行されたが、エッツェルとポーランは、『時禱書』の対としてトマス・ア・ケンピス『キリストのまねび』も刊行した。というわけで、エッツェルはまるで宗教書を専門とする出版人として出発したようにみえた。
しかし、編集者エッツェルは文学、芸術、思想、科学とあらゆる分野に関心をいだいていた。時代の動きに敏感に反応し、フランスの新しい読者の動向をつねにさぐっていた。

一八四〇年代のベストセラー

ここで、当時の出版事情というものに、目を向けてみよう。たとえば、当時のベストセラーはどうだったであろうか。〈表3〉は、「フランス書誌」〔刊行物の公報〕の資料や印刷屋の申告などをもとにした一八一六年から一八五〇年までの推計のうち、エッツェルがバルザックと関係した一八四一年から四五年までの統計である。表の左から順位、作家、タイトル、版の数となり、「計」は五年間に版を重ねた数、「パリ」はパリでの版数、「地方／外国」は地方と外国（主としてベルギー）での版の数である。これを見ると、ラ・フォンテーヌの『動物寓話集』はパリと地方でまんべんなく売れているのにたいして、二位の宗教書の『名教理問答』は地方でよく売れていることがわかる。右端の欄は推定発行部数で、順位はこの数字をもとにしている。

この統計で注目すべきことは、流行作家ウージェーヌ・シューをべつとして、いわゆるロマン派の作家たちの名がほとんどないことである。それにたいして、ラ・フォンテーヌ、フェヌロン、ペロー、ラシーヌ、モリエールといった古典派の作家がまんべんなく顔を出し、また、『ロビンソン・クルーソー』、『ドン・キホーテ』、ウォールター・スコットなどの外国文学ものがよく読まれていることがわかる。

ロマン派の隆盛期が終わる時代であるにしても、ロマン派の主要作家は、売行きという点では、

表3　1841〜45年のフランスのベストセラー

順位	作　家	タイトル	計	パリ	地方/外国	総発行部数
1	ラ・フォンテーヌ	動物寓話集	31	17	14	88-125 000
2	フルーリ	名教理問答	26	8	18	88-100 000
3	フェヌロン	テレマックの冒険	27	16	11	82- 98 000
4	シュミット	童話集	23	15	8	55- 70 000
5	サン＝トゥアン	フランス史	5	5	0	48- 96 000
6	アンクティール	フランス史	6	6	0	40- 43 000
7	ウジェニー・シュー	さまよえるユダヤ人	8	4	4	32- 46 000
8	A. T. ベランジェ	行動のモラル	15	4	11	35- 40 000
9	ルサージュ	ジル・ブラース	9	9	0	30- 42 000
10	フローリアン	動物寓話集	12	6	6	30- 50 000
11	ウジェニー・シュー	パリの秘密	7	4	3	25- 35 000
12	ペリコ	我が牢獄	11	9	2	25- 35 000
13	デフォー	ロビンソン・クルーソーの冒険	12	8	4	22- 35 000
14	サン＝ピエール	ポールとヴィルジニー	11	7	4	25- 30 000
15	デフォー	無人島のロビンソン	3	3	0	25 300
16	デュクレ＝デュミニル	ヴィクトール	9	7	2	24- 30 000
17	ペロー	ペロー童話集	8	7	1	22- 30 000
18	モリエール	作品集	8	8	0	24- 26 000
19	P. J. ベランジェ	全集	4	3	1	22- 30 000
20	マシヨン	ささやかな四旬節	12	11	1	20- 25 000
21	ラシーヌ	劇作集	12	11	1	13- 30 000？
22	ラス・カーズ	セント・ヘレナ備忘録	3	3	0	16- 20 000
23	デフォー	子供のためのロビンソン	3	2	1	16 000
24	セルヴァンテス	ドン・キホーテ	6	6	0	11- 20 000
25	レポー	ジェローム・パテュロ	5	5	0	13 000
26	タッソー	救われたイェルサレム	6	5	1	13- 18 000
27		千一夜物語	5	5	0	11- 15 000
28	ウォルター・スコット	ロブ・ロイ	2	2	0	12 000
29	ジュスィウー	シモン・ド・ナントア	2	2	0	12 000
30	ウォルター・スコット	クエンティン・ダーウォード	2	2	0	11 500
31	バルテルミー	若きアナカルシスの旅	5	4	1	10- 13 000

（マルタン・リヨン，前掲書，91頁）

それ以前の隆盛期の時代から一貫して古典派より旗色が悪いということがある。

また、二位の『名教理問答』、五位・六位の『フランス史』はいわば国定教科書的なもので、ナショナリズム高揚の働きをもっていたはずである。さらに、統計は五年刻みだから、短期で爆発的に売れて消える際物《きわもの》やパンフレット類は顔を出していない。したがって、一八一五年に処刑されたナポレオン旗下の名将ネイ将軍の伝記物の流行や、ナポレオン没落後に流行した反ナポレオンの読み物もあらわれていない。

こうしてみると、つぎの第三章でのべるように、バルザックが出版社をおこしたときにまずラ・フォンテーヌ全集を刊行した理由がわかるだろう。つまり、売れるという見通しがあったからだが、一方、他の出版社も手を出しているから、競合して結果的に失敗したわけである。

エッツェルは、こうした出版市場にアンテナを張っていたはずである。というのは、エッツェルが本領を発揮することになる一八四〇年刊行の『動物の私的公的生活情景』には、新時代の刻印が押されていたからである。そしてエッツェルは、その出版で当代の代表的な作家たちを起用し、自らも作家としてのデビューを果たすのである。

第三章　輝かしい出発――『動物の私的公的生活情景』の刊行

挿絵画家グランヴィル　以上のような状況のなかで、一八四〇年十一月二十日よりエッツェルの『動物の私的公的生活情景』の刊行が配本形式ではじまった。配本は四二年十二月十七日までつづき、最終の第一〇〇回配本が終わると、全二巻の単行本として刊行された。本の扉には風刺画家として知られたグランヴィルの名が大きくかかげられていた。さらに頁を開くと、躍るような筆致で表情豊かに描かれた銅版画の動物画がちりばめられ、つぎのように並ぶひとつひとつのタイトルもじつにオリジナルであるので、パリの出版界に驚きと衝撃が走った。

第一巻
序文――P・＝J・スタール
プロローグ―議会要約――P・＝J・スタール
野兎のお話――P・＝J・スタール
あるワニの回想録――E・ド・ラ・ベドリエール

イギリス雌猫の恋の悩み――ド・バルザック
蝶々の冒険――P・=J・スタール
動物医者――P・ベルナール
動物法廷の刑事裁判所――E・ド・ラベドリエール
熊――L・ボード
栄光をめざす動物たちのためのロバ殿の手引き――ド・バルザック
哲学ネズミ――É D・ルムワーヌ
パリ雀の旅――ジョルジュ・サンド
罠にかかったキツネ――シャルル・ノディエ
ピストレの最初の学芸欄――ジュール・ジャナン
年寄りカラスの思い出――P・=J・スタール
アフリカライオンのパリ旅行――ド・バルザック
読者に――P・=J・スタール

第二巻

革命よ再び――P・=J・スタール
長老ヒキガエルの記念遍歴――レリティエ・ド・ラン
タマオシコガネの悩み――ポール・ド・ミュッセ

『動物の私的公的生活情景』（1842年初版本，扉絵）

肖像画家トパーズ――ルイ・ヴィアルド
フランス雌猫の恋の悩み――P・＝J・スタール
鳥修道院育ちのカナリア宛のツバメの手紙――マリー・メニスィエ・ノディエ夫人
第七天、雲の上の旅――P・＝J・スタール
二匹の虫の恋――ド・バルザック
ペンギンの哲学的人生と意見――P・＝J・スタール
キリンの覚書帳――シャルル・ノディエ
白ツグミの物語――アルフレッド・ド・ミュッセ
カイコの弔辞――P・＝J・スタール
終章――P・＝J・スタール

名前を連ねているアルフレッド・ミュッセ、シャルル・ノディエは文壇の大御所であり、バルザック、ジョルジュ・サンド、ジュール・ジャナンなどは売れっ子の流行作家であった。それに、ノディエの娘やイタリア座の支配人で文筆家のルイ・ヴィアルドや、ミュッセの息子のポール・ド・ミュッセやノディエ夫人などもくわわってなんとも豪華な顔ぶれである。

しかし、序文から終章までいちばんひんぱんに現われるのは、P・＝J・スタールという初登場の名前だった。その名前こそ、エッツェルのペンネームだった。エッツェルは、この本の刊行で、編集者として抜群の才能を発揮したばかりでなく、このペンネームによってひらめきと文才のある

作家としての位置を獲得したのである。では、この寓話集から興味深い物語を紹介してみよう。

バルザック「イギリス雌猫の恋の悩み」とスタール「フランス雌猫の恋の悩み」　たとえばバルザックは、「イギリス雌猫の恋の悩み」という寓話を書いている。大臣邸に生まれたビウティーという美人猫が、ロンドンで貴族議員に飼われている美丈夫の雌猫パッフにめあわされて結婚したところ、ブリスケというフランス猫に言い寄られ、逢引をしている現場をパッフの甥っ子のパックに目撃され、不倫のかどで訴えられ、敗訴して離婚され、フランス猫もパックに殺されてしまうという筋書である。

それにたいして、エッツェル＝スタールは返歌のように、「フランス雌猫の恋の悩み」を書いている。物語は、姉妹喧嘩をして家出し行方不明になっていた姉猫と妹猫とのあいだでかわされる手紙になっていて、姉猫からの手紙では、姉猫がブリスケという雄猫に求愛され貴族の立派な館で幸福に暮らしているうち、夫が彼女にあきて中国猫に誘惑されて家出してしまい、病気になってしまうといった運命の有為変転を綿々と書き送ってくる。一方、妹猫は母親と貧しさに耐えているうち金持猫に求婚され、子沢山となって幸福に生涯を送るという物語である。

バルザックのように、イギリスの貴族社会にフランス風の色男といったフランス猫を登場させて、イギリスの偽善的社会を風刺するといった鋭い風刺はないものの、エッツェルは、バルザックにたいして、ふたつの仕掛けをほどこしている。ひとつは、バルザックが再登場法という、同一人物を他の小説に再登場させるというユニークな手法を駆使しはじめたのを逆用し、姉猫に求婚する雄猫をバルザックの物語にでてくるブリスケということにして、ブリスケを再登場させ、しかも、ブリスケが高名な作家をそそのかせ、「イギリス雌猫の恋の悩み」という嘘で固めた物語をでっちあげたと注釈をつけるのである。そればかりか、バルザックは一八四一年十一月から四二年一月にかけて「プレス」紙で連載をはじめた『ふたりの若妻の手記』(一八四二)という書簡体小説で、情熱に燃えつきる女性と堅実な家庭生活をいとなむ対照的なふたりの女性の運命を描くことになるのだが、『動物の私的公的生活情景』の最終配本は四二年十二月十七日だから、エッツェル=スタールのこの物語と骨子が似ているのはどう解釈をすればよいのだろう。じつは一八四二年七月八日(?)のエッツェル宛手紙で、バルザックは「雌猫についてはお好きなようになさって下さい。それについて私と話す必要がありますか?」と書いていることから、バルザック書簡集の注釈でロジェ・ピエロは「この創作に当たってはバルザックがまったく関係がないとはいえない」とまでいっている。

というわけで、スタールなる作家がエスプリに長けた新人であることをこの一作だけで十分印象づけることに成功している。しかし、エッツェルのエスプリはなんといっても、当代きっての大家たちから、それぞれの持ち味を引き出したというところにあるだろう。バルザックについても、エッツェルは風刺作家としてのバルザックの才能を、動物寓話を通して十分に引き出したのである。

「パリ雀の旅」――サンドの代筆家バルザック　この動物寓話集に、ジョルジュ・サンドの「パリ雀の旅」という寓話があるが、さまざまな状況証拠からこれもじつはバルザックが書いたという

「イギリス雌猫の恋の悩み」

「パリ雀の旅」

「白ツグミの身の上話」

『動物の私的公的生活情景』の挿絵

ことがはっきりしている。筋書では共和主義者としてのサンドの政治風刺が躍如としているが、バルザックは当時共和主義者ではなかった。しかし、動物寓話を書ききれなかったサンドと、サンドの名で発表してよいというバルザックとの了解のもとに、物語はサンドの名前で発表されたのである。

筋書は、パリの雀社会で金持と貧民で対立し収拾がつかぬので、雀の検事長が理想的な政体をもとめて調査旅行をするというものである。雀がはじめに訪問する蟻の国は秩序が保たれているが、働き蟻が貴族階級の女王蟻と峻別されている。しかし蜜蜂の国では、女王の即位式に招かれてその華やかさに度肝を抜かれるが、いっさいが女王のもとで統制がとれている君主政体であることに疑問を感ずる。結局、ウクライナの狼の国こそ一糸乱れぬ民主政体であり、全員が平等の法のもとに暮らしていることがわかるが、その仕事がなんと略奪であるのに首をかしげて、フランスにもどるといった物語である。つまり、動物寓話の形をとった政治風刺物語なのである。

ミュッセの「白ツグミの身の上話」　ジョルジュ・サンドの名前と並んでアルフレッド・ド・ミュッセの顔があるのも興味津々である。ロマン派きってのダンディのミュッセとサンドの出会いと恋愛と破局のドラマはあまりに有名であり、ミュッセはすでに『世紀児の告白』でふたりの恋愛事件を再現しているのだが、この動物寓話集におさめられた「白ツグミの身の上話」では、サンドらしき雌の白ツグミとの破局が、こっぴどく揶揄されている。そればかりか、この寓話ではヴィクトル・ユゴーなどの戯画もなされている。

パリのマレー区の庭に生まれたツグミが自分の生涯を語る物語であるが、マレー区というのは旧貴族街であるから、作者が誇り高い自分の生まれを語っていることは明らかであるが、「この世で並外れたツグミであるということはなんという光栄であるが、なんと苦しいことであることか」という一文ではじまる物語は、天才的な詩人の孤独と苦悩をひたすら歌い上げるという内容になっている。

ツグミはふつう漆黒色であるのに、主人公は白い毛におおわれていることから、生まれたとたんに父親にものしられ、ついに放浪の旅にでることになる。すると、ブリュッセルに手紙を届けに行くモリバトに出会い、一緒にベルギーまでつれていってもらうことにする。しかし、途中力つき、フランスの北東のブルジェで地上に落ちてしまう。疲労困憊していると、カササギとキジバトに出会い、カササギがおまえはロシアツグミだときめつけて、介抱してくれるが、彼が歌をさえずりはじめると驚いて逃げてしまい、キジバトは眠ってしまう。

そのあと、ツグミは大詩人と称する大きな白インコに出会う。白インコは、自分はルイ十四世時代から共和制、ナポレオン帝政、王政復古時代と、各時代を歌い上げる詩作をしてきた、最近アカデミー会員に選ばれたのだと自慢する。その前でツグミが自分の歌を歌うと、白インコは自分の詩作に没頭して聞いてくれない。ツグミはパリに帰る途中、湖沼の多いモルトフに立ちよるが、そこにはじつにさまざまな鳥たちがいて、ツグミは自分がいかに奇妙で不幸な鳥であるかということを実感するばかり。パリにもどっても自分が生まれた巣は空っぽで両親はいない。しかし、天涯孤独になったツグミは、自分が孤高の天才であることを自覚する。そして、自伝を長編詩編にして発表するると、たちまちヨーロッパ中の名声を博するにいたる。そのうち、イギリスの雌の白ツグミからファンレターが届き、二羽はたちまち意気投合して結婚する。しかも、彼女は大変な文才の持ち主で、どんな小説でも容易く書き上げるので自分にふさわしい相手と思っていたところ、あるとき、彼女の背中にシミを見つけてしまう。そのあと、彼女を前に、自分が彼女と会えてどんなに幸福であるか涙を流して訴えていると、その涙で彼女の羽が洗われ、あとには褐色の醜い羽が現われるではないか。メッキのような白い厚化粧が剝げたのである。それを見て、ツグミは愕然として彼女と離婚するのである。

この寓話の面白さは、それぞれの鳥が誰のことであるかがわかることだろう。自称大詩人の白インコには、ルイ十四世時代から詩作をしているという点をのぞくと、アカデミー会員になったばかりのヴィクトル・ユゴーの影がちらついている。ちょうどこのころはミュッセとユゴーは仲違いをしているので、このような戯画になっているのであろう。しかも、尻尾をつかまれぬように、他の詩人の特徴も取り混ぜている。

もっと強烈なのは、イギリスからやってきた雌の白ツグミである。これも、イギリス生まれという部分をふくめ細部ではジョルジュ・サンドと名指しできぬようになっているが、ふたりの恋愛事件が取り入れられているのはまちがいないし、とすれば、彼女が羽を厚く白塗りをしていたのがばれるというのは、この寓話では白が孤高の天才の象徴としての意味あいをもっているだけに、こっぴどい揶揄といわねばならない。

ミュッセがジョルジュ・サンドとはじめて出会ったのは、「両世界評論」の主幹フランソワ・ビユローが雑誌の寄稿家のために一八三三年八月十五日、パレ＝ロワイヤルのレストラン「オ・トロワ・フレール・プロヴァンソ」で催した夜会の席上であった。そのときの様子を、ブランデスの描写で再現してみよう。

それは見事な組合わせであった。ミュッセは美しくなよなかな身体、ブロンドの髪、栗色の眼、極めて鮮やかな横顔の線。ジョルジュ・サンドは渦巻形に縮れた豊かな栗色の髪、かすかに頬にオリイヴ色の顔、栗色の輝かしい眼、真っ白な腕と手、彼女の頬のかげには全世界が隠されているように思われた。しかも彼女は若く美しく、知を誇らぬ女のように淑やかであった。彼女の衣服は簡素なものであって、たゞ少しく好奇的なところがあったにすぎない。彼女は着物の上に金の刺繍を施した土耳古《トルコ》風の上着をつけ、腰に短刀をさげていた。千八百七十年、わたしがパリに行った時、この晩餐会に出席した最後の存命者が語ったところであるが、斯くミュッセとジョルジュ・サンドを接近せしめたのは、ビュロオズの悪賢い打算的な計画に基づいていた。ビュロオズは、この晩餐会の前に、親しい友人に向かって、「ふたりは隣り合って食卓につかなきゃいかんよ。どんな女にしろあの男に夢中になるんだし、どんな男だってあの女に惚れ込んだからね。二人は惚れ合うにきまっているさ。そうなれば、二人がどんなに素晴らしい原稿を僕のために書いてくれるか考えても見たまえ。」と言いながら、彼は喜ばしさに手をもみ合わせたと云うのである。（ブランデス『十九世紀文学主潮史㊂』内藤濯・葛川篤訳、表記は現代かな使い・新字体に直してある）

当時サンドは二十八歳でミュッセは二十二歳であり、ふたりははじめての出会いを極度に意識していたようであるが、ビュロー（ビュロオズ）の思惑通りたちまち恋に落ち、手に手を取ってイタリアに旅をする。しかし、多情多感なふたりの仲が平穏であるはずはない。サンドの男関係でミュッセは嫉妬の地獄に追いこまれ、やがてふたりの仲は引き裂かれる。

「白ツグミの身の上話」を読むと、ミュッセの純粋な芸術家気質が思想家としての側面をもつサンドの複雑で多様な才気にそぐわなかったことがわかる。それにしてもミュッセの筆鋒《ひっぽう》は大人げないといえるが、それがこの種の寓話の面白さであろう。

すでにのべたように、この物語に風刺されているもうひとりの大物はユゴーであるが、彼も戯画化されている。しかし、はからずも、ユゴーがロマン派からサンボリズムの時代まで息の長大な詩人として生き延び大成するさまを予言しているのは面白い。それにたいして、ミュッセ一人孤高の天才詩人を気取って描かれているのであるが、ミュッセには酒浸りになって孤独な毎日を送るという半生が待ちうけているのを、慧眼の人はこの自伝風の寓話を読むだけで見抜いたであろう。そして、エッツェルが以後編集者として抜き差しならぬ関係を結ぶようになるのが、ミュッセによって揶揄されたほかならぬこのユゴーとサンドというのも興味深い。

この物語には、それ以外にも、たとえばモルトフォンテーヌに群がる鳥たちの描写を見ても、それぞれの鳥たちのモデルは当時の人から見れば一目瞭然という興味があったはずである。そこで、つぎのような感想も生まれてこよう。

読者のそれぞれは、家畜や野生の動物や鳥や虫の特徴の中に当時の社会のいきいきして鋭い風刺的な情景を認めることができた。慧眼な読者は悪戯っぽいポートレートの作家に多かれ少なかれモデルとなった人物を目の前に発見したであろう。（A・パルメニー、C・ボニエ・ド・ラ・シャペル『P・＝J・エッツェル――編集者とその作家たちの物語』第一章――以下P・Bと略す）

バルザックの寓話とキュヴィエ対サンチレール論争

エッツェルの動物寓話集での風刺は社会・文壇にとどまらない。バルザックの「栄光をめざす動物たちのためのロバ殿の手引き」は、奇知と奇想で当時のフランスの博物界を二分していたジョフロア・サンチレールとキュヴィエの論争と派閥争いを風刺した寓話である。

マルミュスという小学校の教師が知り合ったジャーナリストにそそのかされて比較解剖学ならぬ比較本能学なる学問をでっち上げて、その学説の証拠として、シマウマの模様を描き、牛の尻尾をつけ、キリンの歩き方を教えこんだロバを、中央アフリカから捕獲した珍動物として、「大哲学者」と称されている博物学者が唱える統一理論の有力な証拠として宣伝する。すると反対派のセルソー男爵側は大あわてで、にわか博物学者のマルミュスと共謀者のジャーナリストに、大学講師と図書館司書のポストを用意し、環境によって本能が影響されさまざまな変種ができるといった統一理論を種の絶対的な分離を説く男爵の理論に取り込んでしまい、逆に男爵の説の宣伝者に仕立ててしまう。こうして、マルミュスは安楽な生活を送り、語り手のマルミュスに利用されたロバもイギ

「栄光をめざす動物たちのためのロバ殿の手引き」

リスに売られて、大事にされて快い生活を送るといった物語である。

　ここで「哲学者」と呼ばれている人物がジョフロア・サンチレールであり、セルソー男爵がキュヴィエということは一目瞭然である。一部残されている原稿には、「これがキュヴィエという（分類学の）命名の巧みな付け手に対抗する偉大なジョフロア・サンチレールに軍配を上げる証拠であった」とキュヴィエとジョフロアが実名で書かれている箇所があることがわかっている。そして、「大哲学者」には「人に提供するポストもなく、隣国ドイツの科学者が彼をリーダーと祭ってくれたことしか支配する科学界もなかった」とキュヴィエに支配された当時のアカデミズムの非情な世界を風刺し、そのはざまでうまく立ちまわるマルミュスたちの姿を描く一方、ジョフロアの統一理論にたいしては率直な共感を表現している。

　この寓話での「原理はひとつだけで、形態もひとつだけです……すべての動物にたいしてただひとつ雛形があるだけです」という反セルソー派の主張は、「動物はただひとつのものにほかならない。造物主はあらゆる有機体にたいして、ただひとつの雛形しか用いなかった」という『人間喜劇』の「序文」のくだりとまさに重なる。なお、この寓話は一八四一年四月・五月の配本分であり、後者は四二年七月の執筆であるが、すでに一八三四年刊行の『絶対の探求』で、バルザックは、主人公のクラエスに「絶対」、つまり元素的物質の探求のきっかけをあたえたヴィエジュホフニャに、「外観ではまったく違っているように見えるこの三つの物質の同質性から、私は、あらゆる生成物はひとつの同一の原理をもっているはずであるという考えに導かれました」と語らせている。このように、バルザックの万物をつらぬく単一論の夢想は、エッツェル編の動物寓話集と『人間喜劇』をつなぐ軌跡のなかでルフランを奏でていたのである。

『動物の私的公的生活情景』の扉絵（1875年版）

真の主役は挿絵　しかし、この刊行の最大の特徴は挿絵で、本の主役は挿絵になったといえよう。それをしめすために、エッツェルは、著者を作家にせず挿絵画家のグランヴィルにしている。そして、パリの王立植物園のなかの動物園で動物たちが反乱を起こすという筋立てで、グランヴィルにさまざまな動物を描かせ、その動物が物語を語るという構想で、当代の人気作家を動員して、自由に動物をえらばせ、寓話を書かせたのである。これは、動物を通して人間を戯画にするというイソップやラ・フォンテーヌのような伝統的な動物寓話の逆である。つまり、人間と動物の位置が逆転され、動物の目と口を通して人間を戯画化し、風刺するという語りである。

さて、当時、ル・ブラン以来の人間のいろいろなタイプを動物のイメージで表現する伝統に、ラファーターなどの観相学がくわわって、戯画が隆盛をきわめていた。これは、パリという巨大化しつつある都市にさまざまな地方からさまざまな階層があつまり、大衆のマスと大衆文化が形成され、それを表現する手段として、新たな意味をもってあらわれたディスクールであった。じつは、バルザックはすでに『人間喜劇』のさまざまな描写で動物のメタファーを活用しはじめていたが〔たとえば「ふたり兄弟のうちでも奸智に長けたアドルフ、この鋭い目と薄い唇と俊敏そうな顔色をした大山猫は、眼鏡越しに頭を下げて、まさに銀行家の視線と呼ぶべき視線、禿鷹や代訴人の目つきに似ている視線を、ビロトーに向かって投げかけた」(『セザール・ビロトー』)といった描写がみられる〕、戯画の世界でその種の表現法を完成させたのがグランヴィルである。

彼は、ジャコモ・デッラ・ポルタ、ル・ブラン、ラファーターの伝統を引きついで、独特な人間のタイプを動物の顔にしてしまう画法をうみだしたのである(ジュディス・ウェクスラー『人間喜劇——十九世紀パリの観相学とカリカチュア』)。エッツェルが期待したのがそうしたグランヴィルの才能であり、彼を起用することで『動物の私的公的生活情景』はこの時代に再生し発展された視覚言語を、歴史的なものに高めたといえよう。

この本の扉のタイトルの下には、「挿絵グランヴィル」と書かれ、その下に多くの作家名がならんでいるという配列に、そうしたエッツェルの姿勢があらわれていよう。

この本の成功はかなりのもので、文学的成功でもあります。文壇でも最高にすぐれた名前がはじめから執筆者として名をつらね、さらに、それぞれの芸術家が得意わざを披露しています。グランヴィルの最高の栄誉は動物たちのユマニテ〔人間性という humanité を動物らしさという意味に転用しているが、バルザックは寓話でも『人間喜劇』でも animalité ということばを使っている〕を見抜くことができたということで、彼はこの本以上にそれをうまく実現したことはありませんでした。他の挿絵では、彼はなんといってもまず作家たちの文章を解釈していたのですから。（ロジェ・ピエロ編『バルザック書簡集』第四巻）

一八四二年七月に書かれたエッツェルによるバルザック宛のこの手紙は前述の配本による刊行がほぼ終わりに近づいたころに書かれているが、グランヴィルへの称賛は、彼がエッツェルの目論見どおりの力を発揮したことからもきている。エッツェルはこの本でグランヴィルに挿絵の裁量をまかせ、それによって当代の有名作家たちに文章を書かせていったのである。まさに、この本の主役は挿絵なのである。なお、こうした挿絵が生まれる歴史的な背景については、第十九章の「挿絵」の項でくわしくのべることにする。

第四章　バルザックの『人間喜劇』とエッツェル

天才の予感と挫折　エッツェルは『動物の私的公的生活情景』でじつに多彩な作家を起用し、有名作家とつながりをもつことになり、同時に新人作家としてのスタールの名も大作家に俉して喧伝された。むろん、それはこの若き編集者の戦略でもあった。そして、ジョルジュ・サンドとバルザックとはとくに深い縁で結ばれるようになる。サンドとは仲違いと和解をくりかえしながら編集者というより友人として一生つきあう仲になり、バルザックとは、その巨大な連作の金字塔たる『人間喜劇』の刊行者という、編集者として歴史的役割をになうことになるのだ。

ところで本屋稼業で苦労したという点では、じつはバルザックはエッツェルの先輩であった。エッツェルがポーラン書店にはいった一九三六年から一一年前の一九二五年、バルザックも出版業に足を踏みこんでいた。バルザックは当時、経済的に自立するために読者が飛びつくような大衆小説を書いてもいっこうにふところが温まらず、部屋代も母親に時々そっと立て替えてもらうような生活をしていたのだった。そんなとき、出版業で大儲けができるという話が転がりこんできて、バルザックはたちまちそれに引きこまれてしまう。その結果、莫大な借金をかかえるという大火傷をするのであるが、その事件のあらましを紹介しよう。

この事件には、当時の出版事情が鏡のように映されていて、本書の性質からみても興味つきぬものがあり、また事件の顚末には、未知の冒険的な事業に酔い、空想のなかで大儲けをしてしまうというバルザック特有の性癖と、後年『人間喜劇』という壮大な夢を展開した原動力にもなったたぐいまれな空想力が見られるからだ。まず、出版業・印刷業にバルザックが足を踏みいれるまでの軌跡を大づかみにたどってみよう。

バルザックの苦労は幼児からはじまった。農家出身ながら、大革命からナポレオン帝政にいたるまでの動乱期に保護者の力を借りて官僚として出世をとげてトゥール第二十二師団糧秣部長の職にあった父親ベルナール＝フランソワ・バルザックと、パリで飾り紐・ボタンなどの服飾品を商う商家の生まれで夫と三十二歳も年下の母親とのあいだに、一七九九年に長子として生まれると、すぐ里子に出され、四歳で家にもどされるやヴァンドーム学院に寄宿生として送られ、またも家からはなれるという運命にあった。

ヴァンドーム学院時代には教室の授業を熱心に聞くというよりは夢想や乱読にふけり、そのあげく、十四歳のとき一種の「昏睡状態」におちいり、家に帰されるという幕切れをむかえたが、それが「天才」の予兆であるとは誰も思わなかった。

やがて、パリ大学の法学部で勉学と法律家の修業にはげみ卒業までこぎつけたのだが、文学への夢を育てていたバルザックは、文学者になると宣言して、父親を驚かせた。やっと父親から、作家として自立するまで二年間の猶予をもらい、その間一五〇〇フランの援助をうけて、バルザックは屋根裏部屋にこもり、じつに多くの作品を書いた。たとえば、書簡体小説「ステニー」、当時流行していた暗黒小説や歴史小説の影響をうけた「アガティーズ」、「ファルチュルヌ」といった作品を、傑作と信じこんで書いたふしがあるが、いずれも未完成におわり、刊行されたのは、死後である。

約一年かけて書き上げた悲劇『クロンウェル』は、父親をはじめとする家族や知人たちのまえで朗読されたが、感心する者は皆無であった。そこでこんどは父親の提案で、コレージュ・ド・フランスのアンドリュー教授に鑑定してもらうことになった。すると、「文学以外のことならば、なにをやってもよい」という残酷な宣告がくだされたのである。作家としての将来についてのほとんど一〇〇パーセントの否定である。以来、すでに天才への夢をふくらましていたバルザックの血みどろな苦闘は、果てしなかった。

売れる小説を

一八二二年からは、バルザックは敢然と金儲けのために大衆小説を書きはじめる。当時、スコット流の歴史小説、ゴシック小説、あるいは吸血鬼ものが流行していたが、バルザックはためらうことなく、その種の小説を書きはじめた。ただし、ローヌ卿とかオラース・ド・サン＝トーバンなどのペンネームで書いていた。妹ロールは「バルザックの名を汚したくなかったからである」(ロール・シュルヴィル著、大竹仁子・中村加津訳『わが兄バルザック』鳥影社)と語り、バルザックはバルザックで「小説の書き方の練習のために」書いた小説であるといっている。

それにしても、経済的自立にはほど遠かった。バルザックが当時流行の大衆小説をいくら書いても、手にする印税がいかに絵に描いた餅であったかは、ルネ・ブヴィエとエドゥアール・メニアルによる大著『バルザックのドラマチックな金勘定』に詳述されている。それでもわかるように、バルザックは屋根裏部屋にこもって書きまくった。一八二一年には、オーギュスト・ル・ポワトヴァンとヴィエレルグレの共著『ふたりのエクトール』と『シャルル・プワンテル』が刊行され、二二年にはローヌ卿の名でヴィエレルグレとの共著『ピラーグの跡取り娘』と『ジャン・ルイ、あるいは拾われた娘』が刊行されているが、これらは実質的にはバルザックひとりの筆になるものだった。ローヌ卿の名による『クロチルド・ド・リュジニアン』、オラース・ド・サン＝トーバンの名による『アルデンヌの助任司祭』と『百歳の人』、二三年には同じ著者名で『最後の妖精』、二四年には『アネットと罪人』を刊行し、二五年には『ワンヌ・クロール』をユルバン・カネル書店から刊行予定であった。

若きバルザック（ドゥヴェリア画，ロヴァンジュール・コレクション蔵）

それぞれの小説は四巻本からなっていたので、前述の共作の作品をのぞくと、バルザックは、一八二二年から二五年にかけて、じつに二八巻というおびただしい量の作品を書いたことになる。バルザックというと、おそろしいほどの量の作品を書いたことで知られているが、二十代からバルザックは多作家だったのである。

バルザック『人間喜劇』は長編・中編・短編を合わせて約百編で、エッツェルが企画した全集では一八巻本、一生のあいだに書いた書簡は、家族友人宛だけで八〇〇頁前後に編集された巻で五巻、ポーランドから送られた匿名のファンレターからはじまった『異国の女の手紙』として有名な、のちにバルザックと結婚するハンスカ夫人宛の書簡が平均六五〇頁あまりの巻で四巻分、その他この時期に書かれた『長子権』や『紳士の法典』などのまとまった書き物をはじめ雑誌に寄稿したおびただしい雑文があり、およそ三十年間で、バルザックは積み上げると巨大な山のようになる原稿を書き上げたのである。いずれも借金に追われ深夜にどろどろのコーヒーを飲みながらの重労働の原稿書きであったことは、伝説的に伝えられているとおりである。

この時期の若きバルザックの仕事もまさに金かせぎのマシーンとなっての仕事であり、その価値についてはバルザック自身も懐疑的であり、死ぬまでそれらの作品に自分の名を冠することを拒否していた。それには、バルザックの妹や母親のきびしい意見の影響もあるようだが、そもそも当時いたるところにあった貸本屋のために書かれたそれらの小説には、暗黒小説、スコット流の歴史小説、吸血鬼小説などの当時の流行小説をすべて取り入れた感のあるだけに、いま読み直すとじつに面白い作品があり、文学史的な意味からだけではなく、小説家バルザックの成長をたどるには欠かせぬ作品群といえよう。というのも、この若年のときに書いた大衆小説や未完に終わった習作に、後年の『人間喜劇』という巨大な連作のテーマの多くが萌芽としてのぞいているからだ。門出の仕事には人生をつらぬくテーマがあるとは、バルザックの場合も見事にあてはまっている。

習作時代の収入

さて、『ワンヌ・クロール』については契約書が残っていないのでそれをべつとすると、残りの作品でバルザックは四年間で総計七七〇〇フランの収入を得たことになる。一年に等分すると、一七七五フランとなる。これだけ収入があれば、自活するには十分であり、一八二二年の十一月一日に、バルザックは一二〇〇フラン入金するという契約書を父親と交わしている。

オノレ・ド・バルザック氏は、食費として一年につき一二〇〇フラン支払うことと取り決め、三カ月ごとの支払い可能とする。

オノレ氏が居住するロワ・ドレ街のアパート部屋代は父親のバルザック氏の支払うものとし、オノレ氏が払いこむ一二〇〇フランの食費込みの部屋代に含まれるものとする。（ピエロ、前掲書、第一巻）

バルザックの父（バルザック記念館蔵）

云々と取り決められた契約である。この年、バルザックは、数字のうえでは一月刊の『ピラーグの跡取り娘』で八〇〇フラン、三月刊の『ジャン・ルイ、あるいは拾われた娘』で一三〇〇フラン、七月刊の『クロチルド・ド・リュジニァン』で二〇〇〇フランの原稿料をうけ取る契約を結んでいたから、いよいよ物書きで暮らせるという見込みで父親と結んだ契約にちがいない。しかし、『クロチルド・ド・リュジニァン』での原稿料には「コンスティテュショネル」紙など五紙以上の紙面に出す広告料込みであるばかりか、四回の分割払いで、一〇カ月後決済と一二カ月後決済の各二五〇フランの手形、初版一二〇〇部売れたのを確認後支払いの五〇〇フラン、さいごの一〇〇〇フランの手形は在庫が一〇〇部以下になったときに六カ月期限の手形で支払いという、じつに苛酷なものであった。他の場合も似たり寄ったりというわけだから、バルザックは取らぬ狸の皮算用で、二年間の援助のあといよいよ物書きとして自立できたと父親を安心させたわけである。

ところが父親に契約書を書いてわずか六日後の十一月七日に、ポレ書店刊のバルザック著『アルデンヌの助任司祭』がひそかに告発されていた。主席検事が内務大臣宛にバルザックの小説が「国の宗教と聖職者を侮辱し、嘲弄するもの」であるという告発状を提出していたのだ。そして、十二月九日にポレ書店は捜索をうけたが、バルザックの本は一部しか発見されなかったという事件が起こった。

だいたい、バルザックに書かせていたユベール書店とかバルバ書店とかポレ書店は、政府にとっては危険でいかがわしい出版社であった。当時厳しい出版統制が敷かれていたことはすでにのべたが、一八二二年五月二十二日には、あらたに厳しい取締法が発布されていた。そしてバルザックの『アルデンヌの助任司祭』を刊行した書店主のポレは弟のジャックに当時フランスで盛んであった「貸本屋」を開かせていて、バルザックの本も貸本として置くためのものでもあった。しかも、その貸本屋はじつは「マレー地区でも一番の自由主義者のたまり場である」(A＝M・メナンジェール「『アルデンヌの助任司祭』の押収」、「バルザック年報」一九六八年所収)と政府の密偵によって報告され、その動静が監視されていたのである。その時代、ラクロの『危険な関係』、ディドロの『修道女』と『運命論者ジャック』などは風俗壊乱、危険思想などの理由で取締りの対象であったが、バルザックの『アルデンヌの助任司祭』もこうした危険出版物の仲間入りをしたというわけである。ただ、官憲の目的は書店そのものにあり、バルザックの恋人のベルニー夫人が手をまわしたこともあって、バルザック自身には咎めがおよばなかった。とはいえ、二〇〇〇フランの原稿料のうち現金で払われたのは六〇〇フランのみ、残金は八カ月期限の手形であるから、じっさいは支払われているかどうかはわからない。というわけで、バルザックの経済的自立は多難な船出となったわけである。

じつは、架空の数字に酔い、また架空の事業に酔って、手にいれていない財貨をもう手にいれてしまったように信じこむのはバルザックの特徴であり、一生バルザックは空想的な富豪であり、空想的な実業家でありつづけたのだが、これこそバルザックの天才のあかしであり、現実をはるかに超えたこの天才的な空想力が『人間喜劇』を生みだす原動力であったといえる。こうして、バルザックは大金がはいったと思いこみ、父親ともっともらしい契約をかわし、樅の木造りの立派な本箱を二本注文し、蔵書を製本させたり、二十四歳年上の恋人ベルニー夫人と会うためにコメディー・フランセーズの上席を予約したりしている。これでは、やがてゆきづまることは目に見えている。

『ラ・フォンテーヌ全集』の刊行

そんなときに、もってこいの事業の話が舞いこんできて、空想ゆたかなバルザックをたちまちとりこにした。本を書くのでなく、本を売るという話である。話をもちこんだのは、ユルバン・カネルという本屋だった。当時バルザックが出入りをしていたカフェで知り合った男で、ユゴー、ラマルティーヌ、アルフレッド・ド・ヴィニーの詩を刊行していたという文学好きの「詩人向き書店」だったが、いかんせん資金がなかった。

バルザックはこの書店から新しい小説『ワンヌ・クロール』を出版することになっていたが、ユルバン・カネルは、バルザックにラ・フォンテーヌやモリエールやラシーヌといった古典作家を流行画家による版画をつけて一冊の全集に仕立て、手頃な値段で売りこむ計画を話した。この話はバルザックをたちまち夢中にした。妹のローランスが「他人のいかさまから決して身を護れないほど、あたたは善人で真っ正直なのですから」（一八二五年四月四日手紙――ピエロ、同書第一巻）といって水を差そうとしたが、バルザックはもう成功して大金持になった気分だった。一方バルザックの理解者で、二十二歳も年上なのに愛人関係にあったベルニー夫人が家族を説得し、自分も九〇〇〇フラン以上を援助し、彼女が動いたこともあって資金をもっていた父の友人のダソンヴィレも、六〇〇〇フランの出資をしてくれることとなった。

こうして、『ラ・フォンテーヌ全集』刊行のため、ユルバン・カネル、医師シャルル・カロン、元士官ド・モンカルヴィルとバルザックの四人が共同出資者として契約をむすび、『ラ・フォンテーヌ全集』刊行にはバルザックとカネルが別個に契約をむすんだ。それぞれの巻の序文はバルザックが書くことになったが、この序文はなかなかのものであった。

全集は八折版、ベラム紙にミニョンヌ〔約七ポの活字〕の二段組み、挿絵はドゥヴェリアの絵をもとにしたトムソンの銅版画というものだった。「自由を得るための唯一の投機をはじめることを決心した」（シュルヴィル、前掲書）と妹が語っているように、バルザックはこの一冊本全集という企画に賭けたのだ。しかし、『ラ・フォンテーヌ全集』の共同出資者は、企画の先行きを危ぶんだのか、内輪もめをしたあげく一八二六年五月に解散し、権利をすべてバルザックに譲って降りてしまった。第三章のおわりでふれたように、当時古典作家がよく売れていたので、じつはみなこの種の企画を考えていたようなのだ。

ついで『モリエール全集』の刊行を計画したが、『モリエール全集』のほうも、ソトゥレ、デュポンといった書店の共同出版によるもうひとつの「酷似した」一冊全集が同時進行で企画されていて、「フランス書誌」にはなんと一八二五年四月二十三日の同じ日に、趣意書が掲載されている。値段は『ラ・フォンテーヌ』も『モリエール』も一冊二〇フランとつけられたが、出来上がりをみると、細かすぎる活字で黒ずんだ紙に印刷され、仮綴じもされていず、挿絵の出来も最低というありさまだったから、金をつぎこんだわりには粗悪な本が出来上がり、値段は高すぎるという面白くない結果になった。アノトーとヴィケールのいうように「縮刷版はささやかな金で買えるように値段がつけられていないと成功しない」（アノトー、ヴィケール『バルザックの青春時代』第二章）のだ。

こうして、値段はたちまち一三フラン、八フランと下げられたが、「出版から一年後に売れていたのは二〇部に過ぎなかった」（シュルヴィル、前掲書）というていたらくとなった。なお、会社倒産後一八三〇年に全集が担保物件になったときは、なんと六フランに見積もられていた。

こうして約一年の悪戦苦闘のあげく、残ったのは、返品の山と一万五〇〇〇フランの借金だけとなった。

印刷屋に転業

ところが、成功の空想にとりつかれたバルザックはとどまることを知らず、というより新たな事業で欠損を埋めようとして、印刷業に手を出し、さらに借金の深みにはまってゆく。もの書きで儲からなかったら本造り、本造りで失敗したらつぎは印刷屋、さいごは活字の鋳造屋というように、まるであらかじめ決められていたように破局へのレールを走りはじめる。

バルザックがジャン＝ジョセフ・ローランスから、いわゆる「居抜き」でマレー＝サン＝ジェルマン街〔現在のヴィスコンティ街〕にある印刷工房を買い取ったのは一八二六年四月四日、共同経営が解散したのは五月一日だから、バルザックは全集の企画が沈没しかかっているのを見ながら、つぎの助け船を考えていたことがわかる。この買取りには黒幕がいたようだ。ニコル・フェルケによるとそれは、ボードゥアンというパリでもいちばん手広く出版・印刷業をやり、ヴォルテール、ルソー、ベランジェや「コンスティテュショネル」紙などを刊行していた抜け目のない商売人であった（フェルケ、前掲書）。彼は「コンスティテュショネル」紙などをローランスの所で印刷させていたが、一七五一年生まれで八十五歳という高齢のローランスは当時体も弱り、訴訟事件に巻きこまれていて、その印刷工房もボードゥアンが実質的に切り回していたようだ。彼がバルザックを知ったのは、『ラ・フォンテーヌ全集』の販売に協力したからだが、彼はバルザックがやる気十分だが商売には初心《うぶ》であるのを見越して、バルザックをおだてて、印刷工房を買わせたふしがある。

値段は三万二〇〇〇フランというから、そんな金をバルザックが持っているわけはなかった。しかし、バルザック家では家族ぐるみで「青年実業家バルザック」の成功を期待し、父親がほとん

バルザックの印刷所の外廻り

その内部（ともにカルナヴァレ博物館蔵）

ど融資することになった。しかし、この時点でダソンヴィレへの借金も返していないから、印刷工房とその設備はすべてダソンヴィレへの担保物件となった。ローランスからは印刷業開業のための免許も買い取って、その譲渡手続きとバルザック名義のための新たな申請をした。当時免許を取るのがいかに大変であったかはすでにのべたとおりだが、バルザックは、王立裁判所の裁判官であったベルニー夫人の夫が内務大臣に差し出した推薦状によって、たやすく認可された。それも、四月十二日に申請をし、六月一日には免許がおりるという異例の早さであった。推薦状には「わたしは昔からこの若者と面識があります。彼の清廉潔白な心根と文学の知識からすると、こうした職業が課する義務をあらかじめ納得していると確信するものです」云々と書かれていた。

　ボードゥアンは、印刷の仕事に素人のバルザックのために自分のところで以前に働いていたバルビエという印刷工を推薦し、印刷会社はバルザックとバルビエの共同経営として七月十五日に設立された。この会社は二年間続き、その間、まがりなりに二六八点の印刷をした。

最初の印刷物は、キュールという薬屋の薬のパンフレットで、「不老長寿の耐粘性丸薬、命の粒」という薬だから、後年のバルザックの小説『不老長寿の霊薬』を連想させるような怪しげなものである。

その後、じつに雑多な本を刊行している。『ラ・フォンテーヌ全集』などのときに使ったミニョンヌという目を痛めてしまいそうなくらい小さな活字を使った三十二折版の豆本版のラ・アルプやラ・フォンテーヌの著作集、『ロマン派年報』、レセギエ公爵の『ナポリのギーズ公』、ロミユー『ロマン派風のことわざ集』といった典型的なロマン派向きの本があると思えば、『フランスとその植民地の地理・歴史・統計ハンドブック』から、マルコ・ド・サン＝チレール『一文も出費せずに借金を払い借金取りを満足させる方法』というバルザック自身が愛読しそうな本、あるいは、ヴィルマンによる『歴史・文学論集』やメリメ『ラ・ジャックリー』といった重要な出版もあり、バルザック自身が書いたとされている『パリの看板の批判的逸話的小辞典』もある。

しかし、一連の出版物の傾向を分析するとリベラルな傾向があると、ギュイヨンは『バルザックの政治・社会思想』で分析している。これは、黒幕たるボードゥアン書店の自由主義的な体質から来ているものと考えられているが、後年保守的になるバルザックが青年期には自由派の陣営にいたことをしめしているという意味で、興味深いことであろう。

ともあれ、これらはいずれもさまざまな出版社からの注文によるものだが、残された資料から推測すると、業者は結託してバルザックを食い物にし、バルザックは信じられぬような安値で仕事を強いられたようだ。一方、バルザックは儲かると思ったにちがいなく、印刷工房にある二〇〇〇フランもする居住用の部屋を八〇〇フランもする高価な絨毯などのインテリアで飾りたてていた。出版業が左前になりその部屋から出てゆくときに、家具の一部は二五〇四フランの値がつけられたというほどだった。その後カッシーニ街の部屋に移っても、二二〇フランでマホガニーの立派で大きな本箱を造らせながら代金は五〇フランしか支払えないでいることが、残された資料からわかっている。その他、バルザックはほとんどどんぶり勘定で会社の金を個人的出費に充てていたようだ。

そんななかで、一八二七年九月、ジレ・フィス印刷・活字鋳造会社が倒産すると、バルザックは、こんどはその会社が所有しているフォンテレオテピーという新方式の活字鋳造機を購入し、バルザック、バルビエにジャン＝フランソワ・ロランなる鋳造業者がくわわって、印刷・活字鋳造所が急造された。

顧客に配布したパンフレットによると、「紙型を鋳造窯に投げいれたり、頁をひっくり返したり、直したりする必要なしに鉛版同様の製版ができる」、「ピエール・ドゥルシャーユ氏発案の方式」であるという。この機能的な新式の鋳造機で商売をして、赤字を取りもどそうというわけである。しかし、新会社が軌道に乗るまえにバルビエが手を引くといいだし、二月三日バルビエ＝バルザック印刷工房は解散するにいたった。

そこで、資本と名前を貸しているベルニー夫人とロランがくわわった新たな会社が再組織されたが、あとは坂道を転げ落ちるだけであった。とにかく、「お客は現われず」、「工員への払いはできず」、「借金取りが会社をとりまく」（アノトー＝ヴィケール、前掲書）という状態になり、ついに会社は一八二八年四月十六日付で倒産に追い込まれた。いってみれば、稼働しない活版鋳造機への多額な投資で最後のとどめを刺されたのである。その大きな理由はバルザックに実務能力と現実の金銭感覚が欠けていたからと推測される。

後始末をしたのは、バルザックの母の従兄弟にあたるセディヨというモスリン商であった。セディヨ氏の手を借りた清算によって、会社は四万五〇〇〇フランの欠損があることが判明し、最終的に印刷屋の買取り以来の借金を合わせ、バルザックは、家族とベルニー夫人からそれぞれ四万五〇〇〇フラン、しめて一〇万フランの借金を以後かかえることとなった。

バルザックの母は八十二歳という高齢の夫には知らせぬように配慮はしていたものの、つつみかくせるはずはなく、後始末をいっさい任せるとの父親からセディヨ氏宛の手紙が残されている。父親は、そのショックのためか急速に衰弱し、翌年の六月バルザックがベルニー夫人とトゥーレーヌに滞在しているあいだに他界した。こうして、バルザックの行く末を心配していた父は、バルザックが『人間喜劇』という人類の巨大な記念碑を打ち立てることを知らずに、死んでいった。

バルザックのこの破滅的な迷走には、しかし天才のあかしが見られる。まず、バルザックが破滅への道を突き進んでいったのは、彼が過剰な想像力を燃やし、現実と空想とのギャップを悟らぬまに、現実を追い越してしまったからである。かりに、現実と和解して実務的に成功していたら文豪バルザックは誕生しなかったであろう。大劇作家ボーマルシェは、バルザックが失敗した出版業と印刷屋と活字鋳造業の「垂直的」営業で成功し、小説家のラトゥーシュはロマン派のユゴーやヴィニーやスタンダールなどの作品を刊行して、有数の編集者としても成功しているが、夢想家バルザックは挫折すべくして挫折したのである。しかし、三年間の苦闘の記憶はバルザックの脳裏に深く刻まれ、バルザックのさまざまな作品を生みだす原動力になる。

借金漬けから天才への道へ

倒産の体験は、たとえば『セザール・ビロトー』で真っ正直なビロトーに恨みをいだいたデュ・ティエというもとの番頭の巧妙な策略によって倒産に追いこまれるドラマを迫真のものにしているし、また、『幻滅』に登場する印刷屋ダヴィッド・セシャールの印刷工房と印刷術の発明の苦闘を描くとき、マレー＝サン＝ジェルマンの印刷工房そのものと当時の苦い体験がそのまま生かされているのがわかる。

それればかりではない。バルザックは、はじめから借金によって事業にのりだし、事業の節目節目でも借金を重ねていたから、倒産による清算時には、すでにのべたように借金は一〇万フランに膨らんでしまったが、以来、バルザックは一生借金に追われることになる。それにまつわる逸話も数知れずである。たとえば現在バルザック記念館になっているパッシーの住宅に住んでいたときには、その家はセーヌ河畔の傾斜地に建てられていて、玄関の入口にたいして一階の裏口が下の道に通じているところから、借金取りがくると、裏口から下の道に逃れたというのは有名な話である。現在そのあたりの、昔パリの修道僧が葡萄酒を醸造していたところから葡萄酒博物館になっている穴蔵には、バルザックが借金取りから逃れた地下道と称して、蝋燭をともして逃げる等身大のバルザックの人形が飾られていて、笑いを誘っている。

ということは、バルザックは莫大な借金を支払うためにも、ひたすら書かねばならなかったのである。こうして、朝の七時まで自分でいれた濃いコーヒーを四十杯も五十杯も喉に流し込みながら原稿を書きまくったという、バルザックの伝説的な姿が伝えられるようになった。

あるとき、バルザックが知合いの家にいって寝かしてもらったときに、朝の六時には起こしてくれと頼んだのにあまりぐっすり寝ているので起こさないでいたところ、バルザックがあとで起きて「泥棒！」と怒鳴ったという。原稿で稼ぐ時間を奪われたというわけである。しかし、こうした話は面白おかしく伝えられているが、じつは全部実話だろうと思われる。

バルザックはまさに借金を返すために書き、借金があるにもにもかかわらず、一流の仕立屋の服を身につけ、趣味の豪華な家具を買いこみ、さらに借金を重ねていったのである。「わたしのインスピレーションは原稿の締切に迫られることである」といったバルザックならば、「わたしの天才は借金から生まれた」というかもしれぬほどである。

バルザックの文名が上がるようになったのは、この劇的な倒産の翌年一八二九年三月に刊行された『ふくろう党』によってである。バルザックは小説を書くために本格的な取材旅行をはじめて試みた作家といわれているが、彼は『ふくろう党』の舞台であるブルターニュのフジェールに住むポムルール将軍のもとに滞在して、小説の背景を調べ上げている。つまり、バルザックは倒産の後始末が終わるとすぐ、九月にブルターニュに発ったのである。巨額の借金にめげず、つぎのステップに踏みだす精力に溢れたバルザックの姿が目に浮かぶようである。

大革命後のナポレオン時代にブルターニュに起こった大規模な農民による反革命の反乱に題材を

取って書かれた小説は、スコットの歴史小説やフェニモア・クーパーの革脚絆《レザーストッキング》小説（鹿皮製の脚絆をつけた猟師を主人公とする連作小説で、『モヒカン族の最後』が代表作）の影響をうけながら、バルザック特有の情念のドラマとなった。バルザックはここではじめて本名を名乗る。ただし、ド・バルザックと農民の家系でありながら貴族の出であることをしめす「ド」をつけくわえてである。この作品でバルザックは颯爽と文壇へ登場したばかりか、これは『人間喜劇』の記念すべき第一作となるのである。

以後、弾みがついたバルザックの頭脳からはつぎつぎに小説の構想が浮かび、息もつかせぬほどの面白い作品が生まれる。それぞれが傑作であるが、ひとつひとつの小説の価値と興味をさらに高める構想をバルザックは思いついた。それは、ひとつの小説の登場人物がつぎの小説にも登場するといったぐあいにして、登場人物をとおしていくつもの小説が鎖のようにつながり、全体で王政復古時代を中心とするフランスの社会の巨大なドラマが浮かび上がってくるというアイディアである。

こうして一八三三年のある日、バルザックは、カッシーニ街の自分の住居からポワソニエール大通りにある妹ロールの家まで息せききってかけこんできて、叫んだ。

「僕に敬礼しろ。僕は天才になりつつあるのだ！」

誰もなしえなかった記念碑的な作品群を書けるんだというひらめきに酔って、興奮のあまりかけこんできたのである（シュルヴィル、前掲書）。

『人間喜劇』の巨大な構想とエッツェル

バルザックが『人間喜劇』の構想をかかえて、妹の家にかけこんできた翌一八三四年の十月二十六日に、バルザックは当時愛人であった「異国の女」として知られているハンスカ夫人宛に、つぎのような有名な手紙を書いている。

この手直し〔前文にあるビュフォン風の膨大な手直しのこと〕でわたしの全作品（あなたに話した社会研究）から、われわれの美しいフランス語における記念碑のひとつが建造されるはずなのです。一八三八年になると、この巨人的な作品の三つの部分は完成に至らなくても、少なくとも積み重ねられ、その総体を判断できるようになると思います。

「風俗研究」は、人生の一場面であれ、男とか女のひとつの人相であれ、ひとつの性格であれ、ひとつの生き方であれ、ひとつの職業であれ、ひとつの社会領域であれ、フランスの一地方であれ、老年期であれ、成熟期であれ、正義であれ、戦争であれ、何であろうと、忘れられるということなしに、すべての社会的結果が表現されることになるでしょう。（中略）

さて第二番目の層は「哲学的研究」です。というのは結果のあとに原因が来るからです。「風俗研究」においては、感情とその作用を、人生とその歩みを描いてみせましょう。「哲学的研究」では、なにゆえの感情か、なにゆえの人生か、それを超えると社会も人間も生存できない部分とか、条件とはどんなものかをのべます。そしてそれを描写するために（社会に）目を通したあとで、今度は判断するために、それに目を通すのです。従って、「風俗研究」は典型化された個体性であり、「哲学的研究」は個体化された典型なのです。こうしていたるところ――典型には個体化しながら、個体には典型化しながら――生命をあたえます。わたしは断片的に思想をあたえ、思想に個体をあたえます。

ついで、結果と原因のあとに『結婚の生理学』がその一部を形成している「分析的研究」が来ます。というのは、結果と原因のあとには、原則が追求されねばならないからです。(私市保彦訳「異国の女への手紙」――『バルザック全集26』東京創元社、所収)

この手紙のあと、また年月がたっていた。バルザックは、『人間喜劇』の構想をいだきながら、『ゴリオ爺さん』、『幻滅』の第一部と第二部、『村の司祭』、『セザール・ビロトー』などの大作をつぎつぎに書き、『十九世紀風俗小説集』、『哲学小説集』といった作品集も刊行していた。そして、『動物の私的公的生活情景』を通して親密な関係になったエッツェルの手腕を見こんで、彼にそれまでなんど語ったか知れぬその膨大な構想を語ったにちがいない。

エッツェル宛のバルザックの最初の手紙と思われるものがあるが、それはつぎのように、一八四〇年十二月十二日付の書肆スヴランへの借金支払いの肩代わりを頼んだ文面のもので、簡単なものである。

スヴラン氏に七七フランを支払い、わたしの名あての領収証を受け取られたうえで、『動物の私的公的生活情景』の執筆料の清算のさいに現金支払いの代わりにその領収書を返していただけると幸甚です。(ロジェ・ピエロ編『バルザック書簡集』第四巻)

この手紙でわかるのは、『動物の私的公的生活情景』のためにエッツェルがバルザックに執筆依頼をしたことがきっかけで、ふたりの関係が急速に深まり、バルザックがよくやる執筆前の原稿料前借りを気安く頼むまでになっているという事情である。エッツェルは、こうしてバルザックとのつながりを強めていたと思われる。バルザックはまた、「〔作者としての〕スタール氏に最大の信頼をおいている」(一八四一年九月十二日?)とエッツェル宛の手紙で書いているが、このことばは単なる外交辞令だけのものではないと思われる。バルザックは、エッツェルを作家としても買っていたはずである。

そもそも、ふたりにはある意味では共感をもつ部分があった。というのは、経歴上の共通点があったからである。バルザックがパリ大学で法律を修めたのにたいして、エッツェルもストラスブール大学で法律を学んでいる。若きバルザックは、大作家になろうとして生活費稼ぎと小説家修業をかねて大衆小説を量産しているうちに、出版業に足を踏みいれ、それに失敗するとこんどは印刷工場を買い取って印刷業に手を染め、それも大失敗して莫大な借金をかかえながらはじめての傑作『ふくろう党』を書いて、晴れて作家としてデビューをはたした。それにたいしてエッツェルは、一八三六年にパリのポーラン書店に丁稚となり、編集者の腕を磨いて話題性のある本づくりをしながら、ひそかにもうひとつの才能、つまり作家としての才能を育て、P・=J・スタールというペンネームで『動物の私的公的生活情景』を舞台に作家としてデビューし、やがて当代を代表する児童文学作家としても名をなした。

つまり、ふたりともに、ボーマルシェやラトゥーシュ同様、出版人と小説家との二足のわらじを履いた人である。しかし、エッツェルの本領はやはり編集者にあった。実務にも長けていたという点では、バルザックと対照的であったといってよいほどである。その結果、一方は出版業、印刷業で失敗して大作家になり、他方は編集者として偉大な功績を残しながらおびただしい作品を書いたが、業績は作家としてより編集者としてのほうが抜きんでていた。このように、バルザックとエッツェルを比較すると、神はすべての人にそれぞれの持ち味と役割をあたえたということを痛感するばかりである。

こうして、二足のわらじを履いた人間と二足のわらじを履こうとしていた人間の出会いから、『人間喜劇』という巨大な建造物が姿をあらわそうとしていた。バルザックは、ハンスカ夫人に語ったと同じ膨大な構想をエッツェルにくり返したにちがいない。自分の連作の登場人物は二千人から三千人にのぼるばかりか、『ゴリオ爺さん』（一八三五）執筆のころからすでに意識していた多くの人物がいくつもの作品に再登場する「人物再登場法」という技法を使うことなどを、熱っぽく語ったであろう。すでにバルザックに魅せられていたエッツェルも、バルザックの話を聞いて興奮したであろう。そのさまを、パルメニー＝ボニエの『エッツェル伝』はつぎのように語っている。

現代社会のなんと巨大な光景だろう。なんという驚異的な記念碑をこの男はわたしに描いて見せたことか！　しかも、この男はそれを目に映るように見ているのだ！　それを実現できるのは彼だけだ！（…）こんな幻想家の作品を企画するのは、素晴らしいことではないか！（P・B第二章）

こうして、エッツェルは、バルザックの全集の刊行に踏み切ることになる。その決断をするまえに、エッツェルは、かつて主人として仕え、いまも同じ番地のセーヌ街三三番地に住む慎重派のポーランに意見を聞いて、ポーランの助言をえながら、やはり同じ番地に店を構えるJ・＝J・デュボシェに、シャンタル・サンシュをくわえ、四人の共同出版として、バルザックの全集を刊行する契約を、一八四一年四月十四日にバルザックと結ぶことになる。ところが、同年十月二日に再契約となり、共同編集者のうち、サンシュが退いて、その代わりにシャルル・フュルヌがくわわり、総タイトルが『バルザック全集』から『人間喜劇』になったのである。

『人間喜劇』のタイトルと序文

もちろん、注目すべきであるのは、『人間喜劇』というこのあまりにも有名な総タイトルの登場である。

バルザックの資料を、手にはいるかぎり蒐集した最大のバルザッシアンとして知られているロヴァンジュールは、バルザックの秘書役をしていたベロワ侯爵がイタリア旅行から帰った際、ダンテの『神曲』（コメディア・ディヴィーナ）から『人間喜劇』（ラ・コメディ・ユーメーヌ）というタイトルのヒントを得たという説をとなえているが、これには確実な根拠はない。しかし、ダンテの『神曲』と、ダンテ自身の思想と、『神曲』の地獄・煉獄・天国のイメージにバルザックが共鳴していた痕跡は、作品の随所にでてくるから、『人間喜劇』のタイトルが『神曲』を意識して創出されたことはまちがいない。

ちなみに、ダンテが『神曲』と和訳されているのなら、フランス語で神を人に変えているだけの

La Comédie Humaine は、『人曲』とする方が整合しているだろうという意見があるが〔なお『神曲』の仏訳タイトルは *La Divine Comédie* である〕、コメディには演劇という原義があるにせよ、喜劇と訳したのは結果的に絶妙であろう。『人間喜劇』を読めば、バルザックが人間の業から生まれるドラマを躍るような筆致で描写しつくして、どの場面もきわめて演劇的であり、そこには単なる喜劇的タッチがみられるばかりか、業と執念にとりつかれた人間のおかしみと異常な性癖の描写そのものがしばしば喜劇にまで高まるほどであることからも、『人間喜劇』の訳名はぴったりといえよう。

刊行を企ててまもなく十三年になるこの著作に、『人間喜劇』というタイトルをあたえるに当たっては、わたし自身はあたかもそれに関わりがないかのように話すようつとめながら、その思想についてのべ、その起源を語り、そのプランを簡潔に説明せねばならないであろう。(『人間喜劇』序文)

とバルザックは『人間喜劇』の冒頭に記している。『人間喜劇』の作品群を分類し、その特色を分析したバルザックのこの有名な「序文」を、エッツェルは、『人間喜劇』の企画のためには不可欠のものと考えたようである。エッツェルたちは、はじめは、ロマン派の一方の旗頭のノディエに書いてもらおうと打診するが断わられ、つぎに、「コンスティテュショネル」紙の文芸欄の編集をしていたジャーナリストのイッポリット・ロールを、エッツェルとポーランが訪問して依頼した。すると彼は、バルザックに直接会って話を聞くことと、バルザックの全著作を貸してもらい、そのなかの重要な箇所についてメモをもらうという、ふたつの条件をつけてきた。彼はバルザックとは旧知の仲であったが、よき理解者であったかどうかはうたがわしく、結局エッツェルらは、彼への依頼を断念したのである。

さいごの頼りにと、バルザック自身がジョルジュ・サンドを訪問し、執筆を依頼すると、視神経を侵され、読書も執筆もままならぬ状態であると訴えられたので、あきらめざるをえなかった。そこでバルザックは、既刊の『十九世紀風俗小説集』と『哲学小説集』のためにフェリックス・ダヴァンに下書を書かせ、それに自分が手をいれた「序文」を、そのまま使おうとエッツェルに提案した。するとエッツェルは、つぎのように猛反対した。

フェリックス・ダヴァンと署名した序文をそのまま使うことはできません。その序文は、他人の署名でも、ほとんどあなたご自身で書いたらしいとわかり、正当なものではありません。その点では、きわめてまずいと思います。われわれの全集版のような大事な出版物の冒頭にそれを置くとしたら、救いがたい結果をもたらすことになるでしょう。

一八四二年六月下旬のこの書簡を読むと、じつはエッツェルがバルザック自身に「序文」を書かせようとしていたことが、よくわかる。エッツェルはフェリックス・ダヴァンの「序文」が型にはまったものであることを批判したのち、「なによりも簡潔で、自然で、文学的主張やその他の主張をせずに、いわば謙虚でつねに善意のものでなければならない」と、いかにもエッツェルらしい意見をのべ、とにかく著者たるバルザック自身が書くのが肝要であることを、強調している。

簡略にしなさい。簡略にしなさい（…）あなたのお仕事を慎重に話しなさい。すべてから、あなた自身からも自由になっていると想像しなさい。そうすれば、有意義で必要かくべからざる内容が書けるでしょう（…）一行目に、「わたしはかくかくの理由で自分の全集にこの名前（人間喜劇）をあたえた」などと書いてはいけません。（ピエロ、前掲書第四巻）

エッツェルは、噛んでふくめるようにバルザックに忠告する。バルザックが枝葉と修飾の多い文を書くことや、とかく自己の思いを吐露する癖をよく知ったうえでの、忠告である。エッツェル自筆のその「序文」の下書は、現在はフランス国立図書館に所蔵されていて、筆者も目を通したが、その冒頭はつぎのようになっている。

わたしの全集版を刊行するこのときに当たって、わたし自身はあたかもそれに関わりがないかのように話すようにつとめながら、簡潔に、全集のプランを説明し、その思想をのべ、その起源を語る必要性を感じている。（P・B第二章）

フランス語の原文でくらべれば一目瞭然で（比較できるようにできるだけ直訳調に訳しているが）、さきほど引用した「序文」とほぼ同じである。というわけで、じつはエッツェルが「序文」

を書いたのではないかという見方もありうるが、やはり書いたのはバルザックで、エッツェルは原稿紛失をおそれて自分で筆写したというのが、正当な推測であろう（バルザック研究家ロジェ・ピエロは「近刊の本〔パルメニー＝ボニエ『エッツェル伝』〕について」という「フランス文学史研究誌」（*RHLF*）一九五五年の記事で、じっさいにエッツェルの原稿を調べて、エッツェルによる筆写と断じている）。しかし、エッツェルがバルザックの文章に口を出したことは否定できないであろう。とにかくエッツェルは、のちほどくわしく紹介するヴェルヌやドーデの例などでもわかるとおり、作家の文章を直すことが得意であったからだ。

『人間喜劇』には、挿絵画家として、フランセー、ガヴァルニー、ジェラール・セガン、トニー・ジョアノー、メソニエ、ペルレなどが動員された。このメンバーを取りそろえたのも、エッツェルが中心になってのことと思われる。エッツェルは、グランヴィルの躍るような板画をちりばめた『動物の私的公的生活情景』を刊行したばかりであり、同じく板画の挿絵つきの風刺文学集『パリの悪魔』も準備中だったからだ。とりわけエッツェルは、美麗な仕上がりを考えて、当代一流の彫版師をあつめた。

この歴史的な全集が「フュルヌ版」と呼ばれるのは、第二回目の契約では、シャンタル・サンシュの代わりにフュルヌが契約の筆頭に名をつらね、やがてエッツェルは、一八四六年にバルザックとの金銭的なトラブルもあって、権利をフュルヌに委譲してしまったからである。しかし、全集が軌道に乗るまでの牽引力はエッツェルであったのはたしかであろう。

第五章　『パリの悪魔』

「新子ども宝庫」　一八四二年四月、エッツェルたちの企画によって、バルザックの待望の『人間喜劇』第一巻が刊行された。この刊行は一八四六年の第一六巻で一応完結したが、一八四八年には第一七巻、バルザック死後の一八五五年には第一八巻が刊行され、エッツェルらが企画した歴史的な出版は、ここに終わりをつげた。その間にエッツェルはどのような有為転変をたどったのであろうか。

一八四二年から、エッツェルにとって運命的な一八四八年の二月革命まで、エッツェルは意欲的な出版をつぎつぎに実現して、出版界に確乎たる位置をしめていったが、その歩みは順風満帆というわけではなかった。

ともかくも一八四二年の十二月十七日には『動物の私的公的生活情景』の最終配本の刊行もおわり、一八四三年七月十九日をもって、ポーラン書店からの独立に踏み切った。もちろん、喧嘩別れであるはずはなく、大きな企画の実現のため、それぞれが自分の道を歩くためであった。

ポーランは「挿絵新聞」発刊やティエールの『領事館と帝国』の刊行の準備にかかろうとしてい

た。エッツェルは『お好きなところへ旅を』（一八四二―四三）という、トニー・ジョアノーの美しい彩色画に「マリー」などのミュッセの詩やP・＝J・スタールとしての自分の作品を添えたロマンティックな雰囲気たっぷりの内容で、好評を博した本を刊行したのち、エッツェル流「生理学」ものの集成ともいうべき風刺文学集『パリの悪魔』の構想を練っていた。

それにしても、自分が育てた若者があまりにも立派に一人立ちをするさまを見て、ポーランはどんなに満足の笑みを浮かべたことであろうか。

エッツェルは、完全独立を機に、セーヌ街三三番地からメナール街一〇番地に移転した。ということは、左岸から、右岸のうちでもグラン・ブルヴァール、パレ＝ロワイヤル、コメディ・フランセーズにちかい文学的な雰囲気につつまれた界隈に移ったわけである。同時にリシュリュー街七六番地のイデルフォンス・ルーセから買い取った書店に、自社の刊行物と宗教書を売る本屋を開いた。文学者や芸術家が出没する「カフェ・カルディナル」とは目と鼻の先であり、帝室図書館（現在の国立図書館分館）もおなじ通りに面していた。

一八四八年までのエッツェルの出版活動は、『パリの悪魔』の刊行を頂点にして、すでに紹介したものを別とすれば、一八四三年からはじまり一八五一年までつづく「新子ども宝庫」で児童文学の刊行をはじめたことと、当時文名がそれほど上がっていたわけではなかったスタンダールの全集を刊行しようとした企画である。

「新子ども宝庫」の刊行は、エッツェルが早い時期から児童図書の刊行に興味をいだいていたことを証拠立てるものであろう。エッツェル自身、少年・青年時代を通じて、ペロー童話、ルプランス・ド・ボーモン夫人の童話、ドイツ・ロマン派のメルヘン、『ロビンソン・クルーソー』などの愛読者であったから、この時期にすでに、子どものためにいい読み物を刊行することを考えていたのだ。

フランスでは、児童ものにたいして、子どもの好みに合わせるためには大人には利得をもたらさないように本が書かれねばならぬ、という致命的な偏見がある。(…)だから、子どもに好かれる本はつまらない本でしかない。(…)わがフランス文学では、機知を発揮したいがために、気に入られたいがために、正しく誠実な内容がけっして犠牲にされてしまわないような、家庭的な読み物に乏しい。

一八四二年に刊行したフローリアンの『寓話集』の冒頭の「フローリアンの生涯と作品」で、エッツェルはこう書いている(フランス国立図書館『エッツェル展カタログ』)。これは、エッツェルによるフランスの児童文学の現状についてのはじめての意見である。

これでもわかるとおり、エッツェルはいかなる児童文学の出版と創作が必要であるか、すでに明確に意識していたのである。そして、ロマン派の作家たちによって新しいファンタジーがうみだされていることを知っていたエッツェルは、グランヴィルやメソニエやジョアノーなどの画家をかかえこんで、挿絵つきで、ペロー童話集などの古典にくわえ、P・=J・スタールつまりエッツェル自身による『親指トムの本当の新たな冒険』(一八四四)、ノディエの『そら豆の宝とエンドウの花』

（一八四四）、アレクサンドル・デュマ・ペールの『ベルトゥ姫の粥』（一八四五）などを、次々出版しはじめた。しかし、児童文学編集者、児童文学作家としてのエッツェルの本格的な活動は二月革命以後に開始されるので、児童図書出版については本書の後半でまとめて取りあげることになろう。

スタンダール全集刊行計画の失敗　一方、スタンダールの全集の刊行は結果的にはエッツェルの見込みちがいにおわった。スタンダールといえば、フランスではもちろん日本でさえ、文学好きで知らぬ人はいないほどの大作家であるが、彼の生前と死後しばらくはそうではなかった。スタンダールが「自分の作品は五十年後に皆に読まれるだろう」といったのは有名であるが、その予言どおり、スタンダールは十九世紀末から評価されるようになった。

ところが、エッツェルの身近にいたメリメやミュッセやドラクロアなどは、スタンダールの小説の価値を知っていた。とりわけバルザックは、スタンダールを高く買っていた。そして、スタンダールの『パルムの僧院』が一八三九年に刊行されるや、「パリ評論」の一八四〇年九月二十五日号にさっそく詳細な評論「ベール氏研究」〔スタンダールの本名はアンリ・ベール〕を発表した。

ベール氏は、章から章へと高貴が輝きわたるような本を書いた。彼は、きわめて機知に富んだ二十冊ほどの本を書いたあと、人が偉大な主題を滅多に見いだすことのない年齢になって、真に卓越した魂の持主にしかその真価がわからない作品を生み出した。つまり彼は、現代の「君主論」を、マキアヴェリがイタリアから追放され十九世紀に生きたなら書いたような小説を書きあげたのである。
そのため、ベール氏が当然うけるべき名声への最大の障害は、『パルムの僧院』を理解し味わうほどに長けた読者を、外交官、大臣、文芸批評家、もっとも傑出した社交界の人々、もっとも秀でた芸術家のあいだにしか、つまり、ヨーロッパのトップに立つ一二〇〇人か一五〇〇人の人士のあいだにしか、見いだせないということである。

バルザックはスタンダールの傑作が理解されないことをこのように嘆いて、自分が発刊した「パリ評論」に、自分の紹介が「未発表の小説にもまさる楽しみをあたえないはずはない」と自画自賛しつつ、冗長とも思える懇切な紹介と批評をしたのである。これは、大作家が自分とはちがうタイプのもうひとりの大作家に捧げた愛情あふれるたぐい稀な賛辞であった。スタンダールは外交官としての任地であるイタリアのテヴィタ・ヴェッキアでこれを読んで感動して、バルザックに長文の感謝の手紙を書いている。

スタンダール

エッツェルも、もちろんバルザック同様にスタンダールを理解するひとりであり（あるいは、バルザックからスタンダール称賛のことばを聞いたのかも知れないが）、何よりもスタンダール全集を成功させるべく手を打っていた。
スタンダールは一八四二年に物故したが、エッツェルは、彼の従兄弟で遺言執行人のロマン・コロンから全集刊行の契約を一八四五年に結んでいて、コロンにスタンダールの伝記と作品解説の執筆を依頼し、バルザックからもコロンを通じて前述の解説を採録する同意を得ていた。そして、コロンの評伝とバルザックの論文を『パルムの僧院』の冒頭に置いて一八四六年に刊行、ついで『赤と黒』も刊行した。しかし、バルザックとエッツェルはやはり五十年近く時代を先取りしていたことがわかった。この全集の売行きは散々だった。一九〇三年にスタンダーリアンのコルディエは、『スタンダールとその友人たち』でエッツェルのこの事業が当時はいかに危険な賭けであったかを、つぎのように語っている。

　この企てを敢えてやる人の名前を知らなかったら、かくも重大な仕事を引き受ける編集者をよくも探しえたというコロンの驚きを、われわれもともにしたであろう。それはエッツェルであった。商人というより芸術家であり、計算家というよりベイリスト〔スタンダールの本名ベールからきている〕であり、この刊行の栄誉を申し出て、そのためにあまりにも高い支払いをした人である。この出版物の運命を知るには待つ必要はなかった。完璧なる失敗に終わったのである（…）（P・B第三章）

こうして、エッツェル版スタンダールは多量の売れ残りをかかえ、その売れ残りも、一八四八年に、「スペクタトゥール・レピュブリカン」紙の景品になって消えてしまった。それにも懲りず、エッツェルは一八五二年に分冊の配本ごとに四スー〔一スーは五サンチーム、つまり二〇分の一フランにあたる〕で買えるといった廉価版を計画しようとしたが、当時エッツェルは追放されていたので、資金繰りもつかなかった。結局、スタンダール全集刊行の栄誉は、一八五四年に、エッツェルより抜け目ない商売人であったミシェル・レヴィーに奪われてしまった。ここには、スタンダールの価値をいち早く見抜いていたエッツェルの慧眼と、文学者としての打算をこえた情熱をみることができよう。

『パリの悪魔』の刊行

すでにのべたように、エッツェルは、新しいメディアである挿絵という視覚言語で、パリの風俗を戯画化して描く「生理学もの」の流行と、そのパリの種族を動物にして描き出すという流行に乗って、『動物の私的公的生活情景』を刊行し、大成功をおさめた。それとほとんど同じ型の出版が一八四四年四月十三日から配本が開始された『パリの悪魔』である。これは柳の下にもう一匹のドジョウをという企画であるが、エッツェルのことであるから、まちがっても陳腐な「二番煎じ」におちいることはなかった。

こんどは、パリの動物園と縁を切り、パリに生きる人々やパリの街角を往来する人々の喜怒哀楽と表情を、ガヴァルニーやベルタールなどの版画家をちりばめて、『動物の私的公的生活情景』よりさらに変化と点数をくわえた絵入り豪華本で、読者の目を惹きつけようとするものだった。それに、バルザックやサンドやジュール・ジャナンやウージェーヌ・シューといった人気作家がパリの人々の隠された生活にひそむエピソードを描き出すのである。これこそ、当時話題となったキュルメール書店の「フランス人自身が描くフランス人」〔四五二頁参照〕を超えようというスケールの大きな「生理学もの」を狙おうという野心満々の企画であった。

『動物の私的公的生活情景』の発端が動物園の動物たちの反乱にはじまり、グランヴィルを挿絵画家としてさまざまな動物が物語をかたるという趣向であったように、こんどは、地獄の悪魔の手下が、悪魔の親方に命じられてパリの町を歩き回るという趣向で、流行作家描くところのパリのさまざまな種族の生態を描くスケッチ風の小品をちりばめた内容であった。

中心にはガヴァルニーの「パリジャン百態」、ベルタールの「パリ・コミック」といったパリの人々の風俗を描く版画を中心に、シャンパン、ベルトラン、ドービニィー、フランセー（一八六八年増補版）などの挿絵を配した。つまりこれは、挿絵本の時代の代表的な出版を実現しようという野心的な試みであるとともに、まさに当時流行の生理学ものの集大成となったのである。

この本は二巻の構成で分冊として配本され、第一巻五〇回の配本は一八四四年四月十三日からはじまり、一八四五年十二月二十八日に完結、第二巻五六回の配本も一八四六年十二月に完結し、その後豪華な単行本として刊行された。

第一巻が刊行されるや大評判となり、「貸本屋でも、グラン・ブルヴァールやラテン区のカフェでも、田舎でさえも、この生き生きしたパリ風俗絵巻が話題となった」（P・B第三章）のである。ただし、一八六〇年に単行本となった第二巻の方は、おそらく「生理学」が下火になったということもあってか、売行きが落ちて、在庫をかかえることとなり、エッツェルは『悪魔の引出し』とタイトルを変えて売り出したりしている。しかし、現代では、この二巻本の挿絵は、ともに十九世紀の習俗史の資料として計り知れない価値をもっている。

その中味は、文と挿絵がほとんど交互にばらまかれて配置されていて、挿絵入りの読み物を読んだあと、つぎには風刺画、ポンチ絵などを見て抱腹絶倒するというぐあいになっている。ここでは、内容を整理して紹介するために、以下に、一八四五年刊の第一巻と一八四六年刊の第二巻の目次を、スケッチ風の文と画家による挿絵とに分け、作家ごとに配列してみよう。なお、作家の順序は記事や絵の初出の順序によっている。

第一巻

【文と挿絵】

TH・ラヴァレー「パリの歴史（昔の城壁と建造物を描いたパリ十二景）」（挿絵シャンパン）

P・=J・スタール（エッツェル）「プロローグ――いかにして悪魔はパリにやってきたか、およびこの本の結末やいかに」（挿絵ベルタール、ドービニィー）、「フラメッシュの短い独白」（挿絵ベルタール、ドービニィー）、「フラメッシュとバティスト」（挿絵ベルタール）、「パリの通行人」（挿絵ベルタール）、「パリの社交界と社交界の人々」（挿絵ベルタール）、「地獄の眺め」（挿絵ベルタール）

ジョルジュ・サンド「パリの見晴らし」（挿絵フランセー）

L・ゴズラン「パリの女たちとは」（挿絵ベルタールとフランセー）、「新聞に一言」（挿絵ベルタール）

P・パスカル「パリの挨拶の仕方」（挿絵ベルタール）

F・スーリエ「見えないドラマ」（挿絵ベルタール）

CH・ノディエ「パリでは何によって文人を見分けるか」、「ムッシューということばとそのいくらかの用途について」
E・ブリッフォー「水泳学校の一日」（挿絵ベルタール）
S・ラヴァレット「熾天使」（挿絵ベルタール）、「何故」（挿絵ベルタール）
ド・バルザック「パリの結婚生活の哲学」（挿絵ベルタール）、「パリのスパイ」（挿絵ベルタール）、「服飾品店の女主人」（挿絵ベルタール）、「リシュリュー街のゴディッサール」（挿絵ベルタール）
T・ドゥロール「女工さんの一週間」（挿絵ベルタール）
A・カー「パリジャンを見分ける特徴」、「パリの平等について」（挿絵ベルタール）
メリー「パリの気候」（挿絵ベルタール）
A・ジャンスティス「登録アカデミーと文学についての秘密の覚書」（挿絵ベルタール）
G・ド・ネルヴァル「鴨の本当の話」（挿絵ベルタール）
A・ウッセー「どうして人はパリをはなれるのか」（挿絵ベルタール）、「ほかの見方」
A・オベール「無駄なことば」
ゴーティエ「若き家兎の何枚かのアルバム」（挿絵ベルタール）
オクターヴ・フーイェ「パレ＝ロワイヤルの庭園にて」（挿絵ベルタール）
A・ミュッセ「ミミパンソン嬢――お針子のプロフィール」（挿絵ベルタール）
A・ミュッセ作詞、F・ベラ作曲　ロマンス「ミミパンソン嬢」

【版画】

ガヴァルニー　「パリの悪魔」

「連作パリの人々百態」——弔辞、ブルジョアのドラマ、輪廻と転生、文士と女文士、小者は嚙みつく、劇場、カーニヴァルにて、閨房と屋根裏部屋、パリの田園、パリのパリ男、真面目人間と欲張り人間、牢獄、仮面と顔、小売商、外国大使館員と田舎の使節団、ボヘミアン暮らし、入場自由の劇場と舞踏会、キャバレー、パリの金、郊外、婦人のきずな、アトリエ風俗、新恐るべき子どもたち、人はどこから来て何になるのか、紹介する人と紹介される人と

ベルタール　「連作パリ・コミック」——優雅な社交界、野外舞踏会、客間の家具、パリの音楽、パリの日曜日

シャンパン　「セーヌ川とセーヌ河岸」、「テュイルリー宮殿とシャン・ゼリゼー」

第二巻

【文と挿絵】

TH・ラヴァレ　「パリの地理」（挿絵シャンパン）、「洪水前のパリ」

P・＝J・スタール（エッツェル）「パリ瞥見」（挿絵ベルタール）、「愛とは何か、もし愛し合ったなら」、「施しとは何か」、「結論」

ド・バルザック　「パリで消えたもの」（挿絵ベルタール、ベルトラン）、「パリのブルヴァールの

歴史と生理学」（挿絵ベルタール、ベルトラン）
A・カール　「ふたりの金持の物語」、「元旦のパラドックス」、「好きで貧乏になる金持について」、
「テュィルリーの子どもたち」（挿絵ベルタール）
H・モニエ　「パリのブルジョアの結婚」（挿絵H・モニエ）
オクターヴ・フーイェ　「テュィルリーのマロニエの下で」（挿絵ベルタール）、「ロワイヤル広場
の菩提樹の下で」（挿絵ベルタール）、「リュクサンブール公園にて」（挿絵ベルタール）
（H・＝J・ベール）ド・スタンダール　「フィリベール・レスカル」（挿絵ベルタール）
L・ゴズラン　「パリの愛人たち」（挿絵ベルタール）、「パリの劇場」（挿絵ベルタール）
CH・ノディエ　「未刊の文章」、「法廷におけるキリストのイメージの歪曲について」
S・ラヴァレット　「パリで期待はずれの事ごと」、「パリの墓場」
ジョルジュ・サンド　「社交界における一家の母親たち」、「パリの野蛮人たちの住処旅行記」
ロラン＝ジャン　「外出する女は何処にゆくか」（挿絵ベルタール）
E・ウルリアック　「軽業師の風俗についてのエッセイ」（挿絵ベルタール、ドービニィー）
A・マラスト　「国会議員のホール」（挿絵ベルタール）
CH・ド・ボワーニュ　「ジョッキークラブ」（挿絵ベルタール）
アルタロッシュ　「メランジュ社」（挿絵ベルタール）
ある老法律家　「裁判所」（挿絵ベルタール）
E・ギノー　「悪魔のやもめたち」（挿絵ベルタール）

ジュール・ジャナン「クリッシー」（挿絵ベルタール）
E・ブリフォー「エスプリの労働者」
オーギュスト・バルビエ「無関心」
ウージェーヌ・シュー「瑪瑙玉」（挿絵ベルタール）
ヴァレンヌ侯爵「ターバン」
アルフレッド・ミュッセ「パリ女への忠告」
F・ベラ作詞・作曲「わが牢獄」（挿絵デカン、ドゥヴェリア、ガヴァルニーほか）
A・ルゴワ「パリ市の統計」

【版画】
ガヴァルニー「連作パリの人々百態」――紹介する人と紹介される人、政客、当局の許しで、ガン大通り、文士と女文士、カーニヴァルにて、哲学者、金のベルト、ブルジョアのドラマ、庶民、芸術家、胡散臭い人々、剣、足蹴と拳骨で、小者は噛みつく、あちら帰り、書斎の沈黙、金、弔辞、ブルジョア
ベルタール「連作パリ・コミック」――パリの元旦、カーニヴァルのエピソード、パリのささやかな職業、ルーヴルの展覧会、パリの作法、パリのお祭り、パリの子どもたち、パリの中学生、学校と受験、先生と私学、パリの食事風景十人十色、パリの悪魔のパンテオン
モリス・S「パリにおけるアイオワ族のインディアン」

全体の「プロローグ」は「いかにして悪魔はパリにやってきたか」と題され、P・＝J・スタール（エッツェル）によって書かれている。

悪魔というと、十八世紀にはルサージュの『びっこの悪魔』（一七〇七）、カゾットの『悪魔の恋』（一七七二）というふたつの傑作があった。また、ロマン派の幻想文学の黄金期の一八三〇年の前後には、ゲーテの『ファウスト』が仏訳されたこともあって、黒服を着て尻尾をときどきのぞかせる悪魔が、幻想小説に舞台にと大活躍をした。こうして、ロマン派の悪魔は、ゴシック小説風のおどろおどろしい姿であらわれたり、メフィストフェレスのように皮肉っぽい姿で現われたり、ミルトンのルシフェールの系譜の反逆者の姿をとったりしている。

パリの生きた百科全書《アンシクロペディア》

『パリの悪魔』の執筆陣にはいっているテオフィール・ゴーティエもネルヴァルも、かたや「オニュフリュス」、かたや「緑の悪魔」などで悪魔を登場させているが、こうした作品でも、悪魔はすでに悪と反逆と魔力と誘惑に満ちた姿を失い、パロディー的な装いをもって登場させられている。

しかし、何よりもこの挿話でのエッツェルの先輩はルサージュの『びっこの悪魔』であろう。この物語は、スペインのベレス・デ・ゲバーラの『悪魔コフエロ（びっこの悪魔）』（一六四一）のストーリーをそのままいただいて、学生が悪魔を自由にしてやったお礼に悪魔が学生のために家々の屋根を開いて人の生活をのぞき見をさせるといった内容である。エッツェルも、愛すべきマスコットになりつつあった悪魔をパリに舞い下りさせ、パリの表と裏の風俗パノラマを繰り拡げて見せようというわけである。

本を開くと、黒檀の王座で地獄にあきあきした悪魔大王や家来の悪魔たちが大あくびをしている光景が描かれている。分身のように悪魔大王につき従っているフラメッシュという小悪魔が、大王に統治している地獄の帝国の視察旅行に出ることをすすめる。大王は重い腰を上げ、一族郎党を引き連れ旅に出る。地獄にはさまざまな星の霊魂が住んでいたが、大王は「地球」の住民の霊魂のいる所を訪れることを思いつく。

「パリの悪魔」の扉絵（パリを見下すエッツェル）

大王がくるというので地球の霊魂の世界はお祭りさわぎとなる。ゼウスの怒りにふれ地獄で永遠に糸車をつむがねばならぬイクシオンも糸車をまわすのをやめ、三人の運命の女神たちも人の死を決める仕事をやめてしまう。このように、エッツェルはユーモアと風刺たっぷりに地球の霊魂たちの騒ぎを描き出す。そこで大王が霊たちからさまざまな地上の生活について聞くところも面白いが、クライマックスは、ひとりの哲学者がせせり出てきて、長広舌をふるって王をうんざりさせるところである。

哲学者は、デモクリトス、ヘラクレイトス、タレスなどの古代ギリシア哲学からはじまり、折衷主義とか汎神主義とか理想主義の理論を説明しようとしたり、カントやスエーデンボルグを引用しようとしたり、各国の神話を説いたり、北欧や中国やイスラムの伝承にあらわれる地獄と今いる地獄を比較したりするので、悪魔大王はうんざりして、哲学者の長広舌をやめさせる。他の者も、悪魔大王が質問しないうちに焦って答えようとするので、地獄の霊たちに地球について説明させるのはまちがいだと悟り、「いったい、この連中は地球のどこからきたのだ」と案内役にたずねると、「パリから」と答えるではないか。そこで、大王はにわかにこんなにもおしゃべりばかりいるパリという場所に興味をしめし、かたわらにいるフラメッシュにパリにおもむいて、逐一パリの情報を送るように命ずる。

というわけで、小悪魔の出番となり、小悪魔はパリに姿をあらわす。はじめは空中を舞ってグランブルヴァールやヴァンドーム広場に群れる人々の上を舞って人々を驚かせたり、仲の良い夫婦や密会している恋人たちなどをひそかに眺めたりする。やがて、小悪魔は人間に姿を変えてパリを徘徊するようになるが、そのうちに、心根までパリジャン風となり、ブリンダ嬢という美女に惚れてしまう。そうなると気もそぞろで、大王に通信を送ろうとすると、ブリンダへの恋文になってしまう。そこで小悪魔は、パリのもの書きを募って自分の代わりにパリ通信を書かせようとする。ここでも、ある者は好奇心から、ある者は利害から話に乗ってきて、てんやわんやのアイディアをのべたてるのだが、最後にひとりの男が近寄ってきて、わたしは「シーザーの時代から現在に至るまでのパリとパリジャンについて書かれた各国と各時代の有名な人物と作家による意見を記したメモでいっぱいのたくさんのボール箱をもっているから、その貴重なボール箱をあなたのお役に立てましょう」というのである。さらに男は、それを本にしなければいけない、それも、「人目を引く奇抜な本」でなければならない、そのような本はひとりでにできるものではなく「編集者という者が必要なのです」、といいはじめる。ここで、男は出版屋というものがいかにむずかしい商売であるかをこぼしはじめる。いい本はたいてい売れないものであり、なにも印刷していない紙は一キロ二フランで売れるのに、一〇フランもかけて挿絵をつけ印刷しても、読者に好かれないと四スーにしかならない。出版は「手を加えることによって原料の価値の四分の三が消えてしまう唯一の産業ではないか」、とこぼす。あげくのはて、「フランスという国はヨーロッパでいちばん機知に富んだ国であるが、またいちばん本を読まぬ国でもある」、とフランスの読者に八つ当たりする。むろんここぞとばかり、エッツェルは出版社稼業のぐちをこぼしているのである。こうして、話は落ちるところに落ちてゆく。

つまり、男は本を喧伝し、パリ中を夢中にさせることのできる敏腕な編集者として『動物自身による動物物語』の編集者を推薦するのだ。そして、その本は当時の流行作家描くところのパリのさまざまな種族の生態を描くスケッチ風の小品をちりばめたものだという。なんということはない、『動物の私的公的生活情景』の編者たるエッツェルのことである。こうして、話はたちまちまとまり、フレメッシュは意気揚々として悪魔大王に手紙をしたためる。

陛下、

人間どもを軽く見ていたのはあやまりでございました！　この小人どもはじつは巨人でありました。そして、女どものかたわらではその巨人も小人にすぎません。

陛下、パリは陛下の帝国の至宝であります。そしてわたしは、まもなくこのパリの世界でおこる無数の愉快な出来事や涙を誘う出来事を、陛下につぎつぎに忠実にご報告できましょう——陛下の気がまぎれることをひとつ残らず——陛下のお気に召すことも忘れずに——どの頁も挿絵つきで——ご報告できましょう。

そればかりではありません。全世界の話題になるようにとわたしたちの報告はなされます。ほどなく、陛下がご報告にご満足遊ばれることをお約束いたします。

フラメッシュ

こうして、悪魔によるパリの風俗絵図が繰り拡げられるわけであるが、以上に紹介したプロローグの前には、ラヴァレによる古代からの「パリの歴史」が、昔の城壁と建造物を「パリ十二景」として描いたシャンパンの挿絵とともに、細かい活字で三一頁にわたって語られている。こうしたパリの歴史は、『十九世紀新タブロー・ド・パリ』（一八三四—三五）や、その後はラヴァレの『パリ案内』（一八六七）にも掲載されているから、当時流行のパリ論のパターンとなっていたのであるが（小倉孝誠『19世紀フランス　愛・恐怖・群衆』）、歴史があれば地理も必要とばかりに、第二巻の

パリの音楽（ベルタール「連作パリ・コミック」──『パリの悪魔』より）

冒頭には、同じ「パリの地理」を七九頁にわたって解説している。いずれの解説も具体的でわかりやすくなされている。ここには、科学や地理を物語として読ませるという後年の啓蒙家エッツェルの原型が、まぎれもなく見られる。

それればかりではない。第二巻の末尾の付録として、ルロワの「パリ市の統計」が一六頁にわたって、当時のパリの性別・職業別・既婚未婚別・年代別の人口の動態からはじめ、産業・経済・財政・消費・福祉・教育・犯罪と、網羅的な統計の数字を紹介している。こうした知識を盛りこんだな頁を骨組みとすれば、肉付けは多彩な版画と作家たちのスケッチ風な挿話でなされている。

挿絵は『パリの悪魔』においても主役であって、ガヴァルニーの「連作パリの人々百態」とベルタールの「連作パリ・コミック」の二本柱である。ガヴァルニーは乞食や商人からふんぞり返るブルジョアや深刻な哲学者や政治家などの、パリに生きる人々の百態を、生き生きと描き出している。一方、ベルタールは、社交界とかお祭りとか学校とか水とか日曜日といったテーマで、それらをめぐる群像を描いている。

前者には、コミカルに描かれるひとりひとりの風体と表情と動作に生活の垢と悲哀がにじみでている。後者はあきらかに、絵によってパリの風俗をすべて描き出そうとしているように見え、一八六八年から六九年にかけて刊行された増補版では、テーマごとの絵も増やされ、テーマ自体が新たにつけくわわっているのもある。たとえば、「パリの食事風景十八景」は「食事中のパリ」とタイトルが変えられ、十八景の絵はなんと九十景に増補され、つぎの頁からは新たに「水の中のパリ」が加えられ、そこにはセーヌ川で船をこぐ風景や泳ぐ風景、さまざまな人のさまざまな泳ぎ方など、百十五景が描き出されている。

これは、ドーミエが、一八三九年六月十一日から一八四二年九月二十七日まで「シャリヴァリ」紙に連載した「泳ぐ人」の向こうをはった画風であるが、ガヴァルニーの「文士と女文士」にある女流作家のモチーフも、同じくドーミエが「シャリヴァリ」紙で一八四四年一月三十日から同年八月七日まで「青鞜派」として連載したのを意識した絵であろう。

こうして、掲載されている挿絵は、同時代が共有しているパリ風俗であり、その意味でも、まさに絵という視覚言語による当時のパリの生きた百科全書《アンシクロペディ》である。

視覚で読むこうした挿絵と交互になって作家たちの文があるが、いずれも「生理学もの」のスタイルをとって、パリの人々の裏表の生態をスケッチ風に描写している。スタールことエッツェルが九編といちばん多く書いているのは当然として、二番目に多いのは、アルフォンス・カールと並んでバルザックである。しかも、そのうち「パリの結婚生活の哲学」はのちに『人間喜劇』中の『結婚生活のささやかな悲哀』に挿入され、「パリのあるスパイ」と「服飾店の女主人」はともに『娼婦盛衰記』と『そうとは知らぬが仏の喜劇役者』に利用され、「リシュリュー街のゴディサール」は『ゴディサール二世』の一部分となり、「パリから消えたもの」の一部分は『プティ・ブルジョワ』に取り入れられているから、「パリのブルヴァールの歴史と生理学」をのぞいてすべてが『人間喜劇』に統合されている。その意味では、パリという大都会の生態を描く新しい都市の文学『人間喜劇』そのものが、この種の「生理学もの」のテキストとわかちがたくむすびついて、こうしたスケッチが増殖して生まれたともいえよう。『人間喜劇』におさまりきれなかった「パリのブルヴァールの歴史と生理学」も、今となってはパリの都市の発展を知るための貴重な資料として読める。

一八四五年十二月に『パリの悪魔』の第二巻の配本が完結したが、売行きは伸びなやみ、売れ残りが倉庫に山積みとなった。しかし、この刊行に賭けるエッツェルの意気込みは衰えることなく、二月革命後の一八六八年から六九年には、ジラルダン夫人、ユゴー、ヴェルヌ、デュマ・フィス、エクトール・マロといったその後関係を持った執筆陣をくわえた全四巻の増補版を刊行した。

こうして生まれた『パリの悪魔』全体が、十九世紀中頃のパリの風俗を知るための貴重な資料であることはまちがいない。そこには、一方では「パリの人は年中パリの悪口をいうが――決してパリ以外の所では生きていけない」(アルフォンス・カール「パリジャンを見分ける特徴」)とか、「パリ女は素敵な愛人であり、手に負えない妻であり、完全なる友人である」(レオン・ゴズラン「パリ女とは何か」―増補版)といったたぐいのパリの人々の定義がなされたり、サロンでの貴婦人たちの他愛のないおしゃべりを描いたスケッチ(ギュスターヴ・ドロズ「貴婦人の一日」―増補版)とか、パリ女がいかにうそつきであるかをモラリスト風に分析したエッセイ(ロラン=ジャン「外出する女は何処にゆくか」)とか、パリの男女の生態を描いた挿話集(オーギュスト・ヴィルモの「パリの男女」―増補版)などがあり、そうした短文、エッセイ、コントのあいだに、ガヴァルニーの「パリの人々百態」やベルタールの「パリ・コミック」などの版画がちりばめられている。これは、他の「生理学もの」同様に、テキストとイメージによる、パリの人種のコード化であり、分節化であり、定義化である。

こうしたパリの人種の分節化、定義化がもとめられた背景には、パリの人口のダイナミックな増大がある。十九世紀の初めから中葉にかけて、パリの人口は爆発的に増加していた。一八〇一年に五四万六八五六人の人口が五一年には一〇五万三二六一人にとほぼ倍増している。パリでの経済的な膨張が地方からの人口流入をもたらし、その結果またパリの集中化が進むといった相互的な関係で、パリはロンドンとならぶヨーロッパの巨大都市となったのである。そうした人口の動態をささえる動脈は鉄道であったが、一八三七年にパリとサン・ジェルマンのあいだに第一号の鉄道が開通して以来、イギリスに遅れをとっていたとはいえ、鉄道の建設もめざましく進んでいた。一八四三年に鉄道建設と運営についての基本法が制定されるや、四三年の鉄道キロ数の五六〇キロは五年後の五〇年には三六〇〇キロに増大した。こうした動脈の発達は、とうぜん地方からのはげしい人口流入をもたらした。その結果、七月王政期（一八三〇―四八）には、つまり『パリの悪魔』の時代であるが、一年に二万人もの地方人がパリに移住するというありさまになった。こうして、パリ土着の伝統的上流階級、新興ブルジョアジー、庶民階級などにくわえ、さまざまな地方からさまざまな階層がパリにあつまってきた。そして、どの階層も、パリで生きるには、パリで恥をかかないためにはどうすればよいか、パリの習俗、パリの裏面はどうであるかと、情報をもとめていた。それには、伝聞と観察と体験のほか、「挿絵新聞」などの情報誌や「生理学もの」がこたえていたが、『パリの悪魔』も、文章と視覚言語でもって、まさにパリに焦点を定めた情報を発進したのである。

第六章　二月革命の嵐

騒乱の幕開け　一八四七年七月九日、第一回の「改革宴会《バンケ》」がパリで開かれた。「改革宴会」とは、政治的な集会が禁止されていたので、飲んだり食べたりする集会と称して政府に選挙法改革の圧力をかけるための抗議集会であった。

当時、金融資本家などの一部の大ブルジョアの利益を守るルイ＝フィリップ王政への民衆の不満は頂点に達していた。王政下で資本主義化と工業化がすすむとともに、工場労働者は劣悪な労働条件におかれ、手工業の経営者は機械化による圧迫をこうむっていた。またパリへの人口の急激な流入によって不衛生なスラム街が形成され、コレラなどの疫病がひとたび発生するとスラム街におびただしい死亡者がでるという都市問題をかかえていた。

政治家と官僚の汚職事件もあいつぎ、また四五年に馬鈴薯の不作があり、四六年の小麦の不作ではパンの価格が上がるという食糧問題があり、各地で暴動やパン屋などの襲撃が発生した。農業恐慌は金融恐慌を呼び起こし、中小企業の倒産もあいついだ。議会では新たな代表による改革を実現するため、一〇〇フラン以上の税を払っている国民に選挙権をあたえようという選挙法が中道派と左派によって提案されたが、一五四対二五二で否決されていた。

それに抗議して「改革宴会」が開かれるや、たちまちフランス全土に広がっていった。四七年の秋には、地方で七〇もの「改革宴会」が開かれた。はじめ「改革宴会」は王朝左派やオルレアン派によって支持されていたが、やがて「ナショナル」紙の穏健共和派や「レフォルム」紙の急進共和派などが加わってきた。

さて、一八四八年二月二十一日、「ナショナル」紙のアルマン・マラストが、翌日パリの庶民的な地区である十二区で重要でにぎやかな「改革宴会」が開催されるという知らせを反政府の各紙に掲載した。それによると、「改革宴会」に先立って、ギゾー内閣の「保守主義」と集会の権利の侵害に抗議して、パリ中心部のマドレーヌからシャンゼリゼまでデモ行進をおこない、国会議員、貴族院議員、国民軍、学生の団体などが参加するという内容であった。政府はただちにデモ行進の禁止を命じた。

そこで各紙は、街頭に出て弾圧の銃弾の標的にならぬように、と読者に呼びかけた。国会議員や主催者は「改革宴会」を延期した。しかし、学生や活動家や労働者や興奮した群衆は街頭に集まり、デモを強行し、国会が開かれているブルボン宮殿をかこんだ。

そのときから、国民衛兵の一部もギゾー内閣打倒を叫びはじめた。政府の弾圧がはじまると、あちこちで衝突が起こった。そして国民衛兵の多くは民衆側についたり、不介入の姿勢をとった。

一夜明けると、群衆の蜂起は組織的になってきた。ルイ＝フィリップはギゾーを解任したが、抗議のデモはやむことなく、石畳がはがされ、無数のバリケードがきずかれた。こうして、ふたたび夜がふけようとしていた。

突如、キャピュシーヌ大通りで銃声がとどろいた。正規軍がデモ隊に発砲したのだ。デモ隊に数十名の死者がでると、「武器を取れ」と群衆の対抗ははげしくなり、殺されて血塗れになった若き女性の死体を車にのせ、松明をかかげ、「復讐」と叫びながら街路を行進した。

二月二十四日の朝、それまでためらいがちであった「ナショナル」紙や「クーリエ」紙や「コメルス」紙などの左派の新聞は、予期せぬ群衆の怒りに押されて、一斉に反政府のはげしいキャンペーンを繰り広げた。「レフォルム」紙も「ナショナル」紙と連合をむすび、ルイ＝フィリップの退位をせまった。富の平等な分配を説いて、民衆に大きな影響力をもっていた社会主義者プルードンは、自分で創設した「人民」紙によって、「市民諸君、ルイ＝フィリップは、シャルル十世同様に諸君を虐殺させたのだ。彼をシャルル十世のもとに送れ！」〔シャルル十世は七月革命で退位させられ、亡命したあと死亡している〕しかし、そのときすでに国会議員として政治活動もおこなっていたジャーナリストのジラルダンをはじめとする王の側近たちは、王に退位を決意させていた。

プルードンや、賃金の平等化を説きプロレタリア革命を先取りするような思想をいだいていたルイ・ブランといった社会主義者、二十五日になると「信頼を！　信頼を！」と「プレス」紙で共和派を信頼するように訴えながら、革命の過激な進行をおそれていたジラルダン、民衆の予想をこえた動きにおそれをなし動きのとれなくなった政府中枢のティエールやモレなど、じつにさまざまな層のさまざまな思惑が民衆蜂起をまえにして渦巻いていた。その間に民衆は、ついにブルボン宮殿に乱入して、略奪をし、すでに逃亡していたルイ＝フィリップの王座をバスティーユ広場に運んで、

1848年の6月騒乱時のバリケード
（プロヴォ画，フランス国立図書館蔵）

1848年2月25日に市庁舎で民衆に
演説するラマルティーヌ（石版画）

そこで焼きはらった。

このとき、バルザックはサッシェの館〔サッシェはパリから二五〇キロほど南に位置するトゥーレーヌ地方の町で、バルザック家と親しいマルゴンヌ家の城館があり、バルザックはしばしばそこに滞在して、執筆にふけった。現在バルザック記念館になっている〕に避難して、民衆の「乱暴狼藉」をののしっていたが、もっぱら貴族とブルジョアの世界を描いていたバルザックは、「民衆」という新たな階級にいいしれぬおそれをいだいたのである。一方、エッツェルの未来の「同志」になるジュール・ヴェルヌは、パリにいて、この騒乱を目撃して興奮し、この革命に一生大きな影響をうけることになるが、これは同世代の大多数の青年の心情であり、その後この世代は四八年世代《キャラント＝ユイタール》〔二月革命のときの若者の世代〕と称せられるようになる。

騒乱のなかのエッツェルとラマルティーヌ

さて、エッツェルはこのとき三十四歳、世代的には四八年世代というにはいささか年を食っていたが、なによりもエッツェルは、革命の羅針盤になりはじめていた「ナショナル」派と緊密にむすびついていた。

エッツェルがパリで最初に仕事をしたのがポーラン書店であり、店主のポーランが「ナショナル」紙の代表者であったことから、以来「ナショナル」紙とは切っても切れない仲となっていた。そこでエッツェルは、自分とおなじシャルトル出身のノエル・パルフェや、とりわけ一八四六年まで「ナショナル」紙の社長をつとめたジュール・バスティードやアルマン・マラストなどと親交をむすぶようになった。「ナショナル」紙の編集室にもしばしば姿を見せていた。そして、生来人道主義者であったエッツェルは、「ナショナル」紙の奉じていた共和主義を共有するようになった。

こうして、二月二十二日以来の騒乱とエッツェルの運命がむすびつく。二十四日の深夜、混乱ののなか、詩人のラマルティーヌ、「ナショナル」派のマラスト、エティエンヌ・アラゴーや「レフォルム」派のフロコン、ルドリュ＝ロランなどによる臨時政府が樹立されるという決定的な動きが起こった。以前からラマルティーヌと親交があり、「ナショナル」派の盟友と目されていたエッツェルが、この動向に無関係でおられるはずはない。

だいたい、この騒乱の数日、エッツェルは家に帰ることもなく、「ナショナル」紙の編集室に缶詰になっていたと推測されている。そして、二十三日の夜、マラストとバスティードはエッツェルに重要な遣いを依頼していた。それは、ラマルティーヌの家を訪ねて、今回の騒乱についての彼の意見を聞いてきてほしいというものだった。エッツェル自身、そのときの一部始終を書き残しているので、以下にその一部分を引用しよう。これは、一八七五年にエッツェルの友人で劇作家のエルネスト・ルグヴェが、二月革命でのラマルティーヌの役割について講演をすることになり、エッツェルに当時のいきさつをたずねてきたために書かれた一八七五年十一月十七日付の手紙の下書きであり、はじめ一九四八年に「マントナン」紙の「一八四八年革命百年祭特集」号に掲載され、のちに前述のパルメニー＝ボニエの著書に採録されたものである。

ルグヴェは当時の詳細な情報をもとめたことが、手紙の冒頭から推測される。そこでエッツェルは、講演がラマルティーヌの名誉のためのものであり、自分に依頼された情報は重要な新発見をもたらすにしても、ラマルティーヌについての講演からははずれたものであるから、二月革命の前日と前々日の事件のみにかぎるとことわって、事件の詳細を伝えている。これを読むと、さまざまなフランスの歴史書で叙述されていることと、細部がかなりちがうことに気づく。したがって、これは「正史」ではなくて、「裏面史」に属する頁になるわけであるが、それにしても、いわゆる「正史」でも、臨時政府の成立や臨時政府のリストの読み上げや市庁舎でのラマルティーヌの演説の状況は具体的にのべられているのに、どの本でもエッツェルの存在がまったく消されているのには驚く。

それらの歴史書と読み合わせると、まるでエッツェルがここで自己顕示のため事実とちがうことをいっているように思えるほどであるが、むろんそんなことはない。要するに、政治家でもなんでもないエッツェルは、当時はいわば黒子役に徹し、歴史の上でも黒子役であったわけである。しかし、いかに大事な黒子役であったかは、以下のものを読めばわかる。なおこれは、手紙そのものでなくその下書きであるから、ぎくしゃくした文面と文章であることをあらかじめお断りしておく。説明が必要な個所には括弧内に小活字で説明をつけてある。

エッツェルによる歴史の舞台裏

改革宴会が開かれるはずの前日とその日の夕刻に、「ナショナル」〔社〕では、すでに多くのメンバーが引っこんでしまい〔改革宴会が禁止されたことから、民衆がデモをはじめ、混乱におちいって以来、運動から手を引く者がでてきたということであろう〕、あとには一七人しか残っていず、そのなかでラマルティーヌが頑張っているのが、話題になっていました。真夜中でした。リストを作成して〔反政府をつらぬくメンバーのリストであろう〕、詳しい事実を把握することが望まれていました。わたしの友人たちがわたしにいいました。あなたはラマルティーヌのご友人ですね。夜も更けていますが、いままで起こったことと決定されたことについてのきちんとした考えを、彼のもとに聞きただしにいって下さらないかと。

わたしは承知して、すぐにラマルティーヌの家の門前に立ちました。応対の人は、彼は病気でふせっていて、ラマルティーヌ夫人が看病のために床にマットレスを敷かせているが、まだお休みになってはいませんから、といいました。その人は、訪問の用向きを記した名刺を彼にわたしてくれました。部屋にはいると、お気の毒にラマルティーヌ夫人がわたしに場所をゆずるために服もきちんとまとわないまま、部屋から出てゆきました。わたしはマットレスをまたぎました。ラマルティーヌはわたしにことばをかけました。熱があって、喉が痛くて、話すのがたいへん苦痛であるが、明日になっても起き上がって国会にゆける状態ではないと思われるから、あなたが知りたいことと自分が考えていることをお話ししましょうと。

わたしは、これまで起こった事件と人名のリストを、彼の口述で書き取りました。それから、わたしたちは話合いをしましたが、ラマルティーヌは、彼が〔体調について〕なんといおうと、ずっと話せる状態ではありませんでした。

わたしがあなたにお伝えするのは、つぎのようなさまざまな多くの問題にたいするラマルティーヌの意見にかぎります。共和派の状況について、事件に関するわたしたちの意見について、共和派の指導者の——名前以外には全部知っているわけではないといっていましたが——長所や特徴やあるいは欠点についてすらふくむ問題などです。以下にわたしが事実であると保証できることをお伝えしますが、当時の状況に立ちもどってみれば、これは啓示であると、ボシュエ〔十七・八世紀の聖職者で名説教家として知られ、『説教集』、『追悼演説集』（オレゾン・フュネーブル）などを残している〕が天才の啓示と呼んだものであると、思います。というのも、あのときラマルティーヌは、共和国の未来について我先に予断を下したがっている共和派の人々よりも、十五年は先を見通していたからです。

「今日からは」とラマルティーヌは、わたしが目を丸くして驚くほどに断固していいました。「もうギゾー氏ではありません。といって明日はモレ氏でもなく、ティエール氏でもなく、オディロン＝バロー氏でもないのです〔ルイ＝フィリップは、ギゾーが辞任すると、ティエール、オディロン＝バローと、つぎつぎに首相就任をもちかけるが、いずれも辞退していた〕。明日は共和国なのです」。

ラマルティーヌからの予想もしなかったこの断言に、どんなにびっくりしたことか。この断言は、われわれ自身のすべての希望を、そしていくらかはわれわれの危惧を、先回りしていたからです。というのも、そのような事態でわれわれの腕にかかる責任を推し量らねばならず、即刻処理せねばないからでした。彼はつづけました。

「そうです。共和国です！　それは不可避です。このように騒ぎを起こされ、このように不器用に混乱させられ、愚か者に騒がれた国は、中途半端な歩みで満足できるものではありません」

「まったくそうです」とわたしは彼にいいました。「あなたがそれほどまでお考えなら、あなたとあろうお方が？　われわれはしりごみしてはなりません。しかし、その共和国には架け橋が必要です。そして、その架け橋になれるのは、誰からも共和派と認められている人の名前ではありません。われわれに必要なのは……」。そこで、ただちに自分の考えをいうことができなかったので、わたしは口をつぐみました。

「さあ、あなたの方からなんでもいいなさい」、とベッドをたたきながら彼がいうものですから、そのときまで毛布の下で静かにしていたグレーハウンドが、吠えました。

「ラマルティーヌは〈漏らさないと〉、喜んで誓いしますよ――なんといっても、なにもかもいってしまうか、眠るかという時間ですからな」

「では！」とわたしは答えました。「われわれに必要なのは、すべての党派が愛し、だれもが受けいれるような人の名前です、愛され尊敬されている名前です。時代遅れの考えの持ち主からは本気に共和制を望むということが不可能に見える人の、しかしひとたび参加するや、裏切ることも不可能な人の名前です。われわれには――あなたの名前が――あなたという人のすべてが必要なのです」。

ラマルティーヌはベッドの上にぱっと坐り、答えの代わりに質問をあびせました。

「わたしには、あなた以外に共和派の知合いがひとりもいません。親愛なるエッツェルさん。でも、わたしはあなたを知っています。あなたはわたしのことを誰が責任を持ってくれるか、お答えになれるのではないのですか？　たいへん誠実でたいへん勇敢であるといわれているバスティードはどうですか、とても柔軟で才能豊かなマラストはどうですか？」

「いいですか」とわたしはいいました。「明日の朝、わたしがあなたを彼らふたりに引き合わせましょう。でも朝早くですよ。夜の間にことが早く進行しますから。あなたのおかげで、わたしの目はぱっちり開きましたから」

「明日ですか、明日は」と彼はいいました。「わたしは声も出ないし、息もできません。わたしは議会にはゆきませんよ」

「しかし、ゆかねばなりません」とわたしはいった。「予言者が予言の場に欠けることはありえません。そして、議会はみなが出会える場所です。あなたは病気ではありません。あなたはもう病気ではないのです。何時にあなたにバスティードとマラストをご紹介いたしましょうか?」

「十時です」彼はいいました。「ふたりで議院の議員室にはいりましょう」

「約束してくれましたね」

「あなたに約束しました」

翌朝の十時十五分前に、わたしはバスティードとマラストをともなって議院に着きました。わたしたちは議員室にはいりました。わたしの記憶がたしかならば、第十一室だったと思います。ルイ＝フィリップが退位し、オルレアン公夫人が息子を議会に紹介するために子どもたちと兄弟たちをつれてやってくるという噂はもう広がっていました〔ルイ＝フィリップは、退位に際し、息子のオルレアン公が不慮の死をとげていることから、孫のパリ伯を後継者に推していた〕。みな仰天していました。

わたしたちは十五分も執務室にいませんでした。ラマルティーヌが細部について著書の『二月革命の歴史』〔『一八四八年の革命』のこと〕で語っていますが、一時間も続くことになる演説をすると報告していたのです。十五分後にはラマルティーヌが摂政に反対の発言をし、彼より前にはわれわれの同志が発言をせぬようにおさえて、われわれの目的を遂げることが了解されました。

そこで、わたしがしたことは、バスティードといっしょに議院にはいるということでした。わたしはフェルディナン・ド・ラテリーの横に坐りました。オルレアン公夫人がやってきました──あわれな夫人よ。夫人ははじめのうち、デュパンがマリー＝ルイーズとローマ王への反対演説とまったく逆の演説を夫人のために弁じているあいだじゅう、傍聴席におりました〔ナポレオン一世も、退位をせまられてローマ王に任じていた息子を後継者に夫人のマリー＝ルイーズを摂政にしようともくろんだが、実現しなかった。文面では、デュパンはそのとき反対演説をおこなったということになるが、事実は不明である〕。それから、夫人は議院のまわりの壁の奥の下の傍聴席に移りました。

わたしはルドリュ＝ロランが発言しはじめたのを覚えています。わたしは椅子に乗って、ラマルティーヌ氏に発言させるようにルドリュ＝ロランに懇願しました。彼は発言を中断し、ラマルティーヌにその場を譲りました。あとのことは、あなたもご存知ですね。

この事件でわたしにわかったことは、当日と前夜にラマルティーヌがしめしていた予見能力の実体です。

さらにつづけて、その他のことをお伝えしましょう。わたしとバスティードによって作成され、書かれた臨時内閣のリストのことです――ラマルティーヌはそれを読むのを断りました。というのも、リストではラマルティーヌの名前が筆頭だったからです――そしてデュポン・ド・ルールがそれを読み、わたしは自分の手で書いた大きな文字のリストをかかげました――銃剣の先に刺してです。国民兵の銃剣ですが――デュポン・ド・ルールの椅子の後にいたデュラン・ド・サン＝タマンがそのときの議長でした。わたしの文字を読みとろうと伸び上がった人々の首や、双眼鏡のように伸ばされ涙を流している眼が、いまでもありありと目に浮かびます〔リストは「ナショナル」紙の編集室で作成され、ラマルティーヌ、フランソワ・アラゴー、マリー、ガルニエ＝パジェス、マラスト、バローの六人であったが、議院になだれこんでいた群衆が、マラストとバローを除き、ルドリュ＝ロラン、クレミウ、デュポンをくわえた別のリストをもちだし、デュポンが読み上げ終える前に、「市庁舎に！」という叫びがあがって、協議は市庁舎に移してなされることになった。七月革命以来、市庁舎は革命派の砦と見なされていたのである〕。

閉鎖されていた傍聴席にはいろうと、いきり立っているようにみえる国民兵たちが銃床で床をたたく音が、いまだに聞こえます。彼らはただ好奇心に燃えていただけです。目で見て、議院のなかにはいっていたかったのです。議員たちは藁くずのように散らばり、オルレアン公夫人は、息子と将軍とともに小さな扉から出てゆきました。将軍はドフォールだったと思いますが、びっこをひいているように見え、バスティードとわたしの腕にかかえられてゆきました。というのも、わたしたちは、この騒ぎのなかで哀れな母親に何か災難が及ぶことのないよう、ちょっとのあいだ傍聴席を離れたからです。

わたしたちが河岸を通って市庁舎に赴いたのが目に浮かびます。ラマルティーヌが腕をバスティードにあずけているあいだ、バスティードがラマルティーヌに予備選挙会の開催をすすめると、ラマルティーヌは、それはなんだとたずねました。

ルドリュ＝ロランは――うしろから、四輪馬車に乗って――デュポン・ド・ルールによりそって並び、その横にはクレミウがいました。何人かの驚くような顔も現われました。アルセーヌ・ウッセーとか――そして、ペルタンもいたと思います――（それに、ローマ包囲戦で戦死したラヴィロンも）。

われわれは、オルセー河岸に着きました。――小さなカフェのまえでしたが、ラマルティーヌは加減が悪く、熱があり、死にそうなほど喉が乾いていました。わたしはボーイに二〇スーを渡し、ブランデーを一杯取りにやりました。ボーイがそれをもってくると、ラマルティーヌは飲み、彼が飲んでいるあいだに、ボーイは叫んだのです。「やあ、改革宴会《バンケ》だ！」ラマルティーヌはそのことばが気に入りました。そして、著書の『二月革命の歴史』では、それを自分がいったとして、彼から盗み取ったのです。

ここで、われわれは死んだ馬の死骸に出会い――やがて、人の死骸にも出会ったと思いますが――そして、セーヌ川を渡って市庁舎へとたどり着きました。騎兵隊が中庭に駐屯していました。厩舎からアンビギュ＝コミック座の登場人物然とした一人の無骨者が出てきて、叫びはじめました。「ティエール万歳！」

わたしは彼に、ティエールじゃないよといってやりました。

彼は叫びはじめました。「オディロン＝バロー万歳！」

わたしは、オディロン＝バローではなくてラマルティーヌだといいました。

そこで彼は叫びました。「ラマルティーヌ万歳！」

彼のことを笑ってはいけません。フランス全体がその三つの叫びをあげたのです。同じ数だけ、同じように素早く、同じようにほとんど一気に、叫んだのですから。

こうして、ラマルティーヌにとって叙事詩的な一日が始まります。彼はわたしにそばを離れぬようにと懇願しました。そこで、わたしたちは群衆とともにパリ知事ランビュトーが使っている広間にはいりました。

ラマルティーヌは青いソファの上に立ちましたが、バネのために彼の体がすこし揺れ動きました。そこでラマルティーヌは、倒れぬようにおさえておいてほしいとわたしに頼みました。そして、たえず入れ替わっている民衆をまえに、すばらしい演説を五、六回しました〔当時、市庁舎には内部にもまわりにも民衆があふれていた〕。

演説がいったん途切れ、市庁舎の内でも外でも人々が拍手喝采しているあいだに、ラマルティーヌがわたしの方に身をかがめたことを覚えています。

「これでいいですか」とわたしに聞くのです。「よくわかってもらえるように、民主的な、〔一語読み取り不能〕ことばになっていますか？」

「ご自身で十二分にお察しがつくでしょう」とわたしはいいました。

小部屋からホールへ、ホールから小部屋へと、演説をくり返し、最後ににわか仕立ての臨時内閣のメンバーが集まっているホールに着きました。

そこでも演説に演説がなされ、とりわけ赤旗についての演説〔蜂起した労働者たちが、赤旗を国旗にせよとせまると、ラマルティーヌが「赤旗は人民の血に染まってシャン＝ド＝マルス広場を巡っただけであるが、三色旗は祖国の自由と栄光の名とともに世界中を巡った」という名演説をぶって、赤旗を降ろさせたという名高い事件〕もあり、すべてが驚嘆にあたいしました。

ここらでやめましょう。節度をもちたいと思っていたのですから。伝説となっていますが、歴史では真実として残っているキャピュシーヌ大通りでの発砲のエピソードについても、お話ししていませんね。あの発砲は、キャピュシーヌの省舎〔外務省の省舎〕の庭で歩哨についていた兵士の銃から発射されたものです。兵士がポトリと銃を取り落とし、その勢いで銃が発射してしまったのです。

外の歩道の街路樹の陰で隊列を組んでいる軍隊を指揮していた士官が――自分の部下に誰かが発砲したと思いこんで――射撃を命じたのです。

その夜、省舎で指揮をとっていたクラネ中佐が、わたしとコンスタン大佐に打ち明け、われわれの同志にも話したのですが、他の人には話してはいないこの二十分の言明〔ここで途切れているので二十分が何を指すか不明〕

……（P・B第五章）

手紙の下書きはここで切れている。しかし、これだけでも、二月革命の舞台裏や、黒子としてのエッツェルの役割がよくわかる。エッツェルは自画自賛しているようにみえるが、おそらくこれが事実で、それまで自分で公表していなかったことをありのままにのべたのではないか。それに、パルメニ＝ボニエによると、この記述は、一八八六年に「本《リーヴル》」誌に発表された「ウージェーヌ・ミュレールとジャン・アルセーの回想」とも符合しているという。

興味深いのは、民衆暴動のきっかけが、兵士の不注意による銃の暴発であったという「秘話」である。エッツェルは、これが真実であったことをしめすために、それを打ち明けた司令官の固有名詞と、その「秘話」を聞いたコンスタン大佐の名前もだしているから、信憑性の高い話である。

一方、臨時政府のリスト読み上げの場面については、エッツェルはむしろリストに見入る面々の熱っぽい顔を思い起こし、思い出にふけっているようであるが、実際は、括弧のなかで説明したように、混乱と熱狂のなかでおこなわれ、民衆が「ナショナル」紙のマラストとルイ＝フィリップの側近から共和派へと腰の定まらぬオディロン＝バローを除き、「レフォルム」紙の創設者の急進派ルドリュ＝ロランなどをくわえる別のリストをつきつけ、デュパンが最後まで読み切らぬうちに市庁舎に移動したのである。臨時政府のメンバーについては、「レフォルム」紙のグループからも別案が提案され、デュポンとクレミウを排して、「ナショナル」紙のアルマン・マラストを加えているものの、「レフォルム」紙の編集長のフロコン、社会主義者のルイ・ブラン、革命派として知られている組合運動を率いていた機械工のマルタンこと通称アルベールを加えるといった急進的な内容であった。

しかし、この方向こそ、保守派とブルジョアがもっともおそれていたものであった。二月革命には思想的にもラディカルな社会主義の影響があり、民衆の動向も共和派の思惑をこえて労働者や学生が先鋭化したために、まるで史上初のプロレタリア革命に向かうのではないかという危険性をはらんでいた。国外でも各所で革命騒ぎがあり、各国はフランスの革命の影響をおそれていた。そして、こうした不安をしずめる切り札がラマルティーヌであった。

外務省官房長官エッツェル　ラマルティーヌは、エッツェルが口説いたときのせりふでもわかるとおり、共和派の切り札であったのだ。一八三〇年までは王党派であったのがルイ＝フィリップ時代に共和派に接近したというラマルティーヌは、いわば穏健派であった、その名前だけで、激しい政変に向かう不安をしずめることができたのである。ラマルティーヌは自分の役割をよく認識していて、王制廃止の名演説を議会でやる一方、赤旗拒否の名演説を興奮する民衆のまえでおこなったのである。

そんな状況もあり、臨時政府の最終案は、夕刻の七時ごろ、市庁舎のいちばん奥まった秘書室で部屋の扉が開かれるのを家具で防ぎながら決定されたのである。とにかく、市庁舎に押し入った民衆がサン・ジャン広間にあつまって決定を聞きたいと申しいれていたのであるから。ときとして銃声も聞こえるものものしい空気のなかで臨時政府のメンバーが決定されたときは、時計は真夜中を告げていた。

ラマルティーヌは外向きの顔として外務大臣になり、首相は、当面、臨時議長をつとめた長老のデュポン・ド・ルールが任じられた。メンバーは「ナショナル」系を中心とする穏健派と、「レフォルム」系を中心とする改革派に二分され、穏健派からは、海軍大臣にフランソワ・アラゴー（エティエンヌ・アラゴーの兄）、法務大臣にクレミウ、労働大臣にマリー、財務大臣に銀行家のグショー、パリ市長にガルニエ・パジェス（ただし、パジェスは数日後グショーに代わり財務大臣に、一方パリ市長はマラストが任じられた）などが、改革派からは、内務大臣にルドリュ＝ロラン、商工大臣にルドリュ＝ロランの傀儡フロコン、公教育大臣にイポリット・カルノー、警視総監にバリケードで戦った闘士のコシディエールなどが任じられ、「レフォルム」派の推薦でルイ・ブランとアルベールも政務次官として内閣にくわわったが、最左翼の少数派であり大臣のポストは最後までまわってこなかった。

議員と閣僚予定者によって構成されていたこの最終決定の席には、エッツェルはいなかったはずである。しかし、エッツェルはその日の混乱のなかで、みごとに縁の下のそのまた下の力持ちの役割を果たしたといってよいだろう。

エッツェルの母は名助産婦であったが、息子のエッツェルも、このように臨時政府の誕生の名産婆役をつとめたのである。それにとどまらず、ラマルティーヌにいたく信頼され、臨時政府でラマルティーヌが外務大臣に就任すると、エッツェルは、外務省の官房長官に任じられたのである。

エッツェルと六月騒乱

フランスに吹き荒れた政変の嵐はとどまるところを知らなかった。臨時政府は、労働者の権利を保障し、「国立作業所」をもうけて失業者の救済に当たり、またヨーロッパではじめての普通選挙を実施し（といっても女子には選挙権はあたえられず、二十一歳以上の同一市町村に六カ月以上居住している男性にのみにあたえられた）、憲法制定議会を選んだが、いずれも改革を軌道にのせる役割を果たさなかった。普通選挙は、急進派が農村へのキャンペーンの時間をかせぐために選挙日を引き延ばそうとしたが、四月二十三日の復活祭の日曜日に選挙の日がきめられたため、急進派が危惧したとおり農村の票が影響して、セーヌ区ではラマルティーヌを筆頭に穏健派がルドリュ＝ロランなどの急進派より票を集め、ラスパイユ、ブランキといった過激な改革派は落選した。結局、急進派は八八〇名中一〇〇名という少数派となった。しかし、二十六日になってこの結果を知った労働者はパリでデモを起こし、バリケードを築いた。翌日、こんどは政府側に立った国民軍によって排除されたが、一〇人ほどの死者もでたこのデモは、やがておこる六月騒乱の前ぶれであったといえる。

ともあれ秩序は回復され、選挙によって成立した議会では執行委員会が結成され、臨時政府に代わって権力をにぎった。そこにはラマルティーヌも加わったが、ルドリュ＝ロランなどの急進派と妥協の道をはかったため、議会での支持が急速に落ち、執行委員会の選挙では、アラゴー七二五票、ガルニエ＝パジェス七一五票、マリー七〇二票のあと、ラマルティーヌ六四三票、ルドリュ＝ロラン四五八票とつづき、ラマルティーヌはかろうじて執行委員会に残ることとなった。その流れで、正規の内閣が組閣されたが、そこでは、ラマルティーヌは外務大臣をバスティードにゆずることとなった。しかし、エッツェルはバスティードとの関係も緊密であったため、そのまま官房長官職をつづけることとなった。

こうして、憲法制定議会が発足したが、議会の右傾化に不満をもっていた民衆は、五月十五日にはポーランド独立支援への圧力をかけるために大規模なデモをしかけて議場に乱入し、新たな臨時政府樹立をさけんだが、たちまち鎮圧され、リーダーのバルベス、ブランキ、ラスパイユ、アルベールなどの過激派は逮捕された。

このため、労働者は反発を強め、六月騒乱に発展してゆく。六月四日の補欠選挙では穏健派に票がはいらず、票は急進派と保守派の二極に分化し、プルードンも当選する一方、注目すべきことは、保守派のティエールやルイ＝ナポレオンも当選するということが起こり（ただし、ルイ＝ナポレオンは議員を辞任している）、議会では秩序回復の立法をはじめ、六月二十一日には「国立作業所」を閉鎖し、登録者にたいして兵役につくか、地方の土木工事に従事するかという決定がなされた。そのため、労働者はふたたび職を失う不安にかられ、二十二日に大規模な蜂起が起こり、労働者はパリの東部にぞくぞくとバリケードを築きはじめた。そして、政府軍と対決し、激しい市街戦をくりひろげたのである。

折しもエッツェルは、キャピュシーヌ大通りの外務省につめていたので、デモへの対応を強いられていたが、エッツェルの名によって出されたつぎの伝令文がそのときの風雲を伝えている。

外務大臣は、外務省の守備のために百名の隊員の派遣を参謀本部にもとめるよう本官に委託した。外務省には、一五名の機動隊員しかポストについていないという現状である。大衆のグループが外務省の近くに多数集結しつつある。惨事を待つよりは、防止する方をよしとするものである。

大臣の命により、大臣のために。

J・エッツェル（P・B第五章）

カヴェニャック将軍

これを読むと、緊迫した状況のなかでエッツェルが冷静に対応しているさまが目にみえるようである。なお、エッツェルはあくまで穏健共和派であり、過激な蜂起にはいつでも批判的であったが、この数日はエッツェルがもっともおそれていた方向に情勢がすすんだ。

さて、二十四日になると、事態を重く見た議会は、アルジェリア制圧で軍功をあげた将軍ウージェーヌ・カヴェニャックを行政長官に任命し、騒乱の鎮圧に当たらせた。カヴェニャックは、大規模な軍隊出動と砲撃によって、二十六日にいたって蜂起を鎮圧したが、労働者側は四〇〇〇人、政府側は一六〇〇人もの犠牲者をだすという惨劇となった。政府軍の将軍たちもつぎつぎ銃殺されていたが、エッツェルにとってもっとも悲しむべき犠牲は、パリのアッフル大司教が、二十五日の夕刻、アルスナル広場でバリケードに分け入ろうとしたとき、「われわれは裏切られた」という民衆の叫びとともに銃で撃たれ、翌日死亡したことである。アッフル大司教は、エッツェルが書店として自立した初期の仕事として一八三七年に『時禱書』をポーラン書店と共同出版をしたときの監修者であった。彼はすぐれた聖職者であり、一貫してエッツェルに目をかけてくれた恩人であった。

ルイ＝ナポレオンの登場

このような犠牲をひきおこした六月騒乱は、当然の結果として秩序派の台頭を許すこととなった。共和派のカヴェニャック首班の内閣が成立し、カヴェニャックは軍事力を背景に秩序維持をはかりながら急進派の発言をおさえこみ、憲法制定と大統領選挙までのレールを引いていった。その過程で、二月革命の推進力であった穏健派は、左派と右派の両極分解のはざまに落ちこんで選挙のたびに議員を減らし、勢力が退潮していった。しかし、穏健派のエッツェルは政権に密着せざるをえない立場にあった。カヴェニャックは組閣をまかされると、バスティードを海軍大臣に任じた〔六月二十九日〕かと思うと、また外務大臣にもどしたり〔七月十七日〕とくるくる任をかえた。エッツェルもバスティードにつき従い、短期であるが七月二十三日から二十七日にかけてはカヴェニャック首相の事務総長として首相が口述する指令や声明を書き取るという仕事もせざるをえなかった。右傾化し、言論統制もはじめたカヴェニャック内閣に協力するのは、エッツェルにとって内心どうであったろう。この時点ではエッツェルは、秩序をとりもどすことで、共和派の体制が実現されてゆくのを夢見ていたにちがいない。六月騒乱についてエッツェルが書いたメモにはつぎのように記されている。

民衆だけでは革命はなしえないということを、六月〔騒乱〕は証明している。民衆は、指導者がいないときは、指導者のもとで助けられ導かれないときは、闘うことしかできず、勝利することはできないのだ。(P・B第六章)

優柔不断ということではなく、共和主義の火を消したくない一心でエッツェルは体制に協力していたのであり、またバスティードなどの同志への連帯ゆえに我慢もしていたのであろう。体制も信頼できるエッツェルの事務力に頼っていたのである。しかし、その我慢にもかぎりがあった。カヴェニャックとバスティードのあいだにはさまって、ということは二月革命の魂をもちつづけている同志と秩序派に動かされているカヴェニャックとのあいだにはさまってエッツェルがいかに苦労したか、いくつかの資料から推測できる。

たとえばエッツェルからバスティード宛の、「わたしのことで君に将軍がもらした意見について、F夫人がわたしに知らせてくれた。(…)その件でわたしは深くショックをうけ、傷ついた」(P・B第六章)という文面ではじまる手紙の下書きが残っている(日付不明)。具体的にカヴェニャックが何をいったか当事者には周知のことであるから書いていないが、あとの文面から察するに、自分は批判をうけながら、六月騒乱を通じてカヴェニャック将軍に忠誠をつくしているのに、将軍がエッツェルとバスティードの緊密な関係について批判的な意見をのべたらしいということが推測される。というのは、エッツェルがおそらく憤懣やるかたなく将軍にもその手紙の写しを送ったということが、将軍からのつぎのような返書でわかるからである。

親愛なるエッツェル様、

あなたの手紙とバスティード宛ての手紙の写しを受け取りました。あなた方の関係は絶対的にあなた方に属するものであることを、わたしは完全に理解いたします。しかしわたしは、おふたりのあいだの頻繁な出入りが人目につきすぎると、バスティードを通してあなたにいわねばならなかったのです。この点について、わたしはたいへん困惑し、いくぶんはわたしの友人やわたしが連帯しているすべての人々のためにも、困惑しているといわねばなりません。こうした困惑がもう無益であるような時も近づいています。とはいえ、あなた方にご注意しておかねばなりませんでした。

カヴェニャック将軍。（P・B第六章）

それにたいするエッツェルの返書の下書きも残っている。

将軍殿、

わが不幸な国があなたにたいして恩知らずであるようなことが起こったとしても、わたしは、フランスにたいしてあなたがなしたことを忘れることはありませんし、たとえ一時であろうとあなたからフランスを遠ざけた愚か者や悪者やペテン師を、わたしが許すことはありません。（…）

それについては、あなたはお疑いなさっていません、将軍。そして、あなたのご意見について、それが含んでいないべつの意味をわたしがあたえたのは多分間違いですが、それが単なる規律という観点以外の意味でわたしに向けられたとすれば、わたしが苦しむということをご理解下さい。それがおわかりになれば、将軍、わたしにご返事を下さる労をお取りになるに及びません。あなたにとってはそうでないにしても、わたしにとって大事なことは、わたしが何者であるか、わたしがあなたにとって何者であるか、あなたに知っていただくことです。ところで、わたしは、バスティードと同じく、われわれの大義の立場と同じく、あなたに、身も心も理性も捧げているのです。（P・B第六章）

エッツェルの同志たちは、とにかく、共和制を軌道にのせるためにカヴェニャックを支えねばならなかったのである。過激派がさまざまな動きをはじめているので、それに対抗する右派勢力を封じるためには、カヴェニャックの秩序路線が不可欠であったのだ。むろん、人間的にも、カヴェニャックをエッツェルたちは信頼していた。あとでのべるように、大統領選挙でカヴェニャックは次点で落選するのであるが、そのときエッツェルに心を許しているボワ＝ル＝コントは「彼〔カヴェニャック〕は善人で、高貴で、愛国者です。そのために不純で身を危うくするあらゆる接触から身を守らざるをえなかったのです」（P・B）とエッツェルに書き送っているが、この意見をエッツェルも共有していたはずである

しかし、フランス国民は、エッツェルたちの願いとべつの選択をしようとしていた。共和派に不安を感じた国民は、胎動をはじめたルイ＝ナポレオンにフランスの未来を託そうとしていたのである。それをエッツェルたちは察知して、阻止しようとしたが、ルイ＝ナポレオンへの流れが止まる

ことはなかった。

カヴェニャックは、イタリアなどの対外政策でも苦慮しながら、とにかく四九年の十一月十二日には、新憲法発布にこぎつけた。そして、十二月十日には初代大統領選挙がおこなわれた。

エッツェルは、大統領選挙では共和制堅持を期待してカヴェニャックを支持し、選挙前からルイ＝ナポレオンの登場を警戒していた。エッツェルの同志や周辺も、エッツェルと意見を同じくしていた。

ジョルジュ・サンドは、四八年十月七日付の手紙でエッツェルに書いている。「ルイ公には脳みそがありません。プルードンには何かが欠けていて、彼の偉大な頭脳は不毛になっています。右翼は陰険で、左翼は愚かか頭がおかしいのです。政治家と社会主義者は無能か獰猛《どうもう》です。しかし、民衆はこうした愚かさから利することがあるでしょうか？　民衆は理由もわからずに、ルイ＝ナポレオンか誰かを大統領に押しつけようとしています。わたしのあわれな脳は論理に恋いこがれていますが、それはどこにも見られません」。

当時、多くの文化人はルイ＝ナポレオンを胡散臭く感じ、本能的に彼の野心を嗅ぎとっていたようである。エッツェルは、反ナポレオンのキャンペーンを張っている「ナショナル」紙に歩調をあわせて、才人ナダールと「滑稽雑誌《ルヴュ・コミック》」を発刊し、レオン・ゴズランやフランソワ・アラゴーの弟のエティエンヌ・アラゴーやジェラール・ド・ネルヴァルなどに匿名でナポレオンとその心酔者を揶揄する記事などを書かせたが、民衆の選択は怒濤のごとくナポレオンに傾いた。「滑稽雑誌《ルヴュ・コミック》」自体も、四九年の四月には廃刊となった。

共和派からはカヴェニャックのほかラマルティーヌなども立候補したが、ルイ＝ナポレオンは、保守派やブルジョア層のみならず、さまざまな思惑で左右の党派から支持され、なんと五四三万四二二六票で七四パーセントの支持を集め、圧倒的多数で選ばれたのである。二位のカヴェニャックは一四四万八一〇七、ルドリュ＝ロランは三七万一一九、ラスパイユは三万六九二〇、ラマルティーヌは約八千票であるから、ラマルティーヌの凋落は無惨であった（票数はユゴー『目撃したことども』による）。「議会でラマルティーヌの票が一万七九四〇票〔原文のまま〕と読みあげられたとき、右派からどっと笑いが起こった」という（アンドレ・モロワ『ヴィクトル・ユゴーの生涯』第七部）。

こうして、ルイ＝ナポレオンが大統領に選ばれたが、共和派にとっては、これは悪夢のはじまりであった。任期は四年で再選をみとめないという制度になっていたが、これが禍根をのこしたのである。つまり、四年の任期が切れたあとも権力の座にすわる意志をもっていたルイ＝ナポレオンは、再選をみとめる大統領選挙の修正案を議会に提案し、それが否決される過程で、クーデターの計画を練りはじめていた。いずれにせよ、エッツェルにとって、ルイ＝ナポレオンが大統領に当選した時点で、当然政府との関係は大きく変化する。

第七章　ベルギーに逃れて

ルイ＝ナポレオンのクーデターと亡命　一八五一年十二月二日の前日の夕刻、ルイ＝ナポレオンはエリゼ宮で華やかな舞踏会を開いた。舞踏会が終わると、ひそかに四人の人物がルイ＝ナポレオンの大統領執務室に集まった。腹心のボナパルティストのペルシニー、陸軍大臣のサン＝タルノー将軍、異父兄弟にあたる内務大臣モルニーである。

その日は、ナポレオン一世のアウステルリッツの戦勝（一八〇五年十二月二日）と戴冠式（一八〇四年十二月二日）の記念日にあたっていた。ルイ＝ナポレオンは、腹心の四人とはかって、その夜、記念の祝宴のためにパリに集まった議員・要人たちを一網打尽にし、一気に反対派の息の根をとめるクーデターを敢行しようとしていたのである。その計画はすでに綿密に練られていた。

それまでに、ルイ＝ナポレオンは、「エリゼ派」〔エリゼ宮に大統領府があるところからルイ＝ナポレオン支持派を指す〕の勢力を着々と増強しながら、自由主義者・無政府主義者の情宣活動に制約をくわえたり、一八五一年七月には合法的な再選のための憲法改正を提案したりした。白熱した討論のすえに賛成票は四四六票に達したが、憲法改正発議に要する議員総数の四分の三に一〇〇票も足りなかった。

ついで、十月から十一月にかけては、五〇年五月三十一日に成立した普通選挙制限法案の廃止をくわだてた。つまり、五月三十一日の制限法案は、三年間一カ所に定住して税金を納めた者にしか選挙権をあたえないというもので、これによって、九〇〇万人の有権者から移動労働者や下男といった底辺労働者などの有権者が三〇〇万人も減ることになった。これは共和派が優勢をしめた三月と四月の選挙に対抗するための立法であったが〔たとえば、『さまよえるユダヤ人』（一八四四―四五）などのベストセラーで人気沸騰のウージェーヌ・シュー（一八〇四―一八五七）は四月二十八日のパリの選挙に出馬し、保守派の候補を破っている〕、ナポレオンにとっては、共和派に利するこの廃止提案によって共和派を懐柔し、ともに反ボナパルトをかかげる共和派と王党派を分断できるばかりでなく、庶民の権利の擁護者として自分を売りこむことのできる絶妙の一手であった。

結果としては、三四八票対三五五票で廃止提案は退けられたが、その差は僅少であった。

こうした情勢をにらみながら、ルイ＝ナポレオンは要所要所に腹心の部下を配し、クーデターの準備をはかっていた。クーデターの危険を感じた議会の財務官のグループは反ボナパルティストと共同提案で議会を守る防衛軍の設立を提案したが、左派の「山岳党」などは提案があまりに共和主義的発想とかけはなれているので、「エリゼ派」とともに反対し、ミッシェル・ド・ブルジュなどは議会と自由は人民という「見えない番兵」によって守られているという有名な演説をして、提案を否決し禍根を残すことになった。

話をもどすと、その夜腹心の三人を執務室に集めたルイ＝ナポレオンは、三人にはかりながら、かねてからの計画を実行にうつす。パリ連隊司令官のマニャン将軍と警視総監のモーパへの命令書にサインをすると、一時間後には軍隊と警察が動きはじめ、つぎのような布告が要所要所に張り出された。

フランス人民の名の下に、
共和国大統領は以下の政令を発する：
第一条、国民議会は解散された。
第二条、普通選挙は復活された。五月三十一日法案は廃止された。
第三条、フランス人民は十二月十四日から来年の十二月二十一日まで選挙人集会に召集される。
第四条、戒厳令が第一管区軍隊の管区内に発せられた。
第五条、参議会は解散された。
第六条、内務大臣は以上の政令の実行の責務を負うものである。
一八五一年十二月二日、エリゼ宮にて発令
ルイ＝ナポレオン・ボナパルト
内務大臣、ド・モルニー

そのうち、第三条については、十二月十四日に、ルイ＝ナポレオン・ボナパルトの権限の維持と十二月二日の提案に基づき憲法を改正する権力を彼に委任する是非を問う、国民投票に召喚するとの別途の政令が下された。

こうした布告を一斉に張り出す一方、軍と警察はクーデターに反対するとおぼしき代議士、要人、軍の指揮官の自宅を襲い、一斉に逮捕した。そのなかには、議会の財務官のほか、ティエール、カヴェニャック、もとアルジェリア総督でその後パリ軍司令官をつとめ軍部に影響力のある王党派のシャンガルニエ将軍などの大物も含まれていた。

一方、サン＝ドニ街やサン＝マルタン街ではバリケードは築かれたが、六月の血の反乱の記憶いまだ生々しい民衆の動きは鈍く、たちまち軍隊によって蹴散らされてしまった。それから数週間のうちに、三二の県に戒厳令が布《し》かれ、反対派は掃討され、二万五千人もの市民がアルジェリアやギアナに追放されてゆくことになる。

クーデターののち、共和国憲法を廃止し、帝政をみとめる新憲法を草案させ、それを国民投票にかけたのは、予定より一週間おくれの十二月二十一日になったが、それによって、新憲法は賛成票九二パーセント（七三四万九〇〇〇票対六四万六〇〇〇票）という圧倒的多数で成立し、翌年一月十四日にはそれが発布されて、大統領の任期が一〇年に延長されることとなった。

あっという間の早業であった。一年後の五二年十二月二日の国民投票では帝政が認められ、ルイ＝ナポレオンは帝位に即位することになるが、実質的には、一年前にすでに共和制は崩壊していたといってよい。

エッツェルは、その年の八月にライプツィヒの書店に商用があって、ドイツ旅行をしていた。ついでに、バーデン、ライン川下り、ロランドセック、ドラッヒェンフェルズ、ケルンと足をのばしていた。エッツェルの帰国を待ちわびていたジョルジュ・サンドは、ケルンに宛てて書いた手紙で、「旅鳥さん、今あなたはどこを飛んでいらっしゃるの？　ライン川でカワセミはツバメかカモになってしまったの？」と、ケルンで八月十五日にエッツェルが落手した手紙でからかっているが、エッツェルはこれが最後の優雅な商用旅行になるということを知っていたであろうか？　あるいはエッツェルのことであるからその予感があったかも知れない。いずれにせよ、パリにもどると仕事の山が待ちうけ、サンドの劇作上演のために奔走せねばならなかった。その間にも、ルイ＝ナポレオンは独裁政権樹立のクーデターのため、着々と布石をしていた。

しかし、情報通のエッツェルは、十二月一日の夜には、不穏な動きをいち早く察知し、信頼できる複数の友人のもとに転々と身を隠していた。エッツェルの親友であるジャーナリストのアレクサンドル・ビクシオは逮捕され、一年間拘束されたというから、エッツェルも逮捕されていたら同じ運命となる可能性もあった。しかし、じっさいは、当局はエッツェルを国外に追放しようとしていた。その証拠として、ヴェロン博士の『パリの一市民の回想録』の第四巻につぎのような公的な電文が採録されている。

内務大臣より警視総監へ、
フランスから出国しようとしているエッツェルを逮捕せぬよう。わたしが誰かを逮捕せぬようにと依頼するときは、その者の出国か行動を保証するものである。（P・B第八章）

この回想録は一八六八年に刊行されたが、そのためエッツェルは、電文にまつわる事実関係を公表せねばならぬ立場に追いこまれた。当時の「リベルテ」紙の編集長エミール・ド・ジラルダンに、その説明を同紙に公表するよう依頼する手紙の下書きが発見されているので、その主要個所を以下に引用してみよう（まだ帝政時代にあったので、皇帝側の検閲をおそれたため か線で抹消された個所があるが、それも復元されている）。

この電文が打たれる以前の、一日の深夜の四時、つまり正確には二日になって、ラ・ペ街二番地の拙宅にわたしの身柄を逮捕しようという動きがありました。わたしはその動きを予知していたので、わたしを逮捕する任務を負った警察と兵士に拘束されぬよう対応しました。政治面とは無関係にわたしが友人としてつきあっていたある将軍の知己の数人の住居に、わたしはかくまわれていました。その将軍は現在フランス元帥の地位にいます。わたしの隠れ家は長く秘密にしておくことは不可能であり、それがもし発見されたら、当局はわたしをどのように措置しようとしているか調べてみていただきたいというわたしの願いにたいし、将軍はつぎのようなことを知らせてくれたのです。すなわち、モルニー大臣の意図は、わたしを探し出し、わたしが四十八時間以内にフランス国を出国することに同意しないばあいは、ふたりの警官によって国境までわたしを連行するというものであると。

わたしは連行者なしで出発する方を望んだので、旅券がわたしに手渡されました。その旅券は、その保持者に外国での領事と領事館員のいっさいの助力と保護を保証するものであるという例の厳粛な文言が抹消されているという特別な旅券で、そのかわりに「エッツェル氏にフランス退去を命じ、帰国することを禁ずる」という文言がモルニー大臣の手で書かれていました。

以上が、いかにわたしが公的な手続きなしに（追放者リストも有効性をもっていなかったでありましょうし）、その時期に追放刑を適用された最初のフランス人のひとりとなったかといういきさつです。わたしはブリュッセルに着きましたが、まもなく追放された多くの仲間と出会い、あなたもそれに加わったわけです。（P・B第八章）

この旅券は現在も保存されているが、そこには、「エッツェル氏にフランス退去を命じ、帰国することを禁ずる」ということばについで、「また同氏がバーデン大公国（バーデンはドイツ西南部のライン川沿いの地方で、当時は大公国として独立していた）に赴くことを許可する」とある。しかし、エッツェルはベルギーに脱出することに決めていた。こうして、エッツェルが書店の経営を妻のソフィーと会計係のブランシャールに託して、後ろ髪を引かれるように出国したのは、十二月十一日のことである。

その前夜に画家のトニー・ジョアノーがランプをかかげて別れを告げにやってきて、エッツェルの息子ルイ＝ジュールの肖像画をいそいでスケッチし、エッツェルに持たせた。また、その数日前には、出入りの洗濯屋がエッツェル夫人に、「洗濯物の大きな籠に隠して、ご主人をわたしの家に運び、安全な所にかくまいますよ」と申し出たが、それを聞いたエッツェルは、彼の好意は決して忘れないが「汚れた洗濯物に身をかくすのは断る」といったという。

エッツェルはとりわけ交付された旅券には立腹したようであり、作家・ジャーナリストのジュール・ジャナンに、つぎのような手紙を書いている。

親愛なるJ・J・君、十二月十一日になると、わたしは出発します。当局はベルギーやロンドン行きの旅券には署名しようとしません。「助力を保護」の文言の代わりに――「フランス退去を命じ、帰国することを禁ずる」――とした旅券でプロシアやバーデンにでもゆかねばなりません。

わたしも、逮捕されぬよう出国する敵方に旅券を渡したことがあります。しかし、彼らの旅券にこのような野蛮で愚かな記載をくわえるとすれば、わたしはむしろ自分の手を切り取ってしまったでしょう。この立派な加筆で、わたしは王国から王国へとさまようことになります。それに、ドイツには確かにいくつもの王国があるのです。

好意あふれる素晴らしいお手紙ありがとう。シガーもありがとう。すべて本当にありがとう。わたしは淋しく出てゆきます。一方で仕事と別れ、他方で友と妻と子どもたちと別れるのは、つらいことです。その理由は神がご存じです。

君の両手に握手します。アディユ、そしてありがとう。

奥さんによろしく、そして、わたしを良いお手本にして、暴動の時期に出歩くのは良くないと奥さんに教えて下さい。(P・B第八章)

すでにのべたように、当局の意図に反してエッツェルはベルギーに逃れたのである。しかし、国境を越えるまえに父親の故郷であるストラスブールで、親戚と友人でありエッツェル書店の印刷屋でもあったジルベルマンに別れを告げるため、数時間すごした。そのあと幼い従妹のオステールに手を引かれ、おそらく友人・親戚の見守るなか、ケール橋を歩いてライン川を渡り、まずドイツ側にたどりついたのである。そこから、エッツェルは目的地のブリュッセルに向かった。

ユゴーとの出会い

エッツェルがパリを去ったその同日に、やがて反ナポレオンの立場で固く結ばれることになるヴィクトル・ユゴーも、フランス脱出をはかっていた。その日、ユゴーも当局の手を逃れて印刷工の旅券を入手し、パリの北駅からブリュッセルに向かっていたのである。

そもそも、国民議会の議員であったユゴーは、はじめは反ナポレオンの立場をとっていたわけではなかった。ユゴーは無政府主義的な共和制を嫌い、はじめ「ナショナル」紙とも敵対していたのである。四七年六月には、ナポレオンの血族の国外追放解除の請願書がルイ＝ナポレオンの叔父のジェローム＝ナポレオンから提出されると、ナポレオン崇拝者であったユゴーは、大演説をしてその承認をはかった。また、二月革命直前には貴族議員としてオルレアン后妃の摂政制の支持を表明して共和派と労働者の攻撃にさらされ、憤激した労働者によって狙撃されそうになるという一幕もあった。そして、二月革命後は憲法制定議会に立候補するが落選し、六月の補欠選挙で当選すると、八月には、息子のシャルルとフランソワ＝ヴィクトール、弟子のポール・ムーリスとオーギュスト・ヴァクリーなどをスタッフに据えて、「事件《エヴェーヌマン》」紙を創刊する。その後ルイ＝ナポレオンはユゴーに近づき、ユゴーもルイ＝ナポレオン支持にまわり、一八四八年十二月の大統領選挙ではルイ＝ナポレオン支持のキャンペインをするが、ルイ＝ナポレオンの権力欲が詩人の目にはっきり映るようになるにつれ、徐々に反体制的になり、やがて共和派と共同戦線をはるようになっていた。

一八五〇年ごろからユゴーは明確に反ボナパルトの立場をとるようになり、七月十七日にはルイ＝ナポレオンによる憲法改正案に対する反対演説をして、大統領の野心を激しく非難している。

栄光の君主制というのですか。なんたることです！　あなたに栄光があるというのですか？　それをわれわれに見せて下さるがいい！　この内閣のもとで栄光なるものを見てみたいものです……なんですって？　マレンゴの戦いで勝利を収めて統治したひとりの男〔ナポレオン三世のこと〕がいたから、あなたが統治したいというのですか！　サトリーの戦いにしか勝利を収めていないあなたが！（…）なんですって？　大ナポレオンをいただいたから小ナポレオンをいただかねばならぬというのですか！（モロワ、前掲書第七部より引用）

このはげしい舌鋒で議会は騒然となった。こんなことがあって、「事件《エヴェーヌマン》」紙は発行停止に追いこまれ、同紙の編集スタッフであったユゴーの息子のシャルルとフランソワ＝ヴィクトルが投獄され（五一年七月三十日と十一月八日より六カ月）、同じくユゴーの弟子のポール・ムーリスとオーギュスト・ヴァクリーもそれについで逮捕され、六カ月投獄された。そして、ついにルイ＝ナポレオンがクーデターを起こすや、ユゴーは敢然と反ボナパルトの旗をかかげる。カルノー、フロット、ジュール・ファーブル、ミッシェル・ド・ブルジュなど共和派の議員がユゴーとともに抵抗組織をつくり、その名を皆が〈反乱委員会〉にしようとすると、ユゴーは「いや。〈抵抗委員会〉だ。反乱を起こしたのはルイ＝ナポレオンじゃないか」と反対し、名称を〈抵抗委員会〉にあらため、民衆にも抵抗を呼びかけ、声明書を発する。

民衆に告ぐ――ルイ＝ナポレオンは裏切り者である。彼は憲法をふみにじった。彼は自分を法律の保護外においた。（…）民衆は義務を果たさねばならない。共和派議員は民衆の先頭に立って歩むであろう。武器を取れ！　共和国万歳！

しかし、すでにのべたように民衆の動きは鈍く、抵抗のバリケードに政府軍が襲いかかり、抵抗組織は壊滅した。十二月三日にバリケードがつくられたが、翌日は、四百人とも千二百人とも二千人ともいわれている多くの民衆が殺された。こうしてユゴーには、官憲の手からのがれる道しか残されていなかった。官憲がユゴーを逮捕しにユゴーの家を襲うというので、ユゴーは献身的な愛人のジュリエットの知人サラザン・ド・モンフェリエの家に身を隠し、十一日、つまりエッツェルが亡命した同じ日に、ジャック＝フィルマン・ランヴァンという印刷工がベルギーのリュトロー印刷工場の仕事のためという名目でユゴーのために作成した旅券を手にして、ベルギーに向かったのである。ユゴーは植字工ランヴァンになりすまし、労働者の帽子をかぶり、「ユップランド」とよばれる幅広の外套にすっぽり身をかくし、十一日の夜八時、パリ北駅からベルギーの首都ブリュッセル行きの汽車に乗りこんだ。

こうして、同じ亡命先のブリュッセルで、エッツェルとユゴーは運命的な邂逅をすることになる。ユゴーは、ブリュッセルで二度ほどホテルを代えたあと、市庁舎前のグラン＝プラース二七番の由緒ある古い建物に居《きょ》をかまえた。

一階の煙草屋の奥から階段をのぼるとユゴーの部屋があるが、そこにはストーブと六脚の椅子とソファがあり、その部屋にベルギーに亡命した要人が集まるようになった。エミール・ド・ジラルダン、エドガー・キネー、ラモリシエール、ブドー将軍、シャンガルニエ、ル・フロ、シャラス大佐などであるが、そのなかにエッツェルもくわわっていた。

こうして、ユゴーとエッツェルの友情がはじまった。遠くはなれたパリでも、反ナポレオンで奇しくも志が一致した詩人と編集者とのむすびつきを期待する人々がいたが、ユゴーの弟子のポール・ムーリス（一八二〇―一九〇五）もそのひとりであった。

ムーリスは、前述のようにユゴーが創刊した「事件《エヴェーヌマン》」紙の編集にかかわっていたから、はじめはエッツェルとは立場を異にしていた。また、ムーリスの師のユゴーはエッツェルの同志のバスティードには私的な怨恨を抱いていた。その理由は、友人のラマルティーヌが外務省のポストに息子のシャルルをつけてくれていたのに、バスティードが外務大臣にかわるや、ブラジル公使館勤務になる予定をつぶしたからである。

ユゴーはその後『犯罪の歴史』でバスティードのことを、「外務大臣の市民バスティードは、やせっぽちで、無愛想で、陰気で、醜男で、ごま塩頭で、黒い服にぴっちりボタンをかけている」などと口をきわめてくさしている。バスティードが外務大臣に着任したのちもエッツェルは外務省にとどまり、隠然たる力をもっていたので、ユゴーの憎悪がエッツェルにまで及んでいたかどうかは知るよしもないが、ユゴーは反ボナパルトになるとともに、ユゴーの立場は徐々にエッツェルに近づいてくる。

一八五〇年四月二十八日の選挙をまえにして、「事件《エヴェーヌマン》」紙と「エスタフェット（伝令）」紙の販売を政府が禁止すると、たちまち多くの新聞売場が連帯して販売禁止の新聞の販売運動をはじめるが、エッツェルもムーリスにたいしてリシュリュー街の自分の店を「事件《エヴェーヌマン》」紙の販売のために提供しようと申し出ている（この助力が実現したかどうかは、「事件《エヴェーヌマン》」紙の新しい販売網のリストのなかにエッツェル書店がはいっていないので確認できないようである――シェラ・ゴードン『ヴィクトル・ユゴー＝ジュール・エッツェル往復書簡集』第一巻）。

さらに、ムーリスが投獄されたときも、エッツェルは「災難のさなかにあるあなたに何かお役に立てることがあれば、教えて下さい」（日付不明の手紙）と助力の手をさしのべようとしたが、こうしたエッツェルの善意を高く評価していたムーリスは、ユゴーにつぎのように書き送ることになる。


あなたは、フランス・ベルギー大書店といった計画をお持ちですね。その計画のことでエッツェルとお会いになりましたか？　エッツェルはリシュリュー街に店を持っていますから、お役に立つはずです。奥様はあなたがエッツェルを個人的には知らないといっておられますが、彼はあなたにとても好意をもち、献身的になりますよ。エッツェルのためにもなりますから、彼に手紙を書きましょうか？（一八五二年一月十四日――P・B第九章）

ユゴーの動きは速かった。というのは、その三日後の一月十七日に、ユゴーは妻にエッツェルの来訪を告げているからだ。しかも、そこで、ふたりが亡命先での出版活動について熱っぽく話し合い、意気投合したのが、その手紙の内容でわかる。

たぶんわたしは、作家と編集者の城塞を築いて、そこからボナパルトに砲撃することになります。ブリェッセルからでなければジャージーからでしょう。エッツェルが会いにきました。彼はわたしと同じプランをもっています。一方、ベルギーも、自国の出版社を救うためにわれわれの方に顔を向けるでしょう（…）ロンドンに政治的な出版社、ブリュッセルに文学の出版社を開くというのが、わたしの計画です。（ジャン・マサン編『ヴィクトル・ユゴー全集』第八巻）

この文から推測するに、ふたりは一日にして、以前の政治的な見解のへだたりを乗りこえて亡命者としての共感に結ばれ、これからむかえる亡命時代の執筆と出版活動について熱っぽく語ったと思われる。そして、この手紙から六カ月半後に、その後ほぼ二十年間にわたって続けられることになるふたりの往復書簡で残されているもののうちいちばん早い時期の書簡が、書かれている。

親愛なるエッツェル様、あなたがロンドンにおいでになるというのなら、翻訳についてのさまざまな問題を、フランスの作家とイギリスの翻訳家に共通する利害がらみで探り、おそらくそれを解決する絶好の機会になるでしょう。あなたがこのお役目を喜んでお引き受け下さり、イギリスとフランスの新たな国際的なきずなの創設に貢献なされることになれば、嬉しく思います。

御一考くださるでしょうね？　そして、わたしの心からの握手をお受け下さい。

ヴィクトル・ユゴー

（一八五二年七月十四日、ゴードン、前掲書）

こうして、ふたりの話題は、すでにして、トゥルヴェ＝ショヴェル〔警視総監、財務大臣などの要職をつとめたあと、反ボナパルトのかどで国外追放となっていた〕などの亡命者の力で、ブリュッセルやロンドンやニューヨークを結ぶ国際的な出版社連合体を立ち上げ、ユゴーの作品の国際的な刊行を実行するという具体的なプランであったことがわかる。

この手紙にある「翻訳」という話題は、ユゴーが執筆を終わった「ふたつの十二月」〔ナポレオン一世が実権をにぎった一七九九年十二月のクーデターとナポレオン三世の十二月クーデター〕というナポレオン三世の犯罪を暴く記録ものであったと推定されるが、資料不足ということもあってその著作は完成できず、ユゴーがフランスに帰国したのちの一八七七年に、『犯罪の歴史』というタイトルで出版にこぎつけるまで待たねばならなかった。

『小ナポレオン』の刊行

当時ユゴーは、前述の著作と平行して、『小ナポレオン』というナポレオン三世糾弾の書を一カ月で一気に書き上げ（一八五二年六月十四日から七月十二日までの約一カ月かかったとユゴーは回想している――ゴードン、同書、マサン版『ユゴー全集』第八巻）、その刊行についてもエッツェルと相談をしていた。その結果、エッツェルはロンドンのジェフ書店とブリュッセルのタリッド書店〔店主のバティスト・タリッドはフランスのオート・ギャロンヌ県のブー生まれ〕で同作品の刊行にこぎつけたのである。

しかし、刊行がせまると、エッツェルは七月三十一日に、ベルギーの外国人部の警察に両親に会いにバーデンに旅行する旨の届けをして、ベルギーを出国し、八月二十五日までもどることがなかった。この旅行は、『小ナポレオン』刊行をめぐるトラブルを避けるためと考えられるが、じっさいにエッツェルはその旅行で父と最後の出会いをしたり、保養地スパに逗留したりしていると推測されることから、一石三鳥のねらいで旅行をしたとも思われる。なお、父との出会いについては、第九章で取り上げる。

その間、フランスの外務大臣のチュルゴーはひそかにユゴーの出版を探り出していて、特命大使のバッサーノ公から「『小ナポレオン』とか「ふたつの十二月」とかのつまらない文書の印刷がおわり、刊行されるばかりになっている」という報告をうけていた。そうした状況のなかで、隣国との友好関係を保つことを至上命令としていたベルギー政府を通してフランス政府が介入するおそれが生じていて、祖国に残したユゴーの家族にまで累がおよぶことが心配される事態となっていた。そこでユゴーは、娘のアデール宛に英領のジャージー島に向かうよう書き送る一方、自分も息子のシャルルとお忍びでブリュッセルに来ていたジュリエットとともに八月一日（ただし、この日付はゴードン『ユゴー＝エッツェル書簡集』による。アンドレ・モロワ『ヴィクトル・ユゴーの生涯』その他の資料では七月三十一日となっている）にブリュッセルを退去し、ロンドン経由で、フランスのノルマンディーの海岸から二五キロはなれているジャージー島の首都サン＝テリエにたどり着いた。二日前にユゴー夫人と娘のアデールとヴァクリーがパリを逃れて島に到着していて（三男のフランソワ＝ヴィクトルはパリにとどまっていた）、他の亡命者とともに久しぶりにユゴーと再会した。八月五日のことである。

ブリュッセルで『小ナポレオン』が刊行されたのは、その二日後であった。しかし、タリッドはベルギー政府の干渉をおそれてラブルーという印刷屋とともに印刷と販売にのみかかわるという立場をとり、最終的には名前を出すことを尻込みし、出版社名はメルタン社となった。ロンドンでの刊行に協力したジェフ書店も、ぎりぎりになってやっと出版社として名前を出すことに同意するという薄氷を踏むような刊行であった。本は三十二折版が二五〇〇部と十八折版が六〇〇〇部刊行されたが、それは一〇日間で売り切れた。肝心のユゴーがジャージー島でそれを手にしたのはベルギーでの初版売切れのあとになるといったありさまであった。

九月五日にトリノに滞在していたアレクサンドル・デュマは本屋でユゴーの『小ナポレオン』をもとめようしたが、あっという間に売り切れているのに驚いて、「一日のうちに全冊が売り切れ、トリノには一冊も残っていない。なんという成功、なんと驚くべき当たりであろうか」(ノエル・パルフェ宛九月五日の手紙)、と感嘆している。フランスにも秘密ルートを通して小型本の三十二折版が流入し、その本をひそかに持ちこんで売る旅行者がもうけるので出版社が監視するという事態も生じた。また、ベルギーはもともと海賊版の本場であり、その氾濫も警戒されたが、なんとスイスのジュネーヴで海賊版が刊行されてフランスに流入するので、フランス政府が告発するという事件もおこった。

『小ナポレオン』の表紙

九月九日には英訳も刊行され七万部も売れ、その後ドイツ語訳、イタリア語訳、スペイン語訳と続き、全世界で一〇〇万部は売れたと推測される。エッツェルはあくまで黒幕に徹していたが、十一月には十八折版の一万部の増刷をすすめた。結局、その年のうちに三万八五〇〇部が刊行され、さまざまなトラブルののち、作者に一万一四三九フラン六一サンチームの印税をもたらした。収益の一部は「ベルギー在住フランス政治亡命者基金」という亡命者援助基金にも寄付され、二五〇フランの領収書がエティエンヌ・アラゴーの名で書かれている。

フランス本国では、「ナシヨン」紙が八月八日号に『小ナポレオン』の抜粋を掲載し、それが本国でむさぼり読まれたが、その掲載を裏から推進していたのはエッツェルであろうと、その筋では推測していた。

こうして、『小ナポレオン』の刊行をフランス政府は阻止できず、ナポレオン三世の神経を逆なですることとなった。

とにかく、『小ナポレオン』の内容はルイ・ボナパルトによる権力の奪取と言論の圧殺を徹底的に糾弾する内容であり、ほとんど個人的な誹謗にも満ちていたから、それも当然であろう。

いや、ナポレオン三世がいかに大罪を犯そうと、卑小なままであろう。彼は、闇夜にまぎれて自由を扼殺する犯人にしかすぎないだろう。ナポレオン一世のように栄誉で兵士を酔わせるのでなく、葡萄酒で酔わせるたぐいの男にしかすぎないだろう。偉大な国民にとってはちっぽけな暴君にすぎないだろう。この手の輩《やから》は、破廉恥な行為においてさえ、てんから偉大になれまい。独

裁者としては物笑いのたねだ。皇帝になろうと珍妙そのものであろう。(『小ナポレオン』第一部、結論)

ところが、フランスとの通商条約の更新がからんでフランス政府の意向を無視できぬ立場のベルギー政府はあわてて、この種の刊行を規制するための立法措置を急ぎはじめた。

十一月にエッツェルが一万部の増刷を刊行すると、時の司法大臣シャルル・フェデールは、外国の主権者にたいする侮辱を抑止する法案、いゆわるフェデール法をベルギー国会に提出した。法案は十二月六日に成立したが、通商条約が締結されたのはその三日後であった。つまり、通商条約を人質にしてフランスはフェデール法を成立させ、ベルギー政府は出版の自由をフランスに売り渡したということになる。しかし、じっさいはこの法案で有罪判決にするには陪審員の裁決が必要であり、ベルギーではナポレオン三世は不人気であったから、この法案は笊法《ざるほう》になる運命にあった。

第八章　ユゴーの詩集の刊行

『懲罰詩集』の刊行

エッツェルは一八五二年に、四月から五月、九月から十一月と、二度にわたってパリに滞在し、十一月二十二日には妻と息子をともなってブリュッセルにもどっている。その二日前の十一月二十日には、フランスで二度目の人民投票がおこなわれ、七八三万九〇〇〇票対二三万三〇〇〇票でルイ＝ナポレオンは信任され、十二月二日には皇帝ナポレオン三世が誕生した。第二帝政の始まりである。

こうして、皇帝と対決することとなった亡命の大詩人ユゴーの著作の刊行は、エッツェルの大事業になっていった。まず十一月のパリ滞在中にエッツェルは、ボーセ、ガヴァルニー、ジェラール・セガンなどによる挿絵つきの廉価版で四巻本のユゴー作品集の刊行の準備をはじめていた。そして、五二年十一月十一日に第一回配本を実現し、五五年にかけてそれを刊行した。

そこに収められたのはすでに刊行されたユゴーの詩や小説の傑作であったが、そのころ、エッツェルは『復讐（詩篇）』という書き下ろしの詩篇の刊行の相談をユゴーにもちかけられていた。この詩篇のタイトルはそのほか、「復讐者の歌」とか「ネメシス」〔ギリシア神話の復讐の女神〕とか「汚濁」とか「晒し台にかけられた帝国」とかさまざまな案があったが、おそらくエッツェルの助言もあって最終的には『懲罰詩集』となった（一八五三年一月九日付のエッツェル宛の手紙に「『復讐』または『懲罰』（あなたの意見?）」とある）。この詩篇は、最終的には百編にものぼる詩によるルイ＝ナポレオン弾劾の詩集であった。

「これは、ルイ・ボナパルトに塗りつけねばならぬと思っている新たな焼灼剤です。彼は片面だけ焼かれたのです。それに、わたしにはグリルで皇帝をひっくり返す時期がきたように見えますし」（一八五二年十一月八日エッツェル宛手紙）と、ユゴー自身いっているように、『小ナポレオン』で焼いたナポレオンをもう一度ひっくり返して詩篇で焙《あぶ》ろうというわけである。

しかし、エッツェルは原稿の一部分を見せられて、その激しさに驚くことになる。そして、五三年一月二十二日にサン＝テリエ〔ジャージー島の港町〕を襲った嵐に引っかけて、「強いものは激しくなる必要はない」（五三年二月二日ユゴー宛）と一言いうと、ユゴーは憤然として、過剰な反応をしめした。

> ダンテは、エレミアは、ダヴィデは、イザヤは、激しくなかったか（…）イエスは激しかった。鞭を手にして寺院の売り子を追い払ったのです。「力いっぱい打った」と聖ヨハネはいっているではありませんか。
>
> 機知に富み、勇気さえあるあなたは、強者に対するそうした気持は弱者にまかせなさい。わたしの方は、そんな配慮はしない。我が道をゆくで、イエスのように〈力いっぱい〉打ってやります。『小ナポレオン』は激しい。今度の本も激しい。わたしの詩は正直であるが、穏健ではな

い。（…）勝者になったときに、われわれは激情が鎮まるのです。（一八五三年二月六日エッツェル宛――ゴードン、前掲書）

しかし、エッツェルも自説を曲げない。そして、まもなくエッツェルは『愛と嫉妬の理論』（一八五三）という愛情論を刊行して、信頼にもとづいた愛をたたえる論を展開し、その終章では真の力は抑制された激情であり、「キリストは寺院の売り子を追い払ったが、殺しはしなかった。そして、彼らの罪を引き受けて死んだのである」とユゴーに反論することになる。ユゴーとちがい、エッツェルはいつでも激情より感情の抑制を重んじたのである。ここにエッツェルとユゴーのちがいがあり、いつでもエッツェルは奔馬を理性でおさえるなだめ役であり指針役をつとめていた。ちなみに、ユゴーはエッツェルの反論には余裕をもってたいし、『愛と嫉妬の理論』を高く評価し、「あなたの本はあなたのエスプリそのものです。あなたは世にも優雅な自然の文体をもっています。あなたは、このあわれな情念〔嫉妬のことか？〕を幾分厳しくあつかっていますが、あなたを許しましょう。なんといっても、あなたが情熱的だからです。（…）激情についてのあなたの手紙はすばらしい。そして、わたしに関わる頁に魅了されました」（五三年三月六日――ゴードン、同書）と応じている。感情家のユゴーはエッツェルの感性をみとめながらも理性的なエッツェルに全幅の信頼をおいていたのである。そして、つぎのようにほめちぎっている。

あなたはわたしの編集者である前にわたしの友人です。

そして、あなたがなんといおうと、頭の天辺から足のつま先まで詩人であるあなたは、むろんわたしの仲間です。わたしはあなたほどに魅力的で機知に富んだ人を知りません。といって、そのためにあなたがたいへん実際的で礼儀正しい実業人でないというわけではありません。わたしはあなたを愛し、あなたの見解を重んじます。（五三年一月九日エッツェル宛――ゴードン、同書）

ここでいう「あなたの見解」とは、詩篇刊行のための協力体制のことである。フェデール法施行で刊行に慎重である必要が生じ、エッツェルがベルギーで印刷して秘密出版の形をとることを主張したのにたいして、ユゴーはジャージー島での印刷に固執していたが、結局エッツェルに譲ることになる。ただ、どこで刊行するかという問題が残っていた。ふたりはメルタン、タリッド、ラブルー（印刷屋）という『小ナポレオン』の刊行グループを念頭においていたが、そのうち、タリッドのやり口にエッツェルが疑念をはさんだ。

タリッドは、フェデール法に触れるというので名前を出すことは避けながら、販売の利益はがっちりとおさえ、しかもユゴーへの支払いを引きのばし、在庫分も引き渡さず（在庫をフランス政府に売り渡したという噂も流れていた）、収支もエッツェルに明かさないままだったので、エッツェルの憤激を買ってしまった。エッツェルも「彼は不器用なまでに強欲です」（五三年一月六日ユゴー宛手紙――ゴードン、同書）と訴えている。こうして、刊行グループからタリッドを落とすことになったが、『懲罰詩集』の刊行にはフェデール法の成立もあって危険と監視が予測されるだけに、紆余曲折をつづけることとなった。

印刷場所と刊行の仕方と出版社がきまらぬまま、ユゴーは夢中で執筆にふけり、「一八五三年五月三十一日の今日、わたしはこの書を書きおえた。午前十一時である」と「ナポレオン三世」の詩篇のあとに記した。じっさい、詩篇のほとんどはこの日までに書き上げられ、このあと刊行までに書き加えられた詩は一〇編にすぎない。その後も、ユゴーとエッツェルの間で刊行の実現に向けて、年末まで四五通という書簡がかわされた。

ふたりのあいだには、印刷場所をめぐる問題などさまざまな意見の相違があったが、ユゴーは最終的にはエッツェルの意見にしたがったといえる。

「あなたはわたしの信頼を得ているだけではありません。わたしのこのうえもなく厚く深い友情も得ているのです。本の執筆にわたしが必要であると同様に、本の刊行にあなたが必要なのです」(五三年七月十四日)ということばには、お世辞だけではないエッツェルをたよる全幅の信頼があらわされている。

こうして、エッツェルの主張どおり、刊行にあたっては削除版と完全版を刊行し、ブリュッセルで刊行する削除版では半数ほどの激しい詩を省き、個人的な名前は点々による伏せ字とすること、完全版の方はロンドンかジュネーヴで印刷し、秘密出版として刊行することとなった。印刷の方は、ユゴーが信頼していたゼノが契約条件の折合いがつかず降りたため一時暗礁に乗り上げた。また、出版社についてもフェデール法にふれるという危険から前記の印刷社は表に立つことを辞退していた。そこに、浮上してきたのがアンリ・サミュエルの名前である。

大事な出版をまかされたアンリ・サミュエルとはいかなる人物か？　一八一〇年にエックス＝ラ＝シャペル〔アーヘンのフランス語名〕に生まれ、自由主義を信奉して一八三〇年のオランダからのベルギー独立戦争に参戦、以後ベルギーの軍隊に所属していた士官であったのが、フリーメーソンの会員でフーリエ主義者であったということで軍隊になじめず、フランスの二月革命を機に軍隊をやめ、翻訳や創作や出版を通して、自己主張をしようという熱心かつ奇特な人物であった。金銭的には問題の多い人物であったが、なによりもユゴーの詩集の刊行によって投獄されることも辞さないという勇気をもっていた（投獄者が出たときはユゴー、エッツェルなどが資金援助をし、罰金などを用意するという細かい取決めもなされていたが、声をかけた出版社はいずれも辞退していた）。

刊行資金のために、一株二五〇フランで一二株計三〇〇〇フランのフランス＝ベルギー印刷会社をつくり、ユゴー、エッツェル、メルタンなどが資金を集めることになったが、代表者として名前を出すのはサミュエルとし、契約がかわされた。すでにゼノが製作した版は、サミュエルの名で買い取ることになり、これもゼノと詳細な契約がかわされた（これらの契約書類は、シェラ・ゴードン『ユゴー＝エッツェル往復書簡集』にすべて採録されている）。

それ以外にユゴーが活字の種類まで指定したり、一週間何頁というユゴーの希望するペースではと

ユゴー『懲罰詩集』初版の表紙

うてい校正刷りができなかったり、一時はサミュエルとの信頼関係もあやうくなるなど、さまざまな問題や事件があった。その間エッツェルは九月に休暇で保養地のスパに滞在し、ブリュッセルには十一月八日に帰ったが、エッツェルの音信不通がつづいたのでユゴーが心配していると、十月二十三日にユゴーのもとに手紙が届き、エッツェルがコレラにかかっていたことがわかった。

「わたしはコレラから逃れたばかりです。こいつは誓って、この種のナポレオン三世です」とユーモアたっぷりに報告しているが、「わたしはすんでのことで神様に挨拶をするところでした」と書いているように、まさに死の淵からもどってきたのである。こうして、エッツェルは治療のため、詩集刊行時にはほとんど活動できない状態となり、ユゴーに責任を果たせないことをわびると、逆になぐさめられる始末であった。しかし、エッツェルにとっては、自分が表立って動けなかったことで、当局からの追及をかわせたというメリットがあった(スパ滞在も、『小ナポレオン』刊行時と同じパターンで、ブリュッセルを不在にして当局の目をくらませる効果があったと思われる)。エッツェルがこの刊行の黒幕であることは周知の事実であり、じっさいコレラ発病の前夜には警察に呼ばれ、『復讐詩集』(このタイトルで刊行の噂が流れていた)はいつ出るのかとたずねられている。

『懲罰詩集』が刊行されたのは、五三年十一月二十日のことである。削除版と完全版の二種の版が刊行された。削除版はブリッセルでサミュエルの名前で刊行され、完全版はジュネーヴとニューヨークの刊行で、印刷所の表記なしで印刷されていた。

ところが、すべての印刷物は印刷所を明記せねばならぬという一八一七年の法律にふれること

『懲罰詩集』につぶされるナポレオン三世（ドーミエ画）

がわかり、つまらぬ違反で挙げられてはとばかり弥《び》縫《ほう》策《さく》がなされた。印刷から降りたゼノに泣きついて名前だけを借りたのである。ゼノは共和主義者ということもあってか同意してくれたので、すでに印刷を終えた五〇〇〇部にゼノの経営になるサン＝テリエ、ユニヴェルセル印刷所のスタンプを急拠押したのである。あわてたためか、そのスタンプを押し忘れた本も発見されていると、ラクルテルは記している（ピエール・ド・ラクルテル「『懲罰詩集』の真の初版」、「愛書家・図書館員会会報」一九二二――ゴードン、同書より）。

削除版は二〇〇〇部、完全版は一万部印刷された。完全版については、正式の刊行前にアメリカ、イギリス、ドイツ、オランダ、ジャージー島に向けて四〇〇〇部が発送され、フランスに送られる最初の一部はエッツェルに託された。しかし、フランスへの送り出しは困難をきわめ、ばらばらにして数カ所に送ったり、女性の靴下留めにかくして運ばれたと伝えられている。シェラ・ゴードンによると、フランスで押収された例としては、五四年三月十八日にスイスから流入した二〇〇部の包みの件しか記録されていない。フェデ法との関係では、序文でユゴーがフェデール法はフランス政府の圧力で成立し、自分はフランス政府の正当性をみとめていないから告訴されても出頭しないという異例の宣言をしているので、ベルギー政府としても腕の振り上げようがないということもあってか、おそれていた告訴はされなかった。

売上げからあがる利益はユゴーのほか出資者のなかで折半することになっていたが、反響も売行きもかならずしも芳しくなかった。五八〇〇フランの利益がもたらされたが、印刷費などの刊行のための経費を差し引くと赤字になってしまった。ユゴー自身が出資した一五〇〇フランも一文の利益も生みださなかった。しかし、二年五カ月後の『静観詩集』の刊行が、その損失をおぎなってあまりある奇跡的大成功をもたらすことになった。

ユゴーの降霊術と『静観詩集』の刊行

『懲罰詩集』の刊行をめぐってエッツェルとユゴーのあ

いだでしきりに手紙が交わされているさなかの一八五三年九月六日のことであった。黒い服に身をかため、青白い顔をしたひとりの女性がジャージー島に上陸した。ユゴーの古い友人であり、女流作家でジャーナリストのジラルダンの妻デルフィーヌ・ド・ジラルダンであるが、彼女は、いわば、ユゴーに霊への世界への扉を開く巫女として、訪れたともいえる。というのも、夫人はその日のうちにさっそく「回るテーブル《ターブル・トゥルナント》」あるいは「話すテーブル《ターブル・パルラント》」といわれる降霊術をはじめたからである。「話すテーブル《ターブル・パルラント》」のやり方は、円卓をみなで囲んで手をつないで霊を呼び出し、円卓に質問を発し、円卓の脚がこつこつ叩く音をアルファベットに読みかえて（一回はA、二回はBとし、以下二十六文字までゆく）、それを霊のことばとして聞くのであり、日本でも「こっくりさん」として明治期に流行することになる降霊術と同じものである（以下、ユゴーの降霊術については、稲垣直樹『ヴィクトル・ユゴーと降霊術』水声社刊に多くを負っている）。

この種の降霊術は、ちょうど二月革命勃発の一八四八年ごろ、マーガレットとケイトというアメリカの姉妹に起こったラップ現象〔霊が壁をこつこつ叩く現象〕から始まったといわれている。それが、ヨーロッパに流行するようになり、フランスでも夫人の来訪のころから爆発的な流行を呈してきた。文化人のあいだにも広がったというのは、ジラルダン夫人も取り憑かれていたことでわかるであろう。

ユゴーは、はじめはデルフィーヌの誘いに乗らなかった。実験も成功しなかった。しかし、五日たったのちに、ユゴーが加わった。おそらく、興味以上に怖れにとりつかれてであろう。というのも、ユゴーは愛娘レオポルディーヌを亡くしていて、心に深い傷を負っていたからである。それは、弟子のオギュスト・ヴァクリーの兄のシャルル・ヴァクリーと結婚したユゴーの長女レオポルディーヌが、一八四三年に水死し、ユゴーを悲嘆のどん底におとしいれたという悲劇であった。夫のシャルル、夫の叔父のピエール・ヴァクリー、そしてその息子のアルチュスとともにセーヌ川でヨット遊びをしているときにヨットが転覆し、全員が溺死したという悲惨な事故であった。

この悲劇を機に、ユゴーは神の摂理について深い省察をするようになり、娘の死後にも大きな関心をいだくようになっていた。そうした状況があったので、アンドレ・モロワの表現によると、「来客〔ジラルダン夫人〕を喜ばせるために」加わったということだが、ユゴーは固唾をのんでこの降霊術を見守ったと思われる。そして、ユゴーに霊的な力があったとも思われる。というのは、その日、十一日にレオポルディーヌの霊との交信が成立したからである。

すぐにテーブルはきしみ、ぐらぐらし、動きはじめた。「誰かいるの?」ジラルダン夫人がたずねた。テーブルの脚がコツリと音を立てる。「はい」——「あなたは誰?」テーブルは答えた。「レオポルディーヌ」。おそろしい一同の不安。アデール〔ユゴーの次女〕は泣きはじめ、ユゴーは感動していた。一晩が、そのいとしい亡霊への問いかけですごされた。ヴァクリーによると、「さいごに彼女は、われわれに「さよなら《アディユ》」といって、テーブルはもう動かなかった」。(アンドレ・モロワ『ヴィクトル・ユゴーの生涯』)

さらに、翌日の実験ではなんとナポレオン三世の生き霊まであらわれ、刊行まえの『懲罰詩集』をすでに読んだというので、一同は仰天してしまう。

こうした情景を、モロワも引用している弟子のオーギュスト・ヴァクリーが記録を残しているのでたどることができるわけであるが（ヴァクリー『歴史のかけら』）、その内容と解釈については稲垣直樹が前掲書でまとめているので、詳しいことはそれにゆずるとして、とにかくこの日以来、降霊術の集まりはジラルダン夫人が約一週間後の十四日に去ったのちもほとんど毎日つづき、ナポレオン一世、アイスキュロス、シェイクスピア、モーゼ、キリストの霊の声まで呼び出して、その声を聞くことになる。しかし、五五年七月末に参加者のジュール・アリックスが発狂するという事件が起き、一同に大きな動揺をもたらした。そして、それを機に催しはぴたりと中断された。

以上が降霊術騒ぎの顚末《てんまつ》であるが、記録された霊のことばにユゴーの作品に似た部分が随所にあるのが指摘されていることからみても、霊媒を通して浮上してきたのはユゴーの無意識の世界ではないかという解釈がなりたつのは当然である（アンドレ・モロワ、同書など）。ともあれ、降霊術で他界と接したユゴーには、レオポルディーヌの死以来強い関心をいだきはじめた無限の宗教世界が、見えてきたのである。こうして、悲憤慷慨の政治詩『懲罰詩集』とうってかわって、神と霊と彼岸との交感がうたわれる『静観詩集』が誕生することとなった。

この時期より前、ユゴーは、以前から書きためた詩を一冊の詩集にまとめるという案を、五二年夏ごろからエッツェルへの手紙でちらちらと漏らしている（五二年八月十五日、九月七日、五三年七月七日の手紙）。それは、降霊術以後はっきりした形をとりはじめ、五四年三月二十六日付の手紙では、「わたしひとりきりで本屋に未来をもたらします。手はじめに、「秋の葉」の題材をそれぞれふくむ二巻を考えています」とエッツェルの気持をそそり、五四年五月八日の手紙では、「この手紙で、わたしの名前による『静観詩集』二巻を販売する資格をあなたに授与します」と恩着せがましくもおごそかに宣言する。しかしじつは、『懲罰詩集』刊行で腰の据わらない出版人、金銭的に信用できない出版人の実態をいやというほどみせられていたユゴーにとって、詩集刊行に当たっては、エッツェルしか信頼し、頼れる相手がいなかったというのが実状であったと想像される。

エッツェルにとっても、ユゴーの要望に応えることにはいくつものメリットがあった。第一に、エッツェルは大作家の読者をひろげるという理想をいだいてすでに四巻本でユゴー作品の挿絵入り普及版を刊行していたので、さらにユゴーの作品の普及にはずみをつけることができた。つぎに、ベルギーで刊行することは、海賊版で悪名高いベルギー出版界の信頼を取りもどすことのできるチャンスであり、ベルギーを根拠地にして国際出版の活動をいっそう進める布石ともなるからであった。それには資金が必要であったが、販売の利益をユゴーと分けることで、収益をあげる見込みもあった。じっさい、著者が三分の二、エッツェルが三分の一という分け方がやがて提案され、ほぼ実行されることになる。

しかし、こうした出版人としての計算もあったにしても、一方では、なによりもその詩篇に感動していたということがあった。そして、「このように綺麗なものを今まで読んだこともありませんでした。このように感動的なものを見たこともありませんでした。このように偉大なものを見たこともありませんでした」と、五五年九月二十五日ユゴー宛の手紙で記すこととなる。

エッツェルは、こんどは『懲罰詩集』のような政治詩ではなく、文学的な作品をユゴーが執筆することをなによりも望んでいたので、それにぴったり合う作品というわけであった。もっとも、シエラ・ゴードンによると（前掲書）、エッツェルは詩集の前編にある「子ども時代」、「テントウムシ」、「バラ」とかのエッツェル好みの純潔な詩篇に興味をもったのであって、後編にあるような暗い詩にはまったく触れていないといっているが、この指摘は当たっているといえよう。

こうして、五三年の七月二十四日には、ふたりのあいだで出版契約がかわされている。しかし、そこにいたるまでには、やはり意見の調整が必要であった。それに、政治的内容ではないにしても、亡命詩人の刊行物がフランスで押収されないかという不安もあった。たとえば、そのような状況をにらみながらベルギー版を先に刊行することを主張したエッツェルにたいし、ユゴーはベルギーとフランスでの同時刊行を主張した。

エッツェルがベルギー版の先行を主張したのには、海賊版で衰退していたベルギーの出版業再興の啓蒙運動をしていたエッツェルの意図と関係があったと思われる。一八四五年から四七年にかけて猖獗《しょうけつ》をきわめたベルギーの海賊版にたいして、五二年八月二十二日に海賊版禁止法案が成立していたが、その後エッツェルは、合法的な出版によるほかにベルギーの出版業を再興する方法はないという趣旨のパンフレットを、五三年七月と五四年三月四日にベルギーで出した。それに、エッツェルは今後ベルギーでの出版を通してユゴーの作品を刊行しようとも企てていた。

エッツェルは五二年から五九年までつづくサンドやデュマやウージェーヌ・シューやバルザックなどの作品を収めた「三十二折版コレクション・エッツェル」を、すでに刊行しはじめていた。このコレクションの特徴は、作者から、フランスで未刊行の作品のベルギーでの刊行許可を得て、本に、「ベルギーと外国における刊行可、フランスにおける刊行禁止の特定版」と記したり、逆に

ジャージー島のユゴー

「外国における刊行禁止のフランス特定版」と記したりして、海賊版を閉め出す刊行であった。版としても美麗かつ正確な内容の本であって、海賊版特有の粗雑で杜撰《ずさん》なつくりではなかった。つまり、フランス版もベルギー版もそれぞれに正当性をもち、いずれも外国の偽版ではないことを保証をする刊行であった。

　本国にたいしてあくまでも挑戦的であったユゴーは、同時出版のインパクトを狙ってそれを主張しようとしたのであるが、一方で、ベルギー版を完全版とし、かりにフランス版が弾圧されてもベルギーの完全版が流布することに賭けるという案も主張した。それにはエッツェルも同意見であった。ベルギー版を本家とすればフランス版の海賊版という問題は解消するし、ベルギーの出版活動の存在感をみとめさせることになるからである。ユゴーはまた、配本形式で独立タイトルをつけた六分冊の出版をすることで、売行き不振のばあいのリスクを緩和しようという提案をしたが、それについてはエッツェルが反対した（五九年刊行版でこの配本形式が実現することになる）。

　結局『静観詩集』は、ベルギーではルベーグ社から、パリでは詩集の校正にあたった亡命中のノエル・パルフェと縁の深いミシェル・レヴィー社とパニェール社の共同出版として、一八五六年四月二十三日に同日刊行された。そして、ベルギー刊行本には、「外国における刊行可、フランスにおける刊行禁止のエッツェル版」と記され、フランス刊行本の仮扉の裏には、「外国で刊行禁止のフランス刊行エッツェル特定版」と記された。そして、ベルギー版を完全版とし、その印刷の方が先にはじまると、ユゴーはフランス版の訂正をすることができないという契約でしばられることになった。

さて、同時刊行のふたを開けてみると、『静観詩集』はたちまち大評判となった。人々は本屋に押しかけ、詩集はとぶように売れた。フランスでは二五〇〇部の初版はあっというまに売りつくし、ベルギーでも初版三〇〇〇部刊行のうち一五五〇部が初日に売れた。「成功はわれわれのすべての期待を超えた。パリでは品切れになろうとしています」(四月二十四日)とエッツェルは発売日の翌日に興奮してユゴーに書き送っているが、まさに驚異的な成功であった。そして、レヴィー社とパニェール社は、ユゴーの金銭を管理していたポール・ムーリスを通して、再版にふみきるよう矢の催促をしている(J・=Y・モリエ『ミシェルとカルマン・レヴィー』十二章)。

こうした売行きから、大きな利益がユゴーにもたらされた。ユゴーには、刊行時にフランス版から六〇〇〇フラン、ベルギー版から三〇〇〇フラン、計九〇〇〇フラン受け取る契約になっていて、さらにフランス版のさいごの五〇〇部についてはユゴーとエッツェルが利益を折半する約定もなされていたが、それを現金でわたすのは容易であった。そして六カ月後には、ユゴーは二万フランを手にしていた。この額は、『懲罰詩集』刊行のために投資して還元されなかった一五〇〇フランを穴埋めしてあまりあり、五月にはこの収入で「オートヴィル＝ハウス」と称する住宅をガーンジー島に建てることができた。

じつは、前年の十月二十七日にイギリス政府よりジャージー島からの立ち退きを命じられ、ユゴーはそこから二九キロはなれた同じく英領のガーンジー島に移り住んでいたが、ここでやっと自分の住宅を持つことができたのである。それをもたらしたのが、『静観詩集』であった。

エッツェルはエッツェルで、やっと経済的な余裕が生まれ、今後の活動資金を手にすることができた。それればかりではない。こんどの刊行では、「エッツェル版」、「エッツェル特定版」と自社の名前を記すことができたのは、感無量であったにちがいない。というのは、『懲罰詩集』刊行のまえ、ユゴーは、「あなたは〔わたしの〕——すべての未来の刊行者です」（五三年六月七日）とエッツェルを自分の作品の未来の刊行者として名指してくれたにもかかわらず、『懲罰詩集』刊行のさいには政治的な理由で自分の名前が出せなくなって、その悲しみを、つぎのようにユゴーに訴えたことがあったからだ。

わたしが悔やんでいるのはただひとつです。刊行者としてわたしの名前がこの本に出ていないことです。それを痛切な思いで悔やんでいます。あー卑劣なベルギー、意気地なしの貧しさ。もしいつの日かわたしが死んだら、わたしがあなたの謎の刊行者と名のることをお許し下さい。わたしがわたしの意志でもってあなたの攻撃のすべてを援護したと、あなたの敵が知ってくれればよいと願っています。（一八五三年十一月二十三日ユゴー宛——ゴードン、同書）

こうして、『静観詩集』で、エッツェルはユゴーの刊行者として堂々と歩みだしたといえる。また、ジャージー島時代には、「わたしに会いに、一週間ジャージー島においでになりませんか？海浜のわたしの小屋の一隅を提供いたします」（五二年十一月十八日）とのユゴーの誘いに、ブリュッセルを去ると再入国をはばまれるのではないかというおそれから辞退し、もっぱら手紙のやりとりで仕事を進めていたエッツェルも、こんどこそはガーンジー島にユゴーをたずね、ユゴーと家族的なつき合いやじかに仕事の打合せもすることができるようになった。

政治的には問題にならない既刊の作品を集成したエッツェル版の『挿絵入りユゴー作品集』（四巻本）は、すでに五三年から五五年にわたってパリで刊行されていたが、こうして晴れてユゴーの刊行者となると、以後子どもの情景を描いた詩集『子どもたち』（一八五八）、『諸世紀の伝説』（一八五九）、挿絵本『レ・ミゼラブル』（一八六五）といったユゴーの代表作の刊行者としても、活躍することになったのである。その後、ユゴーとはさまざまに曲折した関係があったにせよ、ユゴーが死去するまで仕事の上だけではなく信頼する友人として、長いつきあいがつづいたのである。

一八八五年にユゴーが死去した翌年にエッツェルも他界したというのも、亡命という苦難の時代に出版という舞台で反ナポレオンの戦いを戦いぬいたふたりが、ひとつの時代をともに生きた証しにもみえる。

第九章　児童出版の時代

苦難の家族

わたしは父と母から別れてきたばかりです。わたしはライン川のこちら側に――川を渡ることもできずに――たったひとりで立っています。「靴底で母国は運べない」というあのエティエンヌ〔エティエンヌ・アラゴーのことか？〕のリフレインが詩情となって思い浮かぶといった、わたしにとってのあらたな状況です。

わたしは橋のまん中まで父と母を送りました。それから、わたしは引き返しました――父と母は七十四歳と七十六歳です。

今後ふたりに再会できるということがあるでしょうか？（一八五二年八月十一日夜十時、ケール
――P・B第十章）

この日（一八五二年八月十一日）、ストラスブールの対岸にあるドイツの町ケールに立ち寄るとい

うエッツェルの知らせをうけて、従兄弟たちが両親をシャルトルからケールまで連れてきて、エッツェルは両親と再会をはたしたのである。年老いた両親と再会をしたあと、深い思いにとらえられて、ブリュッセルの亡命仲間で心を許していたロスダ博士に宛てた手紙の一部が、引用したくだりである。

ケールはエッツェルがおそらくストラスブール大学時代に訪れたことがあった町で、若き日のことが思い出されてならなかったようである。そして、「わたしは、ホテル・ド・ラ・ポストに宿泊しています。若い頃このホテルにきたことがありますが、わたしはとても老けこんでしまったと、年よりもずっと老けこんでいると感じています。現在を後退させ、老けさせているのは、はるかに遠ざかってしまった過去の仕業です。ここではわたしはもう影でしかありません。思い出、影、すべてがひとつになっています」と述懐している。

この夕べ、思い出の場所で両親とつかの間の再会をはたし、ライン川を渡って対岸のフランス領にはゆかれず橋のまん中で別れるほかない亡命の身を、老けこんでしまった自分を、万感の思いで友に訴えるのを禁じえなかったのだろう。以後八年もつづくことになる亡命の日々、エッツェルとエッツェルの家族に重苦しい事件がつぎつぎに訪れる予感でもあったであろう。そして、その予感どおり、再会して四二日後の九月二十三日に、父はシャルトルで亡くなった。

前章でのべたように、この年エッツェルは、三月二十七日から四月二十七日までと、九月から十一月までと、二回にわたって計四カ月以上、フランスに滞在している。その中間の七月三十一日から八月二十六日までのドイツ旅行のさいケールで両親と涙の別れをした直後に、八月十五日付でジヨルジュ・サンドが二度目の帰国許可を取得してくれたおかげで、エッツェルは父の死を看取ることができたのである。しかし、父の葬儀がおわると、こんどはそのショックであろうか母が重病になり、ほぼ一カ月シャルトルにとどまり、その看病にあたることになる。

この間に、エッツェル家にとって記念すべきことがあった。十月十三日に、エッツェルはパリ一区の市役所で妻のカトリーヌ＝ソフィー・キランとの婚姻届を提出したのである。つまり、この日まで、エッツェル夫妻は内縁の関係であったということになる。詳しい事情は伝えられていないが、じつはエッツェル夫人のほうは二度目の結婚であり、はじめの結婚でオクターヴという息子を生んでいた。そのようないきさつがあって婚姻届をのばしていたと考えられるが、ふたりのあいだにはすでに一八四〇年生まれの長女マリーと四七年生まれの長男ルイ＝ジュールが生まれているから、遅すぎた婚姻届といわざるをえない。

おそらく、父が亡くなり母の健康も心配ということもあって、エッツェルは正規の結婚届けをして家庭を安定させたと考えられる。とにかく婚姻届のあと、エッツェルは妻と子どもたちをシャルトルに呼び寄せ、母の看病をたのんでいる。それに、十一月二十二日にエッツェルは家族を連れてベルギーにもどることになり、以後久しぶりに家族水入らずの生活にはいるのだが、そのためにも婚姻届が必要であったと考えられる。

「幸いにも、わたしのだいじな子どもたちを目の前に眺める生活で、山のような勇気をかぎりなくもてます」と、経済的に苦しいベルギーでの生活の重荷が、家族ぐるみの生活で軽くなることを、詩人のE・グルニエ宛に吐露している。「マリーはいくぶん不器用でずんぐりしていますが綺麗な子になって、これまでになくよい子になりました。わがジュールの方は、わたしの支えであり、わたしの喜びです」（P・B第十章）と手放しの親馬鹿ぶりである。

しかし翌年の三月九日、一家に衝撃が見舞う。マリーが急死したのである。


わたしの手で父の目を閉じた。わたしにくちづけされて父は亡くなった。よいではないか。父は死ぬべき人だったのだ。生涯をまっとうし、生きてきた報いも受けた。しかし、子どもは昨日生まれて、今日死んでしまった！　命の神さま、神さまはどうしてわたしの生涯のうちたった一日だけ娘が光り輝くことをお許し下さったのですか？（P・B第十章）

このように、エッツェルはその悲しみをノートに書きつけている。

エッツェルがユゴーの著作の刊行に血の出るような思いをしているときに、家庭にはこうした苦難と悲劇が訪れていたのである。サンドとユゴーはエッツェルの深い悲しみを共にしてくれた。とりわけユゴーはレオポルディーヌの死を

エッツェル夫妻と息子のルイ＝ジュール（1858年頃）
（コレクション・ボニエ・ド・ラ・シャペル蔵）

思い出し、「わたしにはわかります。わたしも十年前に同じ悲しみを味わい、十年たったのちでも胸の奥で傷口がその日のように血を流しているのを感じているのです」（五三年三月十三日）などと、綿々と悲しみを分かってくれた。

それから五年後の五八年十一月五日には、エッツェル夫人のはじめの結婚で生まれた息子オクターヴがロシアで客死した。オクターヴはエッツェルが引き取って育て、すでに鉄道設計技師として自立し、明るい未来を約束されていただけに、夫妻の悲しみはかぎりなく、「わたしの妻はこのおそろしい不幸におしつぶされています。わたしたち家族は五人でしたが、今は三人きりです」（P・B）、とジュール・ジャナンにエッツェルは書き送っている。

ついで、五九年七月十九日にはエッツェル最愛の母も八十二歳で亡くなった。「わたしはよき妻として生きました。夫と子どもと貧しい人と病人を愛しました。シャルトルのどこでもわたしは敬意をうけることでしょう」と、母はエッツェルにほこらかに死の床で語ったというが（エッツェル夫人宛手紙より――P・B第十六章）、助産婦であった彼女の手で生まれなかったシャルトルの子どもはいなかったと伝えられているように、盛大な葬儀がおこなわれた。

知友たちの死　身内ばかりか、友人・知人も亡命中につぎつぎに亡くした。あたかも、古い時代の終焉をしめすかのようであった。『人間喜劇』のバルザックの盟友であり、かつて『パリの悪魔』への執筆を依頼したが健康上の理由で丁重な断り状をくれたラトゥーシュなどは亡命前の一八五一年に死亡し、仕事仲間の画家のトニー・ジョアノーは五二年に亡くなり、魅力的な友のジェラール・ド・ネルヴァルは五五年にパリの街角で縊死をとげた。五七年には人気作家のウージェーヌ・シューとミュッセとカヴェニャックが死亡し、エッツェルはそれぞれの死に悲痛な思いを吐露している。スタール、ジョアノー、ミュッセ共著の『お好きな所に旅を』（一八四二―四三）の一八五八年版「序文」では、トニー・ジョアノーとミュッセの死について、エッツェルはつぎのように記している。

トニー・ジョアノーもミュッセももはやいない！　ふたりは――ふたりが亡くなる以前と以後に、あるいは栄光に包まれあるいは人知れず送った政治的生活や私的生活のなかで、わたしを愛し、交互にわたしを支えたあげく、わたしから死が奪ったじつに多くの人々が赴いた場所にいるのだ。我が友、我が仕事の協力者、我が先生、そして、筋を通した惜しむべき我が敵の何人かのもとに、芸術と政治と友情のために消えてしまった光のもとに、ふたりは今いるのだ。キャレル、ノディエ、スリエ、ゲラン、グランヴィル、バルザック、ラムネー、ベランジェ、デゼ、レノー、ラヴァレット、フレデリック・デボルド、アンリ・テマール、アルマン・マラスト、アルマン・ベルタン、ウージェーヌ・シュー、アッフル師、ウージェーヌ・カヴェニャックがいる所に、ふたりは今いるのだ。――ふたりは今いる――わたしひとりのために生き、わたしにとってあまりに親しくて名前をいおうとしてもその力も出ず唇の上で消えてしまう他の人々〔おそらく家族のことであろう〕のいる所にも。（P・B第十五章より）

しかしそんななか、編集者としてのエッツェルは、精力的に仕事をつづけていた。すでにのべたユゴーの著作などのような刊行を実現しているから、その精神の強靭さには驚嘆するとともに、エッツェルの編集者魂をみる思いがする。

ユゴーの『母の本・子どもたち』(一八五八)、『諸世紀の伝説』(一八五九)

ユゴーの息子シャルル・ユゴーの『サン＝タントワーヌの豚』(一八五七)

サンドの『挿絵入り作品集』(一八五二―五六)、『彼と彼女』(一八五九)

ゴーティエの『フランス演劇史』(一八五八―五九)

デュマの『若きルイ十四世』(一八五四)、サンドの『ロール』(一八五四)、バルザックの『格言と箴言』(一八五六)と『女性たち』(一八五七)などが収められている「三十二折コレクション・エッツェル」(一八五二―五九)の刊行。

そればかりか、スタールのペンネームで『愛と嫉妬の理論』(一八五三)、『コントとエチュード、動物と人間』(一八五四)、『わたしの友ジャックの意見』(一八五五)などを執筆し、「三十二折コレクション・エッツェル」にもそれらを収めている。

このように家庭の不幸にめげず仕事に打ちこんでいた最中の一八五九年八月十七日、すべての政治的追放者と亡命者にたいして無条件の恩赦が発表された。そして、それを受けるべきか拒絶すべきかで、亡命者たちのあいだに議論がまきおこった。

ユゴー、エドガー・キネー、ルイ・ブラン、シャラス大佐などは、フランスで自由が回復されぬかぎり帰国せぬと決意を表明した。しかし、エッツェルはそれに組みしなかった。そして、シャラス大佐につぎのように書き送っている。

わたしはみなと――あるいはほとんどの人と――いっしょに帰国します。それが、なすべきことでいちばん愚かでない道だからです。あなたをのぞいて、ユゴーやシャンガルニエやたぶんルドリュ＝ロランをのぞいて、わたしたちすべてにとっては、帰国以外によりよい道はないのです。もし帰国しないとすれば、気取り屋ということになり、気取り屋は、わたしたちの陣営のなかであっても、手本にはなりません。（P・B第十六章）

エッツェルは恰好よさと意地を捨て、実を取ったのである。これは、いかにも現実的な考え方をするエッツェルらしい態度であり、しかも決然としている。しかし一方、エッツェルは、居残り組の友人たちに、ベルギーとフランスのあいだを今後も往復してベルギーでの出版活動から手を引くことはないと、言明もしている。このエッツェルの選択にたいして、ユゴーは理解をしめした。そして、「わたしたちは、恩赦〔に関するあなたの決意〕についてまったく賛成です。（…）さあ、がんばって、前進なさい！　戦うことは、生きることです」（九月十二日――P・B第十六章）とはげました。

帰国と『ペロー童話集』の刊行

エッツェルが特赦令をうけてじっさいに帰国し、ジャコブ街一八番地に居を定めたのは、翌年六〇年の八月ごろであった。この帰国をまえにして、エッツェルに反対するメディアは、さまざまな中傷を流した。

　たとえば、エッツェルは五二年にすでにルイ＝ナポレオンによって追放解除をうけており、ベルギーにいたのは自分の仕事のためであり、毎年フランスに帰国して数カ月も滞在しているとか、「コンスティテュショネル」紙にいたっては、五二年にはムラン〔パリの南東四六キロにある町〕で下宿をしていたなどと書き立てた。サンドの口利きで政府からしばしば帰国許可を引き出したり、オペラ座に出入りしたり、自身もティエールなどの要人と交渉をもったりしていたから、エッツェルにも隙があったわけであるが、エッツェルは「ベルギー独立新聞《アンデパンダンス・ベルジュ》」で風聞を否定する公開状をもって反論した。

　しかし、反共和派からは必ずしも歓迎されなかったエッツェルの帰国は、まことにタイミングがよかったといわねばならない。しばしば帰国してフランスの変化を目の当たりにしていたエッツェルは、おそらく今こそ帰国して新たな出版活動にはいろうという意気込みをいだいたにちがいない。というより、新しい時代がエッツェルをもとめていたのである。

　ナポレオン三世は、産業資本とブルジョアの力に乗って第二帝政期の繁栄を築こうとしていた。技術と産業によって新しい社会の建設への夢をもっていた。

　パリは、ナポレオン三世のお声がかりで、パリ市長のオスマンによって大々的な改造がなされ、大革命以来人口が二倍にふくれあがり、いたるところに形成されていたスラム街の整理と、バリケードによる都市騒乱の防止もかねた美麗な街並みと大通りが建造された。ガルニエ設計の豪華なオペラ座が生まれ、現代のパリの原型ができた。そして、やがてパリ万国博覧会の開催と、それを記念してのエッフェル塔建設の時代がはじまろうとしていた。

一八四〇年代の本のベストセラーの統計をみるとよくわかることであるが、そのころすでにロマン派の本はすっかり影をひそめていた（マルタン・リヨン『書物の勝利――十九世紀フランスにおける読書の社会学的歴史』）。文学の流れと読者の好みはどんどん変わりつつあったわけで、ロマン派は過去のものとなりつつあった。

その背景には産業と科学と技術の発展ということがあり、このころから、人間の情熱や夢想を描いたロマン主義ではなく、やがて、フロベールの『ボヴァリー夫人』（一八五七）のように現実を冷徹にリアルに分析する写実主義や、それについで人間や社会の暗部や裏面を赤裸々に描く自然主義の文学が台頭してくることになる。

児童文学もそうした流れと無縁ではなかった。一八四八年の二月革命のあと成立したナポレオン三世による第二帝政期（一八五二―七〇）は、産業と科学の発展の時代であり、本格的なブルジョアの時代がはじまる。人々は室内を豪華に飾り立て、女も男も服装に凝り、時の支配者ナポレオン三世ばりの口ひげを生やし、町を闊歩《かっぽ》するようになった。そして未来の産業社会をささえる子どもにも過大な期待がかけられ、モード雑誌には子どもの服もとりあげられるようになった。

エッツェルは、そうしたナポレオン三世の全盛を苦々しく眺めていたにちがいないが、一方では、新しい社会の到来を予感し、直視していた。そして、エッツェルはすでにロマン派の編集者から新しい文学の編集者へと変身をとげていた。あとは実行あるのみであるが、エッツェルはいくつものターゲットを打ち出していた。

第一は、中産階級から庶民階級まで気軽に手に取ることができるような廉価でよい本を普及させることである。それについては、エッツェルはすでに「三十二折版コレクション・エッツェル」などで着々と実現はじめていた。第二は、それとはちがう「愛好者本《リーブル・ダマトゥール》」といわれる本の愛好家のための豪華本の出版であった。第三は新たな読者層の開拓であり、これこそ以後のエッツェルの出版活動を特徴づけるものであった。

未来の豊かな鉱脈としてかぎりない重要性が認識されながら、出版界としていまだ十分にそのニーズにこたえていなかった読者層がいるではないか。それこそ、子どもという鉱脈である。自分こそは、その鉱脈を発掘する鉱山技師であると、エッツェルは自覚していたはずである。

フランスではかつて「小型のおとな」として、その自立的な存在が稀薄であった子どもが、この時代、にわかに大人の注目を浴び、未来の人類としてクローズアップされてきた。モード雑誌に子どもが登場し、男の子は「ビロードの上着にくるまり」、女の子は「ふくらんだドレスを着て、下《した》袴《ばかま》のレースからズボンを出す」といった格好をさせられた(ジャン・ド・トリゴン『フランス児童文学史』)。甘やかされた子どもたちにおもちゃ屋の棚がほほえみかけ、本屋には子ども向きの雑誌が並んでいた。こうして、子どもの本の世界は大きな成長期をむかえようとしていた。

子どもの本の大量生産をもとめたのは教育の普及であった。王と貴族の支配の時代から市民の時代に移ると、新しい社会をになう子どもたちのために、教育の普及が要求され、大革命以来の学校制度の制定にともない子どものための統一的な学習書が必要とされるようになった。

まず、ルイ＝フィリップに信頼されたモンタリヴェ教育大臣は、一八三一年に教科書の無料配布を実行しようとして、アシェット社に五万部の初歩読本と、一〇万部の初級読物のテキストなどの出版を命じた。三三年になると、時の教育大臣のギゾーによって初等教育法が制定された。こうして子どもの学習書が激増するとともに、読書する子どもの人口も増加してゆく。

学習書ばかりでなく、子どもを楽しませる本の出版、つまり児童図書出版がさかんになってきた。挿絵の発達も子どもの本の発展にプラスとなった。挿絵の印刷技術の進歩もあって、子どもの本に挿絵が大きな役割をはたすようになったのもこの時代である。

十九世紀のはじめに子どもの学習に使われた本には、行商人が流布した民衆本の「青本」（表紙の色が青いので）と教育書の出版社系のものとがあったが、両者ともに、この時期になると、子どもの興味をひくために多くの版画を掲載しはじめた。それには、従来の銅版画にくわえ、輪切りにした固い版木にビュランという菱形の鑿《のみ》で彫刻することで文字と挿絵がおなじ頁に印刷できるようになったイギリスで発達したビュラン彫りの技法や、ミュンヘンの俳優ゼーネフェルダーが考案した石版画の技法が、いずれも一八二〇年にフランスに移入されたことも拍車をかけた。

「青本」はラ・フォンテーヌの『寓話集』とかオーノワ夫人の「グラスィウーズとペルシネ」とか中世騎士物語の『エモンの四人の息子』などの十八世紀まで愛読されていた読物にくわえ、「ナポレオンもの」や悪い子が懲らしめられるといった「道徳もの」に挿絵をのせるようになり、とりわけ、スウィフトの『ガリヴァー旅行記』の小人国・巨人国の挿絵は人気を博した。フランス語の学習書も絵をふんだんにそえるようになり、十七世紀から盛んになった教育カルタやお祭りで人気のあった中国風の影絵や一八一七年にフランセ・ロナッティが「新子ども童話集」で考案した頭が動く切抜き人形などの視覚に訴えるものが、挿絵やパノラマ（スケールの大きい光景を曲面の壁に描き、本物のように見せる仕掛け）などの流行とひびきあいながら、活用されはじめた。

　こうした多彩な動きのなかで、フランスは子ども雑誌の発展期をむかえることとなった。フランスのはじめての雑誌は、一七六八年にパリのボンクール学院のルルーという教師がはじめた月刊の「教育雑誌」であるが、この雑誌は、王侯貴族や軍人や司法官といった国の要職を占める人物の教育のためのもので、貴族教育を基礎にした雑誌であり、宮廷の援助をうけていた。しかし、ライプツィヒのヴァイスによって創刊された「子どもの友」（一七七二―七五）にならって、ベルカンがその名もおなじ月刊の読物「子どもの友」を一七八二年から八三年にかけて刊行しはじめると、「教育雑誌」はたちまち影が薄くなり、九〇年に廃刊となった。ベルカンの「子どもの友」の読み手も貴族や富裕階級にしぼられていたが、初等教育が普及しはじめると子ども雑誌の読み手も急速に広がり、それにつれて、雑誌の刊行も盛んになった。こうして、一八三二年から五六年にかけて、五五誌にのぼる雑誌が刊行された。しかしほとんどは半年から数年しか続かぬ泡沫雑誌であり、永続したのは、「子ども雑誌」（一八三二―九七）、「若者雑誌」（一八三三―九四）、「令嬢雑誌《ジュルナル・ド・ドモワゼル》」（一八三三―一九二二）、「令嬢雑誌《マガザン・デ・ドモワゼル》」（一八四四―八一）、「サンドリヨン」（一八五〇―七二）の五誌にすぎない。

　この時代の雑誌が力をいれたのも、挿絵の活用であった。挿絵の印刷の発達によって、「ラ・モード」誌、「カリカチュール」誌、「シャリヴァリ」誌などの挿絵を満載した一般雑誌の隆盛期が、児童雑誌にも訪れた。児童雑誌の連載小説にも挿絵は欠かせぬ要素であるばかりか、フランスの最初の児童文学の傑作は挿絵とともに生まれたとさえいえる。

こうして、ロマン派の作家たちの出版に力を傾けていたエッツェルは、帰国後の記念的な出版として、一八六一年のギュスターヴ・ドレ挿絵による『ペロー童話集』の豪華本を刊行した。ドレは、当時、ダンテの『神曲』、『聖書』、『ドン・キホーテ』のために矢つぎばやに偉大な版画を創作して日の出の勢いであった。そこで、ドレは一枚につき一五〇フランを要求した。そのため、この本は五〇サンチームの分冊で分売され、計二五フランという当時としてはかなり高価な本になってしまった。しかし、この出版はエッツェルの目指していた「愛好者本《リーヴル・ダマトゥール》」の出版であり、パリで起死回生をはかったエッツェル書店の出版としても大成功をおさめた。エッツェルのかつての仲間はこの快挙を拍手喝采でむかえた。

サンドも、この本が送られるや、宣伝の文章を書くための「時間と手腕をみつけたいのです。というのも、このように素晴らしい刊行と、この本の挿絵をした画家と、見事な仕上げをしたクレ〔印刷屋〕と、とりわけ惜しまず芸術のためにつくし、すぐれた眼識で童話を評価した編集者をはげますためには、だれしもそうせねばならないからです」(六一年十一月二十三日手紙――P・B第十九章)と宣伝を約束しながら、ついに宣伝をする時間をつくることがなかった。それとは対照的に、かつて、エッツェルがシャンフォールの『省察・箴言・逸話』の序文で批判したことから論争をまじえたことのあるサント゠ブーヴは、「子どものゆりかごと妖精の杖」をまえにしては嫌なことは忘れてしまうといって、『ペロー童話集』を誉めた記事を書いてくれた(P・B第十九章)。

当時、エッツェル書店から『戦争と平和、人権の原理と形成に関する研究』(一八六一)および『租税論』(一八六二)を刊行して賛否両論を激しくまき起こしていたプルードンも、私信で「版画はたいへん美しいものです。何枚かは創造的な傑作です。もっとも感嘆するのは風景です。題材にマッチするような、神秘的で幻想的な効果にあふれた風景が何枚もあります」(六二年一月七日エッツェル宛手紙——P・B第十九章)と絶賛した。

ドレは、ダイナミックな構図と力感あふれるイメージで群を抜いている画家であり、『ペロー童話集』を飾ったドレの四〇枚の挿絵は、アーサー・ラッカムの挿絵と並び、もっとも代表的なペロー童話の挿絵として歴史に残ることになった。これはなんといっても、児童文学の古典に、それにふさわしい画家を起用して立派な本に仕立てようという編集者の企画の勝利であった。

ジャン・マセとの出会いと「教育娯楽雑誌」

一八六〇年五月八日から、エッツェルはミシェル・レヴィーと組んで、「ボン・ロマン」という定期刊行物をはじめ、その経営を、サンドの元秘書のエミール・オカントにまかせた。

三段組みの四折本八頁の分量で、一頁と五頁にフィリッポトー、ボーセ、リウーなどの流行挿絵画家の版画をのせ、水曜日と金曜日の週二回の配本で、デュマの『三銃士』、ユゴーの『アイスランドのハンス』、サンドの『緑の貴婦人たち』などをつぎつぎと刊行していった。その他、バルザック、ネルヴァル、ラマルティーヌ、ミュッセの作品がならぶ一方、スヴェストル、コンシアンスなどの群小作家や、スタール(エッツェル)の作品もおさめられていった。しかし、一八六三年末に、エッツェルは「ボン・ロマン」から手を引いた。エッツェルとレヴィーは当初五〇〇〇フランずつ出資していたが、エッツェルは手を引いたときに二万フランをうけとっているので、三年間で四倍の利益を得たことになる。そのため、ジャン＝イーヴ・モリエは「この現金が翌年の三月二十日に彼の「教育娯楽雑誌」を発刊する助けになったのだろう」と推定し、また、「ボン・ロマン」と「教育娯楽雑誌」には家族的な教育的な読物をねらいとしているという共通した性格があるとしているが（「ミシェル・レヴィーとエッツェル——編集者のふたつの運命」、『一編集者とその時代』所収）、一方、石橋正孝はふたつの企画は「なにもかも対照的だ」としている（石橋正孝「表現行為としての編集」）。いずれにせよ、この払戻金がエッツェルのつぎの企画の資金になったのはまちがいないだろう。

レヴィーが、「一万五〇〇〇フランでわれわれの持ち分を引き取るか二万フランでエッツェルが手を引くのか」（六三年九月二十六日オカント宛のエッツェルの手紙——モリエ、前掲書）とせまったときに、エッツェルがあえて二万フランを手にする方をえらんだのは、自分の理想を追求できる独自な雑誌の刊行をすでに睨んでいたからにちがいない。

「教育娯楽雑誌」の発刊の礎石は、すでに数年前にきずかれていた。亡命から帰国直後の一八六〇年末のこと、エッツェルはスタニスラス学院の同級生のジャン・マセ（一八一五—九四）に邂逅した。これが、児童図書に賭けようとしていたエッツェルに、おおきなはずみをもたらす運命的な出会いとなった。

エッツェルが評価していたのは、熱心に読書指導にあたっていた教師としてのジャン・マセの経験であった。労働者の息子として生まれながら、マセは、二十一歳にしてスタニスラス学院の歴史の講師を皮切りに教師の経歴をたどり、二月革命がおこると共和派のマセは「レピュブリック」紙の編集に加わったが、ナポレオン三世の帝政が布かれるや、アルザスにひきこもり、ベブレンハイム女子寄宿学校の教師として歴史、地理、自然科学、文学などありとあらゆることを教えるようになった。そこでは読書指導にも力を入れ、市町村図書館設立運動を展開し、一八六三年にはオー＝ラン（高ライン）地方の市町村図書館協会を創設した。六六年には教育連盟を結成し、数万の会員を集めるにいたり、多くの市町村立図書館の創設に貢献した。そればかりか、義務教育の普及と無料化の請願をつづけ、六歳から十三歳までの義務教育制度と一部分の無料制度の制定にこぎつけた（一八八一―八二）。

そのような教育熱心な同級生のマセに、エッツェルは協力を申し入れた。するとマセは、いまはベブレンハイムに根を下ろしているし、何カ月もかけて自分の娘や子どもたちを楽しませ教育するために、一冊の本を書いている最中でもあるから、動くことはできない、と答えたという（P・B第十九章）。ところが、エッツェルはこの話にとびついた。その物語をぜひ刊行しようというわけである。そして、マセの原稿はエッツェルのお得意の助言を得て、翌年刊行された。

『一口のパンのお話』（一八六一）というタイトルのこの本は、人や動物の体内にのみこまれたパンのかけらが、少女に手紙の形で内臓の働きについて語るという物語で、大評判になった。エッツェルはサント＝ブーヴに働きかけて、この本に「アカデミー賞」を授賞させた。こうしてマセは科学物語の本の第一人者となり、その後も『おじいさんの算数』（一八六三）、『胃袋の召使い』（一八六六、『一口のパンのお話』の続編）などをエッツェル書店から刊行し、簡潔で魅力に富んだ文章で子どもたちに科学的知識をあたえつづけたが、じつはこうした物語こそ、エッツェルの考えている新時代の児童読物の理想であった。その時代、科学は急速な発達をとげようとしていたが、マセにはそうした科学的な知識を子どもに教えこむノウハウがあったのだ。一方、エッツェルには文学的な表現力があり、面白い物語と豊かな表現のなかに知識をもりこむための助言を彼にあたえることができた。

こうしてエッツェルは、六年前からあたためていた子ども雑誌の夢を実現する同志を見いだしたのである。

当時、アシェット社がすでに、エッツェルにさきがけて子ども雑誌に力をいれていた。アシェット社は、一八三三年の初等教育法制定の時期に教科書や教師のマニュアルなどの出版を一手に引き受けていたが、その勢いにまかせて、雑誌「子ども時代の友」（一八三三―八二、その後「わたしの雑誌」と改題）を刊行、五七年には雑誌「子ども週間」を創刊して、ドレの挿絵つきでセギュール夫人の『新妖精物語』の連載を始めたりした。

エッツェルが企画したのは、このアシェット社を超えようという雑誌の創刊であった。はじめ雑誌の名前を「家庭挿絵文庫」としていたが、最終的に「教育娯楽雑誌」というタイトルにした。読者としては子どもばかりでなく、「われわれは子どもと青年を対象に考えている」という文面の広告を「ル・タン」紙にのせていることからもわかるように、雑誌の読者の年代をかなり広くとり、家族全体にまでひろげて、挿絵をふんだんに掲載し、知識を楽しくあたえようというものであった。

折しも、エッツェルのもとにひとりの作家が原稿を手にしてとびこんできた。エッツェルはその原稿を見て、ここに自分の理想を実現する未来の作家がいるとこおどりしたにちがいない。そしてエッツェルは、アドヴァイスとともに、彼に書き直しを命じた。こうしてエッツェルに見いだされ、エッツェルに育てられ、やがて文字どおり雑誌の柱となり、彼なしではこの雑誌は考えられぬほどの大きな存在となってゆく。この人こそ、ジュール・ヴェルヌである。この出会いは文字どおり作家と編集者の希有な出会いであったが、それについては十一章で詳述する。

第十章　著作権確立へのたたかい

著作権とエッツェル　一八六二年二月八日のこと、エッツェルは『著作権と有料の公有財産』をダンテュ社より刊行した。三四頁の冊子であるが、エッツェルの著作権確立への見解と意気込みを吐露したものである。この冊子は、第八章の亡命時代の出版活動の紹介でふれたような、出版社としての海賊版とのたたかいにくわえ、作家としての著作権確立の主張と出版人の良識を問うといった内容である。なにゆえにこの時期にエッツェルがこの冊子を刊行したのであろうか?

作家が王侯貴族の恩恵で創作しながら暮らしていた時代から、著書を売ることによって生計を立てる時代にはいる十八世紀から十九世紀にかけて、フランスでは著作権をめぐる激しいせめぎあいがつづいた。その論争のなかで、著作権は徐々に法的にみとめられてゆくが、エッツェルが出版活動と作家活動をはじめた十九世紀の中葉、その論争はいまだ決着がつかず、著作権が永続的所有権であるとする派と著作は社会に還元される公有物であるとする派とが、激しくわたりあっていた。

この冊子を読むと、そうした流れのなかで、作家でありかつ出版人であったエッツェルが、どちらの利害も超えた良識ある見方を展開しようとしているのがよくわかる。エッツェルの議論の出発点は、一八二五年にもうけられた著作権法制定委員会による、作者の死後も永続的に遺族にも一定の割合でその著作の印税が支払われるべきというのを骨子にした案が、二六年一月二十三日にいったん一四対六で可決されながら、二月六日には否決されたといういきさつである。

では、作家の生前にはどれほどの原稿料が支払われていたか、資料があるので参考のためにここで紹介しておこう。ジラルダンというジャーナリストの一八三五年の作家謝礼目録によると、作家の一作の原稿料では、ヴィクトル・ユゴーと今は読まれなくなった当時の大衆作家のポール・ド・コックなどが最上のランクで、三〇〇〇から四〇〇〇フラン、サンドは二五〇〇フラン、バルザックやウージェーヌ・シューは一五〇〇フランというランクだったことがわかる（マルタン・リヨン『書物の勝利』第三章）。ところが、シューが『さまよえるオランダ人』で一躍流行作家に躍り出て、第一ランク以上の原稿料をもらうようになり、バルザックを悔しがらせていたということがある。たとえば、一八四四年前後に、シューは『さまよえるユダヤ人』で一〇万フランと『パリの秘密』で二万六〇〇〇フランの収入を得ているが、バルザックの『モデスト・ミニョン』は約二万フランにすぎなかったのだ（アンリ＝ジャン・マルタンほか『フランス出版史』第二章――シューもバルザックも一八三五年頃より一桁以上の増額となっている）。

もちろん、こうした例は流行作家のばあいであって、群小の作家たちは買いたたかれるのが落ちであった。そのありさまは、当代のジャーナリズムの生態を描いたバルザックの『幻滅』を読むとつぶさにわかる。こうした作家への報酬の支払いは、原稿買取り方式、価格のパーセンテージで支払う印税方式、利益の折半方式、あるいはそれらの組合わせもあったが、作家の生前に支払われていたそうした印税も、死んだのちに遺族に支払われる保証は確保されていなかったので、著作権のあり方をめぐって激しい要求と論議がつづいていたのだ。

エッツェルによると、委員会の議論が遺族への利益の還元を無視したり、あるいは遺族への還元の仕方をあまりに複雑に考えすぎて、その結果、著作権問題は泥沼に落ちこんでしまったという。そして、著作権の基本的な問題は一八六二年においてもいっこうに解決していないとする。じつは、六二年には本格的な議論をはじめる機運があったと思われる。というのは、同年にまたも検討のための委員会が組織されるからである。冊子にはその委員会のことはふれられていないが、おそらくそれに向けての提言の性格をもっていると思われる。

エッツェルは著作権が保護されなければならないのは当然とする一方、著作権には作者に還元される金銭的な利益と社会にもたらす精神的な利益の両面があるとする。しかし、前者を絶対的なものとすれば、土地の権利と同様金銭的な利益は理論的には死後も永続するわけであるが、一方、後者を第一に考えれば、死後は公有財産として社会の財産に帰するわけである。つまり、両者は対立するものであるとしながら、いずれも保護されなければならないとし、その和合は可能とする。

そのさいエッツェルは、出版社の良識をも問題にする。たとえば以前に提案されていた作者の死後一〇年のみ著作権延長可能とすれば、「フランスの同時代のもっとも著名な作者の著書の刊行者は、〔作者の死後〕祖国の野蛮な法律によって丸裸にされ、追いやられた相続人の近くで、その偉大な人物の財産のおかげで、いわばその土地とその所有物を元手に暮らすことになり」、それは犯罪行為であると非難する。

その死後一〇年法案は一七九三年七月十九日に制定されたもので、その後、一八一〇年には未亡人にはその生涯、子どもには死後二〇年と伸ばされ、四一年からはいくつかの案の流産やら議会でのラマルティーヌによる著作権擁護のみごとな演説やらがあって、やっと五四年四月八日に死後三〇年の妥協案が成立し、やがて六六年七月十四日に死後五〇年に延長されることになる（『十九世紀ラルース大百科辞典』による）。その間はげしい議論と検討が展開されていたわけで、その渦中で作家と出版人を兼ねていたエッツェルは、作家の立場で権利を主張する一方、公有財産にも遺族に支払い義務があるとして、出版人のエゴイズムを一貫して牽制しているというのが、この冊子の特徴である。

この冊子で、エッツェルは改めて問題点を整理し、解決可能であるとしている。エッツェルがしめす基本的な論点は、著作権の保護と作者死後の権利問題である。これについては、のちにのべるようにすでに長い議論の歴史があるのだが、エッツェルは、その問題がいまだに決着がついていないとしている。とはいえ、この一八二五年の委員会から六二年までのあいだに大きな動きがあった。それは、著作権の確立のために文芸家協会が結成されて、その運動が組織的になったことである。そして、その主役のひとりがなんとバルザックであった。バルザックは海賊版の横行になやまされたあげく、著作権問題に目覚め、ついに文芸家協会の設立を呼びかけ、その会長にまつりあげられたのである。そこで、一八二五年の委員会から六二年のエッツェルの冊子刊行のあいだをつなぐ事件として、また著作権が確立され、最終的に死後五〇年まで著作権がみとめられるまでの重大な歴史のひとこまとして、そのドラマを紹介したい。

バルザックと文芸家協会設立

バルザックは、自分自身、ベルギーやオランダで自作の海賊版が刊行されたり、雑誌にも創作を無断掲載されるといった被害をこうむって怒り心頭に発していて、著作権問題にはきわめて熱心であった。そして、一八三四年十一月一日号の「パリ評論」に「十九世のフランス作家への手紙」、三六年には「クロニック・ド・パリ」に「著作権と海賊版について」、三九年には「外国の海賊版をめぐって「プレス」紙編集長への手紙」などを書いて、著作権問題に熱心な発言を続けていた。

一七九三年七月十九日制定の法案によって、作家の死後一〇年で著作権は消滅していたが、著作権は世襲財産であるべきだというのがバルザックの意見であって、「十九世紀のフランス作家への手紙」で、バルザックは演説口調で、著作権が守られていない現状を、「皆さん、文学共和国において、全体的・個人的利害の大きな問題が揺れている。皆さんの誰もがこの問題を知り、内密に語っているが、公然と不平をいったり、われわれの悪にたいして治療薬を提供しようとする者はいない」と訴える。そして、「法律は土地を守り、汗を流している労働者を守っているが、考えている詩人の作品からは収奪している」と怒る。貴族や銀行家の相続をみとめているのに、精神の労働の「夜と脳」の相続権はみとめない。芸術家・詩人は社会に永続的な精神的な富をもたらしているにもかかわらず、作品が成功するや、作品から収奪する。フランス・アカデミーも議会も著作権の保護には無策である。作家のための組織がないからであると訴える。

こうした著作の所有権については、エッツェルの冊子で整理しているように、見解がふたつに分かれていた。ひとつは著作物が作家の永久的な所有物であるとする立場であり、もうひとつは、著作物は本来社会的な文化遺産からうみだされたものであり、さらに刊行されてからは社会の共有財産になるべきものであるとする立場であった。バルザックは、当然のこととして第一の立場を主張し、国家は個人の土地や財産の所有権は保護しているのに、精神的な創造物の所有権はみとめていないと訴える。

その後一八四一年にバルザックは、「著作権法案委員会を構成する議員諸氏への覚書」という意見書で、著作権がみとめられてゆく屈折した歴史を、ほとんど専門的な分析をくわえて記述している。なお、この「覚書」がエッツェルとポーランの共同出版によって刊行されていることは注目すべきで、エッツェルが陰でバルザックの主張を支持している証拠でもあろう。

それによると、まず十七世紀までの時代を要約して、その時代では作家にあたえられるのは単に名誉と名声しかなくて、文人として生活してゆくには王侯貴族をパトロンとするか財産家でなければならなかったとする。しかしそうした慣例のなか一五七一年に勅令が発布され、書店の刊行権がはじめてみとめられる一方、しだいに識字層が拡大して本が売れるようになり、中世の伝承や物語が民衆本として頒布されるようになるのだとしている。

十八世紀にはいると、作者への報酬が実際的な問題となる。そして（海賊版の横行も目に余るようになったため）、一七二三年の条例で海賊版の刊行者に体罰が科せられることとなる。さらに一七七七年の勅令（八月三十日制定）があって、作者の著作権が認められることとなる（バルザックは、死後もその権利が相続されるという規定を制定した条文を紹介しているが、じつは、この権利をみとめるのは王であって、その基本的な権利を法で定める近代法とはほど遠いといえる)。

やがて、一七九三年七月十九日の立法によって、やっと著作権が(王の承認によってみとめられるのでなく)法律的に確立されることになるが、同時に著作権は作者の死後一〇年で消滅すると定められた。これは、(王によって死後もその権利が相続される余地のある)一七七七年勅令の後退であると、バルザックは指摘する。こうした規定の背景には、著作は社会から、あるいは神から生まれるのであり、したがって公有財産だとする考えがあるが、それをバルザックは否定し、指弾する。著作がたとえ神に由来するとしても、それに形をあたえたのは作者であり、天才であるとし、「考えることと、生み出すことのあいだには深淵がある。そして、天才のみが深淵に降りて、そこから出てくることができる」という。

こういうバルザックの考え方には、個性と創造についての確信にもとづいた絶対的な著作権の主張という意味で、天才や個性に対するロマン主義的な信仰がみられる。そこには、絶対的な著作権の立場と公有財産の立場の両立をにらんでいるエッツェルと微妙なちがいがある。つまりバルザックは作者の立場のみを主張し、エッツェルは公有財産に対する読者と刊行者の権利をともに主張し、その和合をはかろうとしているのである。

しかし、バルザックがこのようにいうのには、自分自身の著作権がいかに侵されてきたかということにたいする怒りもこめられている。そしてバルザックは、さらに「ほかの災厄」をも告発してゆく。バルザックがとくに怒りを燃やしているのは、ベルギーにたいしてである。

「フランスの三分の一は外国でつくられた海賊版を手にいれている」、「あわれなフランスの書店がわれわれの文学を殺している情けない貸本屋にやっと千部ほど本を売っているというのに、ベルギー人は安売りでヨーロッパの金持の貴族に二千部も売りつけている」とバルザックは告発しながら、怒りの調子をあげる。

ヴィクトル・ユゴーのようにアルフレッド・ミュッセを破産させ、ヴィニーのようにヴィクトル・ユゴーを破産させ、J・ジャナンのようにヴィニーを破産させ、ノディエのようにJ・ジャナンを破産させ、G・サンドのようにノディエを破産させ、メリメのようにG・サンドを破産させ、クーリエのようにメリメを破産させ、バルテルミーのようにクーリエを破産させ、ベランジェのようにバルテルミーを破産させ、あなた方すべてのようにベランジェを破産させている。
(「十九世紀の作家たちへの手紙」)

と、その口調はアジテーションに近い。バルザックがとりわけ非難しているのはベルギーの海賊版である。たとえば、「クロニック・ド・パリ」の一八三六年十月三十日号に発表した論説「著作権と海賊版について」では、つぎのようにベルギーを名指しで攻撃している。

かつては、オランダが知性と迫害された真実の避難所だった〔オランダでは出版の自由が保証されていたので、フランス国内で発禁措置になった著作はしばしばオランダで刊行されていた〕。ヨーロッパでは、ほかのどの場所でも自由に印刷できない著作をオランダで印刷していた。したがって、十八世紀のオランダと十九世紀のベルギーを混同してはならない。オランダ人は守護者であるが、ベルギー人はけちな泥棒、あらゆる国のなかの屑とも呼べるが、いってみれば暗殺者である。このよき時代に、自分自身にしか救いを望めないあわれな作家から収奪する卑劣なやからである。(「著作権と海賊版について」)

バルザックは、「十九世紀の作家たちへの手紙」では、舞台での収奪にも言及する。というのは、すでにのべたように、バルザックやその他の作家の創作が劇化されて上演され、劇場側に収益をもたらすのに、原作者には一文もはいらないのも、日常茶飯事だったからである。たとえば、一八三五年一月七日「ジムナーズ・ドラマチティック座」上演のMM・ボワヤール、ポール・デュポール脚色『守銭奴の娘』、同年四月六日「ヴァリエテ座」上演のMM・テアボン、AL・ドゥコンブルース、ジェム脚色『ゴリオ爺さん』など、原作者バルザックの名前なしの上演が相ついでいたのである。

ついで、バルザックの攻撃の矢は貸本屋《キャビネ・ド・レクチュール》に向けられ、皮肉たっぷりに金持は貸本屋の二スーの「税金」をも節約しようと、一冊の本を借りた家庭の近隣までまわしている現状を描写する。こうして作家が収奪されている現状をつぶさに語りながら、バルザックは、文芸家協会の設立を高らかに提唱する。

いや、政府は何もしないだろう。現在の政府はジャーナリズムの子であるから現状が快いのであり、できればそれを引き延ばそうとするであろう。われわれの救済はわれわれ自身のうちにある。それは、われわれの権利についての協定であり、われわれの力の相互的な承認である。従って、われわれすべての者にとって最高に利益あることは、われわれがあつまって、劇作家が協会をつくったように協会をつくりあげることである（…）設立するわれわれの協会にできることは、著作権についての新たな法律をもとめ、懸案事項を取り決め、文学のあらゆる海賊版を阻止することである。（「十九世紀の作家たちへの手紙」）

ルイ・デノワイエ

しかし、ハンスカ夫人への手紙で「フランスでは個人的な偏見や才気や才能や財産が災いして、人々の糾合は不可能である」と嘆いているように、アドバルーンを上げたのはよいが、文芸家協会設立のために作家を糾合することは至難であった。そこに、デノワイエが強力な推進者としてあらわれた。

ルイ・デノワイエは、「世紀《シエクル》」紙の文学部門の主筆にむかえられたとき、デュマ・ペールの『ポール船長』を一八三八年五月三十日から六月二十三日まで連載して（同年単行本刊行）、数日のうちに購読者を五千人ふやしたという伝説的な快挙をなしとげたジャーナリストであった。才気に富んだ人物で、はじめ独力で新聞の創設をこころみたが、政府におさめねばならない一〇万フランの供託金が準備できないので、二日ごとに新聞の名前を「バラ色雑誌」、「空気の精《シルフ》」、「小妖精《リュタン》」とつぎつぎにかえて逃れることを考えたりした。また、一八三二年に発刊された「子ども雑誌」に、はじめての本格的な児童文学『ジャン＝ポール・ショパールの冒険』を連載した。

こうした敏腕ぶりに惚れこんで、「新聞王ジラルダン」や文名をあげはじめた若き日のバルザックは彼に接近をこころみたが、それは実現しなかった。しかしデノワイエは、文芸家協会の運営では協力を惜しまなかった。それに、ジャーナリストのデノワイエの協力は文芸家協会にとっては不可欠であった（現在、一八四四年に死去するまで文芸家協会に精力的に無私の貢献したデノワイエをたたえて、その事務所には彼の像が立てられているという）。

文芸家協会会長バルザックの誕生

こうして、バルザックの「十九世紀のフランス作家への手紙」発表の三年後の三七年十二月十日に、ナヴァラン街四番地のデノワイエの自宅で委員会が結成された。委員長はデノワイエ、委員は、ジュール・A・ダヴィッド、アンドレ・デルリウ、レオン・ゴズラン、ルイ・レボー、アルフォンス・ロワイエ、ルイ・ヴィアルドで出発し、隔日に会を開くというぐあいに精力的に議論をした。十二月三十一日には元代訴人M・ポミエ宅で臨時総会を開くまでにこぎつけた。ポミエは文芸家協会総代理人として、初期の諸費用を肩代わりした。

会則はその場で採択され、臨時幹事会が構成された。ヴィルマンが幹事長、デノワイエが副幹事長、主な幹事としては、すでにのべた委員会メンバーのほか、ヴィクトル・ユゴー、アレクサンドル・デュマ、ラムネー、フレデリック・スリエなどであった。このうちユゴーは、バルザックとともに著作権問題にはつねに積極的に発言し、協会設立にも積極的にかかわった。

さて、一八三八年四月十六日には第一回総会が開かれ、正規の幹事会が選ばれた。上位では、ヴィルマン八二票、デノワイエ八四票、ユゴー七八票、ラムネー七七票、フランソワ・アラゴー七四票、アレクサンドル・デュマ・ペール（父）七一票といったところであった。こうして、協会が正式に発足したのは一八三八年四月二十八日であり、いよいよ協会は軌道に乗りはじめたが、小説の劇化にからむ著作権問題で、先輩の劇作家協会との確執もあった（劇作家協会は、大革命まえにすでにボーマルシェの熱心な運動で劇作家の著作権の確立がはかられ、一八二七年にはスクリーブが中心になって、ユゴー、デュマ、マイヤベールなどを糾合して、統一的な協会が設立されていた）。アルフレッド・ド・ミュッセの息子ポール・ド・ミュッセの同名の小説を剽窃したとして、『ロザン氏の調停人』、『コワラン氏の略奪者』という軽喜劇《ヴォードヴィル》をめぐる裁判も係争中であった。しかし、同年十一月三十日に劇作家協会はヴォジラール墓地からペール・ラシェーズ墓地へのラ・アルプの遺骨移送式に文芸家協会の代表を、アカデミー、テアトル・フランセの代表とともに招待した。文芸家協会は、このような公的な式典に招待されたことではじめて市民権を得たともいえる。

　こうして同年六月一日にヴィルマンが会長に選出され、同月八日にはデノワイエとフェリックス・ピヤが副会長に選出された。しかし、この間、いったいバルザックはどうしていたのであろうか。文壇の雄であるユゴーが熱心に設立を推進していたのに、バルザックの名前はどこにもあがってこないのだ。

　バルザックと文芸家協会の関係をドラマチックに描き、本書でも大いに参照しているピエール・デカーヴの『バルザック会長』（一九五一）のことばを借りると、「しかし、こうしたなかでバルザックはどうしていたのか？　同盟の《推進者》、真の創設者はどこにいたのだろうか？　彼は敬遠されたのだろうか？　みなの意志で外されてしまったのだろうか？　ふてくされていたのだろうか？　仲間と喧嘩別れしたのだろうか？」ということになる。

じつは、バルザックは蚊帳の外におかれていたわけではない。デノワイエやゴズランやピヤは、適宜バルザックに経過を報告していたと思われる。しかし、とにかくバルザックには時間がなかった。借金にあえぎながら、バルザックは、『幻滅（第一部）』、『平役人』、『ガンバラ』、『セザール・ビロトーの隆盛と凋落の物語』、『しびれえい（娼婦盛衰記）』、『骨董室』の結末、『ニュシンゲン銀行』など、つぎつぎに大作を書きまくっていた。この期間はバルザックにとってもっとも創作に油がのっていた時期でもあったのだ。しかもバルザックは、一八三七年九月にパリの郊外のジャルディに家を買いもとめ、パイナップルを植えて、それを売り出して大もうけしようという夢までいだいて、人を招いてはその夢を語っていた。

あるいは、三八年の三月から六月にはコルシカ、サルデーニャ島を通って、イタリアまで旅行しているが、サルデーニャ島に赴いたのはなんと銀鉱を発掘して一攫千金にあずかろうとするためであった。しかし、バルザックに情報を提供した者がすでに発掘許可を得ていて、バルザックはすごすごと引きあげることになった。

こうした過密な仕事ぶりや、夢のような話に振り回されているのを聞かされては、デノワイエなどは文芸家協会の設立をバルザックにまかせようという気にはならなかっただろう。協会の路線は自分らで敷いて、軌道に乗ったら言い出しっぺのバルザックにきてもらおうというのが、作戦であったにちがいない。

しかし、こうして協会の規定も組織もととのい、先輩の劇作家協会にも認知されたいま、いよいよバルザックをむかえいれる時がきたのだ。デノワイエはバルザックに、文芸家協会にくわわるようにしきりにたのんだ。こうして、バルザックは『幻滅』の第三部「パリに出た田舎の偉人」を書き終えると、文芸家協会に入会した。協会の記録によると、バルザックは一八三八年十二月二十八日に入会を認められている。デノワイエ宅での最初の準備委員会の開催から約一年後のことであった。

一八三九年三月二十四日には幹事会の選挙がおこなわれ、バルザックも幹事に選ばれた。ただし八三票で八位であった。一位は一〇〇票のデノワイエ、ついでヴィルマン九八票、ヴィアルド九五票、アルタロッシュ九三票、ユゴー九二票、ピヤ九一票、フランソワ・アラゴー八七票と並び、六四票のデュマ・ペールや五九票のジョルジュ・サンドよりは上位を占めた。この結果をみて、バルザックはふくれっ面をした。すると、六二票のゴズランが「でも、わたしの順位をご覧なさいよ（…）そして、とくにサンドの順位をね」と慰めたという。

しかし、バルザックはこれから数年間文芸家協会にからめとられてゆく。まず文芸家協会の財政を潤すための共同出版の企画の検討委員長に選ばれてしまった。三月二十四日のことである。この企画はバルザックの発案によって実行に移され、一八三九年から四〇年三月にかけて『バベル』という作品集全三巻が刊行され、バルザックは二巻目に『ピエール・グラスー』を収めている。

そのあとに大役が待っていた。文部大臣に着任したヴィルマンが三九年五月十七日に、会長を辞任したのである。文壇の位置からいっても、熱意からいっても、後任の第一候補はユゴーであった。しかし、会員たちはユゴーが会長になると、先鋭な提案などをして、アカデミーや出版界や世論の反発を買うのではないかとおそれた。ユゴーも慎重にかまえ、とりわけ「火中の栗」を拾うまいとしていた。そこで、デノワイエやゴズランがバルザックをかつぐ工作をはじめた。人の集まらないヴァカンス中の八月十六日を選んで、執行部刷新の提案をし、会長選挙にもちこんだ。

その日デノワイエはあらかじめ自分は会長に立候補しないことを告げ、わざと投票には遅れてきたが、彼をいれて、その日の会員は九人に過ぎなかった。選出されるまで投票は三回にわたっておこなわれ、第一回でバルザックは五票の一位、次点は四票のアラゴーだった。二回目でバルザック五票、アラゴー三票となり、三回目で、バルザックは満票の八票を獲得して、会長に選ばれた。八票のなかにはむろんバルザック自身の票もはいっているから、バルザックはやる気があったのだ。副会長には、ゴズランとピヤが選ばれた。こうして、バルザック体制が発足した。

バルザックの法廷闘争

バルザックは、あいかわらず書きまくっていた。すでにのべた作品について、『イヴの娘』、『村の司祭』、『ベアトリクス』、『マシミルラ・ドーニ』、『カディニャン后妃の秘密』、『ピエレット』、『ボエームの王』と、つぎつぎに傑作を書いていた。しかし、文芸家協会の会長に選ばれたからには、そのほうも手抜きはできない。手抜きどころか、バルザックは全力投球をした。会長の肩書で雑誌に挑戦的な記事を書いたり、著作権に関する法案を提案したり、精力的で戦闘的な文芸家協会長としてのバルザックの名前は、反対派をおそれさせた。バルザックの強みは、パリ大学の法学部を卒業し、法律事務所につとめていた経歴をもっていることだった。

その強みはルーアンの法廷で発揮された。一八三九年十月二十二日、ルーアン軽犯罪裁判所で裁かれた、ベルナール氏の「メモリアル・ド・ルーアン」の剽窃事件で、ベルナール氏とともに文芸家協会が原告となり、バルザックは協会長として、熱弁をふるったのである。バルザックの登場は、現地でも大きな話題を呼び、被告のメモリアル・ド・ルーアン社などは、「法律」紙で、「何人かの聴衆は、もう伝記が刊行されている大人物を、とりわけ彼の名高い大きな杖を目撃する望みをいだいて、足を運んだ」（「法律」一八三九年十月二十一〜二十二日号）と、揶揄した。さて、バルザックは、法廷で、細部の問題というより、いかに海賊版が横行して、作家・出版社をおびやかしているかを堂々と論じたのである（この裁判のいきさつについては、とくに『バルザック年報一九六三年』に収められているピエール＝アントワーヌ・ペロー「著作権の《弁護士》バルザック」を参考にしている）。

バルザックのカリカチュア（ドーミエ画）

海外の海賊版は出版社全体を破産させています。今やパリには破産しない出版社はもはや二社しか残っていません。しかも、一社は清算中であり、もう一社は前貸しをしているからという理由のみで続いている状態です。皆さん、ヴィクトル・ユゴーとかジョルジュ・サンドとかの当代のもっとも立派な文学作品が、もはや一二〇〇部以上は売れなくなっていることをご存じでしょうか。フランス人はそれだけしか買わないのです。そして、それでは、刊行の費用をカバーするにも足りません。本の製作の費用はもっとかかるのです。（ピエール＝アントワーヌ・ペロー、同論文より引用）

さらに、問題は地方新聞の剽窃であるが、出版社で刊行されるまえに、地方新聞に出るのは許せないと非難する。しかし、被告の弁護に立ったリヴォワールは、「朝の六時の第一版の新聞を入手し、九時にはそこからの剽窃記事をつくりあげる」、パリの「伝令」とか「フランスの山彦」といった新聞こそ告訴されるべきであり（じっさいこれらの各紙は、すでに告訴されていた）、われわれの方は刑事事件で裁判をうけるべきものではなく、民事であつかわれるべきである。だいたい、われわれが採録したのは、書いたものが優れているからで、作家たちはむしろ感謝すべきである、と居直った弁護の論陣を張った。

著作権の問題は、著作権成立の条件が時代に合致していないことからもきている。そもそも、一七九三年七月十九日の法令は、それ以前の九部という著作の納付義務を軽減し、「著作を公刊するすべての市民は、著作の二部を国立図書館、ないし共和国版画資料室に収めるのを義務とする。それによって、著者は図書館員の署名入りの受領書を受け取り、その受領書がなければ、海賊版にたいする追及は正当とはみなされない」（第四条）とした。つまり、著作権は著作の納付義務にしばられていたのである。この納本の部数はたえず変動し、一八一〇年二月五日に五部に増え、王政復古期の一八二八年一月九日には著書は二部、校正刷りと版画は三部とされた。こうした納本義務は、むろん権力による事前検閲のためであるので納本しないと罰金を課せられることになっていたが、この罰金の額もたえず変動していた。

しかし、納本によって著作権が発効するので、その点からは作者にとって無視できぬ規定である一方、規定を無視すると海賊版告訴のばあいでも不利となるので、両刃の刃であった。一八二八年法令での二部納本規定では、一部を王立図書館、一部を内務省図書館としているのに、被告側は一七九三年法令にこだわり、二部が王立図書館に納本されていないと著作権は発効しない、それも著者自身の手で納付されないと無効と主張し、裁判においても、そのような判例ができていた。そもそも、この規定に従えば、そのような納本が不可能な新聞に掲載される記事や創作の著作権は成立しないことになり、ここで文芸家協会の告訴は困難な立場に立たされていたのである。

バルザックは、こうした事情をふまえ、なんと該当の新聞を二部納入させ、法律的な著作権を確立してから、告訴にふみきったのである。

こうして法廷は、「メモリアル・ド・ルーアン」紙にたいして、二〇〇フランの罰金と五〇〇フランの損害賠償を科する判決を下した。この裁判には後日談もあり、協会のメンバーであるエマニユエル・ゴンザレスが、「メモリアル・ド・ルーアン」に掲載された書評は名誉毀損の内容であり、その反論の掲載も拒否したとして、「メモリアル・ド・ルーアン」を訴えると、「メモリアル・ド・ルーアン」の弁護人デスティニーが法廷でゴンザレスの弁護人ダヴィエルの頭に本を投げつけるという「乱戦」模様になった。

その結果、デスティニーには一カ月の禁固、「メモリアル・ド・ルーアン」紙には五〇フランの罰金、二十四時間以内にゴンザレスの反論を掲載すべしという、判決がくだった。いずれにせよ、文芸家協会側がまたも勝利を収め、バルザックは面目をほどこしたわけである。しかし、このようにバルザックが会長として大活躍をするにつれて、バルザックへの風当たりも強くなった。

バルザック会長からユゴー会長へ　バルザックへの風当たりに拍車をかけたのは、裁判の三カ月まえの七月に刊行された『幻滅』の第二部「パリにおける地方の偉人」の反響であった。ここには、主人公の詩人リュシアン・ド・リュバンプレが、アングレームの田舎から名声を得ようとパリに出て、パリのジャーナリストたちとジャーナリズムに翻弄されるさまが、描かれていた。そこには、海千山千の出版屋・ジャーナリストたちとジャーナリズムの裏の世界が克明に描かれているが、その生態は、じっさいのジャーナリストたちの気持を逆なでするものであった。そして、新聞雑誌業界でのバルザックにたいする反感がたかまっていた。

そんななか、バルザックは、空席になっているアカデミー会員に協会から自分とユゴーのふたりを立候補させ、協会は支援すべきであると提案したりしている。しかし、この提案の決議は引き延ばされ、葬り去られた。ただし、ふたりがこれをめぐって対立したあとはない。ユゴーがバルザックに辞退しないようにと一八三九年十二月一日に手紙を書き送る気配りをしたからであろうが、バルザックは辞退した。結果としては、翌年二月二十日の選挙ではユゴーは選ばれなかったものの、その後ユゴーは会員になり、一方バルザックは生前ついに念願のアカデミー会員にはなれなかった。

いずれにせよ、お手盛り的なアカデミー立候補問題が、バルザックにたいしていい印象を残したとは思えない。それ以外に、会長としてのバルザックを中傷する種にはこと欠かなかった。バルザックは莫大な借金に追われ、しばしば債権者から身を隠した。一八三九年十一月には一カ月の休暇を取り、所在不明となった。十二月の会合には一回しか出席しなかった。こうして、ついに、個人的な理由で会長職を辞退したい旨を周囲にうちあけるようになったようである。

それをうけて、一八四〇年一月九日、委員会はユゴーを次期会長に選出した。一九〇票のうち一一六票という多数票を得ての就任であった。バルザックはデノワイエとともに副会長に指名され、なんらしこりもなくユゴーを任期中補佐したのである。しかし、元来実務には適さず、執筆に追われていたバルザックにとって、こうした結果は望むところであったにちがいなく、バルザックの足は次第に文芸家協会から遠のいた。執行委員には選ばれていたが、その票数は徐々に減り、四二年一月の選挙では、八〇票中二〇票と最下位だった。こうして、バルザックにとっての、文芸家協会の季節は終わりをつげた。

エッツェルの対応　バルザックはこうして文芸家協会をしりぞいたが、著作権をめぐるバルザックの見識と闘いは、著作権問題に、その後大きな影響をあたえた。バルザックはさいごまでベルギーなどの海賊版になやまされ、文芸家協会長の任期中に、インターナショナルな出版社の創設を提案していたが、すでにのべたように、これを実現したのが亡命時代のエッツェルであった。エッツェルはまた、その時代にベルギーの海賊版と精力的にたたかったことも、すでにのべたとおりである（第八章）。

しかし、作者死後の著作権の継続問題はなかなか決着がつかなかった。作者としてのバルザックは、著作権が侵害してはならない絶対的な権利であることを主張し、そのような彼の主張が取り入れられ、文芸家協会が設立された一八三八年から一六年後の五四年には死後三〇年と延長された。

エッツェルのほうは、死後延長の可能性としてはつぎのようにのべている。

> この和合〔死後の永久保護論と死後の公有財産論の両者の和合〕は、死去した作者の作品の所有権を相続人の利益のために、死後一〇年か、二〇年か、三〇年かという期間維持することにある。もっとも鷹揚にすると、死後五〇年まで延長できることになる。（『著作権と有料の公有財産』）

公有財産論もだいじな立場であるにしても、それによって金銭的利益をうけるのが出版社のみであるのは許されないというのがエッツェルの見解であり、その場合の著作権の延長可能の年限は五〇年と考えた。この判断は正鵠《せいこく》であった。というのは、一八六六年にいたって著作権の死後五〇年延長が法制化され、それが今日まで生きているからである（現在、フランス国内法では七〇年に延長されている）。

しかし、エッツェルが冊子で力をいれているのは、出版社側の対応である。エッツェルは、一八二五年委員会のメンバーを全員紹介し、そのなかに出版人の代表としてフィルマン＝ディド〔印刷業の独占的な大手企業〕、ルヌアール〔古典派の刊行を中心に手広く出版活動をしていた〕などの旧守派が加わっていると指摘して、こうした人々が変革を実行するはずはないともいっている。また、委員会の調書では、発行部数、本の型、売価、一頁内の行数、活字の種類などが刊行物によってちがうので、それをもとに遺族の利益の割合もちがってくるという細部の議論があり、なんと四三二〇通りのパターンが出たことを批判したうえで、それを一八通りに減らせるとしている委員会書記のジュール・マレシャルの意見を、エッツェルは紹介している。そして、エッツェル自身が七通りにまとめた自分の具体案をしめしている。その他、冊子の後半では、問答形式で出版社が直面するであろうさまざまな事例とそれにたいする具体的な解決案をしめしている。いずれにせよエッツェルは、委員会が問題の本質を理解して整理することなく、ついに迷路におちいったことを激しく非難している。というのも、膨大な調書を作成しながら、一八二五年の委員会の改革案は翌二六年に旧守派の抵抗にあって流産するという結末をむかえたからである。とにかく、エッツェルの精神は著作権と公有財産の和合にあり、公有財産の共有性を主張して死後の著作権の侵害をみとめることではなかった。

いかなる善良なる気持をいだいて、彼らが実直な世人の権利を侵害するこのような犯罪を犯したのか、わたしにはわかる。ことの真相が見えない人は許そう。そして、美辞麗句をつらねる面々が善意であれば、彼らにあわれみさえ感じる。しかし彼らは、不公平な決着を推奨していることが心の奥底では苦痛になっていると、白状するがいい。公衆の利益になるというい いわけが、権利の侵害をいくぶんはおおいかくすかも知れない。しかし、すべての良心の呵責を追いはらうほどには、良心を眠らせられまい。(エッツェル、同書)

これは、著作権の死後の延長案をつぶしている面々にとくに向けられた非難であるが、作家と編集者の両方の顔をもっている良心派のエッツェルの、なんと面目躍如たる攻撃であろうか。こうしたエッツェルの攻撃は、一八六六年の著作権の死後五〇年延長案の成立までつづくであろう。そして、エッツェルの息子も父の死後その遺志をついで、こんどは一八八六年の著作権の国際協定（ベルヌ条約）の成立に貢献することになる。

第十一章　ヴェルヌの発見

ヴェルヌの生い立ち　ジュール・ヴェルヌとエッツェルが出会った一八六二年には、ヴェルヌは三十四歳、エッツェルは四十八歳でヴェルヌより十四歳年上であった。

ヴェルヌは、一八二八年にブルターニュの首府のナントで、代訴人ピエール・ヴェルヌとソフィー・アロット・ド・ラ・フュイの息子として生まれている。中等教育をナントで終えたあと、パリ大学で法学の勉強をするために、二月革命の前年の四七年四月にパリに出てきていた。しかし、法学の勉強というのは父を喜ばせるためであって、じつは作家になるというのがヴェルヌの真の願いであった。ヴェルヌは、生まれながらに冒険小説作家になるべき宿命にあったともいえる。

ナントはロワール河の内陸港で、港には船がマストを林立させていた。「おびただしい船が遠洋航海に出港したり帰航したり大商業都市の港の活気につつまれて」毎日を送り、遠くアフリカやインドやアジアにまで貿易に向かう船もあり、南国の珍しい産物や鳥や猿などが運ばれるのを見ては、未知の国を夢見て心躍らせ、やがて「航海したいという願いのとりこになった」と回想している（ヴェルヌ「青少年時代の思い出」）。愛読書も、ダニエル・デフォーの『ロビンソン・クルーソー』

昔のナント港（版画）

とウィースの『スイスのロビンソン』の「両ロビンソン」や、フェニモア・クーパーの「海洋小説」などであった。

こうして、ヴェルヌの未来を決定したといわれる有名な事件が、十一歳のときに起こったと伝えられている。ヴェルヌ少年がインド航路に向かうコラリー号なる船に密航して大騒ぎになったという事件である。ひそかに思いを燃やしていた従妹カロリーヌのためインドから珊瑚を持ち帰ろうとしたのだといわれ、密航が発覚して父親に連れもどされると、「もう空想のなかでしか旅をしない」といったと伝えられている。これは、ヴェルヌの姻戚に当たるマルグリット・アロット・ド・ラ・フュイの伝記『ジュール・ヴェルヌ――その生涯と作品』（一九五三）に書かれている事件であるが、その後、ヴェルヌの伝記には必ず紹介されるエピソードとなった。

ところが、一九三一年ロンドンのオークションで八枚のヴェルヌの原稿が競売にかけられ、マーチン・ボッドマー財団によって競り落とされるということがあった。原稿は、すでに引用した「青少年時代の思い出」というタイトルのもので、少年時代のヴェルヌの海への憧れがつぶさに語られている。

ヴェルヌの死後二六年後に、ヴェルヌ自身による自伝的な回想が発見されたわけであるが、それから長いあいだ、ヴェルヌの研究者にすらこの原稿の存在は知られずに、秘蔵されていた。どういう経過からか、この原稿の所在はネルヴァルの研究家として知られているジャン・リシェによってヴェルヌ関係者にもたらされ、「ヘルヌ」誌のヴェルヌ特集号（一九七四）に掲載された。それを読んでヴェルヌ研究家はたいへん驚いた。先ほどの有名な事件についてヴェルヌがまったく触れていなかったからで、アロット・ド・ラ・フュイの伝記は間違いだということになった。一方、ヴェルヌの孫のジャン・ジュール＝ヴェルヌは、この事件を当時のことを記憶している人々にあたってつぶさに調べ、やはりフィクションであろうという結論にいたった（ジャン・ジュール＝ヴェルヌ『ジュール・ヴェルヌ』）。おそらく、「思い出」のなかにひとりで船に乗りこんで興奮する体験が出てくるので、そのような事件が従妹のカロリーヌへの片思いとむすびつけられて伝えられたのであろうと思われる。

もちろんカロリーヌへの恋は事実であり、ヴェルヌが一八四八年四月にパリに出たのも、同月の二十二日に別の男とカロリーヌが結婚することになっていたからだとも推測されている。しかも、熱しやすいヴェルヌは、そのあと、エルミーヌ・アルノー＝グロスティエールという金髪娘を想う熱烈な詩を残しているが、そのエルミーヌも翌年の七月十九日に結婚し、そのときナントにもどっていたヴェルヌはまたもパリに出発しているから、ヴェルヌはパリ勉学中にふたつの失恋の傷みを負ったと思われる。

ともあれ、動乱がおさまった四八年七月にヴェルヌがパリにもどってみると、町はいたるところ砲弾で看板や軒蛇腹などが破壊されているという「おそろしい情景」を目撃することになる。「ぼくは、サン＝ジャック街、サン＝マルタン街、サン＝タントワーヌ街、プティ＝ポン橋、ベル・ジャルディニエールなどの、騒乱のあちこちの拠点を歩きまわりました。弾丸で蜂の巣のようになった家や砲弾で穴を空けられた家々を見ました」と、四八年七月十七日付の父への手紙で報告しているが、政治的な判断については避けている。

しかし、ラマルティーヌが主催した第二共和制憲法発布記念祭には、興奮して参加しようとしたことを、ヴェルヌの友人のエドゥアール・ボナミーが彼自身の家族に報告していると、マルグリット・ド・ラ・フュイがその内容を引用している（前掲書）。

ボナミーはナントの友人でヴェルヌ同様パリの留学仲間であるが、ヴェルヌは後年、アメリカの新聞記者のロバート・シェラードに、「われわれブルターニュ人は徒党を組む人種で、わたしのほとんどの友人はわたしと一緒にパリ大学にやってきたナントからの学校仲間であった」（ロバート・シェラード『くつろいだジュール・ヴェルヌ』、「マクリュアーズ・マガジン」一八九四年一月号――エルベール・R・ロットマン『ジュール・ヴェルヌ』による）と語っているように、パリではナントの友人と行動を共にしていたが、このときも共和制憲法発布記念祭に間に合うよう駆けつけようと、ボナミーと、ナントからトゥールまで乗合馬車に乗り（当時は鉄道がナントまで敷設されていなかった）、トゥールから記念祭に参加する国民兵を運ぶ列車にまぎれこもうとしていた。しかし、制服を着ていないのを見とがめられて乗りそこない、パリに着いたのは記念祭が終わろうとしていた十一月十二日（日曜）の夕刻であった。それでも、雪におおわれたコンコルド広場にビロードと金色に輝く隊列を見物することができた。

このような事件をのべるのは、エッツェルがそのただなかで苦闘していた二月革命時に、通例二月革命に共感した四八年世代《キャラント=ユイタール》と目されているヴェルヌが、二月革命にたいしてどのような反応をしたかをたしかめるためである。

ヴェルヌは家族宛の手紙でも、自身の政治的な立場はのべないという慎重な態度に終始しているとはいえ、当時、共和派に共感をしめしていたことはまちがいない。後日の、エッツェルが亡命するきっかけとなったルイ=ナポレオンのクーデターのときにはヴェルヌもパリにいて、父に書き送っている。

木曜日〔十二月四日〕には、激しい戦闘が交わされました。ぼくの住んでいる町のはずれでは、住宅に砲弾が打ちこまれています！　これは卑劣な仕業です。だから、人々のあいだには、大統領とこの騒乱で名誉を汚した軍隊に対する怒りが広がっています。右派と護憲派が反乱側についたのは、初めてです。沢山の死者が出ましたが、彼らはとりわけ立派な人物たちです。

すべてがどのように収まるのか、わかりません。でも、ぼくはかかわりません！　それに、ひとこともいってはならないのです。さもないと、つかまってしまいます。（五一年十二月六日——オリヴィエ・デュマ『ジュール・ヴェルヌ』家族宛書簡）

心情は反ボナパルトであるが、政治的・行動的な動きはしないと父を安心させている文面である。このように、ヴェルヌは、のちには自由を愛し、とりわけ軍国主義・全体主義には激しい嫌悪をしめすことになるが、明確な共和派支持の表明については一貫してきわめて慎重な態度に終始していたというのが、事実であろう。

とはいえ、生涯の心のきずなを築くことになるエッツェルと政治的な大きなへだたりがあるとは考えられない。というのは、たとえばまぎれもなくヴェルヌの分身の『海底二万里』のネモ船長は強烈な自由の愛好家であるが、それにたいして、ヴェルヌの作品にたえず意見をいい、人物像にも介入するようになるエッツェルが、そうしたネモ船長のあり方に共感していなかったはずはないからだ。

ヴェルヌがエッツェルと邂逅するのは、二月革命から一四年後のことであった。それまで、ヴェルヌには長い雌伏の時間があった。四九年に法学士の資格を取ったとはいえ、法律家になってほしいという父の願いに反して筆一本で立つ夢をいだき、「文学の成功は金銭的な成功より価値があり、金はあとから(追いかけて)くるでしょう」(五〇年七月二十八日父宛手紙)と書き送りながら、ひたすら劇作にオペラに小説にと多彩な創作にふけっていた。五〇年七月にはアレクサンドル・デュマ・フィスの助力をえて執筆した喜劇『折れた藁の賭け』がパリの「歴史劇場」で上演されている。また、「わたしの友人はほとんど音楽家でした」と語っているように、親友にアリスティド・イニャールというナント出身の作曲家がいて、その作曲でミシェル・キャレとの共作オペラ・コミック『鬼ごっこ』の台本を書き、五三年四月二十八日には前年から秘書として働きはじめた「リリック座」で上演されている。この時代、ヴェルヌは劇作は小説より収入をもたらすと考えていたふしがあり、劇作にかなりの精力をついやしている。

一方で、一八四七年執筆の『一八三九年のある司祭』という長編の暗黒小説が近年刊行されたり、六三年執筆の『二十世紀のパリ』の原稿が最近発見されて刊行されたりして、長編小説を試みていた若きヴェルヌの姿が鮮明に浮かび上がってきた。また、小・中編小説でも、空想科学と冒険と歴史をテーマにして秀作を書きはじめていた。「家庭博物館」誌の編集長のピエール・シュヴァリエと知り合い、『気球旅行』（一八五一）、『オックス博士』（一八五一）、『マルチン・パス』（一八五二）、『ザカリウス親方』（一八五三）などを「家庭博物館」に発表している。

「家庭博物館」誌は一八三三年に発刊され、ある意味でエッツェルが構想していた雑誌を先取りしていた。大人と知的青年層を対象に、科学や知識一般を物語風の読物にしてあたえるというシュヴァリエの編集方針は、まさにエッツェルの雑誌の先駆であった。だから、ヴェルヌが「家庭博物館」に書いた創作はいずれも後年のヴェルヌの作品の特徴を萌芽としてもっている。たとえば、『気球旅行』（「驚異の旅」シリーズでは『空中の惨事』と改題）は、主人公が気球打上げを企てると、そこに狂気の男が気球打上げの歴史の本を手にして乗りこんできて、過去の気球打上げの歴史をひもどきながら、おもりの砂袋を投げおろしては気球をどんどん上昇させようとし、ついに吊り籠の綱まで切って落下して死んでしまうが、主人公はかろうじて助かるという筋書の話である。

気球打上げの歴史を織りこんだり、男が太陽まで昇ろうという狂気に取り憑かれているところなどは、まさにヴェルヌ的な語りそのものである。後年ヴェルヌは、この作品が「わたしがたどるべく運命づけられた小説の方向を最初にしめしたものであった」と言っているほどである（シェラード、前掲書）。

五六年には、友人オーギュスト・ルラルジュの新婦の友人のオノリーヌに一目惚れをするということが起こった。彼女はふたりの娘をもつ未亡人であったが、翌年の十月にヴェルヌと結婚した。その前年からヴェルヌは、生活のために株取引所の株式仲買人となって、有能な仕事ぶりを発揮していたが、創作欲はふくらむばかりであった。ヴェルヌがエッツェルと運命的な邂逅をしたのはこのような雌伏の時代であった。

持ちこまれた原稿

そのころ、序章ですでに紹介したように、ナダールという奇人が気球打上げ計画を立てていた。彼は一八五七年に気球に初乗りをし、翌年には気球からの空中撮影に成功していたが、こんどは大々的な打上げを計画していた。これが、一八六三年のシャン・ド・マルス広場で成功する〈巨人号〉打上げであった。ちょうどそのころ、ヴェルヌは以前の中編『気球旅行』と同じ気球旅行の物語を、長い物語に書き直していた。そして、エッツェルのもとにその原稿を持ちこんだと思われる。

『五週間の気球旅行』挿絵

しかし、この原稿がいかなる状況で、いかなる人を介してエッツェルの読むところになったのかは、ヴェールにつつまれている。すでに挙げたアロット・ド・ラ・フュイの伝記では、ヴェルヌがジャコブ街のエッツェル書店の奥のエッツェルの個室まで原稿をもって訪れたと語っている。フランドルあたりで集めた壁掛けでおおわれた部屋で、「ヴェルヌは、気品ある顔、縦長の輪郭、詮索するような目つきの、この編集者の特色ある顔が浮かび上がったのを見た。後ろにかき上げた髪はいまだロマン派の風に吹かれたといったくせ毛を保っていた」と、きわめて具体的に描写されている。しかし、この出会いについての傍証がその後も発見されていないので、この場面は文学的に粉飾され、想像されたとしか思えない。

いずれにせよ、ヴェルヌが誰を仲介にエッツェルのところに原稿をもっていったのかは、さまざまな憶測がなされている。アドルフ・ブリソンは、アルフレッド・ド・ブレアを介してアレクサンドル・デュマ・ペールによってエッツェルに紹介されたという話をヴェルヌから引き出している。ヴェルヌと同郷人のアルフレッド・ド・ブレアはアルフレッド・ゲズネックという筆名で、エッツェル書店より六二年に『パリの少年の冒険』を刊行していて、当時ヴェルヌともエッツェルともつながりのある児童文学作家であった（アドルフ・ブリソン『秘められたポートレイト』――エルベール・R・ロットマン『ジュール・ヴェルヌ』による）。

この点をはじめ、『五週間の気球旅行』の前後の状況についてのアロット・ド・ラ・フュイの叙述は、資料的な裏づけができない部分が多いのはいなめない。たとえば、アロット・ド・ラ・フュイが引用している、「ぼくの気球には、アヒルも、笑い者になるような七面鳥でさえも、乗せるつもりはなく、人間を乗せるつもりです。だから、この飛行体は完璧なメカニズムを備えていなければならないのです」といっている六二年二月の父への手紙も、その後発見されていない。ヴェルヌの家族宛手紙は、何人かの人の手に渡るうちに散逸していて、この手紙もその一通と思われるが、ポーの「ハンス・プファールの無類の冒険」を念頭において、自分はもう少し科学的に書くといっている内容だけに、手紙が発見されないのは、惜しいことである（オリヴィエ・デュマが『ジュール・ヴェルヌ』に採録した一九一通のヴェルヌの家族宛の手紙にもはいっていない）。

ヴェルヌとナダールとの関係についても、アロット・ド・ラ・フュイは『五週間の気球旅行』刊行以前に「科学通信クラブ」で知り合ったとしていて、それをうけいれている研究家もいるが、ふたりの交流がいつはじまったかは現在でもたしかめられていない。しかし、『五週間の気球旅行』刊行後に、ふたりの交流が緊密になっていたのはまちがいない。たしかな推測は、二月革命時代にナダールにロシアへの密偵を依頼したり、一八四八年にナダールと「滑稽雑誌《ルヴュ・コミック》」を発刊したエッツエルが、『五週間の気球旅行』刊行前後にナダールをヴェルヌに紹介したということだが、それ以前にナダールとヴェルヌがすでに知り合っていたこともありうるだろう。

しかしナダールが、「わたしがヴェルヌの先導者というのは大げさであって、わたしはヴェルヌに空中航行について手ほどきしたことすらない」（ジョルジュ・バスタール「ジュール・ヴェルヌ」、「ルヴュ・ド・ブルターニュ」一九〇六年四月・五月号所収——エルベール・R・ロットマン『ジュール・ヴェルヌ』より引用）と語っているとおり、ナダールがヴェルヌの執筆に助言したことはなく、それは『気球旅行』でもわかることである。ヴェルヌは気球打上げの歴史と現状について十分な知見と先見をもっていて、むしろナダールがヴェルヌの助言とサポートを期待していて、〈巨人号〉打上げを推進するため六三年七月六日に設立した「空気より重い機器による空中移動のための奨励協会」の「監査役」にヴェルヌを据えているのである。

いずれにせよ、ヴェルヌもエッツェルも、ナダールの気球打上げ計画にぶつけて、新作を刊行しようとしていた。そして、エッツェルはヴェルヌの原稿に大幅な手直しをもとめたと伝えられている。ヴェルヌの原稿の直しはこれから長くつづくことになる編集者エッツェルによる作家ヴェルヌへの介入の慣行のはじまりであったが、こうして、気球でアフリカ縦断をしてナイル川の水源を発見するという壮大な冒険旅行が書き上げられた。

気球打上げとアフリカ探検は、当時ヨーロッパの人々の関心をあつめていたふたつの話題であった。そのふたつの快挙を、ヴェルヌはこの物語のなかで先取りをしていたのである。まず、ナダールが気球打上げを実現する前年に物語の主人公のファーガソンは、気球打上げに成功し、アフリカ大陸探検をなしとげているということがある。

その探検は、また、イギリスの探検家スピークによる探検の先取りでもあった。スピークは、すでに五六年から五八年にかけてバートンとともにアフリカ探検をなしとげ、タンガニーカ湖とヴィクトリア湖を発見していた。バートンによって書かれたその記事は六〇年にアシェット社で創刊された雑誌「世界一周」に連載され、冒険愛好家の話題をさらっていたが、ちょうど『五週間の気球旅行』が刊行される年にも、ふたたびアフリカ探検をおこなってナイル川の水源を発見しようとしている最中だった。そして、『五週間の気球旅行』が刊行された六三年一月三十一日の前年の六月二十八日に、スピークはナイル川の水源を発見していたが、それを帰国して伝えたのが翌年の二月、つまりヴェルヌの作品の刊行後であり、フランスで詳細に紹介されたのは、六四年になってからであった（シャルル＝ノエル・マルタン『ジュール・ヴェルヌの生涯と作品』第十章）。

しかもヴェルヌは、スピークの発見より二カ月早い四月二十三日に物語の主人公ファーガソンが水源を発見したとしている。つまり、ヴェルヌの物語中の発見のほうが現実の発見より先んじていて、しかもその地理的予見は正確であった。これはヴェルヌ特有の予見力のはじまりであり、テキスト〔作品〕が事実を追い越すというフィクションと現実の競り合いの始まりであった。

「わたしは『五週間の気球旅行』を気球旅行の物語としてではなく、アフリカについての物語として書いたのです」(「ジュール・ヴェルヌの自伝、インタヴューのコラージュ」――ブリアン・テイヴズほか編『ジュール・ヴェルヌ百科』)と後年語っているように、ヴェルヌはバートンの記事から多くの情報を得ており、ヴェルヌの関心はむしろこのアフリカ探検の方に向いていたようである。

ともあれ、ヴェルヌとエッツェルはこのふたつの話題をテーマにして、現実の冒険を先取りした胸躍る科学読物を刊行しようとしていたのである。このように、『五週間の気球旅行』は、編集者の夢、作家の夢、発明家の夢、探検家の夢が、一体となった新時代の小説であった。とりわけエッツェルは、ヴェルヌこそ自分の夢を実現してくれる「金の卵」であると見抜いた。そして、新人作家と以下のような契約を、ためらいなく締結する(以下エッツェルとヴェルヌとの契約はすべてオリヴィエ・デュマほか編『ヴェルヌ＝エッツェル往復書簡集』第三巻より引用)。

下記署名の、ソーニエ小路八番地のジュール・ヴェルヌ氏と、契約相手のジャコブ街一八番地のJ・エッツェル氏とのあいだに、以下の条項が取り決められた。ジュール・ヴェルヌ氏は『空中旅行』〔『五週間の気球旅行』の当初のタイトル〕という作品を、以下の条件にて、他のすべての者を排除して刊行の権利を譲渡し、売り渡すものとする。

第一条、初版は、コレクション・エッツェルの十八折版の体裁で二〇〇〇部印刷され、損紙予備〔印刷し損じの補充分〕を二倍分含むとする。

第二条、この初版への著者の取り分の金額は、一部につき二五サンチームにあたる五〇〇フランとし、エッツェル氏はジュール・ヴェルヌ氏に、初版売出し後四カ月期限の約束手形にて支払うものとする。

第三条、この初版にたいして七〇〇フラン分の広告がなされるものとする。

第四条、第二版からは、一冊につき決められた著者の取り分の金額は二五サンチームとする。その版は一〇〇〇部以下であってはならないものとする。

第五条、一回ないし二回の版が売り尽くされたのちに、エッツェル氏が販売にあたって、通例の版の売価と刊行条件を変更することが有効と判断することがあれば、著者の印税は正価の一〇パーセントの率で計算されるものとする。

値段と費用が高くなる挿絵本については、著者の印税は正価の五パーセントにて支払われるものとする。

パリ、一九六二年十月二十三日
以上の文書を承認します。（署名）ジュール・ヴェルヌ
文書を承認します。（署名）J・エッツェル

この本は挿絵なしの十八折版が六三年一月三十一日に三フランで刊行されたから、初版の原稿料を印税で換算すると、約八パーセントとなる。六五年には挿絵本が、六六年には硬表紙つき、六七年には六フランで挿絵を増やした八折版が刊行されるなど、二〇年間で四九版を重ねる大ヒット作となった。

ちなみに、当時の印税は、五パーセントから一〇パーセント程度であるから現在とあまり変わっていない。

「教育娯楽雑誌」の刊行と『ハテラス船長の冒険』　一八六三年四月二十八日に、「教育娯楽雑誌」の創刊のための契約がなされた。編集はジャン・マセとP・＝J・スタール（エッツェル）で、そのうち教育関係はマセの分担とし、エッツェルは娯楽部門を分担するものとし、ふたりはそれぞれ三万フランの資金を投入するものと決められた。

月二回刊行の各号の価格がパリで五〇サンチーム（地方は六〇サンチーム）、年間予約が一二フラン（地方は一四フラン）と、廉価版の子ども雑誌のほぼ一〇倍の値段であったが、上質の紙にゆったりと活字を組み、挿絵をふんだんに載せ、マセ、ジュール・ヴェルヌ、アンドレ・ローリーをはじめとする多彩な科学読物と、スタールつまりエッツェルを中心とする、ジュール・ヴェルヌ、エクトール・マロ、ジュール・サンドー（ジョルジュ・サンドの恋人で、ジョルジュ・サンドの筆名はこのジュール・サンドーに由来し、サンドの本名はオロール・デュパンである）、エルクマン＝シャトリアンなどの人気作家による読物満載の二本柱で、多くの読者をたちまち惹きつけることとなった。

挿絵にも力がいれられ、ドレ、グランヴィル、ベルタール、ジグー、ガヴァルニー、ジョアノーなどの代表的な画家ばかりでなく、生き生きとした子どもを主題に描く子ども画の専門画家フロマンやフレーリッヒなどが起用された。こうして、アシェット社などをはじめとする他の雑誌はたちまち色あせることとなった

なかでも、エッツェルの自信をささえたのは、ヴェルヌの起用であった。ヴェルヌこそ、創刊号でうたいあげたエッツェルの理想を実現してくれる作家であったからである。そして、エッツェルはこの「金の卵」をていねいに孵化させていった。

「教育娯楽雑誌」の創刊号から連載されたヴェルヌの作品は『北極のイギリス人――ハテラス船長の冒険』であったが、「雑誌」の目玉となるこの作品の執筆については、ヴェルヌはエッツェルに詳細な助言と鼓舞をもとめていた。

わたしは、ノルマン雑種のペルシュ馬〔ノルマンディーに接する丘陵地帯で荷馬の産地〕にふさわしい力で踏みだしたところです。はたしてまっすぐ走っているか。それを知らねばなりません。いずれにせよ、これから二週間ほどで『北極旅行』〔『北極のイギリス人――ハテラス船長の旅と冒険』の初期タイトル〕の第一部をあなたにお渡しします。

今、緯度八〇度、零下四〇度のまっただなかにいるのです。書いているだけで、風邪を引いてしまいます。今は夏ですから、快適でないというわけではありませんが。（一八六三年七月二十六日――デュマ、同書。以下V・Hと記す）

これが、ふたりのあいだの現存しているはじめての手紙である。その後の残された手紙をみると、しばらくは、『ハテラス船長の冒険』について、ヴェルヌはエッツェルの顔色をうかがいながら書きすすめているさまがわかる。

『ハテラス船長の冒険』は、北極に英国の旗を立てるという執念にとりつかれたハテラス船長がアメリカ探検隊と競り合いながら、食糧不足と壊血病に苦しんだり、氷に船を閉じこめられたり、反乱分子が船に火を放って逃亡したりと、挫折と障害を乗り越えてついに北極に旗を立てるにいたるという物語であるが、ヴェルヌは、「書きつづけるための命令をくだして下さいますか？ とくに第一巻の終わりについてあなたのご意見が欲しいのです」（六三年九月四日）といったぐあいに、要所要所でエッツェルの意見を聞いている。とくに物語の結末については、ヴェルヌは、最後に主人公が北極地方にある火山に身を投げて自殺するという結末を構想していたことがわかる。

「あなたのお手紙から、あなたが結局ハテラスの狂気と最期について同意して下さったと思っております。たいへん嬉しく思います。結末がいちばん気になっていたので、他の終わり方は想像できません」（六四年四月二十五日――V・H）としていて、船長の壮絶な死についてエッツェルが同意してくれたと思いこんでいたようであるが、残されているヴェルヌの原稿をみると、最終的にはエッツェルの助言によ

『ハテラス船長の冒険』挿絵

って書き直されたことがわかる。原稿では、狂気にとりつかれたハテラスが火山の山頂で旗を振りながら、火口に飛びこむことになっていた。

突然、ハテラスは消えた。仲間があげたおそろしい叫びは山頂までもとどいたにちがいなかった。その一瞬に一世紀が流れたようであり、ついで、主人公が火山の噴火によって途方もない高さに投げ出されたのが目撃された。旗は噴火口からの風でひるがえった。それから彼は火山に落下し、死にいたるまで忠実だったダック〔エッツェルの飼い犬〕も、主人の運命と共にしようと、火口に飛びこんだ。

と終わっている。ところが、完成作品では、つぎのように書きかえられた。

突然、足元で岩が崩れて、ハテラスは消えた。仲間のおそろしい叫びは山の頂上までとどいた。そのときの一瞬は、一世紀とも思われた！　クローボニーは、友をなくし、友は火山の深い穴に永遠に埋葬されたと思いこんだ。しかし、そばにアルタモントがいた。その男と犬は火山の淵に不幸なハテラスが消える瞬間に、彼をつかまえたのである。ハテラスは心ならずも救われたのだった。

となっている。そして、ハテラスは、生きた屍になって帰国し、精神病院でいつも北へ北へと歩いているという末路をむかえる。「教育娯楽雑誌」では、ヒーローは決して死んではならないというエッツェルの考えが結末を描き直させたと推定されている（オリヴィエ・デュマ「ハテラスの死」――「ジュール・ヴェルヌ会報」第七三号）。

さて、現存のエッツェルからの第一信は、日付はさきほど引用した手紙より前の六三年の年末から翌年の年頭にかけてと推測されるものである。この手紙からすると、ヴェルヌは、『ハテラス船長の冒険』の以前かあるいはそれと平行して、『二十世紀のパリ』なる未来小説を書きおろし、それをエッツェルに見せていたことがわかる。ところがエッツェルは、この作品には、つぎのように厳しくあたっている。

あなたの仕事について、ほめるべき点は、率直にほめるべき点は、なにひとつ見つけられません。それについてあなたにお手紙せねばならぬことを、残念で、残念でなりません――あなたのお仕事が刊行されれば、あなたのお名前にとって災厄とみなすことになります。（一八六三年末か六四年初め――V・H）

エッツェルはなおも、「ほとんど子どもじみた本――初心者の本、ガラスにぶつかるコガネムシのような人の本です」、「髪の毛の先まで凡庸です」とたたみかける。この小説は、このようにエッツェルの激しい拒否反応にあって、ヴェルヌの死後九十年近くになるまで刊行されなかった（一九九四年に刊行）。『二十世紀のパリ』はエッツェルの評価のとおり未熟な作品であるが、機械に管理され、人間的なもの、芸術的なものが圧殺されるという内容は、逆ユートピアを描いているという点で注目すべきものである。しかし、合理主義者エッツェルとしては、こうした荒唐無稽な空想をうけいれることができなかった。そして、「わたしに苦痛をもたらすのは文学性のみです——ほとんどすべての行にわたってみられる、あなた自身よりも劣っている文学性です」と書いているように、何よりも表現の拙劣さを指摘している。文章と文学に厳しいエッツェルらしい反応であるが、今後エッツェルは、ヴェルヌの文学的な表現にたえず注文をつけることになる。百年後の荒唐無稽な未来幻想を描いたことも気に入らなかったようであり、ヴェルヌがその後、合理性をはみだすことなく、H・G・ウェルズ風の非合理的な想像力を展開することがほとんどなかったのは、ヴェルヌの資質であるにしても、それにはエッツェルの抑制力もあったと推測させる手紙ではある。

しかしヴェルヌは、こうした未来都市幻想のテーマを捨てることができず、一八八九年に、つまりエッツェルの死後に『二八八九年のあるアメリカのジャーナリストの一日』というニューヨークの未来都市幻想を、空中広告や人間の冷凍保存やテレビ電話などが実現している世界を描いている。

一方、ハテラスの火山での自殺はみとめなかったエッツェルが、北極に取り憑かれ、理性を失ったのちも北へ北へと足をすすめるハテラスの狂気の最期をみとめたというのは、こうした内面的・文学的な表現をエッツェルが評価していたことをしめしている。ヴェルヌの文学が単なる外的な冒険小説ではなく、じつは神話的象徴と内面性にみちているとミッシェル・ビュトールやミッシェル・セールが分析しはじめ、ヴェルヌの真価が再評価されるようになったのには、そうした表現をみとめ、それを引きだしたエッツェルの力もあずかっているはずである。

はじめからエッツェルの「検閲」を経て完成した『ハテラス船長の冒険』は、「教育娯楽雑誌」の目玉として、第一部「北極のイギリス人」が創刊の六四年三月二十日号から六五年二月二十まで、第二部「氷の砂漠」が同年三月五日から十二月五日号まで連載され、六六年五月に単行本で刊行された。以後、ヴェルヌの作品の多くは、「教育娯楽雑誌」に連載されたのち、単行本になるというパターンをとることになる。

連載に先立って六四年一月一日には、この作品は『ハテラス船長の航海と冒険』とタイトルを改め刊行の契約が交わされた。むろん『五週間の気球旅行』より有利な条件であり、雑誌の連載と単行本一万部刊行で作者に三〇〇〇フラン前払い、十八折版の再版は一部につき三〇サンチーム、挿絵版については六パーセントの印税、翻訳されたばあいはエッツェルとヴェルヌで利益を折半する、というのが契約の骨子であった。(さらに附記として「新旅行物語集成」、「新世界周遊旅行記」など、やがて『驚異の旅』となる作品群の執筆契約が成立したので、これが第一回総合契約となった)。

創刊号にJ・H(ジュール・エッツェル)の署名で掲載された紹介文は、「『北極のイギリス人』と『氷の砂漠』のふたつのタイトルのもとで、『五週間の気球旅行』の作者のジュール・ヴェルヌ氏は、今日まで極地方の海でなされた発見を要約しているじつに珍しく興味深い旅行記を、科学的な正確さ、地理的な知識の確かさ、氏の第一作をその種のジャンルで今日までユニークなものとした作者の感動的な才能をもって語っている」といった調子で、どちらかというと知的な好奇心をかき立てるような宣伝文であった。しかし、同じ創刊号でエッツェルが巻頭の「読者へ」の冒頭で訴えた一文では、知識と娯楽の両輪が雑誌の狙いであることを訴えている。

われわれにとって大事なことは、ことばの真の意味での家庭教育をつくり上げることである。それは、まじめであると同時に魅力的な教育であり、両親を喜ばせ、子どものためになるものである。——教育、娯楽——これはわれわれの目からすると、一体となるふたつのことばである。教育的なものは、興味を刺激する形でなされねばならない。さもなければ、教育臭で反感や嫌悪感をひきおこすことになる。面白い話のなかには教化的で有用な事実がかくされていなければならない。さもなければ、面白い話は中味に欠け、頭を満たすかわりに空っぽにしてしまうだろう。

ヴェルヌの「教育娯楽雑誌」連載作品　以上のようにして生まれた創刊号には、四編の連載が掲載された。マセの『胃袋の召使い』(『一口のパンのお話』の続編)、スタール(エッツェル)の『王女イルセ』、ヴェルヌの『北極のイギリス人』、ウィース原作スタール訳の『スイスのロビンソン』である。デフォーの影響をうけて書かれた、家族が無人島に漂着してさまざまな創意工夫をして生き延びる物語『スイスのロビンソン』の連載も象徴的である。というのも、ヴェルヌは、デフォーの『ロビンソン・クルーソー』とウィースの『スイスのロビンソン』の二作から決定的な影響をうけたことを語っているが、ヴェルヌの多くの無人島ものには技術的な発明と工夫が満載されているという意味で、ウィースの『スイスのロビンソン』の系統をうけついでいるからである。そして、この種の冒険小説が未来の子どもの夢を育てるためにいかに重要であるかはエッツェル自身がよく認識していたのである。

児童文学作家スタールことエッツェルは、アンシャン・レジーム時代からロマン派の時代に流行した妖精物語と新時代のロビンソンものの二本立てで雑誌を飾ることになったが、未来に通ずる本道は後者にあることをエッツェルほど認識していた人はいなかったであろう。そして、それを実現する者として、エッツェルとマセの二本柱に加え、ヴェルヌの名前が加わったのである。

こうして、ヴェルヌはこの新雑誌に執筆の常連として名を連ね、こののち、以下のような作品が、「教育娯楽雑誌」に発表されることとなる。

『グラント船長の子どもたち』（一八六五年十二月二十日―六七年十二月五日）
『海底二万里』（六九年三月二十日―七〇年六月二十日）
『南アフリカにおける三人のロシア人と三人のイギリス人の冒険』（一八七一年十一月二十日―七二年七月五日）
『毛皮の国』（七二年七月二十日―七三年十二月十五日）
『神秘の島』（七四年一月一日―七五年十二月十五日）
『ミシェル・ストロゴフ（皇帝の密使）』（七六年一月一日―十二月十五日）
『エクトール・セルヴァダック』（七七年一月一日―十二月十五日）
『十五歳の船長』（七八年一月一日―十二月十五日）
『ベガンの五億フラン（インド王妃の秘密）』（七九年一月一日―七月十五日）
『〈バウンティー号〉の反乱者たち』（七九年十月一日―十一月一日）

『蒸気で動く家』（七九年十二月一日―八〇年十二月十五日）
『ラ・ジャンガタ』（八一年一月一日―十二月一日）
『ロビンソンたちの学校』（八二年一月一日―十二月一日）
『頑固者ケラバン』（八三年一月一日―十月十五日）
『南十字星』（八四年一月一日―十二月十五日）
『〈シンチア号〉の漂流物』（八五年一月一日―十一月十五日）
『宝くじの券』（八六年一月一日―十一月一日）
『南対北』（八七年一月一日―十二月一日）
『二年間の休暇（十五少年漂流記）』（八八年一月一日―十二月十五日）
『名のない家族』（八九年一月一日―十二月一日）
『セザール・カスカベル』（九〇年一月一日―十二月十五日）
『ブラニカン夫人』（九一年一月一日―十二月十五日）
『カルパチアの城』（九二年一月一日―十二月十五日）
『坊や』（九三年一月一日―十二月十五日）
『アンチフェール船長のとてつもない冒険』（九四年一月一日―十二月十五日）
『スクリュー島』（九五年一月一日―十二月十五日）
『国旗に向かって（悪魔の発明）』（九六年一月一日―九一年六月十五日）
『クロヴィス・ダルダントール』（九六年七月一日―十二月十五日）

『氷のスフィンクス』(九七年一月一日―十二月十五日)
『すばらしいオリノコ川』(九八年一月一日―十二月十五日)
『変人の遺書』(〇一年一月一日―十二月十五日)
『第二の祖国』(一九〇〇年一月一日―十二月十五日)
『大森林』(〇一年一月一日―六月十五日)
『カビドゥーランの物語』(〇一年七月一日―十二月十五日)
『キップ兄弟』(〇二年一月一日―十二月十五日)
『旅行給費』(〇三年一月一日―十二月十五日)
『リボニアの惨劇』(〇四年一月一日―六月十五日)
『世界の支配者』(〇四年七月一日―十二月十五日)
『海の侵入』(〇五年一月一日―八月一日)
『世界の果ての灯台』(〇五年八月十五日―十二月十五日)
『黄金の火山』(〇六年一月一日―十二月十五日)

この発表年表からわかることは、一八八六年のエッツェルの死亡後も、息子のミッシェルによって雑誌は継続され、ヴェルヌも作品を「教育娯楽雑誌」に発表しつづけたということと、ヴェルヌの作品すべてが必ずしも「教育娯楽雑誌」に発表されたのではないということである。たとえば、『地底旅行』は直接単行本としてエッツェル書店より刊行されたり、『地球から月へ(月世界旅行)』、その続編の『月をまわって〈月世界探検〉』、『征服者ロビュール』などは「ジュルナル・デ・デバ・ポリティック・エ・リテレール」紙に、『黒いインド』、『緑の光線』、世界一週旅行ブームに乗って大当たりをしたヴェルヌの『八〇日間世界一周』、『マティアス・サンドルフ』などは「ル・タン」紙に、『ヴィルヘルム・シュトリッツの秘密』などは「ジュルナル」誌に連載されるといったぐあいに、他の新聞・雑誌に掲載された傑作も多い。

しかし、エッツェルはそれに動ずる必要はなかった。というのは、『地球から月へ〈月世界旅行〉』は、連載が終わるやエッツェル書店から単行本として刊行されたばかりか、エッツェルはヴェルヌと全作品刊行の独占契約を結んだからである。

『月世界旅行』と契約更新

ヴェルヌの作品の独占契約についてのべる前に、『地球から月へ〈月世界旅行〉』の特徴を説明したい。というのは、ここに、アルダンという冒険家が主人公として登場するが、アルダンとはエッツェルとも縁が深いナダールのアナグラム〈綴り字のいれかえ〉によって作られた名前であり、エッツェル、ナダール、ヴェルヌという新時代を代表する「御三家」を結ぶ物語でもあるからだ。

この物語は、アメリカでのアポロ十一号の月ロケット打上げの予言として有名である。というのは、細部にわたって、アポロ十一号を予測しているからである。打上げ地点は、おなじアメリカのタンパであるが、これはアポロ十一号が打ち上げられたフロリダ州のケープ・ケネディーから二二〇キロしか離れていない。ヴェルヌのロケットの初速は秒速一万九七〇メートル、アポロ十一号は三段目ロケット点火後一万八四〇メートル、月まで到達するのに両者とも四日間、形状は両者とも円錐形、高さはヴェルヌの方が三・六メートル、アポロが三・二メートル、直径も二・九二メートルにたいして三・九一メートルである。驚異的な一致である。物語の出だしも機知に富んでいる。アメリカの南北戦争が終結した時代に砲弾を使う機会がないと嘆いている大砲クラブの会長が、月に大砲を打ちこむという途方もない計画を発表する。そこに、登場するのがミッシェル・アルダンである。アルダンは、砲弾の形を円錐形にして、中に人間を乗せるという提案をする。現在のロケットの原型である。

じつは、月世界に人間が向かう物語は古代から書かれている。たとえばギリシアのルキアノス(一二〇―一九五)は『本当の話』と『イカレメニップス』というふたつの月世界旅行ものを書いて、前者は航海中の船がつむじ風にまきこまれて月世界に運ばれる話で、後者ではコンドルとタカの羽根の翼をつけて月や太陽や遊星をめぐるという話に進化する。ケプラーの法則で知られるケプラーの『夢』という作品は、科学的な観察と荒唐無稽な月世界到達の幻想の組合わせという奇妙な作品である。その後、フランシス・ゴドウィンの『月の男』のように、調教した野生の白鳥の群を気球につないで月に達したり、シラノ・ド・ベルジュラックの『日月両世界旅行記』のように、太陽に露を吸わせて上昇しようとしたり、飛び火矢で上昇しようとしたりして失敗し、ついには下弦の月が動物の髄を吸うという民間信仰から傷口についた牛の髄のおかげで月まで昇ってしまうという荒唐無稽の物語になっていた。じつは、ヴェルヌが直接刺激をうけた物語は彼が愛読していたエドガー・ポーの物語集のうちの「ハンス・プファールの無類の冒険」であるが、この話では極度に密度の薄いガスによる気球で月に昇ろうとする夢想家が登場する。

それにたいしてヴェルヌは、砲弾を月世界旅行という戦争以外の目的に使用しようという卓抜な発想でもって、この古代からの人類の夢の実現を新しい物語に盛りこもうとしたのだ。そのほかのさまざまな創作でも、ヴェルヌは神話時代からの過去の人類の元型的な夢想を新時代の技術と科学の可能性によって物語化しようと試みている。

たとえば『海底二万里』の元型は聖書にある大魚に呑まれたヨナの物語であるが、中世の「アーサー王」の伝承にすでに海底潜航の船が登場するし、その他多くの作家が潜航艇の物語を書いている。また、水中に潜航したり陸上も走る飛行船を発明したロビュールが空中の電気嵐に巻きこまれて最後を遂げる連作『征服者ロビュール』(一八八六)と『世界の支配者』(一九〇四)は、太陽の神アポロンに近づいて破滅するイカロス神話の現代版である。

エッツェルは、現代の新たな神話を描き出すヴェルヌのこうした可能性のすべてを見抜いていた。ヴェルヌは、エッツェルの理想を実現するために登場したといっても過言でない。だからこそ、一貫してヴェルヌの創作に口を出し、空想科学小説作家・冒険小説作家ヴェルヌを育て上げ、ヴェルヌを一生エッツェル書店の専属作家にしようとした。こうして、一八六五年十二月十一日に、エッツェルとヴェルヌのあいだに改めて一八六五年から七一年の六年間有効の契約が取り交わされた。

ただし、この契約は二度目の総合契約であり、六二年十月二十三日付の契約は、『五週間の気球旅行』にかかわるもので、その骨子は、ヴェルヌの作品を二〇〇〇部刊行し、著者には五〇〇フラン支払い、以後の挿絵本については五パーセントの印税払いになるといったものである。

六四年一月一日付の第一回総合契約は主として『ハテラス船長の冒険』にかかわるもので、その骨子は、ヴェルヌに三〇〇〇フラン支払うことで、エッツェルが『ハテラス船長の冒険』の「教育娯楽雑誌」への掲載権と単行本での刊行権を確保し、単行本は二〇〇〇部発行し、挿絵本刊行のさいは印税を六パーセントとし、その契約は一〇年間つづくものとし、また、挿絵は「無収益物」なのでエッツェルが無制限の使用権を得るものとした。またヴェルヌの作品が翻訳されるばあいは、利益を折半するものとした。

第二回目の総合契約の特徴は、今後一〇年間は、毎年三巻の作品をヴェルヌはエッツェルに提供し、エッツェルは刊行の日付より一〇年間はヴェルヌの作品をいかなる形態でいかなる雑誌に発表してもよい独占権をもつことになるといったものである。つまり、エッツェルはヴェルヌの著書の独占権を一〇年間にわたって確保すると同時に、ヴェルヌに収入を保証するといった契約になったわけである。要するに、ヴェルヌの作品の市場価値をみとめたエッツェルによる、ヴェルヌの囲い込みの契約ということである。以下に、全文を掲げる。

オートゥーイユのラ・フォンテーヌ街九番地居住のジュール・ヴェルヌ氏と、パリのジャコブ街一八番地居住の編集者ジュール・エッツェル氏とのあいだに、以下のことが取り決められた。

第一条、エッツェル氏とヴェルヌ氏とあいだにつぎの協定が結ばれ、協定は一八六六年一月一日から一八七二年十二月三十一日まで継続されるとする。

第二条、前条の六年間において毎年、エッツェル氏はヴェルヌ氏に、氏が同著者によって当初に編集した著作と同じジャンルで構想され、同じ範囲の同じ読者のために書かれた三巻の著作を得るべく努めるものとする。

第三条、エッツェル氏は一〇年間にわたって、前条の著作のそれぞれについて刊行の日付から独占的所有権を有するものとする。氏は、適当と思う定期刊行物で、いかなる形態でも、挿絵付きでも挿絵なしでも、刊行できる。

第四条、挿絵付きの刊行では、刊行のさいに制作された木版画および銅板画は刊行者の手に無収益物として残されるものであり、テキストと版画が分離されて刊行されるときには、エッツェル氏は版画の絶対的かつ期限なしの所有権を得るものとする。

第五条、前記の条件でヴェルヌ氏からエッツェル氏に譲渡された著作物に対するものとして、後者は著者に一巻につき三〇〇〇フランを支払い、ヴェルヌ氏の都合によっては来年の一月一日より月七五〇フランを支払うものとする。

第六条、ヴェルヌ氏もまた、現協定が継続する期間のあいだ、個人においても、他の定期刊行物においても、他の刊行者においても、エッツェル氏の同意なしには他のいかなる著作も刊行せぬよう努めることとする。

第七条、この条件はジュール・ヴェルヌによって以前に発表された『五週間の気球旅行』、『地底旅行』、『月世界旅行』、『北極のイギリス人』および『氷の砂漠』にも当然適用されることになり、エッツェル氏は、以上の著作にたいして支払い済みの額に加え五〇〇〇フランの追加金額を支払うことで、以上の著作の所有権を得たものとする。

第八条、ジュール・ヴェルヌ氏は「家庭博物館」において何編かの中編小説を発表したが、今後も一年につき一編の中編を発表することをエッツェル氏によって認められる。それらがまとめて単行本に収められる性質のものであるとエッツェル氏に思われたばあいは、エッツェル氏のみが、全作品をまとめてかあるいは選択したうえで単行本にして刊行できることと定める。

一八六五年十二月十一日パリにて二部作成

上記の文書を承認。　　　　　　　　　　ジュール・ヴェルヌ

文書を承認。　　　　　　　　　　　　　J・H・

第四条で、第二回の契約にならってヴェルヌはエッツェルに挿絵の版権を無条件で譲渡する条項になっているが、この契約の結果、「無収益物として残される」はずの挿絵は、その後海外の翻訳にも用いられることとなり、エッツェルはそれを売ることで多くの「収益」を得ることとなった(三九九―四〇二頁参照)。このように、エッツェルは、著作権について近代的な考え方を持った人物であり、著者との契約をきちんと取り交わしているが、ヴェルヌ研究者からは、ヴェルヌとの契約でみるかぎり、編集者としての利益を残す術にも長けていたとみられている。一言でいえば、この契約はエッツェルに有利であるということである。

ヴェルヌ研究家のシャルル＝ノエル・マルタンは、エッツェルはヴェルヌより八倍も儲けたとしている(シャルル＝ノエル・マルタン『ジュール・ヴェルヌの生涯と作品』第十二章)。といって、エッツェルはヴェルヌの作品の刊行をとおして巨万の富を個人的に手にした痕跡はまったくなく、エッ

ツェル書店の拡張をはかるためにも、投資にまわしていたと思われる。

エッツェル書店への投資を勧めている六八年六月の父親宛のヴェルヌの手紙を見ると、その事情がよくわかる。

こんどは、事業の話をしましょう。エッツェルは書店を合資会社にしようとしていますが、それには出資金を一万フランから四〇万フランにせねばなりません。財産目録によると、エッツェルの投資額は七、八〇万フランです。エッツェルの事業は大いに拡張していますから、資本金が足りないのです。かいつまんでお話ししていますが、パリの最良の代訴人と商事裁判所承認の弁護士によって作成された会社の趣意書をお見せできます。ポールとお父さんで半分ずつの投資をしていただけますか？　出資金には控除される分をふくめ六パーセントの利子がつきます。そして、書店の利益は年間一〇万フランを下りません。事業は好調です。エッツェルの取引銀行も、一〇万フラン投資しています。わたしは一万フラン投資します。エッツェルは今までは不十分な資本で営業していたので、(出資者への) 手数料を一年につき二万五〇〇〇フランどまりにしています。だから、それを改正せねばなりません。(…)

お父さん、ポールと話し合って、熟考して下さい。できるかぎり少なく見積もった財産目録によると、著作権、組版、完成本などのエッツェルの資産は二〇〇万フラン近く、貸方 (負債) は六〇〇から七〇〇フランになります。この財産目録では、三フランで売られているわたしの本は一フランに評価されています。ほかについても同様です。だから、よくお考えになり、できるだけ早くご返事下さるよう、お願い致します。（一八六八年六月〔?〕、月曜、ル・クロトワより父親宛手紙――オリヴィエ・デュマ、前掲書）

エッツェル書店の発展は自分のためになるというわけで、ヴェルヌは一万フラン投資している。一方、慎重な父親は理由を明確にせぬまま投資をためらったようで、ヴェルヌはその理由を「きわめて信仰深く、カトリックに堅い信仰心をもっている」父が、「けっしてカトリック的でない」エッツェルの刊行本に疑問を抱いているからではないかと、釈明している（六八年六月三日、エッツェル宛手紙――V・H）。エッツェルがむしろヴェルヌの異端的な叙述を検閲し削除していたことから考えると、これはこじつけ的な弁解に近いが、ヴェルヌの著書がカトリック的でないことは明らかだった。

さて、ここでの問題にもどると、ヴェルヌが父親に投資をすすめるまえの五月八日には、すでにヴェルヌはエッツェルと三回目の総合契約を交わしていたということがある。新契約は六五年の契約の有効期限前のものだから、これは更新というより、ヴェルヌの著作が予想以上に利益を上げていることからなされた改正というべきだろう。

改正の要点は、著者に支払われる額が年額九〇〇〇フランから一万フランに増額されたことである。つまり、一年三作書くことが決められ、一作についての謝礼が三〇〇〇フランから三三三三フラン三三サンチーム、三作で都合一万フランに値上げされたのである（前記旧規定の第五条にあたる）。また、エッツェル書店に著作を独占される期間が六年から一〇年に延長された（同第一条）。挿絵本の独占権も明確に確認された（同第四条）。

この新契約も、ヴェルヌの側からみるとエッツェルに有利な契約にみえるのはたしかであろう。いずれにせよ、ここには、亡命生活やその前後での書店の経営難を味わってしたたかになったエッツェルの姿が垣間見られよう。しかし、何よりもヴェルヌとエッツェルの関係は、利益によって結ばれているとともに、あるいはそれ以上に、精神によっても結ばれた友情であり、また無名の作家を育て上げる教師と弟子の関係でもあった。

ヴェルヌは、ル・クロトワという英仏海峡沿岸の港町に瀟洒な別邸をかまえ、その港に〈サン・ミッシェル号〉という自家用帆船を停泊させ、それを三回も買いかえ、船で執筆したり、遠洋航海に出たりしている。また、作家になってから定住しているアミアンでは、自分で設計した塔のような書斎のある邸を建て、ときにアミアンの市民なら誰でも招待という大判振舞いのパーティーを開催するなど、流行作家として悠々と暮らしていたから、エッツェルにたいして金銭の不満はあったとしても、それは決定的な不満になったとは思われない。表面的にはこうしたことにこだわらないのが作家としてのヴェルヌであり、エッツェルあっていまの自分があるというのが、ヴェルヌの気持だったのではないか。

ネモ船長の誕生

ヴェルヌの代表作はなんといっても『海底二万里』であり、ヴェルヌの創造した最大の人物はネモ船長であろう。しかし、その主役のネモ船長については、エッツェルと意見が合わず、ふたりのあいだで、熱心な議論がつづいたあとが、その時期の手紙に残されている。それをたどると、いかにヴェルヌが自分の創造する人物にこだわったか、いかにエッツェルが読者をはじめ周囲の状況に配慮をしていたかが、読みとれる。

『海底二万里』は、一八六九年三月二十日から七〇年六月二十日にかけて「教育娯楽雑誌」に掲載され、同年十月に第一巻が、翌七〇年七月に第二巻が、単行本で刊行された。ただ、この執筆時期のエッツェルからの手紙は、六九年四月二十五日付、七〇年五月五日付、五月二十六日付のものを除いて紛失している。エッツェルによる手紙については、ヴェルヌが後年焼いてしまったのではないかという推理がなされている。というのも、当時ヴェルヌは、助言というより、きびしいことばによる叱正をうけていたと思われ、その痕跡を消した可能性を拭いきれないからである。そのため、当時エッツェルがどのような意見を吐いていたかは、主として、ヴェルヌの手紙から推測するほかない（ヴェルヌの手紙は、エッツェル書店がアシェット書店に身売りをした際に買い取られ、保存された一方、エッツェルの手紙はエッツェルがカーボン紙のようなものでコピーを残し、それがヴェルヌ関係のコレクター、ピエロ・ゴンドロ・デラ・リーヴァによって収集されて残され、両者の手紙はともにオリヴィエ・デュマほか編『ヴェルヌ＝エッツェル往復書簡集』に収められている）。

ネモ船長（『海底二万里』挿絵）

さて、エッツェル宛の手紙に『海底二万里』の構想がはじめて登場するのは、一八六六年八月十日付の手紙である。

わたしは、われわれの『海底旅行』を準備しています。そして、弟とわたしは、冒険旅行に必要なすべての技術について考えをまとめています。わたしの考えでは、電気を使うつもりですが、まだ完全にきまったわけではありません。（一八六六年八月十日エッツェル宛手紙――V・H）

「われわれの」といっていることから、すでに構想についてはエッツェルと話し合っていることがわかる。海底旅行というテーマは、ある意味では、ヴェルヌ＝エッツェルにとって、必然的にうみだされた構想といってもよい。

海底旅行の夢想は古くからあり、アレキサンダー大王やレオナルド・ダ・ヴィンチも潜水艦の夢をもっていた。その夢をはじめて実現させたのが、イギリス在住のオランダ人コルネリウス・ファン・ドレベルで、彼は一六二〇年頃に潜水艦を発明して、テムズ川でロンドンとグリニッチの間を往復させた。それに、一七七二年のジョン・デイ、一七七六年のデイヴィッド・ブッシュネルの試みとつづいた。

一八〇〇年には蒸気機関の発明家ロバート・フルトンが潜水艦を設計し、それをフランスの革命政府に売りこんだが、取り上げてもらえなかった。しかし、この潜水艦は〈ノーチラス号〉と命名され、設計図も『海底二万里』の〈ノーチラス号〉に酷似していることが、知られている。一八三九年にはドイツ人ヴィルヘルム・バウエルが潜水艦を考案して、イギリス、アメリカ、ロシアに売りこんだが、それも成功せず、だいたいその潜水艦は浮上せず、バウエルらは史上はじめて潜水艦から命からがら脱出したという代物だった。

やがて、ヴェルヌの身近で潜水艦の実現と応用があいついだ。一八三二年八月十二日に、ヴェルヌと同じナント出身でヴェルヌに数学とデッサンを教えたと伝えられているブリュテュス・ヴィルロワが、ノワールムティエで潜水艦の実験をしている。五八年にはセーヌ川でアレなる人物が潜水艦の実験をおこない、ヴェルヌもそれを見物したといわれている（ピーター・コステロ『ジュール・ヴェルヌ――SFの創始者』第八章。なお当時の潜水艦発明の略史については同書に負うところ大である）。一八六五年頃、ル・トレポールで、蒸気の海底救出船《サルベージ》に乗って仕事をしていた発明家のジャック＝フランソワ・コンセイユなる地方発明家と知己になった。『海底二万里』に主人公アロナックス教授の助手で動物の分類マニアのコンセイユというユニークな青年が登場するが、その名はこの実在の人物から取ったと推定する研究者もいる。

以上のケースは、いずれも実験的なものであるが、実用的な潜水艦の発明では、当時からフランスが世界のトップを走り、一八六三年には、フランスの海軍省の依頼でシメオン・ブルゴワとシャルル＝マリ・ブランが発案した潜水艦〈ル・プロンジュール号〔ダイバーという意味〕〉が建造され、六五年にロックフォールで実験がおこなわれた。この潜水艦も、実用上さまざまな問題があり、実際にすぐ役立つというものではなかった。しかし、全長一四〇フィート〔約四三メートル〕、幅二〇フィート〔約六・一メートル〕、深さ一〇フィート〔約三・五メートル〕で、四一〇トンという潜水艦は、歴史的にははじめての本格的な潜水艦と目される。

この船は現在もシャイヨ宮の海洋博物館に展示されているが、まずは一八六七年のパリ万博に展示されたことが注目される。というのは、ヴェルヌが、弟ポールや義理の娘のシュザンヌ（妻オノリーヌの連れ子）やその祖父母をともなって、パリ万博に食事しに行ったことを父親に書き送っているからである（六七年七月、父親宛手紙）。すでに『海底二万里』の構想を立てていたヴェルヌが、〈ル・プロンジュール号〉の展示を見物しないはずはないだろう。『海底二万里』の挿絵を担当したエドゥアール・リウーが〈ノーチラス号〉を描く際〈ル・プロンジュール号〉を参考にしたあとがあり、ヴェルヌがリウの挿絵にいろいろ注文をつけていたことから考えると、ヴェルヌがアドバイスをしたことは十分考えられる。

こうした潜水艦が単なる夢の乗物から実用化をむかえた時代であるから、当然それを主題とする小説も出現していた。一八四五年には、メロベール船長の『海底旅行』なる物語が刊行された。また、「プティ・ジュルナル」紙は、六七年五月十二日から、アリスティド・ロジェの「科学者トリニテュスのふしぎな冒険」の連載をはじめた。この作品は、一八九〇年に、ロジェの本名ジュール・ランガードの著として『海底旅行』と改題されて、単行本で刊行された。その序文で著者は、多くの若い読者が「トリニテュスとネモ船長のいずれが最初に海底を航海したか知りたいと思っている」と挑戦的に書き、その答えをヴェルヌが自ら出していると、つぎのような一八六七年十月二十八日付の書簡として「コティディアン」紙に発表されたヴェルヌの一文を紹介している。

すこしまえから、「プティ・ジュルナル」紙に、アリスティド・ロジェ氏の「科学者トリニテユスのふしぎな冒険」なる題名の興味ある作品が発表されている。

わたしは、一年前から、『海底旅行』という題の本を書きはじめている。この作品がいまだ刊行されていないのは、今刊行中の『絵入りフランス地理』という膨大な仕事のために一時的に放置せざるをえないからである。（ジュール・ランガード『海底旅行』序文――シャルル＝ノエル・マルタン、前掲書より引用）

要するに、海底旅行の物語はヴェルヌより自分の方が先に書いていたと宣伝しているわけであるが、当時ヴェルヌも、ロジェの連載がはじまって焦っていたさまがわかる。

ここで言及されている『絵入りフランス地理』はエッツェルの発案になるもので、県ごとの分冊で一〇サンチームで売り出され、さらに一〇の県が出されるとそれを一冊にして、一フラン一〇サンチームで売り、さらに三巻本にまとめ、最終的に一冊の単行本にするといった遠大で野心的な啓蒙書であった。つまり、現在の日本でもおこなわれている、まず週刊のシリーズで刊行し、あとで本にまとめてゆくという刊行スタイルの走りで、エッツェルの商魂のたくましさを物語る企画といえよう。

ヴェルヌはこの執筆に追われ、とうてい『海底二万里』どころではなかったというわけである。しかし、ヴェルヌとしては、自分も同じテーマの小説を書いていることを宣言しておかねば剽窃の疑いをかけられるということもあって、この一文を公表したわけである。そして、その掲載にあたっては、エッツェルの手をわずらわせている（六七年十月二十七日、エッツェル宛手紙――V・H）。

しかし、エッツェルはすでに手を打っていて、「教育娯楽雑誌」の九月五日号に、「ジュール・ヴェルヌ氏は、『海底旅行』なるあらゆる本のうちでもっとも驚くべき本を仕上げている。この珍しい本の資料をまとめるために、この入念でドラマチックに書く作家にとって、半年間を海岸で完全な隠遁状態で過ごすことが必要だったのである」と広告を載せている。

事実、ヴェルヌの構想はすでに一八六五年頃からあったと思われる。しかも、ヴェルヌにそのヒントをあたえたのは、エッツェルと親密な関係にあったジョルジュ・サンドであると推測されている。ジャーナリストのブリソンが、ヴェルヌに魅せられたサンドの一九六五年夏のヴェルヌ宛手紙を『散歩と訪問』に掲載しているが、そこには、「わたしは、あなたがまもなくわたしたちを海底に案内して下さり、あなたの科学と想像力が完璧に描いてくれる潜水艦で主人公を旅行させてくれることを、希望しています」と書かれている。おそらくエッツェルの仲介と思われるが、サンドとヴェルヌはかなり親密な関係にあったと思われ、サンドはヴェルヌの小説を『五週間の気球旅行』以来愛読して楽しんでいたことは、エッツェル宛のサンドの手紙からも知ることができる。

とにかく、ヴェルヌに『海底二万里』を書かせたのは、なんといっても、潜水艦の実現に目を向けはじめた時代の流れであろう。しかし、ヴェルヌの〈ノーチラス号〉は、当時の潜水艦のイメージをはるかにこえる規模であり、あたかも海底を移動する建造物として夢想されている。そこには、現実の進歩を一歩でも二歩でも先んじるというヴェルヌ特有の創作力が見られるとしても、ネモ船長と〈ノーチラス号〉を生み出した原動力は、なんといっても海へのヴェルヌの愛と夢想だったといえよう。しかし、問題は、このような夢の潜水艦をだれが発明し、だれが航行させているかであった。
その人物像について、ヴェルヌは、当初からはっきりしたイメージを描いていたようである。それによると、ネモはロシアの圧制に反抗しているポーランドの王子ということになっていた。つぎの手紙は、エッツェルが、ヴェルヌの構想について異論を唱えていたことをしめすものである。

クロトワ、火曜〔一八六九年四月二十九日？〕
親愛なるエッツェル、
わたしは、あなたの最後の手紙を大事にとってあります。わたしにたいへん助けになります。なによりも、最後にアロナックスにネモが恐怖を引き起こす場面を消したいと思っていますが、同様に、船が沈むのを見ながらネモが憎悪の態度をとる場面も除こうと思います。船が沈む場面に彼を立ち会わせないことにします。
〈ノーチラス号〉を海底に追いつめ、航行を妨害する船を沈めてそこから逃げるという、あなたがいわれることは結構です。しかし、困難がふたつあって、それを避けねばなりません。
1　もし海底に〈ノーチラス号〉が追いつめられるとしたら、〈ノーチラス号〉は、もはや比類ない、どの船よりも優れた、どの船よりも速く強力な船であるということにならない。
2　もし〈ノーチラス号〉が追いつめられたうえ、海底を通って逃れ出ることができないとしたら、海が深くないことになる。そして、海が深くないとしたら、沈没の場面はどうなるでしょう？　それは不可能です。

でも、考えてみます。

さて、親愛なるエッツェル、挑発が外国船からきていること、その船が〈ノーチラス号〉を破壊しようとしていること、その船が、家族と友を殺されてネモが復讐しようとしている、ネモが憎む国のものであることを、さらに読みつづけて、お見落としなきようお願いします。

まずおこるべきことが何であるか、読者が予感しうることが何であるか、ご想像下さい。

ネモがポーランド人で、ネモが沈める船がロシア船であることを、ご想像下さい。反対を唱える懸念でもあるでしょうか?

ありません。絶対にありません。

だから、辛抱強く読み返して下さい。それから、原稿を送り返して下さい。そこで、必要なことを致します。

しかし、わたしが声をさらに大にしていうことをお忘れなきよう。つまり、この本の根本的な考えは何であるか、それは真実であり、論理にかない、完璧であることです。

ポーランド人―ロシア

そのことをわれわれが話題にできないのですから――ある点で残念なことですが――そんなものであろうと想定するにまかせましょう。

敬具

ヴェルヌ（V・H）

この手紙を読むと、エッツェルがネモをロシアの圧制に苦しむポーランド人とする設定と、〈ノーチラス号〉が最後にロシア船を沈める場面に反対し、別の提案をしていることがわかる。対案として、エッツェルは奴隷解放者のアメリカ人ジョン・ブラウン（一八〇〇―五九）を挙げ、小説の最後で船を沈める場面も〈ノーチラス号〉の航行を妨害する船を沈める場面にするという提案や、その他ネッド・ランドの逃亡シーンなどのいくつかの設定を示唆していたことが、一連のヴェルヌの手紙と四月二十五日付のエッツェル自身の手紙からわかっている。

エッツェルはなぜヴェルヌ案に反対したか、それは、ロシアがエッツェル書店とヴェルヌの上得意だったからである。というのは、ヴェルヌの作品は発表されると、時をうつさずロシア語訳が刊行され、ロシアにはエッツェル書店の大事な購読者がいたからである。また、健全なる娯楽を目指す「教育娯楽雑誌」の性格として、極端な憎悪と復讐に燃える反社会的な人物とその破壊的な行動の場面を避けたいという考えがあったからと思われる。

引用した手紙がすでに雑誌に連載がはじまっている最中に書かれていることに、注目していただきたい。ヴェルヌは、ネモの正体が最後にポーランド人であることがわかる設定で、書き進めているのである。しかし、ヴェルヌの設定にエッツェルから異論が出てきたというわけである。そもそも、ヴェルヌも手紙で、「わたしは、あなたが習慣としているように、原稿にすべてのメモをつけて送り返して下さる方が望ましいのです。そこで、危険な個所を弱めたり、変えたりします」（六九年五月十七日）といっているように、エッツェルはヴェルヌの原稿に手をいれるのを習慣としていたのである。いわば、エッツェルはヴェルヌの育ての親であり、教師であり、「精神の父」であったのだ。ただ、その関係は生涯変わらなかったとしても、このころから、ヴェルヌは作家としての自己主張も明確にするようになったのも、事実である。

そうした過程で、原稿直しの前段階の設定について意見のちがいが出てきたというわけである。そもそも、「ネモ」という名は、ラテン語で「誰でもない人」という意味であり、ホメロスの叙事詩『オデュッセイア』でオデュッセウスが一つ目をつぶされた巨人に向かって自分の名前を答えるときに使った名前である。そして、「誰でもない人」という謎めいた雰囲気を、ヴェルヌはネモにまとわせようと思っていた。しかし、いずれ最後は何者か正体を明かさなければならない。それが、物語の最後のドラマと関わってきたのである。ヴェルヌの主張を聞いてみよう。

もしネモが、妻をむち打ち刑で殺され、子どもをシベリアで殺されたポーランド人であり、ロシア船を目の前にして、それを破壊できる立場にあったとしたら、みな彼の復讐をみとめるでしょう。（六九年五月八日エッツェル宛――V・H）

奴隷船、海賊船については、そんなもの今はいないということは、おわかりでしょう。（…）存在しないものの存在を想定してはいけません。論理にかなうという観点から、そのことをあなたに何度でもくり返してやみません。

もっとよいのは、社会全体と闘っているネモです。すばらしい設定ですが、そのような闘いの動機が欠けているので受けいれがたいものです。

それよりまずいのが、追放した者に対する追放された者の、ロシアに対するポーランド人の闘いです。これは明確ですが、われわれは純粋に商業的な理由でそれを斥けました〔その理由は本文で前述した〕。こうなると、もはやネモ自身と同様に謎めいた架空の敵に対するネモの闘いしかありません。それは、ふたりの個人の決闘になります。それは、事態をきわめて矮小にします。そうではなくて、あなたもいうとおり、茫漠としておく必要があるでしょう。そして、そうできるでしょう。（六九年五月十五日エッツェル宛――V・H）

結局のところ、ヴェルヌはネモ＝ポーランド人説を取り下げているが、ネモを奴隷解放者にすることはとうてい受けいれがたいと主張をくり返す。

「あなたはわたしに説きました。奴隷制廃止は現代の最大の経済的出来事であると。そのとおりです。しかし、そこにはなんら見るべきものがありません。ジョン・ブラウン事件には明確な形があって、わたしは好きです。しかしわたしの目には、彼はネモを小さな人物にします。国籍についても、人物についても、あのような異常な生き方に彼を追いやった原因についても、茫漠とした性格を保たねばなりません」として、ネモを奴隷制解放者とするエッツェルの設定をしりぞける。そして、「二年前から、わたしはネモと生きてきました。それ以外の者としてネモを見ることはできないでしょう」（五月十七日）と抵抗する。しかし、エッツェルは連載の土壇場まで、奴隷船を沈める場面をもってくるように、ヴェルヌの原稿にメモを書いたと思われるのは、六月七日に至っても、「あなたのメモを注意深く読みました。すべて結構です。すべて考慮にいれます。しかし、奴隷船の件はわたしには絶対に不可能です」と、ヴェルヌが抵抗していることからもわかる。ヴェルヌは、そののちもポーランド人の設定を未練がましくもちだすが、それについてはエッツェルがゆずらないので、結局『海底二万里』の結末を大幅に変えて、完結することになった。

最後の場面は、未知の海域に運ばれ、アロナックスと彼の仲間が気づかずにマエストロームの渦までたどり着き、その不吉な名を聞いてもなんとか生き残ろうとするが、小舟が彼らの意志に反して彼らとともに波にさらわれる、すばらしいではないですか！　そうです！　すばらしい。それから、謎が残る。〈ノーチラス号〉とその船長について永遠の謎が！

こうあなたに書きながら、わたしは熱してきます。あなたに抱擁の挨拶を送るために少々冷静になりましょう。（六九年六月十一日エッツェル宛、V・H）

こうして、難産のあげく『海底二万里』の結末がまとまったのである。つまり、ネモの国籍も、ネモが何者であるかも明らかにせずに、ネモも〈ノーチラス号〉もマエストロームの渦に巻きこまれて消えてしまったのである。小舟に乗って渦から逃れたのが、〈ノーチラス号〉につれこまれた博物学者のアロナックスと、その助手のコンセイユと銛《もり》打ちのネッド・ランドである。そして、それから六年後に刊行された『神秘の島』（一八七四―七五）の第二巻の最後の場面で、ネモは自分がイギリス王国の圧力に反抗したインド王子であると、その正体を明らかにする。

『神秘の島』とネモ船長の最後

『神秘の島』は、『ロビンソン・クルーソー』の影響をうけて陸続と生まれたロビンソネイド〈ロビンソンもの〉と呼ばれる無人島漂流記のジャンルの傑作であるが、この作品では、同じロビンソンものでもむしろウィースの『スイスのロビンソン』の影響のあとがいちじるしい。というのは、この物語は、グループによる無人島漂着という点と、無人島での技術的な創意工夫のドラマがテーマとなっているからである。

南北戦争の激戦のさなか、北軍の捕虜となった技師サイラス・スミスと新聞記者のジュデオン・スピレット、南軍将校ジョナサン・フォルスターなどをふくむ六人の呉越同舟のグループが気球で脱出をはかったところ、無人島に漂着することになる。そこで、万能の技師サイラス・スミスがリーダーになって、農業、牧畜からはじまり、陶器造り、冶金、発電、精錬まで、無人島に根づかせるのである。これは、『スイスのロビンソン』での父親と同じ役割である。しかし、物語での真の父は、最後にその姿をあらわす。

その人こそネモ船長であり、ここで読者はあっと驚くことになる。つまり、『海底二万里』は、アロナックス教授が〈ノーチラス号〉から脱出するところで終わっているが、ネモ船長と〈ノーチラス号〉はその後どうなったか、そもそもネモ船長とはいったい何者かという謎が残ったまま閉じられているからである。

『神秘の島』は、じつはノーチラス号の基地となっていた島であり、サイラス・スミスたちはネモ船長に誘導され、ネモ船長に助けられて、その島に技術と産業のミニチュアをもたらすことができたのである。たとえば、ほとんど死んだと思われていたサイラス・スミスが浜に打ち上げられていたり、バイブルや鉄砲や道具類のはいった箱が流れ着いたり、海賊の襲来で島が乗っ取られそうになると何者かの力で海賊が全滅したりと、さまざまな奇跡がおこる。さいごに、一行は〈ノーチラス号〉の一室で息を引き取ろうとしているネモ船長を発見して、すべての奇跡はネモ船長のしわざとわかることになる。

『神秘の島』の結末の場面についても、エッツェルは、いつものようにヴェルヌに以下のような意見を出しているが、それを読むと、細部にわたって注文を出しているのにとどまらず、自分で結末の筋書を提案しているさまがわかる。それに関する一八七四年一月二十二日付の手紙の全文を、紹介しよう。

> あなたがいまどこにいるかわかりませんが、『神秘の島』のさいごの部分の第三部を読みおえたことを、モナコから本日お伝えします。
>
> 全体として構成と組立てはみごとで、細部の均衡もうまくできています。主要な欠陥は、ハーバートの病気のかぎりない描写です。まるで、課題を生徒にたたきこむことしか考えていない医師と一緒になって医学の講釈をするのを義務としている看護人になったように、長ったらしく、苛立たせ、じらせる体のものです。
>
> くどくどと長たらしいということで、見えない手〔ネモ船長〕からもたらされたキナ〔熱病やマラリアの特効薬になる植物〕が最後にすごい効き目をあらわしたことを信じることになるというのは、わかります。しかし、それでは、薬の効能を無駄に高く買うというものです。ハーバートの病気について六頁以上割《さ》くことはなく、一行さらに増やしても効能は同じでしょう。

あなたは、医学の分野でも、医学より未知の分野と同じように、知識を通俗的に説く方法を適用できると望んで、大間違いをしたのです。ペダンティズムに見えるのです。退屈だ、うんざりだということばを、わたしは吐きます。ここまでいわないと、あなたは、きっぱりと犠牲を払うことはないでしょうから。

この挿話ではまた、一貫して感情に訴えようとする努力がみられますが、それがうまくいっていません。そうするのはよい心がけですが。そう試みたのは、たぶんわたしのことを考えての上でしょう。だから、あなたにはっきりわたしの意見をのべるのは、とても恩知らずということになりましょう。でもわれわれは、たがいにもったいぶっていてはなりません。われわれを義務づけるのは、あなたに真実をのべることをわたしに義務づけるのは、ひとえに作品の質を高めるためです。

ネモの最期については、同じ種類の不都合な努力を減らしたので、たいへんうまくいっています。しかし、ネモが島で起こっていることを知らずに死なない点は重要です。そこで、彼がそれについて内密にもらしているか、サイラスに知らせる必要があります。それぞれに対応したわたしのメモをご覧下さい。でも、わたしのメモを切り捨てたりしないよう、活用していただくよう、無視するのはわたしとの議論のあとにして下さるよう、われわれが声を出して巻全体を読み上げるまえにはそれを抹消しないよう、お願いします。

いくつかのメモは、できればよりよく考え直してもらうためのものですが、メモをそのまま生かしても、作品から欠点をのぞき、成功に不可欠な長所をくわえるものであると、わたしは確信しています。

あなたの描いた島の破壊は傑作です〔物語の最期で、サイラスの一行が島をはなれると、島が大爆発をして破壊される場面を指している〕。

ネモが死をむかえる覚悟のすべては、かくれ場所もまた、細部をのぞいて書きなおす個所はありません。しかし、三頁分の一章を、結論の章を書きくわえねばなりません。

書き疲れ、努力もつきて、あなたは皆を、まるで汚れたシャツのようにしてアメリカに植民させています。第一にそれは適切ではないし、ついで、それは、興味を台なしにしてしまうか、がた落ちにしてしまいます。

そこで読者を見放すのは、礼儀に欠けるし、趣味がよいとはいえません。真珠は値を下げて、何百万フランであるとしなさい。しかし、真珠は八〇〇万か一〇〇〇万フランのダイヤのあいだにいれておきなさい〔ネモ船長から、真珠やダイヤがつめられた箱が一行に送られる挿話のこと〕。

真珠はグレナヴァン夫人に送りなさい。そして、ダイヤでもって、アメリカに戻ったわれわれの植民者が陸地にリンカン島を再びつくるのです。

彼らは小国家を建設します。四頁でもってその国での彼らをうまく描き、ありのまま見せるのです。そして、平和になったアメリカで、子どもたちとその他の者たちですでに繁栄している植民地で、五本の指のように一体となっている彼らを、教会、学校の校舎、ネモとグレナヴァンと

沈みゆく〈ノーチラス号〉(『神秘の島』挿絵)

ロバート・グラントのための記念碑などを描くのです。彼らはよい人たちでなければならないし、あなたもよい人だとあなたの読者にいわせなければなりません。

本の中では、あなたの長所のすべてとあなたの短所のいくらかが、同じように輝くでしょう。アンティーヴ〔ヴェルヌが当時滞在する予定になっていた、モナコの近くにある南仏の保養地〕にはいつおいでになりますか？　あなたに筆写原稿を返送せねばなりませんか？

敬具

エッツェル（V・H）

病気の場面の指摘にたいしては、ヴェルヌは素直に応じ、つぎのように返事している。

モナコからのお手紙拝受しました。今日はパリですが、まだ数日はここにいます。ご安心下さい。あなたのご意見は考慮にいれます。ハーバートの病気の挿話を書いたとき、わたしは、医薬と外科の治療の場面で医者でも外科医でもない人たちをもってこようと思ったのです。外科治療は削除せねばならないことが、よくわかりました。そのようにやり直します。（一月二十三日手紙）

しかし、ここにいたるまで、エッツェルが登場人物や、場面の設定について、つぎつぎに注文を出したあとが残されている。たとえば、最近発見されたばかりの手紙によると、サイラスたち冒険者の一行が無人島で発見する洞窟の描写について、じつに細かく助言をしている。「トンネルや、階段や、トンネルに達する排水孔からはじまる下り坂については、それを、どこにでも好きな所に出られるのに十分なほど大きく、通りやすい――そこで洞窟に集中されてゆく興味を決めるような、ひとつの大きな穴にしなさい。変わった状態を通路の入口におくのは、まずいしつらえです」と、洞窟の入口の描写に注文つけている。その上で、いずれ冒険者たちの住居になる洞窟について、「それに、住居のことも考えなさい。部屋や食堂や書斎や集会用の共有の居間を、各自のために造ってやりなさい――そうすれば、人々は時間と空間を持ってくつろぐようになり、無用に雑居させることもなくなります」と、洞窟の使い方まで指示している。そして、こうした助言をヴェルヌはかなりうけいれているのである。

しかし、それに驚いてはいけない。エッツェルは死ぬまで、それこそ目の色の黒いうちは、ヴェルヌの創作に口を出しつづけたのである。エッツェルの「教育娯楽雑誌」に発表されないばあいでも、いずれ自社で単行本になるのだからと、一貫して注文をつけた。それも、きわめて具体的であり、ときにはエッツェル自身が作者になったつもりで、文章まで書いてみせるのである。こういう傾向は、晩年になるにつれて、はなはだしくなってくる。

『征服者ロビュール』のばあい　エッツェルが他界する前年の一八八五年は、主として、『征服者ロビュール』、『南対北』、『灯台のある列島』（邦題『この世の果ての灯台』）などの創作に打ちこんだ年であるが、その年の二月から、ふたりの往復書簡の話題は『征服者ロビュール』に集中してゆ

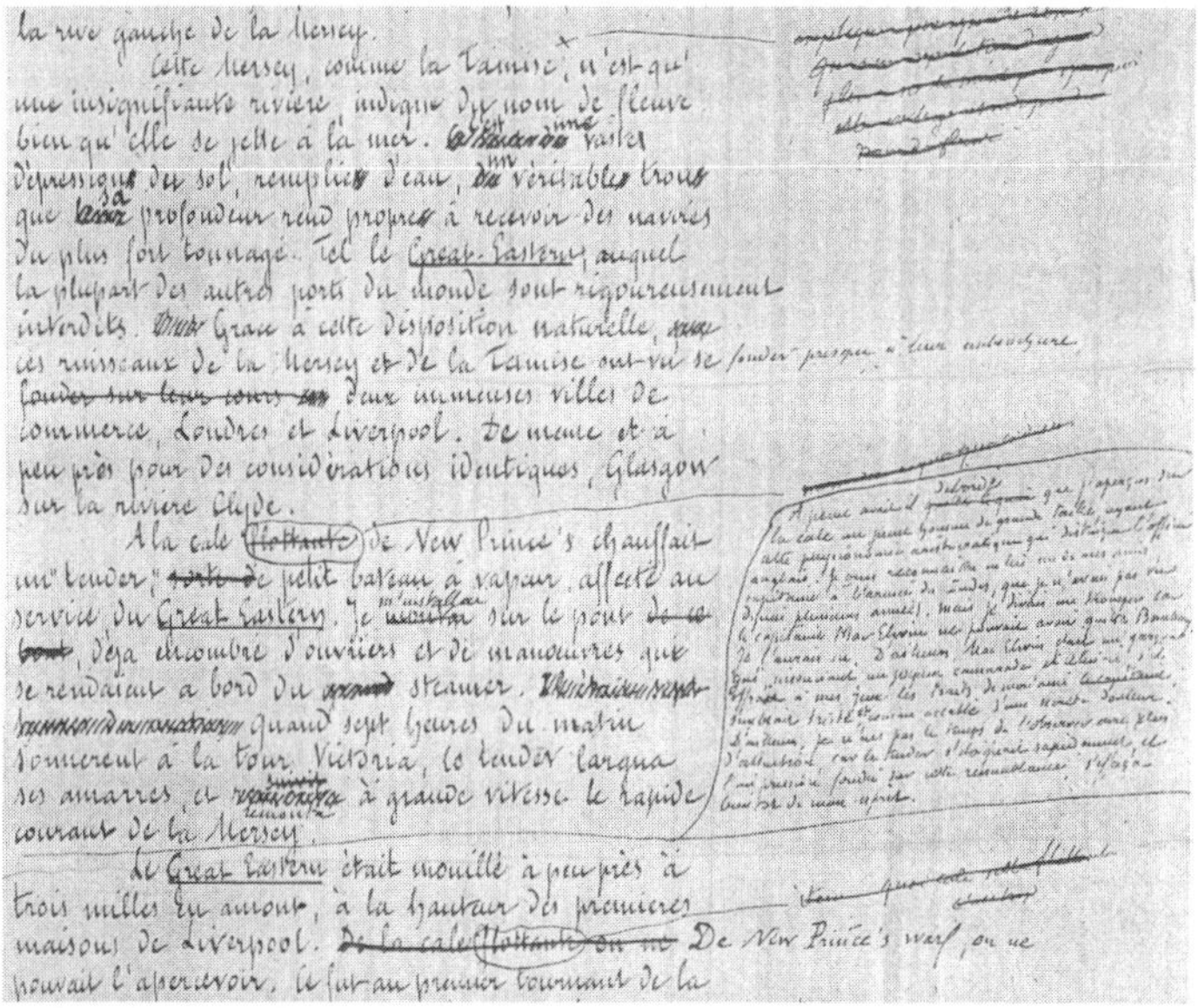

la rive gauche de la Mersey.

Cette Mersey, comme la Tamise, n'est qu'une insignifiante rivière, indigne du nom de fleuve bien qu'elle se jette à la mer. C'est une vaste dépression du sol, remplie d'eau, un véritable trou que sa profondeur rend propre à recevoir des navires du plus fort tonnage. Tel le Great-Eastern, auquel la plupart des autres ports du monde sont rigoureusement interdits. Grâce à cette disposition naturelle, ces ruisseaux de la Mersey et de la Tamise ont vu se fonder presque à leur embouchure deux immenses villes de commerce, Londres et Liverpool. De même et à peu près pour des considérations identiques, Glasgow sur la rivière Clyde.

A la cale de New Prince's chauffait un "tender", petit bateau à vapeur affecté au service du Great-Eastern. Je m'installai sur le pont, déjà encombré d'ouvriers et de manœuvres qui se rendaient à bord du steamer. Quand sept heures du matin sonnèrent à la tour Victoria, le tender largua ses amarres et remonta à grande vitesse le rapide courant de la Mersey.

Le Great-Eastern était mouillé à peu près à trois milles en amont, à la hauteur des premières maisons de Liverpool. De New Prince's warf, on ne pouvait l'apercevoir. Ce fut au premier tournant de la

エッツェルのコメント（右）の入った『洋上都市』の原稿（ナント市立図書館蔵）

〈アホウドリ号〉（『征服者ロビュール』挿絵）

く。そして例によって、作品のタイトル、テーマ、筋書、人物像、描写の細部がちくいち議論されてゆく。それによると、タイトルは、「空中の征服」、「地上の鳥瞰」、「空中旅行」、「ロビュールと〈あほうどり号〉」、「〈あほうどり号〉の司令官」、「〈あほうどり号〉の旅行」、「空の征服者ロビュール」などと転々とさまざまな案が浮上したことがわかる。

この作品をめぐるふたりのやりとりは、一八八五年の二月二日から八六年の二月二十三日までほぼ一年間つづいているが、エッツェルは八六年三月十七日に亡くなっているので、ほとんど死の直前までエッツェルはヴェルヌの原稿を検討していたことになる。その検討はどの程度のレベルでなされていたのであろう。そのまえに、和訳で読める機会があまりないこの物語のあらすじを紹介しておこう。

フィラデルフィアで気球の研究をしているウェルドン研究所の面々が集会を開いて、飛行機より軽い気球を称えているところから物語ははじまる、そこに、ロビュールと名乗る人物があらわれ、大空を制するのは飛行機だと演説するので、会員たちの憤激を買う。ロビュールはその夜、会長のプルーデント、事務局長のエヴァンス、プルーデントの下男の黒人フライコリンを拉致して、八四器のプロペラで飛行する〈アホウドリ号〉に乗せて、その性能を見せつけようと、〈アホウドリ号〉の乗組員八名とともに一週間の世界一周の航行に向かう。

〈アホウドリ号〉は、アメリカ大陸を横断して北に向かい、日本、中国、アジア大陸、ヨーロッパ大陸、南極、南アメリカと航行し、ふたたびアメリカに戻るという航路をとる。その途中、

〈アホウドリ号〉は、人身御供《ひとみごくう》になりそうな人々や、遭難したフランスのボートを救ったりする。やがて、嵐に巻きこまれて損傷したのでチャタム島に着地したときに、プルーデントらは〈アホウドリ号〉に爆薬を仕掛けて脱出する。〈アホウドリ号〉はやがて海上で爆発し、脱出したプルーデントらは島民に空から降りてきた神としてあがめられているうち、島に寄った船を乗りついで、無事フィラデルフィアに帰還する。ロビュールと乗組員も海上で奇跡的に救助されていた。

それから七カ月後、プルーデントらは巨大気球〈ゴー・アヘッド号〉を広場から打ち上げると、ロビュールはあらたに建造された第二の〈アホウドリ号〉で飛来してくる。一方気球は高く上昇しすぎて、破れてしまう。そこでロビュールは、プルーデントらを助けて地上に降ろし、人類が進歩から利益を引きだすようになるまで姿を消そうといったせりふを投げて、消えてゆく。

さて、エッツェルはその原稿を読了し、一八八五年五月二十九日付の手紙でつぎのように批評する。まず「わたしは『ロビュール』を読了しました」とはじめる。そして、「拉致のあとと、ロビュールが通過する場所の列挙になると面白くなくなるが、ダイナマイトの導火線が点火される瞬間からまた面白くなってくる〔プルーデントとエヴァンスが〈あほうどり号〉から脱出をはかるためにダイナマイトをしかけるくだりのこと〕。でもいいですか、ロビュールがたどった経路が面白くなければ、旅行自身にはなんの興味も湧かないのです」と切り出す。また、ロビュールに誘拐されたふたりの人物もそれらしく描かれていないと登場人物の描写に注文をつけて、つぎのようにつづける。

高尚で高潔な感情が欠けている点が、あなたの本全体に影響を及ぼしています。そして、このふたりの決闘から、なにものにも代えがたい倫理的な興味を奪いとっているのです。技師がふたりともでないにしても、少なくともひとりだけは正義感に感化されているようにして、科学への愛が心の中でまさってくるようにしなければいけません。

このことをよく考えて下さい。旅行は面白くして下さい。

〈あほうどり号〉と気球との最期の決闘については、いうべきことがたくさんあります。わたしは、ロビュールが飛行船を捕獲して、飛行船をふたりの敵とともに地上に連れもどすのは、彼らを危険にさらしたあとでというのではなく、その反対に、空中で彼らの装置と乗物が故障したためロビュールが彼らを救助したあとにして、もしロビュールに救助されなければふたりとも破滅したであろうという方がよいと思いました。ロビュールはふたりを地上におろし、自分は着陸しないのです。彼が飛び去るという結末にもしあなたが執着するならばですが。みなに拍手喝采されて、ロビュールは、自分の成功がふたりの有名で尊敬すべき技師の情熱に火をつけたが、それは結局、ふたりの精神状態が空中の征服がもたらす途方もない革命にたいしておそらくいまだ用意ができていないことを自分に見せつけることになったと、群衆に向かって、語って、飛び去るのです。そして、「なにごとも、進歩についてでさえ時期尚早であってはならない。彼〔ロビュール〕があまりに早く死なねばならないとしても、彼の秘密は失われることなく、忠実な受け手のもとに残されるのである。その受け手は、人類が彼の発明の恩恵をうけいれる準備が今よりできていると信じ、一九〇〇年にはすべての人々にその秘密を明かすことになろう」ともいうのです。

あなたに伝えたいことをもっとうまく書くには、頭痛がひどすぎるのです〔じっさい、晩年エッツェルは頭痛に悩まされていた〕。

あなたの黒人についてはもっとうまく使わねばなりません。泣きわめかせたり、悲鳴をあげさせたりするかわりに、可能な限り、つぎのようにいうだけの図体の大きい無邪気な子どもに描かねばなりません。「わたしはここから出てしまいたい——ここにきたのは残念だ——だれかわたしを地上に戻してくれればよいのに——フライコリン〔黒人の名前〕は空中にいるのはいやでいやでしようがない——フライコリンは鳥になりたくない——ここから出てゆこう！　ここから出てゆこう！——おれを空の上に運んだのはとんでもない間違いだ！——フライコリンのかみさんが待っている——かみさんはフライコリンの帰りが遅すぎるといって怒るだろう」と。そして、忘れてはいけません。彼をロープの先につけたり、吊り籠や網やなにかほかのもののなかに押しこめたりするとき、非人間的にするのでなく、滑稽な感じにするのです。

また、空の旅に事件を散りばめなさい。それが、描写を生かすことになります。旅が面白くなるのは、巧みな思いつきの面白い細部からです。あなたの二番目の仕事は、それを可能にすることです。

手短にいいましょう——あなたの本はもうできあがっていますが、それはいくつかの数珠玉でできあがっているのです。その珠に通す糸として、面白さという糸を全体に通さねばなりません。というのも、その糸がまだありませんからね。

わたしは、ロビュールにとってアメリカ人がごろつきであるほどには、アメリカ人にとってロビュールがごろつきであるとは考えていません。ロビュールはアメリカ人をたいへん寛大にたいへんあっさりと、無償で救い――そして消えてゆかねばなりません。

敬具

エッツェル（V・H）

これだけ注文をつけてもエッツェルはいい足りなかったようで、追伸で『マチアス・サンドルフ』の「ル・タン」紙の連載についてのべたあと、つぎのようにつけくわえている。

(1) 旅のはじめでは、技術者たちがただの気球マニアというのはけっこうですが、徐々にでもふたりが互いをライヴァルとして感嘆するようにならないという運びについては、うけいれられません――ロビュールについては、もしロビュールがふたりの技術者を拉致するとき、自分を軽蔑したことへの復讐しか彼の念頭になかったとすれば、あなたは彼を俗物にしてしまいます。彼の真の考え、彼の偉大な考えは、真理と技術者たちにさえ役立つ教訓を彼らにさずけるというものです。それ以下に墜ちては低俗になり、なにも書きされていないということになります〔この部分、欄外の書き込みで完全な判読不能〕。コミックというのは、それが所をえているときに、いっそううまく出せるものです。

(2) あなたはこの作品の第三の典型的人物に、ネモとハテラスの力と高邁さをつけくわえるのをおそれているように見えますが、それはたいへんなまちがいです。『ロビュール』はそうしたすぐれた人物の三部作を完成する作品となるべきです。そうでなければ、『ロビュール』は失敗作となるでしょう。『ロビュール』を創作するとき、三部作の一角にならなかったり、できなかったとすれば、失敗作でしょう。安易な人物になるように書いてはなりません〔この辺も判読不明〕。あまりに手軽であってはなりません。

等々と、ヴェルヌの創作へのコメントがつづくのである。晩年にいたるまで、エッツェルがいかにヴェルヌの教師であり、導き手であろうとしたかがわかるというものである。ふつうこれほどに編集者が執筆者に介入するものであろうかと、驚くほかない。しかしエッツェルは、さいごのさいごまで文字どおりおどしたりすかしたりして、ヴェルヌに書き直しを指示している。しかし、それにたいして、ヴェルヌも断固として自己主張をする一方、できるかぎりエッツェルの忠告も受けいれようとする。前記の手紙に対するヴェルヌの返事を見てみよう。

アミアン、一八八五年六月四日

親愛なるエッツェル、

あなたの二通のお手紙と原稿拝受いたしました。よく考えたあと、つぎのようにお返事せねばなりません。

小説の冒頭でも、全体の書きかたでも、あのような調子をあたえたのは理由がないわけではありません。あなたは、小説をヒロイックで叙情的な面からごらんになっていますが、わたしはフアンタスチックで諧謔的で、固苦しくない面から考えています。さもなければ、わたしは書かなかったでしょう。

とはいえ、ロビュールにもっと高尚な調子をあたえることはできます。しかし、彼の競争相手については、技術者にさえしてはなりません。そうではなくて、気球マニアのゴダール兄弟〔ナダールとともに気球打上げに熱中したウジェーヌ、ルイ、ジュールのゴダール兄弟のこと〕の輩です。それ以外の何者でもありません。

疑いないことは、旅に興味が欠けていることです。ロビュールはその気球マニアがまさにやりたい旅を彼らにさせているのですから、旅にそれ以上のものをつけくわえる必要があるでしょうか？　これほどにたしかなことはありませんね。それにこの時点で、あなたはうけいれがたい科学的誤謬におちいっています。ちがうのです、気ちがいでなければ、気球で世界一周というアイデアなど思いつくことはありません。このアイデアをムードン〔ムードン軍事気球学校のこと〕のクレップ隊長やルナール隊長に提案してご覧なさい！　ふたりは、この世界一周を実行するために十年はかけるでしょう。そこで、ロビュールは、自分の乗物だったら、一週間でそれができるとふたりにいうことがまさに必要なのです！

そんなわけで、もし可能ならば、旅行中の新たな事件を導入するようつとめるつもりです。

一、ふたりのマニアはロビュールにとって執念深い敵である（心中ではロビュールの飛行船が優れていることをみとめながらも）。

二、ロビュールは自分の秘密を保持するためにわれわれを決して釈放しないだろうと、ふたりが考えていることが必要です。さもなければ、脱走と復讐という構想はあきらめねばなりませんし、この脱走という――なによりも取っておきたい――劇的効果をすべて失ってしまいます。

わたしは今まで大勢の召使をつくり出していますから、ここで臆病な召使をつくらないという理由はありません。というのも、こんどの召使は黒人であり、ある程度は書き直すこともできますから。

つけくわえて申し上げれば、作品のそこここで、現代科学と矛盾しないかぎりはあなたのご意見を考慮にいれねばなりません。

さいごに、あなたが指摘された方向で結末を手直しするつもりです。あなたが結末についてお書き下さったのは、うまい着想です。空中での争いの代わりに、わたしは救助の場面を設定します。そして、ロビュールは熱狂した大衆にあなたが彼にいわせようとしていることばを投げかけるのです。これで、ロビュールの調子はぐんと高まるでしょう。救助は攻撃よりも十倍も価値があります。わたしは救助がよいと喜んでみとめます。

しかし、さいごが通俗的になるのはだめです。飛行船が飛ぶのもだめです。ロビュールは彼の世紀より進みすぎているのです。彼は消えてゆきますが、その秘密は彼とともに失われることはありません。

以上、簡単にお答えしました。(V・H)

さて、結局ヴェルヌはエッツェルの助言・注文をどれほど受けいれたであろうか。書き直しの過程の資料を見ることができないので具体的な直しをたしかめることができないが、とにかく結果として全面的にヴェルヌは原稿に手をいれ、エッツェルの注文を大幅に受けいれたのは確実である。誘拐されるアメリカ人の気球派とロビュールという飛行機派の対立を誇張して面白おかしくドラマを進めるという形でのコミカルな描写法は貫きながら、アメリカ人を拉致してからのロビュールの発明した無数のプロペラつきの飛行機による世界一周旅行には、エッツェルの注文にしたがってさまざまな事件を増やして、ちりばめたあとがある。

　アメリカから日本、中国、アジア大陸、ヨーロッパ大陸、南極、南アメリカと航行し、ふたたびアメリカにもどるという航路は、まさに八〇日を八日にちぢめた『八十日間世界一周』の空中版であり、また『海底二万里』の〈ノーチラス号〉の空中版である。途中でクジラを追ったり、まるで〈ノーチラス号〉と同じように引き網で海の幸をさらったり、南極まで航路をのばしたりしている。こうして、ロビュールは「空中のネモ船長」に昇華して、ネモ船長のように忽然と消えてゆく。

　そのさいごの場面では、なんとエッツェルはロビュールが吐く台詞までヴェルヌに伝えている。それを、いかにヴェルヌが生かしたかは、つぎに引用するこの小説の結末場面を読めば、明らかであろう。ロビュールがアメリカ人の気球におそいかかったのち、ふたりのアメリカ人を救助して地上におろしたあとの（エッツェルの助言に沿った設定）場面である。

〈あほうどり号〉は、地上二メートルのところで停止した。そこで、深い沈黙のあと、技術者〔ロビュール〕の声が聞こえた。

「合衆国の市民諸君」彼はいった。「ウェルドン研究所の会長と事務局長は、ふたたびわが手中にある。彼らを拘留したのは、復讐の権利を行使するためにのみである。しかし〈あほうどり号〉の成功が彼らの心に情熱の火を燃え上がらせたのを見ながら、わたしには、空中の征服がいつかもたらすであろう重大な革命に彼らの精神がいまだ用意できていないことがわかった。アンクル・プルーデントとフィル・エヴァンス、君たちは自由だ！」

ウェルドン研究所の会長、事務局長、乗組員、助手の面々は、地上に降り立つには、飛び降りさえすればよかった。

〈あほうどり号〉はたちまち、群衆の頭上十メートルほどに上昇した。

「合衆国の市民諸君」彼はいった。「わたしの実験はおわった。しかし、なにごとも、進歩についてでさえ時期尚早であってはならないというのが、今後のわたしの意見だ。科学は習俗に先走ってはならない。実現すべきは革命ではなく、進化なのだ。一言でいえば、然るべき時になってはじめて、目標に到達しなければならない。矛盾し分裂した利害を克服するには、わたしは今、あまりに早く目標に到達しすぎた。さまざまな国家は、糾合するにはいまだ成熟してはいないのだ。

わたしはだから、出発する。わたしはわたしの秘密を運び去ってゆこう。しかし、人類にとって秘密が失われることはない。人類がそこから利益を引き出すほど十分に知識をたくわえ、それを乱用しないほど十分に賢くなった日に、それは人類のものとなろう。ではまた、合衆国の市民諸君。ではまた！」

そして、〈あほうどり号〉は八四器ものプロペラで空気を打ち、極限まで作動させた推進プロペラに運ばれて、今は感嘆の声と化した万歳の嵐のさなか、西に消えていった。

ウェルドン研究所のすべてのメンバー同様に、ふたりの仲間は深く辱められ、なすべきただひとつのことを実行した。つまり、自分らの家に帰宅したのである。一方、群衆は態度を豹変させて、ふたりに、そのときにふさわしい最高の侮蔑を浴びせた！

…………………………

そして、今ではいつもこうした疑問がのこっている。「あのロビュールとは何者だ？　われわれは彼を知ることがあろうか？」

今われわれは知っている。ロビュール、それは未来の科学、おそらく明日の科学なのだと。それは、未来へのたしかな備えなのだ。

〈あほうどり号〉についていえば、地球上の空中を、誰も奪い取ることのできない領界を、いまだ旅行しているのであろうか？　それを疑うことはできない。征服者ロビュールは、予告したようにいつかまた現われるだろうか？　然り！　彼は、世界の社会的・政治的な条件に変革をもたらしうる発明の秘密を明かしにくるであろう。

空中旅行は、気球のものではなく、航空船のものである。

空の征服は最終的には〈あほうどり号〉のためにのこされているのである。

これが、『征服者ロビュール』の末尾である。傍線をつけたくだりでは、エッツェルが手紙で提案している文意をほぼ取り入れているばかりか、全体として、時代に早すぎて登場した英雄としてロビュールがその秘密を後世に託して消える結末は、エッツェルの考えを反映している。

このように、エッツェルは最後の最後までヴェルヌの作品に自己の刻印を押しつづけ、ついに一八八六年の三月十七日に永眠した。エッツェル書店は息子のルイ＝ジュール・エッツェルに引き継がれ、ヴェルヌはその後もエッツェル書店のために、「教育娯楽雑誌」のために、書きつづける。しかし、ヴェルヌにとって、エッツェルという重石はなくなったのである。その心中は複雑であったであろうと思われる。牽引してくれる指導者を、精神の父をうしなったという喪失感とともに、これからは自由に書けるという解放感も味わったにちがいない。こうしてヴェルヌは、エッツェルの死後ロビュールを『世界の支配者』（一九〇四）で再登場させることになるが、ここではロビュールは自己の発明に取りつかれたほとんど狂気の人となって、〈アホウドリ号〉を嵐の空中めがけて上昇させて、墜落してしまう。ここには、エッツェル風のヒューマニズムと未来への確信は影をひそめ、神をこえて破滅する超人と化し、未来の科学の影の部分を予言するヴェルヌの側面が引き出されている。

とはいえヴェルヌは、エッツェルの描いた軌道を大きくふみはずすこともなかったといえる。ヴェルヌの死後書かれた代表的な傑作に、日本で『十五少年漂流記』として知られている『二年間の休暇』があるが、ここに描かれた少年たちによる無人島での冒険と、人種と性格からくる葛藤のはてにつくりあげる協同生活のドラマなどは、エッツェルが生きていたなら絶賛したであろう。

第十二章　外国へのまなざし

ツルゲーネフとエッツェル　十八世紀のフランスは、文字どおりヨーロッパの政治的・文化的中心地であった。そのため、外交では主要なことばとしてフランス語が使われ、またフランス語を通してヨーロッパの文化人はフランスの文化を吸収し、享受していた。フランス革命、ナポレオンのヨーロッパ大陸の席巻、ナポレオンの敗北という流れのなかで、文学の領域ではイギリス、ドイツの影響がフランスにもはげしい勢いで流入してきたが、十九世紀にはいっても、フランスは依然としてヨーロッパである程度の優位を保ち、フランスの文芸雑誌はヨーロッパ中で読まれた。ということは、外国の文化人はフランス語が読めたからである。とりわけ、ロシアの上流社会ではフランス語をあやつることは必須にちかいことであり、社交界でフランス語が飛び交っている情景は、トルストイやドストエフスキーの小説に描かれているとおりである。トルストイもドストエフスキーもフランス文学の愛読者であり、トルストイはとりわけヴィクトル・ユゴーを愛読し、バルザックを愛読したドストエフスキーは、『ゴリオ爺さん』や『ウェジェニー・グランデ』をロシア語に訳し、いずれもその影響をうけたあとがある。

ポーリーヌ・ヴィアルド
(ペ・エフ・ソコロク画)

ツルゲーネフ
(ポーリーヌ・ヴィアルド画，フランス国立図書館蔵)

そんななかで、後半生のほとんどをフランスで過ごし、フランスで客死をとげたロシアの作家があらわれた。ロシアで「西欧派」と目されていたツルゲーネフであるが、彼が西欧文化の洗礼をうけたのは、じつはベルリンであった。ベルリンは当時ロシアの青年のあこがれの地であり、彼もベルリン大学に留学していたからである。帰国して、ベリンスキーに絶賛された物語詩『パラーシャ』などを創作して、文学者の道を歩もうとしていた時期の一八四三年、フランスから歌劇団が巡業に訪れた。そのなかに、ポーリーヌ・ヴィアルド＝ガルシア（一八二一—一九一〇）という女流歌手がいた。グノー、リスト、ワーグナーなどの大作曲家がその才能に惚れこんだというほど才能にあふれ、必ずしも美貌というわけではないにしても魅惑的な名歌手であった。父がテノール歌手で、姉に名声をほしいままにしたマリブランという有名歌手をもつという生まれで、ピアノをリストに学び、作曲をし、絵も描くといった

(ツルゲーネフの肖像画も残している)、才女であった。

ベルリンで音楽の素養を身につけていたツルゲーネフは、たちまちポーリーヌに愛の炎を燃やすこととなり、やがて、彼女をパリまで追っていった。といって、すでに彼女は、サンドがとりもつ縁で、イタリア座の支配人をしていた二十一歳年上のルイ・ヴィアルドと結婚しているという身であった。しかしその後も、ツルゲーネフは、この有夫の女性との稀にみる長い愛情関係を保つこととなった。ツルゲーネフはヴィアルド家がパリからバーデン・バーデンの別荘に転居すると、そのとなりの広大な土地を買い取って、城のように立派な別荘を建てて、ブラームス、リスト、ルビンシュタイン、ワーグナーなどの音楽家が集《つど》うなかにくわわり、彼女の才能をたたえる散文詩『とどまれかし』(一八七九)を創作したり、オペレッタの台本を書いて、彼女に作曲をさせたりしている。普仏戦争が起きるとともに、ヴィアルド家がロンドンに移ると、そのあとを追い、ヴィアルド家がパリにもどると、その家の階上に住むというぐあいであった。さらに、ヴィアルド家が夏をパリ郊外のブージヴァルの別荘で過ごすようになると、自分もブージヴァルで別荘を手にいれるほどに、ヴィアルド家に密着していた。その仲はむろん夫公認であり、一八八三年に息を引き取ったのも、そのヴィアルド家の別荘においてであった。文字通り「濡れ落ち葉」のごとくヴィアルド夫人にはりついた半生であったが、じっさいにツルゲーネフと夫人がどの程度に深い仲であったかは、謎につつまれているようだが、深い仲という推測もなされている(小椋公人『ツルゲーネフ――生涯と作品』法政大学出版局、佐藤清郎『ツルゲーネフの生涯』筑摩書房などを参照)。

ところで夫のヴィアルドも、劇場支配人、作家、批評家、芸術学者と多方面の活躍をしていたが、彼はエッツェルの古くからの友人であった。というのも、エッツェルによる一八四〇年刊の『動物の私的公的生活情景』に、ヴィアルドが「肖像画家トパーズ」という作品を執筆したからである。このヴィアルド家にツルゲーネフがぴったりはりついていることは周知のことであり、むろんエッツェルの知るところであった。

さて、ロシア文学の紹介者のメリメなどの努力もあずかって、プーシキン、ゴーゴリ、ツルゲーネフなどの作品が翻訳されるようになり、ツルゲーネフ自身のフランスでの文名も徐々に上がりはじめていた。

一八五九年の八月に、エッツェルは、ヴィアルドにたいしてツルゲーネフへの紹介を依頼している。それから、エッツェルとツルゲーネフの文通がはじまったと思われる。エッツェルは、ツルゲーネフと知り合うと、さっそく編集者として接したようで、その結果、一八五九年に「ルヴュ・コンタンポレーヌ」誌に掲載された『貴族の巣』（ソロウーブ伯とA・ド・ロンヌ共訳）を単行本として六一年に刊行している。また、六二年には『ルージン』を、ツルゲーネフとルイ・ヴィアルド共訳で刊行し、コレクション・エッツェルにいれている（『余計者の日記』、『三つの出会い』も所収）。

しかしエッツェルは、商魂たくましく、同時にロシアでエッツェル書店の本を刊行することを夢見ていた。たしかに、一部の文化人はフランス語でフランスの本を読んでいるという状況がある。しかし、広大なロシアには無数の読者がいるはずである。その読者を獲得するには、ロシア語に訳して、ロシアに本を売るしかない。やがてヴェルヌの作品のロシア語訳でロシアの読者を広くつかむようになり、その後ロシア、ソヴィエトでは、外国文学のなかでヴェルヌの作品はもっとも読まれるものとなるが、その種をエッツェルは撒こうとしていたのである。そして、ロシアでの販売網を広げようとしていた。そのため、すでにヴォルフという人物をエッツェル書店のエージェントとしていた。こうしたとき、ロシアで売るエッツェル書店の本としてエッツェルに浮かんできたのが、フランスで大成功をした『ペロー童話集』であった。ツルゲーネフという有名作家によるロシア語訳なら、どんなにロシアの読者に読まれるだろうというわけである。

　こうして、約二年後の一八六二年七月に、ロシアに赴いていたエッツェルの友人のドゥプレ〔ツルゲーネフとつき合いのあるボルドーのワイン商人で商用のためしばしばロシアに赴き、エッツェルにも情報をもたらしていた〕が、以下のようなツルゲーネフの手紙をたずさえてきた。

> たいへんに遠い地まで猟にでかけていて、昨日やっと帰ったところで、あなたがドゥプレ氏にあずけられたお手紙を拝受しました。取り急ぎご返事しますが、あなたの申し出を喜んでお受けします。ペローを翻訳するというのは、まことに幸運です――そして、あなたはヴォルフ氏に、わたしが引き受けたとお知らせになっても結構です。ペテルスブルグに立ちよるときに彼に会うつもりです――三、四週間後になりますが。ヴォリュームがあるとはいえなくとも、たいへん念入りにせねばならぬ作品の訳を、そのときまでに仕上げる望みはもてません（ペローを訳すのは幸運と申し上げましたが――それはまた危険でもあります）。いずれにせよ、秋までには、わたしの仕事は終わっています。パリにゆく前にバーデンに一カ月過ごすつもりです。それは、九月のおわりごろになるでしょう――そんなわけで、わたしの返事はウイ〔イエス〕です――そしてわた

しはまた有難うとも申します。
心からの握手を致します。（P・B第二十章）

つまり、エッツェルはツルゲーネフに、前年の一八六一年にギュスターヴ・ドレの挿絵で刊行し、話題となった記念碑的な豪華本『ペロー童話集』のロシア語訳をツルゲーネフに依頼したのである。それにたいするツルゲーネフの反応は、「幸運」であると喜んで引き受ける一方、その訳業を軽い仕事とはみずに、「危険でもあります」と慎重な姿勢をみせていた。ツルゲーネフの訳にエッツェルは大きな期待をかけながら、じつに辛抱強く待ったようである。ヴィアルド夫人とのつながりとはいえ、なにしろ、世界的な文名をあげつつあった大作家による、しかもロシアきってのフランス通の作家によるペロー訳である。結局、エッツェルは三年間も待つことになった。

そして、三年後の一八六五年二月八日になって、エッツェルはヴィアルドにパリ滞在中のツルゲーネフの動静を聞いたのである。それを知って、ツルゲーネフ自身が、二月二十七日まではパリのパッシーにとどまり、「あなたに、ペローの訳をお渡しするまではパリを離れません」と書き送った。

しかし、じつはそのときツルゲーネフは二十五日に結婚式をあげた娘のことで、気もそぞろであったのだ。ツルゲーネフの娘は、お針子をしていた農奴とのあいだに生まれた一人娘ポーリーナ〔ペラゲーヤ〕で、ツルゲーネフがヴィアルド家に送りこんでその世話になっていたところ、縁あってパリ郊外でガラス工場を経営していたガストン・ブリューエルという人と結婚することになったのである。ツルゲーネフはこの結婚で娘が幸福になることを心から望んでいたという。しかし、その後夫は破産し、ポーリーナはスイスに逃れたという。

ともあれ、ツルゲーネフは約束をはたさずに、娘が結婚するやロシアに帰ってしまった。ヴィアルド夫人のポーリーヌも、そのことを心配して、エッツェルにつぎのように書き送っている。

彼〔ツルゲーネフ〕は出発前にあなたに『ペロー童話』の序文を送ったと思っていました。少なくとも、出発前の数日はそれに専念していたのはたしかです。その証拠に、ペローの伝記的な細部とその作品についてのいくらかの評価について参考にしようと、彼はわたしからサント＝ブーヴの『月曜閑談』を持っていきました〔サント＝ブーヴは、エッツェルのもとめに応じて、『ペロー童話集』について好意的に論じていた〕。だから、そのはしがきは期待できますよ。まだそちらの手に渡っていないとしても、やがて届きますよ。（P・B第二十二章）

八月五日に、保養地バーデン・バーデンからツルゲーネフの手紙がまた届いた。それによると、「話題になるだけで白目までも赤くなる、ずっと以前に完成してできていなければならなかったはずの、そのあわれな解説」を、冬までには「念入りに直すつもりだ」と書き送る。しかし結局、「解説」も訳もエッツェルのもとには届かず、ツルゲーネフのペロー訳は幻におわった。

とはいえ、「解説」はきちんと書かれたようである。というのは、一八六七年にペテルスブルグで刊行された別人訳の『ペロー童話集』に、ツルゲーネフの「解説」がつけられたからである。しかも、挿絵にはエッツェル版『ペロー童話集』にあるギュスターヴ・ドレのものがつけられているから、当然エッツェル公認の掲載であろう。

しかし、こうしたことによってツルゲーネフとエッツェルとの友情が絶えることはなかった。すでにのべたように、エッツェルはツルゲーネフの小説をすでに二点刊行しているが、やがてツルゲネーフ後期の傑作『けむり』も刊行することになる。そもそも、ツルゲーネフは『けむり』執筆中にも（一八六二年十一月から六七年一月まで、バーデン・バーデンで執筆された）、エッツェルに筋書についての意見をもとめていたことが、以下の手紙でも推察できる。

> わたしの原稿〔『けむり』の原稿であるが、仏訳原稿と思われる〕をお送りします。1、お読み下さってこれでよいか率直に意見をおっしゃって下さい。2、このままで刊行するつもりはありません。終わりの方で主人公《ヒーロー》（ヒーローとはとうていいえない存在ですが）が最初の恋の情熱にもどってくる場面をいれることがどうしても必要です――そして、それが彼を追い払うのです。――でなければ、あまりに非道徳的です――これは決まっている構想です――そして、これについては、もう話題にしません。
> （日付なしで月曜とのみ記されている――P・B第二十二章）

『けむり』は、保養地のバーデン・バーデンにたむろするロシアの人々の生態を主人公リトヴィーノフの恋愛事件を通して描いた作品であるが、とりわけヒロインのイリーナはツルゲーネフの描いた女性のなかでも特異なものとされ、その謎めいた心理と行動は、最終的に主人公を悪夢の世界に引きこんでゆくことになる。この文面は、主人公のリトヴィーノフが、むかし失恋した女性イリーナと再会したのち、イリーナの誘いにのって許嫁を捨てて駆落ちをする寸前で、イリーナの方が駆落ちをことわり、リトヴィーノフの情熱が宙に浮く場面のことを指していると思われる。

それについてエッツェルに意見をもとめたのは、エッツェルの批評眼を信頼していたのと、フランスの読者を視野にいれてのことと思われる。といっても、ツルゲネーフは「これはもう決まっている構想です」と居直っていることから、かりにエッツェルが意見をいっても、もう受けいれる余地はないと宣言しているようなものである。

やがて『けむり』は完成され、六七年四月に「ロシア報知」に発表されることとなるが、同年のうちにフランスの「コレスポンダン」誌にツルゲーネフとメリメ監修のオーギュスタン・ガリツィン〔ロシア語表記では、ゴリツィン・アウグスティン・ペトローヴィチ〕の訳が掲載され、ついでドゥニオル社から単行本が刊行されているので、執筆の最終段階ではほとんど同時進行で仏訳が準備され、それをエッツェルに見せたと思われる。

エッツェルは『けむり』を高く評価したようで、ツルゲーネフは一八六七年十二月三日付のエッツェル宛の手紙で、「あなたのお手紙を受け取ったところです。わたしの『けむり』についてのあなたのご意見はわたしに限りない喜びをあたえてくれました。あなたはよき友です——またよき審判官です。そして、あなたの称賛のおかげで、わたしの足はしっかりと立つことができます」（アカデミー版『ツルゲーネフ全集』書簡編）と感謝している。おそらく、道徳性を重んじるエッツェルは、主人公の駆落ちが失敗するくだりにはもちろん賛同するとともに、ロシアの土着的な世界に距離をおく主人公のありかたと、ロシア貴族の事大主義を描いた内容をも評価したものと推測される。
ツルゲーネフのこの手紙はエッツェルに同作品の刊行をみとめたようなものであって（あるいはその約束がすでにされていたかも知れないが）、翌年の一八六八年にエッツェルは同書の仏訳を刊行している。「コレスポンダン」誌掲載からの抜粋であったドゥニオル社刊の『けむり』は一八六頁である一方、エッツェル書店のものは三三七頁の増補版であった。つまり、本格的な仏訳『けむり』はエッツェルによって刊行されたのである。

さらにメリメは、一八六八年五月二十五日に「モニトゥール・ユニヴェルセル」紙に『けむり』などを論じた「イヴァン・ツルゲーネフ」を発表した。ツルゲーネフはそれを読んでさっそくエッツェルに「彼〔メリメ〕が『けむり』の冒頭にその記事を載せることに同意してくれることを疑っていません」（五月二十八日）と書き送る。メリメもそれに応えて、「イヴァン・ツルゲーネフ氏はわたしの記事を『けむり』の新版にいれることを望んでいます。わたしは彼が喜んでくれてうれしいと思います」とエッツェルに書く（五月三十一日）。こうして、エッツェル版『けむり』の新版にはメリメの「解説」〔河出書房版『メリメ全集』に江口清訳「イヴァン・ツルゲーネフ」として邦訳〕がついた。このエッツェル版の『けむり』は一八八〇年までに六版を重ね、フランスで広く愛読されることとなる。

ここで、エッツェルによるその後のツルゲーネフの訳書の刊行を列挙すると、つぎのようになる。

『モスクワ物語』（メリメ訳で「ユダヤ人」、「ペトゥシコフ」、「犬」、「まぼろし」、ツルゲーネフ訳で「アヌーシカ」、「旅団長」、「エルグーノフ中尉の話」を収録〔但しツルゲーネフによると、メリメ訳は「犬」と「まぼろし」のみ──「個性」三一号所収、浦野進「プロ

スペール・メリメ」）、一八六九）

『春の水』（「春の水」、「ステップの貴族」を収録、一八七三）

『奇妙な物語集』（「奇妙な物語」、「ステップのリア王」、「トン、トン、トン」、「捨てられた女」を収録、一八七三）

『生きている聖遺物』（「生きている聖遺物」、「時計」、「物音がする」、「プーニンとバブーリン」、「われらのものが送られた」を収録、一八七六）

『処女地』（ツルゲーネフ、ルイ・ヴィアルド共訳、一八七七）

『最後の作品集《デルニエール・ウーヴル》』（「子供時代の回想」、「ウズラ」、「散文詩三十篇」、「細かすぎる」、「切れる糸（喜劇）」、「ニヒリストの回想」を収録、一八八五）

『最新作品集《ウーヴル・デルニエール》』（「フランソワ氏」、「愛の勝利の歌」、「死後（クララ・ミーリチ）」、「海の火事」にE・M・ド・ヴォーギュ「ツルゲーネフ、生涯と作品」、ルナン「弔辞」が添えられている。一八八五）

『ブルガリア人』（「前夜にて」も収録、アペリーヌ訳、一八八六）

一八八五年刊行の二点は、『最後の作品集』と『最新作品集』となっているが、これは前後の位置によって最後と最新という両義をもつ dernier という形容詞を、それぞれ前後につけた意味深長なタイトルである。じつはツルゲーネフは、二年前にすでに死去している。脊髄癌を病んでヴェルサイユの北にあるブージヴァルの町で療養中に一八八三年九月三日に亡くなっている。遺骸は遺言によりロシアに送られ、ペテルスブルグのヴォルコヴォ墓地にある批評家ベリンスキーの墓のとなりに埋葬された。そこで、未刊であったツルゲーネフの作品集は「最新」でもあり「最後」でもあるから、二通りの表現がなされたのであろう。ところが、すでにのべたようにエッツェル自身も、この最後の二作品集を刊行した翌年に死去することになるのだ。

ツルゲーネフの訳書はけっしてエッツェル書店の独占物ではなかったが、少なくとも点数からいってても代表的な書店であり、とりわけ、一八八五年の二点はエッツェルによるツルゲーネフ追悼の刊行といってよいだろう。

とにかく、エッツェルはツルゲーネフに多大の恩恵をうけていた。あとでふれるように、ヴェルヌの作品のロシア語の訳者となるマリー・マルコヴィッチを紹介されたこともそのひとつである。また、ロシアを舞台にしたヴェルヌの『ミシェル・ストロゴフ』については、執筆段階から犬の名前など多くの助言を得ていた（「少なくとも、ロシアの犬の名前についてはツルゲーネフに聞く必要があります」——七五年十月九日、ヴェルヌ宛エッツェル書簡）。同作品の校正をツルゲーネフに送ると、ツルゲーネフから「ヴェルヌの作品は真実性には欠けていますが、そんなことはなんでもありません。面白いじゃありませんか。真実性がない部分は、今の時代での——ブハラ＝ハン国（十六世紀初頭にウズベク族が建てた国で、現代のウズベキスタンにあたる）によるシベリア侵攻です。まるでオランダによってフランスが侵略された場面を描くようなものです」（七五年九月二十三日）などの感想がきた。するとエッツェルは、それをヴェルヌに紹介して執拗に書き直しをもとめ、ヴェルヌに同意させている。

ウクライナの物語『マルーシア』　一八七八年に、エッツェルは、P・＝G・スタールの筆名で、

『マルーシア』というロシアの侵略に抵抗するコサックの物語を刊行した。この筋書きについては後述するが、これを執筆するにあたっては、ヴェルヌのロシア語版の訳者であるマリー・マルコヴィッチ（通称マルコヴォフゾク、一八三四―一九〇七）が、大きくかかわっていた。そもそもエッツェルがこのマリー・マルコヴィッチを知ったのは、ツルゲーネフが一八六六年十月十三日の手紙でエッツェルに彼女を紹介してからである。以来ふたりのつき合いがはじまり、マルコヴィッチ夫人はヴェルヌの作品をロシア語に翻訳するようになり、また自分の著書のいくつかをエッツェル書店から刊行するようになったのである。

ところが、七八年ごろから、彼女からの音信が絶えた。そこで、エッツェルはたいへん心配するのであるが、さいわいロシアの寒村に引っこんで子どもの教育に専念していたマリーの住所をつきとめ、文通が再開された。一八八三年のことである。その年の九月にエッツェルは彼女から手紙をもらうことになる。すでに、ツルゲーネフが冥界に旅立ったばかりである。そして、エッツェルの健康も思わしくなくて、彼はマリー宛の手紙を人に口述している。

エッツェルが自分の手で書けないと知ってマリーはたいへん驚き、「わたしはいまだに体が震え、涙を流しています」（P・B第三十章）と冒頭にそのショックを語っている。そして、もう一旗あげたいが、自分も来年一月十五日には七十歳になり、かならずしも調子はよくないとこぼしてもいる。しかしエッツェルは、「フランスはロシア文学を愛し、ロシア人を愛しています。われわれの風俗とかならずしもかけはなれているわけではないあなた方の風俗を語ってくれれば、あるいはかけはなれていたとしても謎とか判じ絵でないようにわかりやすく語るときには、愛するのです」（P・

B第三十章）といって、彼女に仕事にもどるようにはげましたのである。

というのは、エッツェルはすでにマリーの原作をもとにしたP・＝J・スタール著という形で（マリーはマルコヴォフゾクという筆名を使っている）、『マルーシア』というウクライナの伝説を、一八七八年にシュレールの挿絵入りで刊行している。『マルーシア』は、一八七五年十二月に「ル・タン」紙に掲載され、ついで「教育娯楽雑誌」の二七巻に採録された。エッツェルは、この作品をじつはフランスの子どもに愛国心を鼓吹するために書いたのであって、挿絵を描いたシュレールの娘にささげた献辞には、つぎのようにある。

アルザス人の息子であるわたしは、『マルーシア』をアルザスの小さな女の友にささげます。彼女は、『マルーシア』の美しい挿絵を描いたテオフィール・シュレールの娘ですが、この挿絵はなんと、この高名なアルザスの挿絵画家が創作した最期の挿絵となってしまいました（シュレールは一八七八年に死去している）。『マルーシア』は、わたしが、万人を念頭におきながら子どものために書いた作品のなかで、わたしが気に入っている作品です。わたしは、これを、アルザスに目を向けて書きました。祖国への愛が生きている心の持主すべてにこの本が理解されればよいと、わたしは思わずにはいられません。（「教育娯楽雑誌」二七巻）

ここには、一八七〇年の普仏戦争での敗戦の傷をロシアのウクライナに託しているエッツェルの気持が読みとれるが、普仏戦争とパリ・コミューンについては、第十五章で、まとめて語ることにする。

ところで、マルコヴィッチ夫人とエッツェルとのあいだに交わされた書簡によると、まず、夫人がロシア語から仏訳したが、エッツェルはそれに満足せず、全体にわたって書き直したため、夫人は自分の名を出すことをためらったという事情から最終的に、マルコヴォフゾクという名を使って、「マルコヴォフゾク作による伝説をもとにしたP・＝J・スタール著」という形で刊行された。

ただ、『マルーシア』は、「ル・タン」紙連載のあと、一部剽窃された形跡がある。というのは、「教育娯楽雑誌」転載にさいして、エッツェルが書いたと思われる注がわざわざつけられて、前年の一八七七年にオデオン座で『マルーシア』と同じ伝説によるドゥルレード作の『首長』が上演されていているが、このふたつの作品はまったくちがうものから、「同じ国からふたつのかなりちがう話が生まれることがあることを証明している」（「教育娯楽雑誌」一八七八年、二七巻）と記されているからである。これはじつは鷹揚な表現で部分的な剽窃を指摘しているようにみえる。というのは、フランス人にも訴える筋書の物語なので、それを見こんで劇作がなされたと思われるからである。

『マルーシア』は、ロシアに侵略されたウクライナでロシアに必死の抵抗をしているコサックにまつわる物語である。ウクライナは、歴史的に、ポーランド、トルコ、ロシアの侵略と圧制に苦しんでいた。物語は、分裂状態にあったウクライナの首長《アタマン》同士を提携させてロシアを撃退する目的で、敵地を横断する吟遊詩人の危険な旅に同行する勇敢な少女マルーシアを描いている。前述したように、エッツェルは、この物語に、プロシアに侵略されたアルザス地方の悲劇を重ね合わせている。そして、乞食に身をやつして旅をし、さいごは少年の姿になって、ロシア兵とたたかい、ついに銃弾に撃たれて命を落とすマルーシアを「ジャンヌ・ダルク」にたとえている。まぎれもなく、これは「アルザスに目を向けて」書かれている。そして、原型はマルコヴィッチ夫人によっていても、文章と細部の表現はエッツェルによって書かれていると思われる。

その事情は、執筆当時のつぎのようなマルコヴィッチ夫人宛のあいかわらず厳しい手紙からも推測されよう。

わたしは、フランス語の『マルーシア』を、全体にわたって、またフランスの読者に向くように、書きなおしました。たしかに、もとの文章にとらわれないことが必要です。あなたの急ぎの訳では、あまりに茫漠と、茫漠とし、しばしば理解できませんから、字面にこだわると、フランスでは理解されないでしょう。（一八七五年八月三日――P・B第二十八章）

『マルーシア』挿絵

エッツェルはまた、ツルゲーネフに『マルーシア』の原稿をマルコヴィッチ夫人の元原稿とともに送り、意見をもとめている。とりわけ、フランスのアルザス＝ロレーヌの悲劇を念頭において書きなおしたが、ウクライナの物語としては、人名、地名、雰囲気や歴史的な背景の描写について、おかしいところがないかたずねている（八月二十一日手紙)。ツルゲーネフは「マルコヴィッチ夫人の物語はとてもまずいと思う」と酷評したが、テーマは若い読者を惹きつけるであろうし、不自然な描写はないと、八月三十一日に書き送っている。いずれにせよ、反ロシアの素朴な愛国主義につらぬかれた物語をツルゲーネフは、単純には評価できなかったのであろう。

マルコヴィッチ夫人の原稿を見ないと書き直しの細部をたしかめることはできないが(筆者は原稿の存在をたしかめていない)、このようなエッツェルの熱心な追求の結果、なによりもエッツェル特有のひきしまった表現と、いたるところでフランスの子どもとおとなを念頭においた愛国主義と、ロシアとウクライナをこえる感動的なヒューマニズムによって、心に残る名作が書かれたのである。その反響は大きく、エッツェルは得意であった。そして、「あの大きな赤ん坊のツルゲーネフが、この心優しく素朴な作品の成功にびっくり仰天しています」とグリオワ夫人に書き送ることとなる。

『マルーシア』への祝砲は、思いがけないところからも鳴りひびいた。シャルル・ブランが、バルザック夫人宅の食事の席上にあつまったポーランドの貴族の面々から『マルーシア』の出版への祝辞を伝えるようたのまれ、「バルザック夫人は、とくにあなたの描写に感心していました」と書き送ったからである。

バルザック夫人となったハンスカ夫人は、ウクライナの荘園に農奴を二千人もかかえるというポーランドの大貴族で、バルザックにファンレターを送って以来、ふたりのあいだの一八年にわたるメロドラマチックな大恋愛がはじまり、夫の死後バルザック自身はるばるウクライナまで赴いて、さらにキエフで複雑な手続きをすませて結婚にこぎつけ、フランスに帰国したとたんバルザックが死亡するという結末をむかえたのである。

当時パリにはバルザック夫人をはじめ多くのポーランド貴族がいたが、『マルーシア』ではポーランドによるウクライナ抑圧があまり描かれていない一方、主としてロシア軍がウクライナいじめの悪者として描かれているので、やはりロシアの支配下におかれていたポーランドの人々が、おそらく共感をしめしたものと思われる。

スラヴを舞台にした『マルーシア』が書かれていたころ、ヴェルヌによっても同じスラヴを舞台に壮大なロマン『ミシェル・ストロゴフ（皇帝の密使）』が完成されようとしていた。だから、エッツェルの目は当時、そのふたつの作品を通してロシアに向いていたといえる。さいわい、『ミシェル・ストロゴフ』は、マルコヴィッチ夫人の訳で大成功をおさめ、ロシアの読者に好意的にむかえられたのである。当時フランスとロシアは相互的にさまざまな文化的な交流があったが、エッツェルもそれに大きな役割を果たしていたと、あらためて思わざるをえない。

外国童話の翻案　エッツェルは、けっしてフランス中心主義ではなかった。むしろ、まれにみるほど国際的な編集者であった。そうした視野は、エッツェルがベルギーに亡命した苦悩に満ちた生活のなかで、どうにかして出版活動をつづけ、国外から亡命作家ユゴーの著作を刊行しようという強い意志と執念をもっていた時代に身につけたものであるが、元来エッツェルは、若い頃からドイツ文学などの外国文学にも目を開き、広く外国文学を愛読していたのである。

その国際的な視野は、ふたつの面であらわれた。ひとつは、すでに語ったような、ツルゲーネフなどの海外の作家への関心とその著作の刊行である。もうひとつは、児童文学者としてのエッツェル自身の代表作が外国の児童文学の翻案であったという面にあらわれている。

前者の代表的な刊行は、すでにのべたアレクサンドル・デュマによるホフマンの『クルミ割り人形』の翻案であるが、その他の代表的な刊行をつぎにあげておこう。

イギリスの冒険作家メイン・リードの『火の国』のアンドレ・ローリーによる仏訳（一八八五）

ゲーテの『エッカーマンとの対話』のM・J・-N・シャルルによるはじめての仏訳（一八六〇）

セルバンテスの『ドン・キホーテ』のルシアン・ビアールによる仏訳にメリメによる解説をつけたもの（一八七八）

オールコットの『若草物語』のアンドレ・ローリーによる仏訳（一八八〇）

同じくアンドレ・ローリーの訳によるスティーヴンソンの『宝島』（一八八五）

などである。

これらの仏訳はいずれも、フランスに大きな影響をおよぼし、フランスの作家たちに大きな刺激をもたらしたものである。

一方、エッツェル自身による翻訳・紹介は、この章で取り上げたウクライナの物語『マルーシア』、ウィースの『新スイスのロビンソン』（仏訳タイトル）（一八六四）、メアリ・ドッジの『銀のスケートぐつ』の再話（一八七五）、イギリスの童話から題材を取った『親指トムの冒険』（一八七八）、オールコット『若草物語』の翻案『マーシュ博士の四人娘』（一八八〇）などで、いずれも自ら執筆し、刊行している。児童文学者エッツェルの作品のうちいまだ読まれ、児童文庫などにもおさめられているのが、『親指トムの冒険』や『銀のスケートぐつ』というのも、面白い現象である。この意味でも、すでにのべたように創作より翻案に力を発揮した日本の鈴木三重吉に比すべき作家、つまり「フランスの鈴木三重吉」といってよい存在であろう。

しかし、なによりもここで強調したいことは、エッツェルがいわば国際派のフランス人だったということである。エッツェルが育てたヴェルヌが、全世界の地誌を網羅し、宇宙にまでロケットが飛び、世界中の人種が登場する壮大な物語を創造したことを、エッツェルは我が意をえたりとばかり、拍手喝采していたはずである。というより、エッツェルはたえず、ヴェルヌの夢想が世界を駆けるよう刺激をあたえ、それで自分の欲求をみたしていたのである。その意味でも、ヴェルヌの作品はエッツェルの夢の代償の役割もつとめていたのである。だからこそ、エッツェルはヴェルヌのテキストにまるで自分のテキストであるかのように、執拗に手をくわえたのであろう。

第十三章 「コレクション・エッツェル」の時代

プルードンの『戦争と平和』 一八六二年から、アシェット社、ミシェル・レヴィー社、ダンテュ社などが刊行した十八折判の本には、なんと「コレクション・エッツェル」と記されていた。

このように出版を代行させる営業の仕方は、はじめてではない。一八五二年から五九年にかけてエッツェルがベルギーで刊行した三十二折判の本は、フランスのアシェットやミシェル・レヴィーなどの書店に卸され、それらの書店名で刊行されたのである。それと同じ形の刊行が、「コレクション・エッツェル」についてもなされた。いわば、エッツェルは他の出版社の代行機関をもって甘んじていたともいえる。亡命中のばあいは、亡命という特殊な環境におかれ、資金繰りもままならなかったことで心ならずもということもあったと思われるのは、ユゴー詩集の刊行（第八章）でのべたとおりであるが、一方ではそれにメリットを見いだし、「コレクション・エッツェル」では、自社刊行と他社刊行を組み合わせていたと思われる。

これからのべる一八六一年刊行のプルードン『戦争と平和』も、ミッシェル・レヴィー社刊行による「コレクション・エッツェル」という形をとっている。そのため、ほとんどのプルードンの評伝には刊行主としてのエッツェルの名はでてこない。なかには、ジョージ・ウッドコックの評伝『ピエール＝ジョゼフ・プルードン』のように、この著書をダンテュ社から刊行したとする記述もある。この著書がプルードンの生涯と著作のじつにすぐれた解説書であるだけに、奇異な感じをうける（ダンテュ社はプルードンの著作を刊行している老舗の印刷屋・書店で、後述するように『戦争と平和』の発売元となったことから、こうした誤解が生まれたのだろう）。おそらく、プルードンのリヴィエール版全集の解説でダンテュ社刊となっているのを踏襲したと思われるが、このばあいも書誌にエッツェルの名前が登場していない。しかし、この著書の刊行はエッツェルなしではありえないものだった。エッツェル側からは、この挿話はきわめて有名なものなので、そのいきさつをふたりの書簡によってたどってみたい。

なお、プルードンの書簡は、伝記『プルードン』を書いたサント＝ブーヴが「わたしの目に触れた彼の手紙はすべて真剣であり、月並なものは全くない」と絶賛しているように（サント・ブーヴ『プルードン』原幸雄訳、現代思潮社）、いずれも心情のこもったものである。その彼が、一八五五年七月にプルードンに、つぎのように書き送っている。

この四年以来、わたしの心臓は血を流しています。安眠も喜びもありません。わたしの人生は台無しになっています。仕事はきびしく、思うのは忌わしいことばかり。ここから逃げ出して、靴のほこりを祖国に向かって振り落としたあとで、ふたりの娘とともにどこかの片隅にゆき、そこで暮らして、わたしの同胞の愚行について自由に思索をめぐらせたら、と願っています。（一

八五五年七月四日――P・B第十三章）

プルードンは、なぜこのように祖国にたいして絶望しているのだろうか。それは、これまでのプルードンの軌跡をたどると一目瞭然である。

プルードン（一八〇九―六五）は、ブザンソンで、「牛を飼い、樽をつくり、ビールを製造する」（河野健二編『プルードン』世界の思想13、平凡社）のを生業とする貧しい農家の息子として生まれた。本もろくに買えないような境遇だったので、大学進学もあきらめて、印刷所の印刷工や校正工となり、生活をささえながら、勉学にはげんだ。その印刷工時代、同郷の空想的社会主義者シャルル・フーリエの主著『産業的、協業的新世界』の印刷・校正にかかわることになって、そこでフーリエの思想の洗礼を受けたのである。

こうしてプルードンは、やがてブザンソンで印刷屋を経営しながらさらに苦学をつづけ、一八三七年には『一般文法論』をあらわした。そんなこともあって、三八年には、ブザンソン・アカデミーのシュアール奨学資金を得ることができた。

やがて、「所有とは盗みである」の命題で知られる『所有とは何か』（一八四〇）をあらわし、社会主義者として知られ、危険思想家としてのレッテルを貼られるようになる。そして、『所有者への忠告』（一八四二）によって、財産、政府、宗教を攻撃したかどで訴えられたが、内容理解不可能というへんな理由でかろうじて無罪釈放となった。

やがて二月革命（一八四八年）をむかえると、理性なき力の対決による革命に警戒感をしめす一方、「人民の代表」という新聞を発刊して、革命の成功のために論陣を張ることとなる。さらに、四月の総選挙に打って出たものの落選したが、六月の補欠選挙では七万七〇〇〇票を得て当選した。議会では、地代や家賃などの不労所得を国や借り主にもどす議案などを提出して、持論をつらぬこうとしたが、反対六九一票にたいして賛成二票という大差で否決される一幕もあった。「人民の代表」も発禁になり、それにかわり「人民」という新聞の刊行をくわだてた。

その間、政府は「危険人物」プルードンの逮捕をねらっていたが、ついに「人民」紙に反政府的な論文を書いたとして訴えられ、四九年三月に三カ年の投獄と三〇〇〇フランの罰金刑を受けることとなった。そこでベルギーに亡命したが、やがてパリにもどって逮捕され、サント＝ペラジー牢獄にいれられた。といっても当時は、刑の執行中でも牢からの出入りは比較的に自由であったので、そのあいだにもロシアの革命家ゲルツェンの資金援助などを得て、「人民」の紙名を「人民の声」に変えて刊行したりして、さかんに活動した。ナポレオン三世がクーデターを決行したときも外出して、ベルギーに逃れるまえのユゴーとも会い、ユゴーに、民衆はかならずしも盛り上がっていないと忠告したりしている。刑期は五二年六月に終わったが、さらなる投獄がプルードンを待っていた。

五八年の『革命と教会の正義について』の刊行が、そのきっかけとなる。この著作はガルニエ社から刊行されたが、じつはそのまえにエッツェルに刊行の可能性について打診があった。プルードンは、この著作をガルニエ社から刊行するつもりだったが、ガルニエ社は政府による弾圧をおそれて、刊行をためらっていた。そこで、プルードンの同志でエッツェルの知己でもあった文学者シャルル・エドモンが、ベルギーに亡命中のエッツェルに救いをもとめるようプルードンにすすめたのである。こうして、ふたりのあいだの交流と文通が生まれることとなった。はじめは、自著の刊行についての依頼である。

しかし、わたしの著作をこれからどのように発表するかという事情からすると、パリのいかなる出版社も刊行を引き受けないだろうと危ぶむ理由があるとしても、少なくともわたしの著作はフランスでいささかの困難もなく受けいれられると、完全に確信しています。あえて申しますが、このような書物が外国で印刷されねばならないとすれば、フランス帝国と皇帝のために赤面しない大臣はおりません。しかしご存じのように、警察と検察の過剰な助力をえている検閲が出版社にかける公的な圧力は、別ものです。また、政府の、お役所の、公的な弾圧も、別ものです。印刷屋にたいしても、出版社にたいしても、とくに昔からたいへんに憎悪の的としている著者にたいしてさえも、非難するにあたらないばあいは、威嚇という手段を使って妨げても、出版差止めはひかえるでしょう。

少なくとも、以上がわたしの意見です。そして、政府から出版許可が拒否される理由になるようなものは、いっさい書かないように、あらゆる努力をつくします。政府が喜んで許可をあたえるように書くとさえ、いいましょう。これは、聖職者とわたしのあいだの問題なのです〔この著書の初版は、「ブザンソンの大司教、マチウ枢機卿猊下に進呈する実践的哲学の新原理」という副題がつけられ、プルードンの中傷的な伝記を刊行した大司教への反論として書かれたが、改訂版では、その副題を取って書き直されている〕。帝国政府が手を引きさえすれば、すぐに聖職者は許可するだろうと確信しています（…）。（一八五五年六月十日

——P・B第十三章）

これをうけてエッツェルは、プルードンの著作を以前から企画していたフランス・ベルギーの国際出版社から刊行することを考えていた。そのため、ミシェル・レヴィー社を通して、プルードンに五〇〇フランが払われることになったいきさつが、七月四日のプルードンの礼状でわかる。その礼につづけて、プルードンは、「この仕事が、こんにちではわれわれのみじめな国になんら影響力のない、空虚な党派の対立よりさらに広く高い視野で構想された、ヨーロッパのフランス・ベルギー出版社の第一号になることをうれしく思います。外国では何もわかりません。とくに追放者のあいだでは、フランスの本当の状況がわかりませんし」と書き、そのあとに、すでに引用した「この四年以来、わたしの心臓は血を流しています。安眠も喜びもありません。わたしの人生は台無しになっています」云々の下りがつづいている。不屈の抵抗魂をもって生涯戦った人物とプルードンはよく評されるが、心中ではいかに血を流していたかがこの文面でわかる。そして、こういう状況でのエッツェルの存在がプルードンにとってどれほど有り難いことであったか、想像にかたくない。

プルードン
（G. クールベ画，プティ・パレ館蔵）

　プルードンの主著となったこの『革命と教会における正義について』は、結局一八五八年にガルニエ社から刊行されることとなった。プルードンはこの著書で、正義の考えはもともと人間の心の内部に根ざしていると説いて、教会がおしつけてきた正義を批判しているが、そのために、宗教、国家、経済、歴史、教育などの広い分野を横断して、独自の哲学を展開したため、二千頁にも及ぶ大著となった。しかし、当然その内容は政府の弾圧を招き、初版が刊行された五日後の四月二十七日に差し押さえをうけ、六月二日に、公共の平和を乱す誤りの情報による誤信の拡大、市民間の憎悪の助長、家族の権利に対する攻撃、公共道徳と宗教的倫理の侮辱、法の遵守への攻撃、治安の壊乱のかどで、三年の投獄と四〇〇〇フランの罰金刑の判決が宣告された。彼は控訴し、弁護論を書いたが、それを引き受ける出版社は皆無というありさまであった。

そこで、一八五八年七月十七日にベルギーに亡命し、弁護論をブリュッセルの広告公社出版局から九月中旬に刊行して、ガルニエ社や裁判官や弁護士に送った。ところが、十月一日に、それがフランスでは認められない刊行物であると、新聞社から通知されることとなった。こうしてプルードンは、すでに引用した手紙で吐露した自分の願いを実現せざるをえなくなったのである。当時プルードンは、小企業、商人職人の金融機関として「人民銀行」の設立を企て、二万七千人もの加入者をあつめていたが、この亡命騒ぎで、あえなく解体の憂き目に会った。

プルードンはエッツェルと同じブリュッセルの住民となるや、主著のひとつ『戦争と平和』を書きはじめた。そのころは、プルードンの名は国際的にも知られてきて、一八六〇年四月にはトルストイの訪問をうけ、翌年一月にはユゴーも訪れている。しかし、執筆は、劣悪な条件のなかでなされていた。友人のボルドーのワイン商人、ビュゾン宛の手紙に、その状態が記されている。

〔チェストのなかの〕書類の上に、妻が冬のたくわえにとっておいた林檎を置き、チェストの上には昨日洗った下着が積んであります。だから、わたしの書斎と呼ぶべきものは妻が洗濯物を置いておく小さな部屋だと、あなたにいわねばなりません。つまりわたしは、本と紙と石鹸と家族の食糧とそれにともなうあらゆる雑多なものにかこまれて、仕事をしているのです。（一八六一年元旦――引用はウッドコック、前掲書より）

こんな悪条件でプルードンは書きつづけ、仕上がるとまずガルニエ社に刊行の依頼をした。しかし同社は、前回の出版のてんまつに懲りていたばかりか（同書の裁判では、刊行者のガルニエ社主自身も一カ月の禁固と一〇〇〇フランの罰金刑をうけている）、こんどの著書にも大胆な思想が展開されているので、当然のことながら断わった。こうなると、プルードンとしては、またもエッツェルにたよらざるをえなかった。エッツェルも大胆な内容に驚いたが、引き受けようと決意した。かならずしも、プルードンのすべての思想に共鳴しているわけではないにしても、同じ亡命の友であり、なによりもパリの出版社との連係をプルードンのために生かすことができた。それにたいして、プルードンがいかに感謝したことか。その思いを、プルードンはエッツェル宛に書く。

われわれの友のロランから、小生の本を編集して下さるとのまことに好意あるご提案と、その数日後の、わたしの著作をベルギーで刊行するわたしの計画についてのご所見を拝受いたしました。このような状況で小生のことをお考え下さり、衷心《ちゆうしん》より感謝いたします。そして、もしあなたが今でも同じお気持であるならば、わたしさえその気になればご一緒にことをなせると申し上げるのを、うれしく思います。

一方、ガルニエ社への恨みつらみをそのあとに書きつける。

ガルニエ社とわたしに起こったことは、信じがたいものです。作家と出版社がこれ以上よい関係にあり、相互に助け合うのがこれ以上望ましいという状態はなかったのです。その書店主の諸氏が、お役所の方をわたしよりまちがいなく好んでいるのだといわんばかりに、ひとりの作家を拒否するあのような執念をみたことがありません。彼らの心はいかなる恐怖に占領されているのでしょうか。まるで、白い粉をまぶした猫のロディダールをまえにしたラ・フォンテーヌの鼠です。（一八六一年一月九日付――P・B第十八章）

ラ・フォンテーヌの寓話にある、白い粉を塗りたくって鼠をだます猫をひきあいに出しているくだりなどには、プルードンのうっぷんの深さを測ることができよう。エッツェルは、プルードンのこのうっぷんをしっかりうけ止めた。ただし、刊行までに、序文などの文章にクレームをつけ、書き直しを、とりわけ政府を刺激する文章の書き直しを提案したのは、いつものエッツェルらしい介入である。しかし、結局大筋では、プルードンは自分の節をまげなかったようである。

わたしは、全体的に趣味がよく慎重な人柄からくるあなたのご批判は尊重いたします。その証拠に、あなたのさいごのお手紙の批評を糧《かて》としましょう。しかし、それ以上は理解し合えないでしょう。そして、残念ながら、あなたのご意見は認めるとしても、わたしは自分の最初の考えに立ちもどります。そして、そのなかで、ガルニエ社やその弁護士連が危惧していた個所については、以前よりずっと力強く大胆に書きます。

どうしておわかりいただけないのでしょう。わたしが書いている中味は、愚かしいことでもへまなことでもありません。そうではなくて、世論への訴えであり、読者にたいしては怯懦《きょうだ》と我が国民の根っこにある愚鈍の告発であり、必要に応じて公安への挑戦さえしています。そうです。読者がガルニエとその弁護士を裁いてほしいのです（…）わたしの原稿におびえて拒否したのだと、政府に思い知らせてやりたいのです。弁護士が、強調しますが弁護士なる才気ある人士が、わたしの著書は悪書であると判断したと、読者の一人一人に知らせたいのです。こんな風に、わたしは書きついでいます。あなたがわたしの人柄をもっとよくお知りになれば、こうしたやり口に驚かれることは、もうなくなるでしょう。というわけで、わたしは、さいごにもういちど、序文を書き直します。いまよりさらに激しく、さらに明確に、しかし、固有名詞は出さないで。わたしの本は、こんな調子で書かれて、読者のもとに届きます。そして、権力が腹に何を思うか、いずれわかります。（一八六一年三月十七日――P・B第十八章）

プルードンがいかに攻撃的であったか分かろうというものである。三月十九日には、「あなたは、どんな編集者もやらなかったほど、こんなにもわたしの文を読んで下さったのですから、あなたのデモクラシーにとってであれ、あなたの偏見にとってであれ、あまりに過激に思われる個所を注意して下さい」と書き送る。そして、原稿を完成させた二十一日には、「最終的に見直し、書き直したこの哀れな序文をお送りします。これを、大胆に印刷して下さい」と、エッツェルの背中を押す。これ以上具体的に知る資料はないが、エッツェルの助言によって彼が主張を改めたふしがみられないことは、以上のやりとりでよくわかる。そして、それはいかにもプルードンらしいところであるが、だからこそ、その攻撃的なプルードンの著書を世に出そうとしたエッツェルの心の寛《ひろ》さも光って見える。

そのようなエッツェルにたいして、プルードンは、「序文」でさりげなく謝意を呈している。「序文」の冒頭で、「わたしは、フランスの読者のまえに、しかも、外国での刊行と記された本でもって、敢えて再登場したことをお詫びするものである」という弁解をし、亡命せざるをえない現状の理解を綿々と訴え、にもかかわらず自分の意見を主張するのだとのべながら、そのなかでわざわざエッツェルの固有名詞を出し、謝意を呈している。プルードンは、二月革命の時代に生きた自分が、いかにもはやだれにも相手にされないでいて、「忘却される運命にあって、その名が使い古された案山子《かかし》同然となって、もはや軽蔑と苛立ちしか呼び起こさない、突飛な才人は打ち捨てようじゃないか」という、自分に投げられるであろうと想像したことばを書きつらねたあと、つぎのように記す。

このような事情通の報告がなされたあとでは、わたしが主張を貫くとすれば、わたしはほとんど体面を汚すこととなったであろう。わたしはひじょうに困惑して身を引こうとしていた。そのとき、まさに亡命の人であるエッツェル氏に出会ったのである。彼にとって作家は、その作家が不審人物であっても拒絶することにならないのであって、わたしが第一審において有罪の判決をうけたことを知りながら、読者のために、わたしの訴えを引き受けようとしたのである。(『戦争と平和』序文)

この著書の刊行にあたっては、発行停止処分をおそれて、ミシェル・レヴィー社は、表紙にも表紙の裏にも自社の名前を出すことを拒否し、エッツェルの名だけを印刷するよう申し出たが、エッツェルはそれにはげしく抵抗した。危険をさけて、利益だけを手にいれようという魂胆をみとめなかったのである。結果的には、「コレクション・エッツェル」と記してミシェル・レヴィー社刊行となる一方、ダンテュ社が発売元として名乗りをあげたので、刊行と発売の道は開けた。

しかし、この著書は予想を上まわる反響をまきおこした。大成功を収めたが、エッツェルが危惧したとおり、共感ばかりでなく多くの反発も招くこととなった。しかも、プルードンの同志からの疑念と反発も招いた。この著書の結論は武器を駆使する近代戦争を否定し、建設的な経済的・文化的競争がそのかわりになるべきであるとしているのだが、全体を貫く基調としては力をともなう権利の主張の表現が戦争であるとし、古代や中世における平等な力と力の対決である騎士道的な戦いを肯定するという部分が前半にあったりして、論述に矛盾がみられるため、社会主義者からも批判され、プルードンは孤立を強いられることになる。さらに、この著書にもみられる地域的なナショナリズムへの疑念をおしすすめて、プルードンは、やがてイタリアのナショナリズム運動にあるような地域的なエゴにひそむ危険性をその後しきりに指摘するようになったため、ついには、同志のゲルツェンやエドモンともたもとを分かつことになるのである。

エッツェルとの仲も、ある意味では一過性に終わった。というのも、プルードンは、やがて借金で結ばれた腐れ縁のあるガルニエ社とよりを戻さざるをえなくなり、またダンテュ社との関係も強め、エッツェルからの出版依頼をことわることになるからである。そのことを、一八六三年十二月十六日の手紙で、プルードンは長々と弁解し、文末で以下のように陳謝している。

わたしが取らざるをえなかった決定を、わたしが大事に思っているあなたの友情とご好意から尊重してくださるよう、期待しております。わたしの著書の刊行から望まれる収益については、あなたは、一、二回の経験でよくご存じですね。それについては、あなたに十分おまかせしていたので、その収益は結局あまりにわずかで、あまりに不確実で、惜しむにはあたらないと、よくおわかりのことと思います。(P・B第二十章)

プルードンの著書の刊行がそれほど収益があがらなかったことは、この文面でわかるが、にもかかわらずエッツェルがプルードンの著作の刊行を申し出たのは、思想的なちがいをこえて、プルードンのユニークな才能をみとめていたからではなかろうか。
プルードンのほうも、一八六一年七月十二日に友人のロランに書き送っている。「エッツェルは、才能ある男で、センスもいい。わたしの文体をレンブラントの絵に比較して、わたしを喜ばせた」と（P・B第二十章）。

一方エッツェルは、自分のノートにプルードンとの会話をメモしている。

プルードンは、つぎのようにわたしにいった。「わたしは、記事をひとつ書きたいと思うと本を一冊書いてしまいます」——「よくありませんな。それは、もうあなたが肝心なものを見分けようとしないからです」とわたしはいった。彼は一瞬考えて、悲しそうに答えた。「あなたがいわれることがどんなに真実であることか、おそろしいほどです。わたしの考え方では、肝心なことと必要なことをもう区別していないのです」。（P・B第二十章）

じっさい、プルードンの著作にはしばしば百科全書的にあらゆることが詰まり、論述がまとまらないところがあるようで、そのため誤解を生むこともあった。『戦争と平和』の序文にしても、後半にはヘラクレスが登場して、彼が学校でいかに劣等生であったか、一方体力と運動の能力にいかにめぐまれていたかと語り、ヘラクレス的なものが力による戦争の系譜を生みだしたとするが、話題が急にヘラクレスの学生時代の逸話になるので、ユニークな序文とはいえ、やはり読者が面食らうのは否《いな》めないだろう。そういった特徴をエッツェルはよく知っていて、プルードンに指摘していたことがよくわかる。

残念ながら、その後ふたりが仕事上でむすびつく機会は訪れなかった。プルードンが共感していたロシアの無政府主義者バクーニンの訪問を前年の十一月にうけたばかりの一八六五年一月十九日に、プルードンは他界したからである。しかし、「もしプルードンがもっと長生きしていたら、エッツェルとふたたび関係を結ぶことになったであろう」と、パルメニー＝ボニエはのべているが（P・B第二十章）、このふたつの個性の出会いが一過性におわったのは、まことに残念であるといわなければならない。


ドーデと『プティ・ショーズ（ちびっ子）』　プルードンの『戦争と平和』刊行はエッツェルが亡命から帰還して一年後であったが、やがて徐々にエッツェルは、パリでの活動を積極的に再開しはじめた。「コレクション・エッツェル」も自社名で刊行できる環境がととのい、エッツェル書店の名で堂々と刊行されるようになった。その内容は多様であり、歴史、思想、旅行記、詩、小説、外国文学などがふくまれていた。ゲーテの『エッカーマンとの対話』（一八六二）、スタールの筆名によるエッツェルの自作『パリの艶福』（一八六二）、すでにのべたツルゲーネフの『けむり』（一八六八）などが、そのシリーズの出版であるが、この時代の「コレクション・エッツェル」の特筆すべき刊行物のひとつに、のちの自然主義作家の大家ドーデ（一八四〇―九七）の『プティ・ショーズ（ちびっ子）』（一八六八）という自伝的な小説や、『風車小屋だより』（一八六九）がある。

ドーデは、当時すでに、パリで『最後の偶像』（一八六二）などの戯曲を発表して上演したり、

「フィガロ」紙に小説『ライオン狩りのシャバタン』（一八六三）を連載していたが、いまだ有名作家からはほど遠い存在であった。

しかし、二年前から南仏のジョンキエール村にこもっては、『プティ・ショーズ』（邦訳題『ちびっ子』）と『風車小屋だより』を執筆していた。やがてこのふたつの作品はともにエッツェル書店から刊行され、この二作でドーデは文名をあげることとなったから、エッツェルは未来の大作家ドーデの誕生に手を貸したといってよい。

エッツェルが刊行に踏み切った『プティ・ショーズ』は、哀歓こもごもの波乱に富んだ筋書の物語である。ちびであるため「ちびっ子」とあだ名をつけられて、皆からからかわれる少年が主人公で、前半は自伝的な物語である。父の事業の倒産で寄宿学校の舎監になったのはよいが、生徒たちから馬鹿にされ、ただひとり自分を理解してくれると思っていた先生もじつは自分をからかっているとわかって、寂しく学校を去り、パリに出てゆく。後半はパリ生活のくだりとなって、自伝からはなれて、女優と同棲したり役者にされたりという、波瀾万丈の物語となる。

ドーデ

青春の悩みと葛藤を描いて読者を魅了するその面白さは、アンデルセンの『即興詩人』、ディケンズの『デイヴィッド＝コパーフィールド』にも比すべきである。そのため、ドーデは「フランスのディケンズ」と称されるようになるが、ドーデによると、それまでディケンズを読んだことがなかったそうで、『デイヴィッド＝コパーフィールド』に似ているといわれて、あわててディケンズを読んだと述懐し、ディケンズを読んでみると、たしかに恵まれない人や貧しい人に対する愛情や、「十六歳になるまえからパン代を稼がなければならないという苦しい生活にはいった」点などは、似ているところがあるといっている（ドーデ『わたしの本の歴史』）。一方、ディケンズは晩年、アングロ・サクソンとラテン系の気質ではそれほど違っていないと、フランスのジャーナリストにつぎのようなことばを残しているという。

「たとえば、パリにフィガロ紙に寄稿している者がいる。短い語り、性格描写、旅の短編などは、それにわたしの名を冠しても、読者はだまされていることに気づかないだろうし、わたし自身も別のわたしがもうひとりいることを恥じないだろう」

「それは何という名前の者ですか」

「アルフォンス・ドーデだ」

エッツェルは、このディケンズばりの青春の彷徨のドラマとその巧みな語りに感嘆したにちがいなかった。そして、刊行契約を一八六七年十一月二十一日にドーデと結ぶこととなる。六八年の一月末に刊行し、そのさい六〇〇フラン支払い、以後一〇〇〇部ごとに四〇〇フラン支払い、六年間は、エッツェルがこの本の刊行権を独占するという内容である。

『プティ・ショーズ』の売行きは好調で、六八年のうちに四版を重ね、一八八三年まで版を重ねるロングセラーの本となった。はじめ「プティ・モニトゥール」紙に連載されたこの物語を単行本で刊行したエッツェルの慧眼を称賛せねばならないだろう。ドーデの名前もこの作品で広く知られるようになった。

しかし、じつは、エッツェルはこの物語に大きな不満をもっていた。というのは、内容からみてもこの小説をぜひ子どもにも読ませたいと思っていたのに、このままの形では子どもに読ませられないと思ったからである。たしかに、「ちび」とあだ名されて劣等感に悩みながら幸運を追いもとめる若者の姿は、子どもの心をとらえる。しかし、筋を追ってゆくうちに、パリで女に溺れるエピソードなど子ども向きでない挿話が随所にでてくる。

こうして、のちにエッツェルは、この物語を子ども向きに書き直すようドーデにたのむことになる。あとで引用する『ある子どもの物語』と題されて刊行された本の解説にあるように、この小説が子ども向きでないのは残念だと率直にドーデに伝えると、ドーデは、それでは書き直してもらいたいといいはじめたのである。こうして、エッツェルがスタールのペンネームで書き直すことになり、一八七八年に、フィリッポトーの挿絵をつけた『ある子どもの物語』が刊行されたのである。

しかし、エッツェルがいかなる書き換えをしたか確かめてみると、よくぞここまでと驚くこととなる。

書き換えの主な部分は子ども向きでないエピソードの削除であるが、なかには政治的信条にふれる書き換えもある。たとえば、冒頭の第一章で父の工場の倒産が革命のせいだと語る下りで、「それから、最後に、一八……年の革命がとどめの一撃となった」と一八三〇年の革命を否定的にのべた文は、「それから最後に、おまけとして一八……年の革命が起こったが、それは、他の革命と同じように、事業をストップさせた」と革命のショックをやわらげ、べつの個所で、「父の話を聞けば、わたしたちを苦しめたこの一八……年の革命は、わざわざわれわれにたいして起こされたのだと、断言しかねないだろう」という文があると、そのあとに、「本当のところは、すでに工場が不振におちいっていたところに、すべての政変のあとにくる産業危機のため、父の健康は回復できなかったのである。革命はいいわけに使われているというわけだ」とつけくわえる。しかし、これなどは罪が軽い。問題は、色恋沙汰がでてくる場面である。

第一部で削除される場面は、こうである。舎監になった主人公が勉強しすぎで病気になったとき、看護してくれる「黒い目」のやさしい娘にたちまち夢中になる。そして、夜を徹して彼女に恋文を書く。しかし、彼女は砂糖を盗んだかどで追い出されて、結局、恋文を渡すことはできないことになる。この挿話では、エッツェルは恋文を書く場面をばっさり切ってしまう。そして、主人公はただ彼女に話しかけようとするだけとなる。

第二部のパリ編では、主人公は、すでにパリに出ている兄をたよって、パリで詩人として名をあげようと苦闘の毎日を送っているうち、イルマ・ボレールという女優と知り合い、いっしょに舞台に出るよう誘われるばかりか、同棲をすることになる。このイルマ・ボレールに翻弄され、散々な結末におわるどろどろした同棲生活の場面があるが、それをばっさりと削除する。

一方、パリで陶器店を開いて成功している母の知合いのピエロットの家の娘セシールとの恋物語はほとんど生かし、削除の手をくわえていない。舎監時代に恋い焦がれた「黒い目」の面影を見いだし、相思相愛の仲となるこの恋は純真なものであり、第二部の大団円では幸福な結婚に終わることが暗示されるからだ。

しかし、女優とのエピソードの削除は物語の性質を大きく変えることとなる。というのは第二部で大きなスペースを占め、主人公がずたずたになるさまは、いわば彼の地獄下りであり、それによって主人公の最後の再生が生きてくるからである。またこれでは、女性体験などをとおし人生の暗い面にもふれてゆく主人公の青春を描いたディケンズの『デイヴィッド＝コパーフィールド』とくらべることもできなくなる。にもかかわらずエッツェルは、第十一章から十三章までをひとつの章にまとめるという大幅な書き直しによって、そのエピソードに大なたをふるう。

すべては、この傑作を子どもに読ませたい一心からであるが、そのあたりの苦渋にみちた選択を、エッツェルは同書の解説でつぎのように弁解している。

子どもたちや青年たちが読むと、心惹かれる多くのものをふくんでいるこのすぐれた本が、完全な形としては子どもたちの手にわたってはならない本であることを、わたしは残念に思った。副次的ないくらかのエピソードや端役の人物だけが、この小説を子ども向きにはふさわしくないものにしているのである（…）ある日、この遺憾の思いをドーデ氏に伝えると、つぎのように答えた。「あー！　あなたは真実を見抜いています。わたしはこの本を子ども向きに書きはじめました。そして、書きはじめと同じ形のままにこれを完成できなかったことを、いちどならず後悔しました。そうなったのは、子ども向きの作品への軽蔑からではありません。「赤ずきん」や

「親指小僧」のような物語を書いたことで幸福と感じ、誇りに思わない作家は作家といえるでしょうか？『プティ・ショーズ』では話が少しずつそれてきて、最終的に特別な読者向きより広い読者向きになってしまったのです。完成の過程で、少しずつ本来の主題からそれてしまったというわけです。もういちど手をいれる勇気は、わたしにはありません。でもスタールさん、もしあなたが手をかけて、はじめに想定していた読み手にこの本をお返し下さるというのなら、わたしにとってあなたは文学の良き友である証しとなり、わたしには大きな喜びとなります」と。この仕事を首尾良くなしとげるのは容易でないと、はじめは思われた。結局は、削除するだけでいいのだと考えることにした――しかし、アルフォンス・ドーデの作品に、完成した作品に、削除の手をいれること自体、微妙で苦渋にみちた仕事である。宝石の価値をおとしめることとなり、いささか野蛮なふるまいといえる。しかし、読者の利益のために、それを甘受した。読者のためならば、自分の作品であろうと、他人の作品であろうと、わたしは後生大事にするということはない。フランスの子どものためにわたしが見せたこの意志の弱さを、どんな母親が恨むであろうか。わたしが責めを負うことをアルフォンス・ドーデがもとめ、わたしがそのとおりにしたことを彼が感謝しているというのに、どんな批評家が容認しないというのであろうか？（…）（プレイヤード版『ドーデ作品集２』）

つまりこれは、喜んでドーデの作品に手をいれたわけではないという弁解である。いわば、子どもに読ませたいという使命感で書きかえたというわけである。また、ドーデがエッツェルに手をいれることをたのみ、それを容認したようにみえる。しかし、じっさいは、残されている手紙によると、ドーデはさいごの大団円の部分のエッツェルの加筆には、異をとなえているのである。

ドーデの原作では、娘と結婚して陶器店の番頭になることが決まってめでたしめでたしとなり、ピエロットがつくるエーセット・ピエロット（エーセットはプティ・ショーズの姓）という看板がさいごの頁をかざって、物語が終わっているのだが、エッツェルは、そのあとに一頁近い文章をつけ加えた。その加筆で、すでに死んでいる兄のジャックが遺書のようなものを残し、そのなかで、「巧みな商人なら、美的感覚と想像力で日常的な陶器に芸術を取り入れることができる」と、プティ・ショーズにすすめているとした。その結果、ピエロットと共同経営の店はおおいに繁盛し、ふたりは子どもをもうけて、幸福な生活を送ったというのである。

ここには、産業による理想社会建設を目指すサン・シモン主義の匂いが感じられるが、ドーデには気に入らなかった。そして、「さいごの章ですが、看板のあとは、ただの数語にして下さい。とくに、産業とむすびついた芸術はやめて下さい」とドーデはエッツェルに書き送っている。しかしエッツェルは、その申し出を聞きいれず、ドーデも泣き寝入りをしたのである。

むろん、エッツェルのこうした書き直しあるいは改作には、賛否両論がある。たとえば『プティ・ショーズ』の校訂版を刊行したジャック・アンリ・ボルネックは、エッツェルの「甘い味をつけられた脚色版の記憶が読者におよぼした影響力」を告発している。一方、「『プティ・ショーズ』の性格を非常に変えてしまったエッツェルの脚色は、子どもからおとなの複数の世代でこの作品が名声を得るために大いに貢献したのであり、『プティ・ショーズ』の歴史においては、それを考慮せねばならない」（プレイヤード版『ドーデ作品集2』所収のロジェ・リポール「解説」）と、評価する向きもある。

いずれにせよ、人の作品に手をいれるという、エッツェルの抜きがたい「癖」は、ここでも遺憾なく発揮されたというべきだろう。また、児童文学の編集者としての立場から必然的に生じた結果であるが、中産階級の子弟のための健全なモラルから逸脱できないというエッツェルの特徴をしめす例でもあろうか。

『風車小屋だより』　児童文学としていっそう広く子どもに愛読されているのが、「アルルの女」、「スガンさんの山羊」、「コルニーユ親方の秘密」などが収められた『風車小屋だより』である。この作品の原形は「事件《エヴェーヌマン》」紙に連載された短編の連作であったが、それを単行本にして刊行したいという申し出がドーデの方からエッツェルになされ、『風車小屋だより』として誕生することとなった。

ちなみに、「事件《エヴェーヌマン》」紙はユゴーによって創刊された日刊新聞で、じつはルイ＝ナポレオンの選挙キャンペーンのための新聞であったが、一八四九年の選挙以後は激しい反ナポレオンのキャンペーンに転じたので発行停止になり、ユゴー亡命後はユゴーの手をはなれ、転々と社主が替わり、ドーデが『風車小屋だより』の連作を掲載していた一八六八年ごろは、「フィガロ」紙を創設した大ジャーナリストのヴィルムサンの手で刊行されていた。

ドーデは、『パリの三十年』の「ヴィルムサン」の章で、「フィガロ」紙の編集室と、そこを取り仕切るヴィルムサンの思い出を、じつに生き生きと語っている。「彼の新聞は彼の運命になった。人と仕事は似てくるものだが、彼ほど自分の運命の寸法にぴったり合ったサイズの人はいないであろう、といえる。驚くほど活動的で生き生きとし、肩で風を切りながら、節度を保っている」など と、ヴィルムサンの生気と活気にあふれた姿を語って、ドーデの筆はつきない。

そのヴィルムサンに見込まれて、ドーデは手紙の形で南仏の物語をつづり、「事件《エヴェーヌマン》」紙に、一八六六年八月一八日から十一月四日まで連載した。そのうち、最初の五編はなんとバルザックの『三十女』、『ざくろ屋敷』に登場するマリー・ガストンをペンネームに借りて書かれたが、評判は上々で、新聞の目玉になってきたため、ヴィルムサンの要望もあって、本名を名乗るようになった。

こうして、単行本にまとめたいという以下のような手紙をエッツェルに書くことになる。なお、これは日付不詳の手紙であるが、一八六八年三月と推測されている。というのは、「事件《エヴェーヌマン》」紙に連載した作品のみにふれていて、同年の十月から「フィガロ」紙に掲載される「新シリーズ」へのコメントがなく、一方、追伸で「四月の十五日頃」に『プティ・ショーズ』の印税四〇〇フランを支払うよう頼んでいるからである。

作家スタール（エッツェル）のカリカチュア（ジル画）

先日お話しした、「事件《エヴェーヌマン》」紙に掲載した短編集をお送りします。著作の枠組みはこうです。パリに飽きたパリの人が、プロヴァンスに古い風車小屋を買いもとめる。そこから、『わたしの風車』というタイトルになる本のすべての手紙が書きはじめられるのです。
お気に召すかごらんいただいた上で、一冊の本にまとめるには、この種の短編がいくつぐらい必要かご検討ください。（P・B第二十四章）

追ってドーデは、タイトルを『風車小屋だより』とし、「印象と思い出」という副題をつけることを提案している。こうして、エッツェル書店から一八六九年に刊行されることとなったが、初版は「かろうじて二〇〇〇部売れた」とドーデは『わたしの本の歴史』で不満げに語っているが、七六年までには六版を重ね、ドーデの名を高めることになったばかりか、南仏の情緒と夢にあふれた短編集として子どもの愛読書にもなった作品である。

このように、ドーデはエッツェルによって世に出たようなものであったが、エッツェルは、ヴェルヌのばあいと同様にドーデにたいして教師のようにふるまっていたと思われる。たとえば、ドーデの『フロモン兄とリスレル弟』（一八七四）が刊行されると、「この小説は、全体的に作品としては、『プティ・ショーズ』よりは進歩しています。構成はよくなり、小説の運びは巧みになり、うまくできています。人物の性格は首尾一貫しているし（…）非の打ち所もありません。たぶん、非の打ち所がなさすぎます」とほめながら、物語に本筋とはなれた細部の描写が多すぎて、読者の興奮を冷やしてしまうと指摘し、つぎのようにしめくくる。「あなたはわたしの本当の意見をもとめられました。それを申し上げましょう。もうすこし距離をおいて見れば、もっとうまく書けたかも知れません。感動というものは、成功のためにいちばん不可欠のものです。感動をふくらませるために必要な時間を取るほかは、決して感動を押しとどめたり、中断したり、小さくしたりしてはなりません。ところで、あなたは感動をしおれさせたり、でれでれと長引かせたりしています。その道草には魅力があるでしょうが、人が望んでいるのはまっすぐな道です」（日付不詳、P・B第二十八章）。

この作品は、妻の不倫のために自殺する工場主の物語であるが、パリの風俗が克明に描かれ、ドーデが自然主義作家としての地歩を固めた作品でもあった。そのような風俗描写のために、ゾラのようにドーデはノートにメモをして歩いたといわれているが、エッツェルにはその描写が冗長に感じられ、感興を削《そ》ぐと思われたことが、この書簡から読みとれる。

しかしエッツェルは、ドーデの才能をたいへん愛でていたと思われる。そして後年、「あなたが興味をいだいてくれるようなあなたの全作品についての研究書をまとめられればと思っています」（一八八三年九月八日、P・B第三十章）と書き送っている。これは残念ながら実現しなかったが、作家にたいしていつも厳しいエッツェルであるから、この関心は外交辞令ではないと思うべきだろう。というより、作家としてのドーデの成長をエッツェルが熱い目で見つめていた証しである。また、正確な観察に感動がともなわなければよい作品は生まれないというのがドーデのモットーであり、本来ドーデにはそうした特徴があるといわれているが、引用したようなエッツェルのことばをドーデが肝に銘じていたということは、ありうることだろう。

第十四章　普仏戦争からパリ・コミューンに

栄誉から普仏戦争への暗転　エッツェルは、出版界にも、政府の要人にも、多くの友人・知己がいて、世俗的な栄誉にもめぐまれていた。

たとえば一八六九年十二月九日に、『家庭の倫理』によってモンティヨン賞を受賞している。モンティヨン賞とは、道徳・倫理に貢献した著作にあたえられる賞であるが、タイトルどおり家庭の健全なモラルのありかたを説いたこの著作が受賞したのは、当然であろう。しかも、二五〇〇フランの賞金つきであるから、多くの作家・著述家がこの賞をねらっていた。たとえば、バルザックは、寒村を開拓し、貧しい農家を救うという献身的な医師を描いた『田舎医師』という作品を書いたとき、モンティヨン賞をねらっていたが、受賞はならず、落胆したという話がある。それにくらべるとエッツェルは、その後も、『ロバとふたりの少女の物語』、『銀のスケートぐつ』で、一八七五年、七六年とたてつづけにモンティヨン賞を受賞している。

エッツェルは、それ以前にも、一八六七年に、「教育娯楽雑誌」刊行にたいして、ジャン・マセとともにアカデミーのメダルを授与されている。また、その後一八七八年には、レジョン・ドヌール勲章の「シュヴァリエ章」を受勲している。

　こうした受賞は、作家としてのエッツェルの力量もさることながら、世俗的な世界でのエッツェルの勢力をも物語るものだが、それを利用して、ヴェルヌをはじめとする多くの友人の受賞・受勲のために助力をしたいという気持もエッツェルはいだいていた。たとえば、翌年の一八七〇年八月九日付で、ヴェルヌは前述のレジョン・ドヌール勲章を受賞しているが。これはエッツェルが、友人で「ジュルナル・ド・パリ」を創設したジャーナリストのジャン＝ジャック・ウェスを通してはたらきかけたためである。ウェスは、当時オリヴィエ内閣の美術省の事務局長の要職にあったのだ。そこで、「あなたには知らせずに、あなたのためにウエスに、レジョン・ドヌール勲章をたのんでいたのです」（七〇年八月十四日）と、受勲決定後ヴェルヌに伝えると、ヴェルヌは「あなたが全部やってくださった、絶対にぜんぶやってくださったのです。この受勲でわたしが恩を受けているのはあなただけです」と全面的にエッツェルに感謝の意を伝え、「あなたが占めている地位のすべてからすると、あなたはあなたのボタン穴にレジョン・ドヌール勲章を全部つけることができるでしょう」（八月十六日付）とまでお世辞をいっている。

　ところが、エッツェルにとってのモンティヨン賞受賞という祝いごとのあとに、フランスは大きな危機に見舞われることになった。つぎの手紙は、ヴェルヌの受勲決定の二四日前の日付のものである。

　　われわれは戦争状態にはいりました――議会では宣戦布告が発表されたばかりです。列強はさらなる流血をさけようと、真剣に努力をしましたが、失敗しました。血は流され、それを飲まなければならないのです。息子は、見習士官として国民遊撃隊にくわわって出兵しました――わが社の五人にくわえ、彼までもです――わが社とわが心臓が取られたのです――おわかりと思いますが、わたしの胸はこの上もなくかき乱されています。遊撃隊は、数日のあいだ防塞ですごしたのち、シャロンで訓練をうけ、それから陣営地に移動しますが、その地で一発目の銃撃でやられなくとも、つぎの銃でやられるでしょう。

わたしの妻は一日中泣いています――そして、わたしは、一日十回も涙をおさえています――そして、もう眠れないでいます。(V・H)

これは、一八七〇年七月二十一日付のヴェルヌ宛の手紙の冒頭であるが、じつに二日まえの七月十九日に、フランスはプロシアに宣戦を布告したばかりだった。

こうして、フランスは歴史はじまって以来の試練にみまわれた。というのは、この戦いでナポレオン三世がプロシアの軍門に下り、やがてパリはプロシアの軍隊によって包囲され、その包囲網のなかでの歴史的なパリ・コミューンの樹立、そのあとの政府軍とコミューン派とのあいだの内戦という大惨事が待ちうけていたからである。エッツェル一家のみならず、フランス全体を不安と悲嘆におとしいれたこの悲劇的動乱のあらましを、ここで説明しておきたい。エッツェルの手紙の内容を読解するには、具体的な時代背景や事件を知らねばならないからでもある。

第二帝政の崩壊

そもそも、よく知られているように、普仏戦争は、プロシアの宰相ビスマルクのナポレオン三世にたいする挑発によって仕掛けられた戦争であった。

ナポレオン三世は、その在職中にイタリア統一運動の支援に軍隊を送ったり、オーストリア軍をたたいたり、アルジェリア、チュニジア、モロッコ、セネガルを侵略したり、インドシナを手中におさめ、日本、中国に通商をせまり、メキシコ革命に武力介入して出兵するなど、海外への侵略・出兵をくり返し、植民地を三倍にふやしていた。

しかし、こうしたナポレオン三世の帝国主義的な拡張策がつまずきのもととなる。そのころ、冷徹な目でフランス打倒の機をねらっていたのが、プロシアの「鉄血宰相」ビスマルクだった。一七六六年、わずか七週間でオーストリアに勝利をおさめた普墺戦争で、オーストリアの勢力の排除に成功し、プロシアは「北ドイツ連邦」の盟主となった。前年の六五年に、保養地のビアリッツでビスマルクとかわした約束にもとづいて、ナポレオン三世は、普墺戦争でプロシアに中立を守ったばあい、その代償としてライン左岸の割譲をもとめていた。しかし、それはプロシアにとって、たんなる「口約束」、つまり「空手形」にすぎなかった。そして、フランスの要求を相手にしなかった。

折しも、スペイン王位継承問題がおこった。スペインでは一八六八年の革命で王政が打倒され、新たに制定された立憲君主制の国王としてプロシアの王家ホーエンツォレルンにつらなるレオポルトの名が浮上すると、フランス国内は、プロシアの勢力拡大をおそれて、反対の世論が沸騰した。右派はそれをプロシアと戦端を開くきっかけにしようと、世論をあおりたてた。

こうしたことはすべて、フランスを罠にかけようとしていたビスマルクにとって、絶好の動きだったが、少なくとも、皇帝も政府も、その意図を敏感に嗅ぎとっていたとは思えない。とにかくフランス政府は、ヴィルヘルム一世が滞在していた保養地エムスにプロシア大使ベネデッティを赴かせ、今後おなじような王位継承問題をくり返さないという約束を取りつけようとした。

この会見がビスマルクに乗じられた。一八七〇年の七月十三日の朝のことである。庭でヴィルヘルム一世と出会ったときに、ベネデッティ大使は皇帝から二度と同じことをくり返さないとのことばを得たが、大使がもう一度会見して確約を得ようとすると、ヴィルヘルム一世は副官を通してその考えが変わらないむね伝えたのである。この一件を伝える電文が届くと、ビスマルクは、意図的に電文を簡略にしながら、改竄した。

ヴィルヘルム一世からのはじめの電文はこうである。

ベネデッティ伯爵は散歩している途中わたしを呼びとめ、たいへん無礼な態度で、結局、皇帝に、将来王位の候補にふたたびホーエンツォレルンがのぼることがあれば、同意を決してあたえないと約束している旨の電文をすぐに送る許可をもとめた。わたしは、そのような約束はすべきではないしできるものでもないと、最終的にたいへん厳しく拒否した。もちろんわたしは彼に、わたしはまだなんらの報もうけていない、パリとマッドリッド経由で、彼はわたしより先にそれを知らされているのだから、わが政府は無関係であるといった。

ついで電文は、つぎのような（副官の）文面となる。

陛下が（…）ベネデッティ伯爵をその主張の故にもう接見しないと決心なされ、副官を通して、陛下は（ホーエンツォレルン）殿下から、ベネデッティがすでにパリから得ている報の確証をうけた旨をただ単に伝えた。陛下は、ベネデッティの新たな要求とそれが拒否されたことを、プロシアの各大使であれ、新聞であれ、ただちに伝えるかどうかの決定は、閣下にゆだねるとのことである。

この電文をビスマルクはつぎのように変えた。

ホーエンツォレルン殿下の王位放棄の報が、スペインの政府によってフランスの政府に公式に伝えられたのちに、フランス大使は、さらにヴィルヘルム王にたいして、ホーエンツォレルン家が王位放棄を撤回しようとしても、王は同家に今後一切承諾をあたえないと約束している旨を、パリに打電する許しをもとめた。そこで国王殿下は、もう一度フランス大使と接見することを拒否し、副官を通して、大使にこれ以上伝えることはないと、大使に知らしめた。

つまり、同じ事実のニュアンスを変えて、国王がフランスにきびしく当たった会見であるかのごとくに意図的に仕立てたのである。ビスマルクは、この電文を各新聞社に伝えるとともに、プロシア外交官を通してヨーロッパの各政府にも流した。このときビスマルクは、将軍のモルトケに、

「大丈夫、戦争はやれるね」と確かめたという（大佛次郎『パリ燃ゆ』第二部）。

その時点で、プロシアは、五二万の兵力と十分な大砲・兵站《へいたん》をととのえていた。一方メキシコ出兵で勢力をそがれていたフランス軍は、三〇万有余の兵力とプロシアの半分の大砲しかそなえていなかった。しかし、国民と右派はそんな現実に目を向けず、プロシアの非礼に憤激し、戦争も辞せずという空気が醸成された。当時ナポレオン三世は、勢力を増してきた自由派に妥協せざるをえなくなり、「自由帝国《アンピール・リベラール》」の構想をすすめていたが、さらに労働者の争議もさかんになったために、一八七〇年には、かつての共和主義者のエミール＝オリヴィエを首相にして、立法院の立法権を大幅にみとめる新憲法を発布した。ところが、物価の高騰などもあって労働運動・革命運動はいっそう激化し、それをコントロールしきれずに苦しんでいた。一方では、イギリスとの通商条約をむすぶなど、保護貿易から自由貿易へと切りかえたことから、国内の繊維業者などの反発を買っていた。

こうした解決困難な国内問題を戦争によってなしくずしにしようという危険な賭けをするのは、為政者の定石である。その賭けに、ナポレオン三世とオリヴィエ内閣はふみきった。そして、一八七〇年七月十五日の議会で宣戦布告が二五五票中一〇票の反対で、つまり圧倒的多数で決定された。こうして、ナポレオン三世は破滅に向かった。すでに病苦をかかえた身であったのにかかわらずである。

プロシアに宣戦布告が正式に伝えられたのは十九日であり、フランス軍はドイツ国境に兵を集めたが、三八万有余集まる予定であったのに二〇万あまりしか集まらないという事態になった。補給するパンもビスケットも不足していると、陸将宛につぎつぎに打電があるというありさまだった。

ドイツ側は、諜報活動を通して、こういう混乱を予知していて、国境に大軍を待機させていた。

ここは、一進一退をしながら結局フランスの敗退におわったこの戦争の経過を詳細にのべる場ではないので、いくつかの場面を要約するにとどめる。しかし、それをしめすだけで、フランスが負けるべくして負けたことがわかる。敗退の最大の原因は、支配者と軍部の術策のあり方と戦闘意欲の喪失に帰するものだったといえよう。

たとえば、メッスに立てこもっていたバゼーヌ元帥の不可解な態度である。初期の戦闘で撤退を余儀なくされているフランスは、危機感をつのらせ、八月九日にはオリヴィエ内閣は総辞職に追いこまれ、中国の八里溝《パリカオ》で「勇名」を馳せてパリカオ伯爵となったクーザン＝モントーバン将軍を首相に、総司令官はナポレオン三世にかえてメキシコから帰還していたバゼーヌ元帥をすえた。ところがこのバゼーヌが、くせ者だった。

バゼーヌはドイツ軍に包囲されると、包囲を破って進軍せよと再々要請されたにもかかわらず、それを無視してメッスに居坐り、最終的に一六万もの大軍をドイツ軍の手に引きわたすことになる。彼の老獪《ろうかい》なやり口は、援助を申し入れたマクマオン元帥の電文を三カ所の部隊から特使が持参したにもかかわらず、握りつぶしたという件でも、よくあらわれている。大佛次郎は、このぶよぶよの体躯とどう猛な目をした元帥の奇怪な言動をたどりながら、彼を「怪物」と呼び、つぎのように描いている。

敵側のウイルヘルム国王でさえ、バゼーヌを批評した。「自分から包囲に陥るようにもとめた

ものだ。」冷酷な怪物は自分から穴に籠ったのである。(『パリ燃ゆ』第二部)

もともとプロシアを攻撃する意図などなかったパゼーヌを将軍にすえたのが、まちがいだった。そして、当初から意気の上がらないこうした軍団にかこまれて、ナポレオン三世は塗炭の苦しみをあじわい、開戦後わずか二カ月足らずの九月二日に、スダンで白旗をかかげた。

この降伏が伝えられるや、一般市民や労働者たちは、三日の夜からコンコルド広場にどっと集まり、次の日は日曜日ということもあって、その数は二〇万にも達した。そして、対岸のブルボン宮の立法院と皇后のいるとなりのチュイルリー宮の動向を見守り、監視していた。雌伏していた共和派にとっては政権復活の好機到来で、民衆は暴発しそうな勢いとなった。

前夜帝政廃止の動議が成立しなかった立法院には朝から議員が集まって、おろおろしていた。パリの外には進軍中のプロシア軍が迫り、内には不穏な民衆が蝟集《いしゅう》していた。民衆は、すでにセーヌ川をわたって立法院に向かい、その数は五〇万余にもふくれあがった。数千名の警察と国民軍がそれに立ちはだかっていたが、パリ市民から徴発された国民軍のうち、ベルヴィルやモンマルトルなどの民衆地区の国民軍は民衆のなかにはいり、ともに立法院に乱入してきた。

立法院には、旧守派、共和派、六九年の総選挙で当選したガンベッタやロシュフォールなどの左派もいたが、混乱のなかで政治的手腕のある反ボナパルトのティエールや共和派のファーブルがにわかに台頭してきて、ヘゲモニーをにぎろうとしていた。そのとき、ファーブルが目を向けたのがトロシュ将軍であった。

トロシュ将軍は、八月十七日にパリ総司令官に任じられ、エッツェルの息子が属していた第十二軍団をシャロンで指揮していた。しかしそれまでは、ナポレオン三世に批判的であり、『一八六七年のフランス軍』という著書でフランス軍の無秩序ぶりを批判したということもあって、冷遇されていて、いわば冷や飯を食っていた。その彼を立てれば、軍を味方につけることができるし、民衆には人気があるので彼らを納得させるにはもってこいだというのが、ファーブルたちの思惑であった。そして、はじめは陸相のポストが用意されていたのが、一日のうちに、総司令官、首相とつぎつぎに上のポストをつきつけられ、ついに首相・総司令官を引き受けることになり、ここにトロシュの国防内閣が成立したのである。

間髪をいれず、九月二十七日にはバゼーヌ元帥は「予定通り」に降伏、ビスマルク軍は着々とパリに進軍、九月二十八日にはパリを包囲してしまった。すると、国防政府の中心をになったファーブルなどは、ひそかにプロシアとの講和をすすめようとしはじめた。

それには、パリでおこりつつある不穏な動きがかかわっていた。国防政府が講和をすすめようとした背景には、パリの過激な動きへの恐怖があったからだ。ナポレオン三世の時代は産業革命の時代といわれているが、産業・工業の発展は労働者階級の激増と意識の昂《たかま》りを生みだし、その運動を牽引する思想的なリーダーとしては社会主義的革命を目ざすブランキ派が目立っていたが、それ以外に、インターナショナル派、プルードン派、フーリエ派、ジャコバン派、新興の共産主義者などのさまざまな派が入り乱れていた。

それらの党派は対抗したり協同したりしながら、ナポレオン三世失脚後の政権奪取をこころみ、やがてパリ・コミューン政権の成立に収斂してゆくのである。そしてじつは、当時いちばん愛国的であり、プロシアにたいして戦闘意欲が盛んだったのが、これら職人・労働者階級を核とする民衆とそのリーダーたちであった。

こうして、帝政の崩壊、共和制の復活、プロシア軍のパリ包囲、パリ・コミューンの成立という、さまざまなベクトルがからみあう渦のなかに、フランス国民は巻きこまれてゆく。

息子ルイ＝ジュールの徴発とトロシュ将軍

エッツェル一家もその例外ではなかった。すでにのべたように、エッツェルの息子のルイ＝ジュール・エッツェルは、国民軍に加わり、従軍していた。未曾有の国難に若者は国民軍に徴発されたのである。

じつは、大革命の時代に組織された国民軍は、二月革命と六月事件で反政府側にまわったということがあり、廃止されていた。それが、戦争体制にはいると、三十歳から四十歳までの男子を徴発する法律が、復活したのである。そのうち、エッツェルの息子ルイ＝ジュールが属するパリの国民軍遊撃隊を指揮していたのが、トロシュ将軍であった。

トロシュ将軍は、すでにのべたように、ファーブルなどのブルジョア派共和主義者によってかつぎだされ、総司令官および首相に任命されて、フランスの命運を左右する立場にあった。自分の意見をもちながら、柔軟に対処することもこころえ、時の情勢に乗ることもあったことから、一方では「三百代言の将軍」（ジョルジュ・ブルジャン著、上村正訳『パリ・コミューン』白水社、クセジュ文庫）といわれながら、他方で共和派からも信頼され、また軍人としての剛直さを持ち合わせ、バゼ

パリ包囲下の国民軍
（AP. マルシアル画）

トロシュ将軍

ーヌのような腹黒さはみじんもなかった。

大佛次郎も、「ブルターニュ生まれのトロシュは、軍人としては素朴で正直な性質がある」（『パリ燃ゆ』）として、ガンベッタのような主戦派と講和派に引き裂かれてゆくその後のトロッシュの軌跡をつぶさに追いながら、その苦しい立場に同情している。

バゼーヌの十月二十七日の降伏も、じつはトロシュの国防内閣の成立が引き金のひとつになっている。自分が戦後のフランスの主役になろうとして、それに有利な戦争の幕引きをしようとしていたもくろみが、トロシュ首班の国防内閣の成立で水泡に帰そうとしていたのである。そこで、ビスマルクとひそかに取引し、パリ政権を反乱政権とし、ロンドンに亡命しているウジェニー皇后の息子を摂政とする新政権を樹立して、プロシアと講和条約をむすぶ画策をして、ロンドンにブルバキ元帥を密使として送った。しかし、皇后に相手にされず、結局バゼーヌはプロシアの軍門に下った。しかし、これによって、プロシアと戦火をまじえないという所期の目的を達したのである。そのとき、メッスに一六万有余の兵力が温存されていることがプロシアにわかって、プロシア側は慄然としたと伝えられている。

トロシュをこのように紹介するのも、彼は、エッツェルが信頼して交友をたもった将軍であり、また息子ルイ＝ジュールの指揮者でもあったからである。彼だけでなくて、国防政府の閣僚には、ジュール・ファーブル、ジュール・シモン、エマニュエル・アラゴー〔フランソワ・アラゴーの息子〕、アンリ・ロシュフォールといった、共和派の同志としての長年にわたるエッツェルの盟友がいた。急進派の革命には反対であるこのメンバーの多くは、やがてパリ・コミューンが成立するとヴェルサイユに移り、パリ・コミューンの対抗勢力になるわけだから、エッツェルも煎じつめればブルジョア派の共和主義者であることは歴然としている。

このように、エッツェルはあくまで穏健派として過激な政変に反対で、偏狭な政治的な立場はとらなかった。しかし一方、コミューン弾圧後のヴェルサイユ派の政策には断固反対をとなえ、また、のちにのべるように、パリ・コミューンの闘士となった地理学者エリゼ・ルクリュには、心からの同情をいだいて援助に力をつくし、やはりパリ・コミューン派の委員として活躍したパシャル・グルッセがやがてアンドレ・ローリーの筆名で冒険小説作家になると、「教育娯楽雑誌」の執筆者にむかえ、多くの傑作を誕生させた。やがてパリ・コミューンにくみして、投獄されたアンリ・ロシュフォールもすでにのべたように親友であった。というわけで、エッツェルの友人たちも、二手にわかれて苦闘する時代であったから、そのはざまでのエッツェル自身の苦悩もはかり知れぬものだったであろう。

息子のルイ＝ジュールと十月三十一日事件

エッツェル自身の苦悩は、息子が徴発されることから始まった。息子のルイ＝ジュールは、はじめトロシュ将軍が指揮するシャロンに配置され、やがてモン・ヴァレリアンに向かうことになった。パリの中心部から一五キロほど西の丘陵地帯にある標高一六一メートルのこの要塞は、パリとヴェルサイユの中間に位置する最大の砦であり、戦略的にパリ防衛のかなめであった。歴史的には、これからのべるプロシア軍との激戦地であり、ヴェルサイユの政府軍とコミューンの国民軍との衝突の地であり、第二次世界大戦時には、ナチによって多くのレジスタンスの戦士が処刑されることになる悲劇の地でもある。当時、ビスマルクが国防政府のファーブルに休戦の条件として、アルザス゠ロレーヌ地方の一部の割譲とともにストラスブール、トゥール、モン・ヴァレリアン砲台の占領を要求したほどの要害の地であった。

このモン・ヴァレリアンに配置されるというだけで、エッツェルは息子の身を案じていた。周辺からも、息子が徴発されたということで彼は同情された。なかには、作家のメリメのように、「ご子息が、りっぱな従軍をなさるよう願っています。おそろしい場面に臨場するというのは、若者にとってわるいことではありません。ご子息がよい働きをなさるよう期待しようじゃありませんか」（一八七〇年七月下旬？）と、それほど慰めにならないような手紙を書いてくる者もいた（なお、当時病気をかかえていたメリメは、ほどなくしてパリから保養地カンヌの地に逃れ、九月二十三日にそこで死亡している）。

あるいは、エッツェルの手紙で息子の出征のことを知ったシュザンヌ将軍は、「わたしもあなたと同じ立場です。つまりわたしの息子は、財務省の役人であり、国民遊撃隊員なのです。（…）うたがいなく、ご子息は、軍隊でも、遊撃隊の参謀本部が組織されればそこでも、ふさわしいポストに簡単につけますよ。うまくゆかなければ、わたしが喜んで推薦いたします」と書き送ってきた。シュザンヌ将軍は、エッツェル書店で『フランス砲史』と『フランス騎兵隊史』を刊行している縁もあるので、推薦の労を取ろうというのであろう。

将軍がその約束をはたしたことは、十二月二十一日にいたって、はじめてトロシュ将軍にエッツェルが書いたつぎの手紙で、明らかになる。

親愛なる将軍、

この三カ月、あなたにお便りをして、つぎのように叫ぶことをひかえておりました——有り難うございます、あなたの道をお進み下さい、それがよいのです、毅然としていて下さい、なにものもあなたを乱さぬよう願っています、と。あなたは、すでに名誉をお守りになっています。さて、それにまさる救済は不可能としても、あなたは少なくとも、われわれの祖国に、悪い生からの栄光ある復活にほかならない名誉ある死を保証してくださいました。わたしの感謝に大きな価値がくわわるようにと、百人分の気持をこめて、そのようなことばをかけられればよいと思っていました。でも、なんということでしょう！ わたしは、一〇万人のうちのただのひとりにすぎません。あなたのかたわらで心臓を鼓動させている、ひそかにあなたの努力を援護し、あなたの高貴な苦悩をわかち、あなたと苦しんでいる、一〇〇万のフランス人の心のただのひとつにすぎません。わたしは、あなたのご友人のビクシオ〔「両世界評論」などを創設したジャーナリストのアレクサンドル・ビクシオのことで、その弟のニノ・ビクシオ将軍はイタリア軍に身を投じ、ガリバルディの右腕となった〕の古い友です。わたしは、彼のこととなるとわがことのように語る者です。わたしは、死んでしまって仕事をともにできない死者たちが、生き残って仕事の重みにたえている者たちを助け、ともに存在していることを信じております。はっきり申し上げますが、わたしは、カヴェニャック将軍の名において申し上げているのです。将軍は、例の六月の反乱事件では、わたしをそばに呼び寄せられ、試練に立ち会わせたのです。それは、あなたに降りかかっている試練よりも、さらに意気《いき》阻喪《そそう》させてしまうたぐいのものでした。また、あなたを尊敬し、愛していたシャラス〔カヴェニャックとともに六月事件の鎮圧にあたったジャン＝バティスト・シャラス大佐のこと。カヴェニャックは五七年に、シャラスは六五年に死亡している〕の名においても申し上げています。そして、こんどのことが成ったあかつきには、「すべての人が恩知らずであるとはかぎらない」という古い共和派のわたしからのひとことをかならずあなたにお贈りしたいのです（…）わたしは、さらに父親としてあなたに感謝しなければなりません。あなたは、わたしに、つまりわたしの息子に、よいことばをおかけくださいました。息子は、あなたのために市庁舎でささやかな使命をおびておりました。あのグロテスクで危機をはらんだ一日に〔後文参照のこと〕、息子はあなたのうしろに控えておりました。民衆が乱入した日に、〔かつての〕わたしと同じ場にいたのです。今では、彼はモン・ヴァレリアンの砲兵中尉です。彼は、自分の義務のすべてをはたせると思えないようなポストにとどまろうとは、思っていません。息子はあなたのことをわたしのように信じています。あの子をいまのポストにつけたのはシュザンヌ将軍であって、自ら進んでそこにいるわけではありません。

　神のみ業《わざ》がなされ、少なくともわたしがあなたを愛しているとあなたがお知りになったときに、この世か天国で、お会いしましょう、親愛なる将軍。（P・B第二十五章）

ここで、「あのグロテスクで危機をはらんだ一日」とエッツェルが言っているのは、共和制が成立し、トロッシュが首相になった、あの九月四日の政変の日のことではない。「グロテスクで危機をはらんだ」という形容詞と、六月動乱を鎮圧したカヴェニャックやシャラス大佐の名があげられていることから、これは十月三十一日の事件であることはたしかである。では、この日に、何がおこったのであろうか。

一八七〇年十月三十一日、目がさめるとパリは、その胸に三つの衝撃をうけた。ル・ブールジュの陥落と、メッスと「光栄あるパゼーヌの」の全軍の降伏、そして、休戦交渉のためやってきたティエールの到着がそれである。(リサガレ『一八七一年のコミューン』——桂圭男『パリ・コミューン』岩波新書より引用)

数日前から噂で聞いていたメッスの陥落を、「政府はメッス降伏のかなしむべき報に接した」とはじまる公式発表で市民は知らされたのである。パリの群衆は愕然として、市庁舎前の広場に集まり、「休戦反対」の声をあげた。国防政府にたいする対抗勢力として九月十三日に結成されていたパリの「二十区共和主義中央委員会」も、それに呼応して行進してきた。たちまち、民衆の一部は、市庁舎内になだれこんだ。

ベルヴィル地区とムフタール地区という庶民地区の国民軍も、この民衆に共鳴して加わっていた。この動きのなかで、ルフランセなどの二十区委員会のメンバーは、国防政府の執権、新たな選挙の実施をかかげて、閣僚と対決した。トロシュやファーブルなどが応対して、その要求を聞いた。

その間、政府側は軍隊を出動させようとしたが、トロッシュは正規の軍隊を出動させぬよう命令を下していた。彼は、国民軍によって事態をおさめようとしていたのである。こうして、ブルジョアの居住地区であるサン・ジェルマン地区の第一〇六大隊などが、市庁舎に向かって進軍し、市庁舎にはいってトロシュたちをとり囲んだ。

こうなると、この国民軍が市民とともに政府を包囲しにきたのか、あるいは政府寄りなのか、つまり敵か味方かわからない。その混乱のなかで、政府側の国民軍の兵士がトロシュを拉致するようにかこんで、そこから脱出させたのである。ここで、すでに、ヴェルサイユの政府軍とパリ・コミューンの国民軍との対決の雛形ができたといってよいだろう。いずれにしても、こうしてトロシュは、ルーブル宮の参謀本部にもどった。

そこでトロシュは、市会の選挙と抗戦継続をかかげて、革命派や国民軍の隊長との妥協に成功して、危機を脱したのである。革命派からすると、作戦の失敗と挫折ということになる。

さて、エッツェルの住所はサン・ジェルマン地区のヤコブ街にあった。この時トロッシュを市庁舎から脱出させたのは第一〇六隊であり、ヤコブ街はまさにこの第一〇六大隊に組みこまれていたのである。それどころか、エッツェルの文面によると、トロシュのそばにいて、彼からことばをかけられたということになる。「息子は、あなたのために市庁舎でささやかな使命をおびておりました」という一文は、そういう意味であろう。

この事件には後日談がある。一八七九年四月二十九日というと事件の九年後のことであるが、J・H・デュ・ヴィヴィエなる人物がベルギーの新聞に掲載した「ひとりの証人による十月三十一日の物語」という記事が、その日の「ラ・フランス」紙に転載された。ところが、そのなかに息子のルイ゠ジュールが登場したのである。それによると、エティエンヌ・アラゴーやエドモン・アダムなどの共和派の面々が、反トロッシュの民衆の空気を察して、抗戦を叫ぶ勇ましいピエール・フレデリック・ドリアンに権力をにぎるよう迫ったが、そのグループのなかに、「編集者エッツェルの息子である青年がいて、彼は、その後に連続して起こった顚末のあいだ終始一貫、落ち着き払って、きわめて快活で、協調的で、ときには有用な気配りを一貫してしめしていた」として、エッツエルの息子をたたえたのである。

しかし、トロシュ支持だったルイ＝ジュールからすれば、これはお門違いであった。そして、さっそく翌日、ルイ＝ジュールは、「ドリアンと市庁舎への侵入者の首領たちとの話合いにも、彼らと一〇六国民衛兵隊とのあいだに起こった場面にも、立ち会っていなかった。一〇六隊は、政府に忠誠を保ちつづけたのである」と、その記事を否定する一文を書いた。この記事の真意は不明であるが、これによって、ルイ＝ジュールがその日市庁舎に出兵していたことと、りっぱな態度を周囲に印象づけていたことは推測されよう（『ヴェルヌ＝エッツェル往復書簡集』第三巻、一八七九年四月二十九日ヴェルヌ宛手紙、注四）。

父のエッツェルは、この一幕を、ヴェルヌへの手紙のさいごに「ここではなにも新しいことはない。ベルギーの新聞から取られ、「ラ・フランス」紙に転載された、十月三十一日事件の記事がある。ジュールは、自分が演じていない舞台にのせられ、あたえられた役を辞退せねばならなくなった」（一八七九年四月二十九日ヴェルヌ宛手紙）と伝えて、軽くいなしている。

二月革命の混乱では、ラマルティーヌのかたわらにエッツェルがつきそい、また労働者が蜂起に向かった六月反乱をカヴェニャックが鎮圧したさいにはエッツェルが助けたことは、すでにのべたとおりである。ところが、こんどは、市庁舎でトロシュのかたわらに息子がいて、トロッシュを守っていたと気づかせているのが、以上の手紙であるとわかる。

手紙は、トロシュをたたえながら、息子のことをよろしくといっているような内容にみえるが、じつは、エッツェルは、息子の件をはなれても、トロッシュに大きな期待をかけていた。それは、九月四日の政変と十月十一日のあいだに書かれたと思われるロシュフォール宛のエッツェルの手紙を読むとわかる。ロシュフォールが「トロシュは大胆さに欠けている」とエッツェルに非難すると、「共和国にとって、不当であり危険でもある争いをトロッシュ将軍にしかけている、軽率な者と愚か者と悪意ある者とあなたが一緒になるのを見るのは、悲しいことです」とエッツェルは返している。つまり、エッツェルは、トロシュを牽制しようとしている周辺の閣僚・将軍の策謀に勘づいていたと思われる。

ロシュフォールからみると、民衆の側に立っているわけではないトロシュを疑わしく思っていたのは当然であった。またトロッシュは、パリ包囲網から気球で脱出して、トゥールでプロシアに抵抗している主戦派のガンベッタを援護しようという気持を持っていたのに、それをファーブルなどの牽制でつぶされてゆくのだが、そうしたことをふくめ、徹底抗戦を叫ぶ民衆には、彼は優柔不断な総司令官に映ったはずである。

しかし、エッツェルはトロシュを評価し、信じていた。『エッツェル伝』の著者（パルメニー＝ボニエ）にいわせれば、「パリの守護者にたいするその思いは、何があろうと決して変わらなかった」のである（P・B第二十五章）。

だから、トロッシュへのこの手紙には、息子を思う真情とトロシュへの敬意が重ねられていたといえる。そして、エッツェルの思いはついにトロシュの心を打つことになる。翌一八七一年一月二日、伝令がトロッシュの葉書をおさめた封書をエッツェルのもとに届けた。トロシュの親書だった。

あなたのお手紙に心底から感動いたしました。祖国の苦悩と目下の努力に全身全霊をささげながら、遠くからあなたに、最高の愛に満ちたご挨拶を送ります。（P・B第二十五章）

パリ包囲下のエッツェルと前線の息子　一八七一年一月五日の、パリの食糧難がひどくなりプロシア軍によるパリ砲撃がはじまる数日まえの元旦に、エッツェルは、モン・ヴァレリアンの息子に走り書きをしている。

わたしは調子がよくありません。口と舌のぐあいが悪いのです。しかし、牛乳を入手する方法がわかったので、よくなるでしょう（…）噂によると、モン・ヴァレリアンも攻撃されるということですが。他の砦の苦戦は、軽率な攻撃といたずらな挑戦からのみ発するものとしか思えません。トーチカなら安全だが、兵舎や建物ではとても攻撃をうけることになるらしい（…）報道はだいたいにおいて質が悪く、知性に欠けています。もっとも重い任務を遂行している人たちの腕をへし折るようなたぐいのものです。地方についてのたしかなニュースは届いていません。しかし、悪いニュースがあればプロシア側が流すはずですから、この沈黙はいい兆候です。モン・ヴァレリアンでは、厳重に身を守るようにすすめます。そこでなら安泰であるということはないでしょう。今朝も、わたしたちの苦しみが終わるようにと、多くの人の心の底から、どのくらいたくさんの祈りが発せられたことか！（P・B第二十五章）

包囲されたパリの食糧事情は日増しに悪化し、ネズミは人を見ると逃げまわったという話までまことしやかに伝えられていた。というのも、ネズミ一匹が数フランで売られ、ネズミのパイが食料となったり、犬も食用に売買され、ついに動物の姿がパリから消えたからである。一方では、闇取引されている食料もあったわけで、エッツェルの手紙にある「牛乳を入手する方法がわかった」というのはその辺の事情と関係があるだろう。この手紙の文面からわかるように、エッツェルは当時体の不調を訴え、ほとんど半病人であった。自分では、心臓病ではないかと心配していたようだ。

さらに五日ごろからは、パリへの砲撃がはげしくなり、左岸のサン＝ジャック街、パンテオンなどや、右岸のパッシー、オートゥーイユ、マイヨなど、ヴェルサイユ側の西部地区が標的にされた。

一方、息子のルイ＝ジュールは、モン・ヴァレリアンで戦うために戦闘の専門書を送るようにと、父親にたのんだ形跡がある。しかし父は、一月六日に、「砲兵隊士官の「便覧」を手にいれることができません。ストラスブールで刊行されているが、パリにはもうない」ので、「実践で理論を補うほかありません」と返事している。同じ手紙で、エッツェルは六日のパリ大砲撃のさまを伝えている。この日のことは、ゴンクールなども、「秋の嵐の唸り声のような砲弾のひゅうひゅう飛ぶ音が絶え間なく聞こえてくる」（ゴンクール兄弟『日記』）と記しているほどのすさまじさだった。

マダム街の、レネ・ユエのアトリエの真っ正面に砲弾が撃ちこまれ、アトリエのガラスが割れ、リュクサンブールでもさんざんな被害です（…）もしここまで及んできたら、〔消火の〕水を運んだり、右岸のどこかのホテルや、パレ＝ロワヤルか、ブールヴァールにでも避難所を探しにゆかなければならない。あー！　わが子よ、われわれの苦しみに終止符を打つような奇跡がおこれば、どれほど祝福したいことか！　こうしていながらも、おまえの戦友となって、モン・ヴァレリアンでおまえと同じような生き方ができればと、どれほど願っていることか！（…）新聞はトロシュに代わる司令官を探している。わたしは、ダルタニヤン〔アレクサンドル・デュマ・ペール『三銃士』の主人公ダルタニャンのことと思われる〕を提案すると、ネフツェールに手紙を書いたものだ。この戦争の連載小説は、毎晩はらはらするところで終わろうとしていて、ジャーナリストたちは大喜びだ。あー！　なんと悲しいことだ！

（P・B第二十五章）

一月十日、予告したとおり、エッツェルは妻に探させたポワソニエール大通り三〇番地の「ボセジュール」というホテルの一室に移ったと、夫婦連名で息子に手紙をだした。ジャコブ街の家をしきりになつかしんだあと、新しい住処《すみか》について、「住む準備は全然できていない。部屋もベッドも冷え冷えとしている（…）少し手をかければ、われわれの部屋は住めるようになるだろうが（…）」と、紹介している。旧宅の家具や原稿類やさまざまなコレクションなどを、安全な場所にしまいこんで、エッツェル書店も休眠状態にはいらざるをえなかったのである。

一方では、あまり手紙をあまりよこさない息子の動静が、心配でならない。これから四日後の手紙には、だれともいざこざを起こさないよう、悪意のないことばなら「ほんのひと言で自分は傷ついたなんて思ってはいけない」などと、人間関係についてこまかな注意をあたえている（P・B）。

さて、七〇年十二月から翌年の一月にかけて、司令官のトロシュは、たいへん苦しい立場に追いこまれていた。トゥールで善戦しているガンベッタに呼応して援軍を出し、戦争を有利にみちびかなければならないし、パリを包囲しているプロシア軍にたいしても攻撃を仕掛けなければパリの民衆がおさまらない。ところが、ファーブルなど政府の中枢と他の将軍たちは、プロシア軍と講和にこぎつけたいのである。そのあいだにはさまって、どちらかというと実直でうまく立ち回れないトロシュは、貧乏くじを引くばかりだった。

こうして、十二月二十一日の早朝、トロシュは、モン・ヴァレリアンから国民軍を出兵させた。当日は、きびしい寒波がおそってきて、苦戦を強いられた。この日の作戦は、ファーブルの陰謀だったといわれている。大佛次郎の言い方を借りれば、ファーブルは、戦争に慣れない国民軍をトロシュにあてがい、まわりの将軍も戦意がないことを読んで、「トロシュをそそのかして自分の墓穴を掘りに遣る」（『パリ燃ゆ』）という作戦だった。パリの民衆へのいいわけになるとともに、トロシュを自滅させることもできるというわけだ。じっさい、進撃は四時間とつづかず、国民軍は退却を命じられた。プロシア軍というより氷点下一〇度の寒波にはばまれたというのだ。それでも、二一七名の戦死者を出した。そのなかにエッツェルの息子がはいっていなかったのは幸いであった。

翌年一月十九日には、さらに大々的な作戦が、パリ市民に予告するという鳴り物入りで敢行された。夜明けの午前二時に、一〇万余にのぼるフランス軍は、集結していたモン・ヴァレリアン砦からプロシアの大本営のあるヴェルサイユに向かって、左翼と中央と右翼の三手の軍団に分かれて、進軍を開始した。そのなかには四万二千の国民軍もいた。国民軍を活躍させるというのは表向きで、国民軍を痛い目にあわせれば、徹底抗戦の意欲をパリ市民も失うだろうというのが、ファーブルたちの魂胆であった。エッツェルの息子もこのなかにいたはずである。しかし、当時から、市民から徴発した国民軍と正規軍のあいだには亀裂が走っていた。正規軍は「素人《しろうと》」の国民軍をお荷物扱いにし、軽蔑していたのである。とすると、ルイ＝ジュールが父に砲術の専門書をたのんでいた背景が読めてくる。つまり、まじめなルイ＝ジュールは、国民軍の砲兵中尉として、正規軍におくれをとらないよう、勉強したかったのではないか。

この日の激戦についても、大佛次郎が詳細に再現しているので、関心ある読者はそれを読まれることをおすすめする（一八七〇年から七一年の状況については、フランスから収集した膨大な資料を駆使して書かれた『パリ燃ゆ』は、歴史家からは、歴史ではなく歴史小説であるといわれているにしても、どんなフランスの類書もおよばない詳細な記述をしている）。いずれにせよ、午前二時に進軍したフランス軍は、午後九時半にはほとんど撤退していた。

十九日の夜、冷たい雨が降り、退却する道は泥濘《でいねい》となった。朝には雨が止んでいたが、冬霧が晴れて来ると、凄惨《せいさん》な地上の姿をしめした。ビュザンヴァルの城の庭園が最も甚だしかった。狭隘な戦線に出られぬ部隊がそこに集まって死屍を積重ねた。リサガレは記述している。「退却する部隊は怒りで絶叫していた。彼らを犠牲にする為に突撃させるのだと悟っていた。」一旦、占領した高地を、理由なく放棄したように見えたのである。

この出撃作戦が出したフランス軍の死傷は、混乱のせいもあって精確な資料が得られない。ドオトリ、テルセンの「一八七一年のコミューン」には、参加軍のうち四千七十人の将兵を失い、その三分の一をこえる千四百五十七人が国民軍の市民兵だったと伝えている。ギイユマンは戦死者が六百名を出たと書いている。精確も期し難い。（『パリ燃ゆ』第三部）

いくつかの要因がかさなって、この作戦は失敗を招き、パリ市民を絶望させた。そもそも、トロシュをのぞくと、おおかたの正規軍の将軍たちは、まともに戦う気持などなかった。前掲の引用文で、「ビュザンヴァルの城の庭園が最も甚だしかった」とあるが、ビュザンヴァルはモン・ヴァレリアンから五キロほどの城館と庭園があるところだが、ちょうどヴェルサイユに向かう中継地でもある。そこに、中央を進軍していたベルマール将軍が兵をすすめたのだが、もともと勝とうとはおもっていないデュクロ将軍の右翼の軍団が、プロシア軍に抵抗されて釘付けになり、援護ができない。一方、後方からは味方の大軍が進軍してくる。そこで、それほど広くない庭園に兵が充満したのだという。

正規軍と国民軍もかみ合わなかった。トロシュをのぞくと他の将軍たちは国民軍に信をおかず〔松井道昭「『国防政府査問録』に見る、籠城下パリ市民の精神状態」（『おさらぎ選書第七集』所収）によると、トロシュは国民軍にも良好な軍人がいたというたぐいの証言している〕、デュクロ将軍やファーブルは富裕地区の国民軍の一部（そこに組み込まれていた貧困地区の国民軍）は卑劣だったとけなした。国民軍の存在を評価していたのはトロシュだけであって、彼は「ビュザンヴァルで逃亡した唯一の部隊は、正規兵と遊撃兵で編成した歩兵旅団のみであった」と、回顧録でのべている（P・B）。こうして、指揮者も兵も統制がとれていないので、熟知した地勢を生かすことができず、かえってプロシア軍の精鋭の攻撃にさらされる一方となってしまった。

砲兵隊は後方にひかえていたというから、有効に攻撃できなかったはずである。エッツェルの息子にとっては、それが幸いした。むしろ、父親の方が肝を冷やしていたであろう。

「ビュザンヴァルの戦い」と呼ばれるこの一月十九日の大敗のあと、パリでは混乱がつづいた。まず、トロシュの責任問題であるが、これはパリ総司令官の解任で決着をみて、後任にはヴィノア中将が着任し、トロシュは首相の職にとどまった。二十二日になると、群衆が市庁舎のまえに集まり、ブランキ派の煽動もあって、庶民地区の国民軍と政府側の軍隊による銃撃がおこり、約五十人の市民が死傷した。トロシュに代えてタカ派のヴィノア将軍を起用した秩序派の勝利だった。しかし、これは、二カ月後のパリ・コミューンと政府軍の凄惨な戦いの前哨戦であった。

いずれにせよ、敗戦と徹底抗戦派の鎮圧によって、政府が画策していた休戦へのレールが敷かれた。そして二十八日、パリの降伏と二億円の支払いなどの休戦条約がむすばれた。しかし、国民軍の武装解除は猶予された（これは、庶民派の国民軍によるパリ反乱を可能にして、コミューン派を殲滅《せんめつ》するための、政府側がプロシアと計った謀略だったともいわれている）。しかし、国民兵の使命はひとまず終わったわけで、エッツェルの息子も、父親のもとに戻り、エッツェル書店の仕事に復帰した。

第十五章　ヴェルサイユ派とコミューン派のはざまで

「支払い猶予《モラトリアム》」廃止への抵抗

ナポレオン三世が倒れ、共和制が復活したからには、エッツェルたちの時代が復活・再来したはずである。しかしエッツェルは、反動化するその後の政府の展開には異議をとなえずにはいられなかった。

一八七一年二月八日に新体制の総選挙がおこなわれた。パリではルイ・ブラン、ユゴー、ガンベッタ、ロシュフォールなどの急進共和派が圧倒的に票を集めたが、戦乱と革新派に嫌気がさしている地方では、正統王朝派、オルレアン派、王党派など保守票が上積みされ、結果としては、六九五名の議員のうち、保守派がなんと四〇〇名を占めた。これでは、エッツェルなどの穏健共和派にとっても、幻滅でしかなかったであろう。その議会をティエールが行政長官としてひきいることとなり、そのもとで、二月二十六日にプロシア側と仮講和条約が締結された。アルザスの大半とロレーヌの三分の一の割譲、賠償金五〇億フランの三年間払いといった屈辱的な条件だった。エッツェルにとっても、父の生地アルザスのストラスブールが失われたことは痛恨事であった。

戦争が終結すると、ティエールの政府は、矢継ぎ早に秩序回復の対策を講じはじめた。国民軍司令官として反動的な将軍オーレール・ド・パラディーヌの任命（三月六日）、「人民の叫び《クリ・デュ・プープル》」、「カリカチュール」、「ペール・デュシェール」などの反体制派の新聞の発行停止（三月二十一日）、十月三十一日事件の首謀者としてブランキとフルーランスの欠席裁判による死刑宣告（三月九日―十二日）、貧困者をのぞき国民軍兵士の一日三〇スーの手当の廃止、家賃と満期手形の「支払い猶予《モラトリアム》」の廃止（三月十日）などである。

このうち、エッツェルたちの怒りを招いたのは、手形の「支払い猶予措置《モラトリアム》」の廃止である。家賃の支払い猶予はパリ籠城以来の措置であり、満期手形の支払い猶予は七〇年八月十三日以降の措置としてあった。こんどの政令では、八月十三日から十一月二日までに満期となった手形は期限後七カ月までに、十一月十三日から四月十二日までに満期になる手形は三カ月後に請求できるものとした。

パリの一般市民は、籠城で食料も貯えを使いはたしている状態だった。そこで、家賃の支払い猶予の廃止は庶民階級を直撃し、また、手形支払い猶予の廃止は商店と中小企業を直撃した。そして、商人を破産の危機に追いこんだ。書店・出版社は、いうまでもなく零細か中小規模の企業が圧倒的におおいため、大きな打撃をこうむった。

そこで七一年三月十五日に、エッツェルは、「支払い猶予」廃止政令の見直しを、知人である法務大臣デュフォールに宛てて、つぎのように手紙で書いている。デュフォールは、どちらかというと保守的な傾向のある中道左派の法律家・政治家で、ナポレオン三世のクーデター以後は法曹界に引っこんでいた。しかし新体制のもとで政界に復帰し、ティエール内閣で二月十九日以来法務大臣に着任していた。

六カ月のあいだ、砂糖やろうそくを売ったことのあるような人であれば、異例な危機のさいには、実際的な問題については、法解釈のプリンスその人〔法律家のデュフォールのこと〕よりもたいていは有能でありましょう。あなたの法令のまちがいは、冬にならないと収穫できないものを、冬にならないと金庫にしまいこむことができないものを、したがって、手形帳には冬になって支払い可能と書きこんだものを、夏に支払えとわれわれに強制していることです。三分の二の商店は、とくにパリでは、冬の販売で成り立っています。パリでは、夏の商人はもうほとんどいません。これが、あなたの法律がまったく忘れていることです。そこで申し上げますが、あなたに反対をとなえることをひかえるために（あなたを愛しているからですが）、つぎのことで（できるだけですが）満足いたします。すなわち、あなたの法令に付帯条項をつけて、破産宣告のあとの示談や強制和議に、債権者の要求とまとめて支払うべき額の大部分にたいして、債務者にとって有利なようにはからう権利を設定することです。わたしは、その方向でパンフレットを作成し、議員たちに渡します。パンフレットでは、あなたや政府に無礼は申しませんから、ご安心あれ。でも、沈黙したまま死んでしまうことはできません。それに、パリに債務者であって同時に債権者でないような商人が、何人いるとお思いですか？　本当に、われわれはみな、顧客とつながっているのです。顧客を殺せば、われわれも同じように死ぬのです。大企業については、もしあなたが三年の猶予期間を設定していれば、損失はまったく生じなかったでしょう。（P・B二十五章）

はじめの、「砂糖やろうそくを売ったことのあるような人」というのは比喩であって、エッツェルが法律の専門家のデュフォールへの皮肉をこめて対等な立場でものを言い、挑戦的になっているのがわかる。一方、具体的に付帯条件を提案しているのは、建設的で現実的な対応というべきだろう。事実、三月十六日には、「手形支払い期限の復活の関係法令を、示談と強制和議への立法措置で変更する必要性に関する、議員各位への手紙」という一〇頁にわたるパンフレットを、エッツェルはつくり、同様の主張をおおやけにした。しかし、多くの商店・中小企業の連鎖倒産を防ぐこの提案が政府によって取り上げられたあとはないようだ。

こういう主張には、むしろコミューン側が注目して、家賃支払いと手形決済の延期を経済政策の目玉にしてしきりに提案し、エッツェルの思惑とまったくちがうところで実現した。すなわち、後述するように、パンフレットが発行されてから半月も経ないうちに、「支払い猶予」撤廃法令は変更され、また家賃支払い猶予も復活した。それを実現したのが、ほかならぬパリ・コミューンである。まさに、波瀾万丈の時代であった。

燃え広がる内戦の炎　政府の反動的な動きへの怒りが革新派と市民にたちまち野火のように燃え広がっているとき、政府が革新派の武力を剝奪しようとした策動が、結果的に、パリ・コミューンの成立に拍車をかけた。三月十八日未明、政府軍はモンマルトルなどの国民軍にある砲台の奪回作戦を展開したが、準備不足と市民の抵抗で失敗に終わったばかりでなく、自然発生的に抵抗のバリケードが各所に築かれ、国民軍が動きだし、その混乱のなかで、クレマン＝トマとルコントのふたりの政府側将軍が銃殺された。

こうして、革新派と政府との決定的な対立と内戦がはじまった。すでに政府側は議会をヴェルサイユに移していたが、この蜂起で行政も正規軍も、すべてヴェルサイユに拠点を据えた。しかし、パリには政府寄りの国民軍が残され、その総司令官に任命されたのが、パリ包囲のときにアヴェロンの高地を守備して、猛将の名をはせたセーセ提督であった。混乱状態のなかで、彼の名が急浮上し、三月十九日にティエールから総司令官に任命されたが、二十三日の選挙をひかえて、二十一日と二十二日に国民軍の中隊長が呼びかけて、「秩序の友の会」が結成され、彼らは証券取引所前広場で集会を開いたのちに、革命派の国民軍の本部のあるヴァンドーム広場に押しかけた。二十二日には、またも秩序派がオペラ座広場からヴァンドーム広場に向かって行進をはじめ、セーセ提督もそのなかに巻きこまれていった。セーセにも革命派にも、武力対決の意志も用意もなかったのにもかかわらず、秩序派の隊列から突如ピストルが二発発射され、これをきっかけに一斉射撃がおこり、たちまち十名ほどが死亡するという流血の惨事となった。このため、選挙は二十六日に延期されることとなった。

政府側の富裕地区の国民軍を統率するため、パリに乗りこんだセーセ提督は、こうした混乱のなかで、パリの各区の国民軍を統合して、革命派の武力を鎮圧するための有力な手をいっこうに打つことができず、三月二十五日に、なんと私服に着替え、青いメガネをかけ、コミューン派に見とがめられないようにコミューン派の新聞をかかえて、ヴェルサイユまで、歩いたという。

しかし、セーセは、そんななかで、内戦を防ぐためか、コミューン派を懐柔するためか、なんとコミューン派がとなえていた、家賃と手形支払い猶予の提案を勝手に行なったのである。これは、政府からすれば、跳ね上がりでしかなく、むろん、取り上げられることはなかった。しかし、エッツェルは、そのセーセの提案を我が意を得たとばかりにむかえたふしがある。その思いをエッツェルがもらすのは、一カ月以上あとで、エッツェルがパリをあとにして南仏に向かう旅の途上でのことであるが、ここで紹介したい。

それは、ワイン商人カミーユ・ドゥプレ宛の五月七日の日付の手紙である。ドゥプレは、エッツェルが心を許していた知人のワイン商人であり、エッツェルは、南仏滞在のあと、スイスのローザンヌにある彼の別荘におもむく予定であったが、このときは、彼が商用で滞在していたモスクワに宛てられている。

> ヴェルサイユの政府は、最後までパリにとどまらねばなりませんでした。いまとなっては、政府は、セーセ提督や、セーセのあとについて三日間で軍勢をととのえて区役所の三分の一を反乱軍から奪回した志願兵が、というのもそれが事実だからですが、放棄せねばならなかったすべてのものを取りもどすためには、何でも差し出してもよいという気持でありましょう。ほんとうに、そうなのです。セーセは、声明を出して、手形決済、家賃、市町村議会の選挙について、たいへん迅速で満足すべき法案を約束しました。ベルサイユの議会のうちで、きわめて盲目的な反動派に与《くみ》し、ティエールとファーヴルを困らせ、足かせをはめている分子（…）その一味は、彼の提案が、パリの会議という一地方で示されたあまりに気前のよい約束ごとだとみたのです。セーセ

の意見は反対の憂き目をみる運命にありました。彼は、絶望してパリを去りました。わが子らは軍から解かれ、パリはこうしてそっくりコミューンにまかされました。彼らは、コミューンの軍隊とともにコミューンの旗の下で戦わないように、パリから離れるほかなかったのです。（P・B第二十五章）

わずか一週間たらずでパリの国民軍総司令官の職を辞したセーセの動向のあらましは、すでに述べたとおりである。セーセはすでに六十一歳であり、海軍提督ということもあって、陸軍を思うままに動かすことはできなかったようである。エッツェルの指摘しているように、一時、パリの一区、二区、三区、十区、十一区、十二区、十八区などがヴェルサイユ寄りになる気配があったが、たちまちコミューンの中央委員会の巻きかえしにあって、三、十、十二、十八区の区長と助役は代えられてしまった。

ヴェルサイユとの連絡に欠かせない拠点のサン・ラザール駅を占拠しても、コミューン側に途中のバティニョールをおさえられ、兵糧も守備のための土嚢もとどかず、各区の国民軍は、自分の区の守備のみ考えて、セーセの命令に服して糾合することもなかった。セーセは、三月二十五日に国民軍に帰休命令をだし、自らは徒歩でヴェルサイユに向かったというわけである。

その事実を、秩序派とセーセの立場に立ってみると、エッツェルのような同情論がでてくるのであろう。しかし、おそらくエッツェルがセーセをいちばん評価したのは、「支払い猶予」撤廃法案の提案ではないか。エッツェルの文面では、その提案を、議会の反動派が、ティエールとファーヴルに足かせをつけてつぶしたといっているが、実態は、ティエール本人が、セーセがパリで勝手に声明を出して、「フライング」をしたことを、非難したようである。それにしても、コミューンと妥協のためであろうと、懐柔のためであろうと、セーセがこのような提案をすること自体、家賃・手形問題がパリ市民の支持を得るためにいかに大事な要件であったかがわかろうというものである。

さて、すでに三月十五日に暫定政権として結成されていた国民軍中央委員会は、二十一、二十二日の反動派のデモをどうにか収拾し、延期していたコミューン評議員の選挙を、三月二十六日に実行した。そして、評議員が決定すると、二十八日には、群衆にうめつくされた市庁舎前で、「ラ・マルセイエーズ」の大合唱と高らかなファンファーレの響きとともに、はなやかにコミューン成立が宣言された。しかしこれは、二カ月と十日におよぶ凄惨な内戦のはじまりでもあった。

コミューンは、ティエール政権が打ち出した富裕層中心の立法をつぎつぎと撤廃・変更する政令を発した。そのなかに、エッツェルたちが怒った「支払い猶予」撤廃案があった。とにかく、当時、三月十三日から十七日までに、パリでは約一五万枚の支払い拒絶証書が送達され、三〇万件の破産の訴訟があったという（ジョルジュ・ブルジャン『パリ・コミューン』クセジュ文庫）。そこで、この問題をコミューンは組合と商工業組合会議と協同して検討し、すでにコミューン派のヴァルランが三月十八日に、「満期手形の無条件支払い延期」と「支払期限に対する公正な法律の制定」を提案していたが、三月二十一日に「手形の支払期限の一カ月延長、新しい措置がとられるまで家主が借家人を追いだすことの禁止などの措置がとられた」（桂圭男『パリ・コミューン』岩波新書）。

こうして、セーセの提案を生かせなかったヴェルサイユ議会に対抗するように、コミューンは四月十七日の政令発布にこぎつけた。それによると、まさにエッツェルの主張どおり、七一年七月十五日以降に三年の猶予をおこなうという内容であった。

庶民にとって切実な問題であった家賃の支払いについても、支払い延期がみとめられ、過去九カ月の支払い分は将来の家賃にあてられ、家主による借家の明渡し予告は三カ月延期されることとなった。

しかし、この種の無産階級中心の政策は、他方では富裕層と秩序派の不満を呼ぶことになって、彼らがヴェルサイユに逃げるのを助長した。そして、ますますヴェルサイユとパリの対立が鮮明となり、ヴェルサイユはついに武力によるコミューン攻撃を開始する。

しかしエッツェルは、コミューンの成立が宣言された翌日の三月二十九日に、息子とともにパリを発った。激動する政情に、エッツェルの健康が堪えきれなくなるのをおそれてのことだった。これから内戦で苦しむことになるパリ市民からみるといわば逃亡であるが、エッツェルの健康と、またも国民軍に狩り出されるおそれのあった跡取り息子の安全のためには、これが正解であったことは、その後の展開がしめすとおりである。

パリをあとに　エッツェルは、かがやく太陽をもとめて、ディジョン、リヨン、マルセイユを経由して、カンヌ、モナコに滞在し、さいごにスイスのローザンヌのドゥプレ宅に寄って、六月にパリにもどってきた。しかし、その旅行は、けっして楽しい旅ではなかったと思われる。体が弱り、外を散歩するにも息子の手にすがって歩かねばならなかった。喉頭炎になり、心臓も心配だった。

しかし、それ以上に、出口なしのフランスの現状が気がかりで、仕事の前途が見えず、憂鬱症におちいっていた。とにかく、パリとヴェルサイユからの情報は暗いものばかりだった。

たとえば、エッツェルの友人にヴィクトール・ルフランというヴェルサイユ派の政治家がいた。路線としては中道左派の共和派であったが、ティエール内閣にとりこまれ、講和条約のさいも条件のつめを担当する内務大臣の要職にあった。その彼が、四月十七日にエッツェルに書き送っている。「出口なし、法律なし、安全なし、そしてまもなく食料なしのパリ」から家族は逃れらないでいるとなげき、「わが友、エッツェル、わたしはフランスと共和制国家の没落に立ち会っているのです！　家族にも災厄がふりかかるだろう！」（P・B第二十五章）としめくくる。六月には農商大臣に任命されることになるヴェルサイユ方の要人が、この悲嘆である。

やがて、政府軍の攻撃がはじまり、パリ南西のイシーの砦が四月二十九日に落ちたとの知らせを受けると、エッツェルは五月十日に妻に書き送る。

イシー砦攻略のニュースがはいったばかりだが、これは、作戦上きわめて重要な意味をもつことになるだろう。しかし、急な展開なので、わたし自身の理解力ではなにもわからない（…）むろんわたしは、この世のすべてのためにこのおそろしい内戦が終わればよいと願っている。しかし、つぎのような事情を考えると、それは残酷というものだ。つまり、その喜ばしい結末が訪れた一〇日後には、すべての営業は、未払い分と支払期限がきた流通手形の支払いを命じられ、ヴェルサイユの陣営からはだれも助ける者がいないままに、その奇跡はなしとげられねばならない。

内戦で崩壊したパリ西部のオートゥーイユ,
1871年 5 月23日（AP. マルシアル画）

さもなければ死んでゆくことになる。（…）コミューンから解放され、議員たちが、もっと目を開いてくれるよう願うことにしよう。（P・B第二十五章）

内戦が終わればよいが、そうなるとまた、「支払い猶予」撤廃問題が復活すると危惧しているのである。これを読むと、エッツェルの念頭には、手形問題がいかに大きなスペースを占めているか、よくわかる。

しかし、エッツェルの予断をこえて、パリの内戦は激化してゆくばかりである。

世にいうところの「血の週間」は、五月二十一日の夕刻から始まった。ヴェルサイユ軍がパリの西端のサン・クルー門から、侵入を開始したのである。それ以前は、イシー砦やヴァンヴ砦など市外での激戦であったが、それらの拠点がヴェルサイユ軍に奪われると、こんどはパリの西のパシーやグルネルが砲撃されるようになった。そして、二十一日にヴェルサイユ軍がついに市内に侵攻してくるや、手当たり次第に凄惨な市民の殺戮がくり広げられ、コミューン側は東へと追いつめられ、いたるところのバリケードで戦死者を出した。抵抗が終焉する前日の二十七日には、抵抗する市民の男女たちが、ペール・ラシェーズ墓場の壁で銃殺されていった。その壁には、いまも「コミューンの死者のために」と文字が刻まれている。

　このように、コミューン派が死にものぐるいに戦ったことで、想像をこえる犠牲者がでたのである。女、子ども、老人を問わずほとんど無差別に殺された点では、「サン・バルテルミーの虐殺」〔一五七二年八月二十四日の新教徒の無差別殺戮〕の悪夢を思いおこさせた。モンマルトルの丘への石段には、一段ごとに死体が横たわっていたという。また、二万五千人以上の処刑をふくめ三万人（一説には三万五千人）を優に越えたという犠牲者数は、大革命のそれを上まわったのである。

「血の週間」へのエッツェルの反応をしめす、貴重な手紙が残っている。モナコで「血の週間」のあとに書かれた、日付不詳のシャラス夫人〔シャラス大佐（三四四頁参照）の未亡人〕宛のものである。

> 体調はよくなっています。わたしの命は、あのおそろしい日々のあいだに〔「血の週間」のことと思われる〕、ほんとうに無くなってしまうのではないかと思いました。しかし、南仏の太陽が、ほんの少しずつわたしを健康にするという、効能あらたかとはいえない治療をしてくれました。
> 　もっと生きるために、戦うために――希望がなくとも、備えねばなりません。わたしには、意志しか、理性しか、勇気しかありません。なんらかの願いとか、希望とかは、なんと！　まったくありません。われわれの子らは、われわれが提示することすらできない問題を、これから解くことができるでしょうか！　両陣営の無能ぶり、愚昧《ぐまい》ぶり、能力と意志と献身の欠如。これが、われわれが目にしたことの悲しむべき要約です。これで、反動の出番となります。われわれの国は、正義のなかにとどまるつもりもなければ、とどまることもできないのです。ほんとうのとこ

ろ、われわれは分別をもつことを欲していないのです。絶対的なものにしか身をささげないのです。みな死んでしまったのでしょうか？　死んでしまった大切な人たちは、みな熱狂していたのでしょうか？

どちらも国家ではないのに、国家を代表し、あるいは国家の代表の責務をになっているという思いから、両陣営がもたらした光景ほど痛ましいものを、わたしは知りません。

あー！　親愛なる友、親愛なる多くの友、あなたがた親愛なる友たちよ、いつの日に、われわれは、胸にさわやかな風を吸いこみながら再会できるのでしょう？

わたしはいま、モナコからあなたに書いています。ここで、ある旧友がわたしをすばらしい隠れ家にむかえてくれたのです。心ならずも、変わることのない自然が、わたしの医者だったのです。命がよみがえりました。数日経つと、戦いにもどらなければなりません。

ヴェルサイユの議会は、手形決済期限についての法律を制定しましたが、その結果、パリの商業は、ほとんどすべて、またたく間に銀行の意のままになることでしょう。たしかにどんな契約も神聖です。しかし、それを果たす時間が、商人にはあたえられなければなりません。それぞれの債権者に、商人が時間を物乞いのようにねだる必要がないようにです。（P・B第二十五章）

エッツェルの絶望は深い。彼は、ヴェルサイユもコミューンも信じていない。ヴェルサイユが復活すればまた商人が苦しめられると、思っている。「一方が凶暴で悪党で野蛮なら、他方はエゴイストで冷血なブルジョアであって、問題の根本にむかう労さえ取らず、自分が元気になると、他人の健康を気にもかけない」（六月三日エッツェル夫人宛――P・B二十五章）と、訴える。

六月九日になると、ヴェルヌが、パリの惨状をエッツェルに報じている。

親愛なるエッツェル様、
数日前からパリにきています。弟がわたしに会いにきたので、いっしょに惨憺《さんたん》たる廃墟を訪れました。あなたはいつパリにもどられますか？　お仕事の方は、いくぶんは再開なさるのでしょうか？　かくさずに申し上げますが、わたしは証券取引所のあたりをうろうろ歩きました。というのも、現在の時代に文学に信頼を寄せることができるかどうか、わからないからです。将来についても、わたしは少し不安になっています。あなたがお帰りになったら、こうしたことについてお話ししましょう。

あなたの書店でお聞きすると〔エッツェル夫人は、そのころ単身でブリュッセルに滞在しているはずなので、エッツェル書店の人に聞いているものと思われる〕、あなたのご健康は良好で、ジュール君もお元気とのこと。どんな医学部よりも南仏とスイスの方が、あなたのからだにはよいでしょう。完全にご回復なさったあなたと再会することを、わたしは願っています。

あなたのジャコブ街は間一髪で難をまぬかれました。いくらかのかすり傷しかうけていません。しかし、となりのリール街は、なんという惨状でしょう！　ひどいありさまです。

何年かは平和でいられる希望を、いまもてるでしょうか？　しかし、われわれにはそれが必要なのです。

すべての心をあなたにささげます、親愛なるわが友。そして、ジュール君にもよろしく。ジュール君には、コミューン派が厚い友情をもつとは思えませんよ。

敬具

ヴェルヌ（V・H）

この手紙には、いくつかの解説が必要である。まず、なぜヴェルヌが証券取引所のまわりを徘徊したかということである。ヴェルヌは、作家として身を立てるまえは、証券取引所で働いて生計を立てていたのである。しかも、かなり有能な取引員としてである。その間に作家修業をつづけ、やがてエッツェルに見いだされて流行作家になったわけであるから、この混乱と不安で五里霧中の時代に文学が成り立つかという不安感から、もとの職場への復帰を考えたと、エッツェルに訴えているのである。

また、ジャコブ街の被害についてたいしたことはないと言っているが、町や建物の被害は砲撃と銃弾のよるものばかりではなかった。五月二十三日の夕刻から、だれが放火したかわからないが、あちこちから火の手が上がり、チュイルリー宮殿、大蔵省、参事院、会計院、バック街、リール街、サン＝シュルピス街の一部などが、猛烈な火炎につつまれたのである。

ヴェルサイユ軍が火を放ったのか、コミューン派か、はたまた砲撃によってか、真犯人はさだかでないが、その犯人として、女性がいけにえにされた。女が石油をまいて放火していると、噂がひろがったのである。それが、「石油放火女《ペトロルーズ》」〔このことばは、のちに過激派の女、気の強い女の意味になる〕という名でひとり歩きし、ワインであれ薬瓶であれ、とにかく瓶をもっていたり手が汚れている女を見つけると、即座につかまえて銃殺したという。

リール街の惨状を報告しているのは、この火事の被害のことであろう。さいわい、エッツェル書店のあるとなりのジャコブ街は、火災からまぬかれたというわけである。

さいごの「ジュール君には、コミューン派が厚い友情をもつとは思えませんよ」の一言は、おそらく、息子がコミューン派と関係を持つのではないかとの父親の危惧にたいするなぐさめのことばであろうとおもわれるが、ヴェルヌとの書簡ではヴェルヌ宛の多くの手紙が失われているので(当時もふたりのあいだで手紙の往復があったことは、ヴェルヌの手紙から推測できるのだが)、確かめようもない。

いずれにせよ、エッツェルにとって、書店が無事であったことは不幸中の幸いであった。こうして、エッツェルは、息子とともに六月十五日にはパリに帰還することになる。

大地理学者エリゼ・ルクリュ

まずはじめに、エッツェルがあるコミューンの闘士に救いの手をさしのべたエピソードを語ろうと思う。というのも、ここには、穏健派の共和主義者のエッツェルが、ひとりの尖鋭な、しかし人の善意をけっして失わなかったコミューン派の闘士を、精神的にも物質的にもあたたかく支えた、じつにヒューマンな心の交感がみられるからである。

闘士といっても、彼はエリゼ・ルクリュ(一八三〇—一九〇五)という高名な地理学者である。共和主義者で、ナポレオン三世のクーデターのあと、英米に亡命していたが、すでに、『地球——地球の生命についてのさまざまな現象の記述』という二巻本の著者として国際的にも知られていた。

エリゼ・ルクリュ

ついでに記すと、兄の比較人類学の著書のあるエリー・ルクリュ（一八二七―一九〇四）も共和主義者で、ナポレオン三世のクーデター以後追放され、後年は国立図書館館長に就任している。また、弟のオネジーム・ルクリュ（一八三七―一九一六）も地理学者、アルマン・ルクリュ（一八四三―一九二七）は中央アメリカ探検家、ポール・ルクリュ（一八四七―一九一四）はコカインを局所麻酔薬として普及させたことで知られる医学者と、赫々《かつかく》たる学者兄弟のひとりであった。

そのルクリュが、コミューン成立を知るや、パリにもどってきて、コミューンに参加した。彼は士官になって当然の格であったが、それを断わって、一兵卒として武器を取り、政府軍と戦ったのである。その結果、シャティオンの台地での攻防戦で捕虜となり、その後七カ月の拘留に処せられた。しかし、改めて軍法会議で裁かれ、強制収容所送りに処せられると、サトリー、ケレルン、トレベロンの陸軍病院、フォントノワ、ブレストの陸軍監獄、ヴェルサイユのシャンティエ監獄、サン＝ジェルマン＝アン＝レの猟犬小屋、シャトゥー監獄、モン＝ヴァレリアン砦、ヴェルサイユの監獄、パリのコンシエルジュリ監獄、同じくパリのサント＝ペラジー監獄、ついでスイス国境近いポンタルリエ監獄に、転々と送られている。まことに恐るべき監獄めぐりであるが、多くのコミューン派は同じような目に遭《あ》っている。幽閉された不潔ですし詰めの空間は、さながら地獄であった。そのさまを、ルクリュは、のちにパリ・コミューンの歴史を書くリサガレに、つぎのように書き送っている。

われわれがブレストに移送された家畜車のことはお聞きでしょう。われわれ四〇人は車両に投げこまれ、積み重ねられました。腕と頭と足の堆積でした。人間の肉体の積み荷のまわりは念入りにシートでおおわれていて、われわれは木の割れ目とすき間からしか息ができなかった。車両のすみに砕けたビスケットが投げこまれたが、なにかわからずにわれわれ自身がビスケットのかたまりに飛びかかったので、すぐにそれをつぶして、粉々にしてしまった。（リサガレ『一八七一年のコミューンの歴史』第四十六章）

二〇の牢獄があって、わたしたちは四〇人ずつ分けられて、まえにいた囚人が汚したわら布団に並んで寝かされました。中庭と同じ高さの牢でも夜には空気がひどい悪臭をはなち、地下牢では、臭気はむかつくようでした。便槽のつくりが悪くて、なかのものが壁から滲み出して、朝になると、糞便のエッセンスが一、二プース〔一プースは約二・七センチ〕も牢をおおっていました。（同書第四十六章）

はじめの場面はブレストまで家畜車で移送されるときの光景であり、つぎは、ケレルンの牢の状態であり、これはまるで中世にもどったような地獄絵図である。ベルギーの「リベルテ」紙に掲載されたある男の手紙によると、このような目に遭いながら、ルクリュは、囚人に権利と正義についての啓蒙的な講義をして、共和制についての信念を植えつけようとしていたという（大佛次郎、前掲書第六部)。

このように純粋な人柄に、エッツェルも深い敬意をいだいていた。そして、監獄で呻吟するルクリュにたいして、以前に約束していた原稿を書くことを条件に、のこされた家族の家計を助ける申し出をしたのである。

そもそもエッツェルは、コミューンの革命と武力闘争には反対であった。しかし、エッツェルの思いは、思想的立場のちがいをこえて、コミューンの闘士に深い同情をよせ、ルクリュが牢獄でつづける著述に助力の手をさしのべたのである。

もっとも、エッツェルはすでにルクリュの『小川の歴史』という著書を一八六九年に刊行したばかりであり、つぎの著書『山の歴史』執筆の契約を交わしたのである。ルクリュは、最初の幽閉処分のさいちゅうの七月十一日ごろ、すでに執筆について、エッツェルに打診をしている。

わたしのささやかな発展は、あなたの発展にかかっています。戦争のために中断していた、わたしの『山の歴史』の執筆をつづけてよろしいでしょうか? この仕事で、わたしの幽閉のために寡婦《やもめ》と父親なしの生活をしている家族を助けることができるでしょうか? わたしの仕事はかなり進み、それに喜んで専念していますから、つづけられれば嬉しいかぎりです。(P・B第二十六章)

これにたいして、エッツェルはすぐ返事を出している。

いつになったら、この混沌から抜けだして、仕事の再開に一時間でもふりむけられるようになるかわかりませんが、『山の歴史』に関して、わたしたちのあいだで取り交わされたことは、それがあなたとあなたのご家族のためになるだけに、継続しております。しかし、どんなことを取り交わしましたっけ？　手元になんらの取決めの書類もありません。われわれの取決めの条項を思い出していただけませんか？　そして、取決めの実現のためには何をお望みか、わたしにいって下さい。どのくらいの日にちで原稿をまとめられますか？　あなたがお選びになった期間に、あなたか、ご指示いただく方かに、月払いで支払うのでよろしいでしょうか？　お返事下さい、親愛なるルクリュ様。現在より平穏な時代にあなたが省察されたことに、あなたが思索を向けられる姿を見るのがわたしの喜びなのです。『山の歴史』は、日常の思い煩いからあなたを救い出し、自然の研究にあなたを引きもどす効果をもたらすことでしょう。（P・B第二十六章）

八月二日、牢にはいっているルクリュに、エッツェルは彼を解放することができるかどうか、書きしるす。

あー、あなたに再会し、あなたが自由になっている姿をどれほどこの目にしたいか、そのためにお役に立つことができれば、どれほどわたしの心が鎮まるでしょうか！　わたしの命をささげていた共和国に、わたしはなにもとめませんでした。しかし、ひとりの友の、その仕事が世のためになる方の自由を、共和国にもとめることができないでしょうか？　そうするためには、どんな形だったら、あなたにお許し願えるでしょうか？　それがどれほど難しいかはわかっております。どんなことならお許し下さるかお教え下さい。あなたのお望みから逸脱するようなことはいたしません。あなたがつけられる制限を守ります。（P・B第二十六章）

これは微妙な手紙である。というのは、エッツェルは、学問を放り出してまでコミューンに参加したルクリュの主義主張を、十分理解していたことがわかるからである。手をまわして減刑することがルクリュの信条に背くことをおそれて、打診しているのである。しかし、その打診にルクリュが答える余裕もなく、軍事法廷でルクリュはあらためて監禁刑に処せられ、牢獄から牢獄へと転々と移される過酷な運命におちいったことは、すでにのべたとおりである。それは、ルクリュ自身にも予測できなかったことのようで、「数カ月まえに、手紙で『山の歴史』についての契約書を作成したときには、わたしの幽閉が冬まで長びくとは、まったく思いませんでしたし、監禁刑に処せられることも想像だにしませんでした」と十一月十六日に書き送っている。そして、原稿を完成して渡せる状況にないので、エッツェルが約束している家族への月二〇〇フランの前渡し金を「自分にはその権利がない」から取り下げるようにと、エッツェルに頼んでいる。

それにたいしてエッツェルは、「状況によってやむをえず二年、三年と原稿受取りが遅れることをのぞいて」、他の契約事項は守るようにと、返事している。つまり、遅れてもよいから原稿を書くこと、それにたいして原稿料を前渡しで支払うといっているのである。こうして、ルクリュ夫人への送金はつづけられることになる。エッツェルは一方では、著述の完成という目標をルクリュにあたえることで、精神的な支えを彼にあたえながら、他方、期限なしの監禁は逆に期間がちぢまる可能性があるし、「あなたの友人は手をこまねいていないだろう」、「自分にも頑固一徹ばかりでない友人がいる」から、「望みをいってください」、「あなたが南仏に移されればよいと思っている」と、しきりに励ましと助けのことばを書き送っている。

そこで、十一月二十四日には、ルクリュも、心からの感謝のことばを吐いている。

> 信じて下さい。わたしは、この苦難の日々に友人たちがわたしに惜しみなくあたえてくれる、あらゆる優しさと過ぎたる寛容を、真心こめて忘れません。このような愛情あふれる慰めのことばが、いたるところから、命を愛しなさいとわたしに伝えてくれているというのに、不幸であることは不可能なのです。（P・B第二十六章）

ルクリュは、こうして、エッツェルをはじめ多くの友人を心の支えにして、過酷な運命をのりこえることになる。

そもそも、ルクリュが処分されたコミューン派を断罪する軍事法廷ほど、残酷で混乱をきわめたものはなかった。理工科学校、兵舎、東駅《ガール・ド・レスト》、北駅《ガール・ド・ノール》など、「間にあわせの場所」でおこなわれ、手が汚れているだけで「石油放火女《ペトロルーズ》」として裁いたらまじめな看護婦だったという話があるくらいに、多くの者がわずかな疑いで引っ立てられ、裁かれた。

正確な記録は残っていないが、その結果、銃殺刑に処せられた者が一万七千から二万五千人ほどとされ、それも市内の広場や墓場などで銃殺されたのち、セーヌ川にほうりこまれたりした。放置された死体は腐敗しはじめ、それを墓地や城壁に掘った共同墓地に埋めたり、あなぐら牢などで焼いたりしたという。

徒刑囚になったのは四万人近く(ジョルジュ・ブルジャン『パリ・コミューン』は、三万八五六八人、そのうち、八五八人が女性、六五一人が子どもとしている)で、多くはまずヴェルサイユまで見せ物として行進させられ、やがて兵舎、倉庫、島、廃船、サトリーの丘の野営場などに閉じこめられた。ルクリュもそのひとりだった。そして、前述の通信のはじめに、「サトリーのことは御存じですね。空気と睡眠の不足で、八時間のあいだ正気を失っていました」と、その悲惨な状態をリサガレに伝えている。そのあと、すでにのべたように、牢から牢へと転々と移されることになる。しかし、さいごにヨーロッパ地理協会による嘆願書がだされて、ついに釈放されることになる。その後、ルクリュはスイス政府に、他の釈放者とともに庇護されることになるのである。

そのとき、ロシアの思想家クロポトキンは、ルクリュに出会っている。そして、『ある革命家の思い出』で、スイスで会ったコミューンの人々の回想のなかで、自分の著述をしながら、アナーキストの新聞の埋め草原稿を書くといったルクリュの無私の人柄をたたえている。このとき、ルクリュが打ちこんでいた著作こそ、エッツェルと刊行契約を交わしていた『山の歴史』にちがいない。

というのは、一八七二年三月二十七日に、スイスのチューリッヒから、解放された喜びと『山の歴史』執筆の再開を、エッツェルに告げているからである。

> ついに、わたしの幽閉の年月に終わりがきました。わたしは自由です。そして、監獄の恥辱と恐怖のすべてを自分がいかにして堪え忍ぶことができたか考えると、呆然となるばかりです。あなたと、同情と支えによってわたしの重荷を軽くしてくれた人々に、心の底からもっとも深い感謝をささげます！　ここでは、わたしは山に囲まれています。テラスから、とりかこむ広大な山の連なりを眺めています。（…）
>
> 『山の歴史』を執筆するには、監獄よりここの方がずっと快適です。すでに書いたものを大部分書き直しています。残りの部分も、まえより軽い気持で書けるでしょう。数日すると、わたしはたぶんルガーノ〔コモ湖の西〕に移って、そこで家族と落ちつこうと思っています。（P・B第二十六章）

この手紙を読んで、エッツェルがどれほど喜んだかは、想像にかたくない。そしてエッツェルは、ルクリュの苦難の日々を自分の亡命時代と重ね合わせ、つぎのように六月二十日にルクリュに書き送る。

> わたしはあなたの親しい友人から、あなたの消息を聞きました。その女性はあなたのことを兄弟のように語っています。それも、人間の善意を信じるというただひとつの度し難い点のある兄弟だといっています。それがひとつの欠点だというなら、わたしもその欠点をあなたと共有して

います。いいえ、希望がわたしを捨てることはありません。わたしは亡命を知っています。そして、わたしには長く思われましたが、八年経ったのちでも、わたしはまだ希望を抱いていました。わたしの考えは正しかったのです。というのは結局、幸福の総計が不幸の総計を上まわることがないとすれば、世界の肝心かなめの部分で秩序が欠けているということになり、地球はまわるのをやめてしまうからです。しかし、地球はまわっています。だから、人がいうほどには万事悪くはならないのです。もし歯車がきしり、ぎいぎい音を立てるとしたら、それは、ただひとつのことをしめしているだけです。つまり、歯車に十分な油を、十分な善意をさしていないということです。（P・B第二十六章）

エッツェルは、こうして、ルクリュに少し休むように、もし生活に不如意なことがあるなら、金銭的な援助をすると申し出たが、ルクリュは、「あなたの寛大なる申し出をうける必要はありません」、「あなたに傑作をお送りして、感謝の意を表したいと思っています」という返書をして、経済的な援助を固辞した。

ルクリュは、家族と「古いあばら屋」に住んで、仕事に打ちこむことに満足していたのである。しかしまた、「歴史の教訓はあまりに苛酷なものであり、それを教訓とし、子どもたちに同じ目にあわせないようにしてやることが、是非とも必要です」、地獄のような体験を忘れることなく、語り伝える義務があると、エッツェルに書き送っている。そんな心情にかられながら、一九七二年の九月末に、ルクリュは、ついに『山の歴史』の原稿を完成してエッツェルに送ったが、何らかの理由で刊行されたのは一八八〇年になってからであった。
ルクリュは、その後、ブリュッセルの自由大学比較地理学の教授となり、『新世界地理学』全一九巻（一八七五―九四）、『人間と地球』全六巻（一九〇五―〇八）といった大著を刊行して、文字どおり地理学の泰斗となった。

以上が、エッツェルとコミューンの闘士とのたぐいまれな仕事と心の交流の物語であるが、そのほかにもエッツェルは、必要に応じて、出版にたいしての政府の干渉に抗議の発言をくり返した。たとえば、エルクマン＝シャトリアン〔エルクマンとシャトリアンというふたりの作家の合一のペンネーム〕という古いつきあいの作家にたいして、新政府がその著作『国民投票の歴史』を発禁処分にしたのにたいして、友人の内務大臣ヴィクトール・ルフランに抗議している。

その著作をフランスのストラスブールとか、ベルリンまで足を運んで印刷し、そこからパリに、フランスに還流せざるをえないように、わたしをし向けませんよね？　そのようなことは、わたしには簡単ですがね。あなたの役所の方は、そんなことをしても、なんら得るところはないと思います。ところで、もしあなたが、わたしの申し出を聞いたのちも、お役人の意見どおりにすることに固執なさるのでしたら、わたしはすぐにでも、そのように手配します。お役人連は、ボナパルティストであることをやめないのですから、プロシアよりもプロシア人です――このことを、あなたはどうしてわからないのですか。（P・B第二十六章）

これは、抗議というより、ほとんど脅《おど》しである。そして、ルフランは、おそれをなしたのか、省庁の役人に発禁処分を撤回させたのである。エッツェルの力恐るべしであるが、それとともに、こうした態度からも、エッツェルが新政府の反動化に神経をとがらせているさまがよくわかる。

しかし一方、エッツェルは、エルクマン゠シャトリアンにも、彼らの戦争史の著述でトロッシュ将軍を評価するようにもとめ、書き直させるという「強権」を発動している。これはこれで、エッツェルの力恐るべしであろう。

ところが一方、トロシュにたいしては、トロシュが書こうとしている小冊子をめぐって、「ブルジョアジーは共和国を打ち立てるのに、心のすべてをそそいでいるわけではありません」（四月二十四日手紙――P・B第二十六章）といって、新体制を批判しながら、将軍に新たな共和国派に転向するよう求める。こうしたあり方にこそエッツェルの真骨頂があって、基本的にはコミューン派にも政府派にもくみしないエッツェルの姿が、ただゆるぎない共和国の確立こそフランスを救う道であると願っている姿が、かいま見えてくる。なお、その後エッツェルは、尋問委員会におけるトロッシュの発言を『真実と正義のために』（一九七三）と、『政治とパリの包囲』（一八七四）といった著書にまとめて、刊行している。ちなみに、トロシュは文筆家でもあり、『フランスの軍隊』（一八七九）、回想録をおさめた『遺作集　第二巻』（一八九六）なども刊行している。

以上、パリ・コミューンという激動の時代におけるエッツェルの活動の一端を紹介したが、ここでも編集者エッツェルの面目躍如たるところがある。というのは、コミューン派であろうと、ヴェルサイユ派であろうと、エッツェルが関心と共感をいだいた面々は、結局、エッツェルが執筆者として評価していた人々であるからだ。

作家に転身したコミューンの闘士アンドレ・ローリー　パリ・コミューン時代の闘争と混乱を描いた第十四章でのべたように、パリ・コミューンの委員として活躍したアンドレ・ローリーことパシャル・グルッセ（一八四五―一九〇九）とエッツェルは、その後深いかかわりをもつことになる。

グルッセがエッツェルと知り合ったのは、コミューン直前の一八六九年にさかのぼる。彼は医学を志していたが、すでに科学記事を「ル・タン」紙などに書きはじめていた。その従兄のアドリアン・エブラールが「ル・タン」紙の社長であったところから、エッツェルとは彼を介して知り合った。ところがもともと反ボナパルト派だったグルッセは、パリ・コミューンに参加し、七一年九月二日に、軍法会議によって要塞流刑に処せられた。死刑にも終身刑にも処せられなかったのは幸いだったが、流刑地は太平洋の南にある遠隔のニューカレドニア島であった。

アンドレ・ローリー（X. ノエル撮影）

しかし、不屈のグルッセはなんども脱獄をこころみ、ついに七四年に、コミューンに参加せずとも加担したと不当な判決を受けて流刑されていたロシュフォールとともに脱獄に成功し、イギリスのロンドンに亡命した。そして八〇年の大赦によって、やっと帰国するという波乱の前半生であった。

しかし、もともと冒険小説作家を目指していたグルッセにとって、冒険小説の本場であるイギリス体験はゆたかな実りをもたらした。フランス語を教えながら、七七年から「ル・タン」紙に記事を送り、イギリスの新聞に寄稿するなど、バイリンガルの作家として活躍しはじめ、大政治家グラッドストンに称賛されるほどになった。

八〇年に帰国すると、グルッセはエッツェルとの絆《きずな》を強め、アンドレ・ローリーの筆名でイギリスのメイン・リードなどの冒険小説をつぎつぎに翻訳した。とりわけ特筆すべきは、八五年にスティーヴンソンの『宝島』の初訳をしたことである。エッツェルは、批評家のエドモン・シュレールにこの仏訳をすすめられ、ローリーに訳を依頼したということもあって、序文はエッツェルによって書かれた。そこで、エッツェルは、この小説がいかに、英国の「タイムズ」紙の連載で人気を博し、大政治家グラッドストンが徹夜で読みふけったかといった逸話を語っている。

ローリー自身もまた、冒険小説をつぎつぎ発表した。その代表作に『ロビンソンの相続人』(一八八四)がある。

この物語は題名どおり、ロビンソン・クルーソーの縁者から相続人に指定された末裔が冒険のすえ、ロビンソンが漂流した島にたどりつくと、その島でミイラ化したロビンソンと彼の遺書が発見され、それによると、そこはロビンソンが物語にした島とちがうことがわかる。そして、のちにロビンソンが引きつれて植民した人々が島の金脈をうばおうと、ロビンソンの末裔に反乱を起こすという筋書きである。そこに魔術的な金の板がからんだりして、いかにも荒唐無稽であるが、子どもの読者を引きこむ力はもっている。

その後ローリーは、『トラファルガー船長』(一八八六)、『魔術師の秘密』(一八九〇)、『アトランティス』（一八九五）などをつぎつぎに発表したが、いずれも、『ソロモン王の洞窟』（一八八五）、『彼女』（一八八七、邦題『洞窟の女王』）などで知られているイギリスの冒険小説家ハガード（一八五六―一九二五）の影響をうけたあとがいちじるしい。その筆力をみて、エッツェルはローリーをヴェルヌに紹介し、ここで一時ヴェルヌ＝エッツェル＝ローリーという三人のコンビが組まれ、ローリーの原案をもとに、ヴェルヌの『〈シンチア号〉の漂流物』（一八八五）、『ベガンの五億フラン』（一八七九、邦題『インド王妃の遺産』）、『南十字星』（一八八四）などが生まれることになった。

なかでも『〈シンチア号〉の漂流物』は、ヴェルヌとの共作として「教育娯楽雑誌」に連載され（一八八五年一月一日―十一月十五日）、単行本としても堂々とヴェルヌ＝ローリー共作として、エッツェル書店から刊行された。こうしてローリーは、「エッツェル一家」に組みこまれたのである。

しかし、ローリーの名を広めたのは、イギリスで流行していた学校物語を「教育娯楽雑誌」に連載したことである。イギリスでは、『女家庭教師』（一七四九）のセアラ・フィールディングや、『村の学校』（一七九五）のドロシーとメアリ・アンのキルナー姉妹や、『少年たちの学校』（一八〇〇）のエリザベス・サンダムなどの学校物語の先駆者がいた。さらに一八五七年に、イギリスのパブリック・スクールの明暗をリアリスティックに描いたトマス・ヒューズの『トム・ブラウンの学校生活』が刊行され、評判になると、一八六〇年代から七〇年代にかけて、学校物語が続々刊行されるようになった。

ローリーはそれらの先鞭にならって、ジャーナリストとしての見聞と情報を生かして、パリやフランスの地方の学校ばかりでなく、イギリス、ドイツ、イタリア、スペイン、ロシア、はては日本にいたるまで、各国の学校生活を、ドキュメンタリー風に描いた。『日本の中学校について』（一八八六）という、日本を訪れたフランス人が、地方の旧家に泊まり、そこでイノヤという少年と知り合い、西欧の文化を学びたいという向学心やみがたい少年と上京して、東京の中学校の教育にふれ、それを紹介するという物語も書いている。

エッツェルへの最初の手紙は、この学校物語の執筆に関するものである。

五、六年まえに、わたしが科学小説を書こうと思っていたときに、光栄にもエブラールからあなたに紹介されたことを、覚えておいでででしょうか？　たしかに、そこにもどるためには、回り道をしてしまいました。しかし、イギリスに住んで以来、まぢかにイギリスの学校制度をフランスと比較する機会をもちました。そして、小説という生き生きしてわかりやすい形でその比較を要約するのは面白いと思われました。そこで原稿を郵送させていただきます。（七五年十一月二十六日――クサヴィエ・ノエル「アンドレ・ローリーの編集者エッツェル」、『ピエール＝ジュール・エッツェル――編集者・作家・政治家』所収）

しかし、この原稿にはエッツェルは慎重にかまえていた。発表には手直しが必要であると思ったからである。とりわけ、エッツェルは、他国の制度を紹介する際に、その国から批判されることをおそれていた。特にプロシアを描いた箇所には、神経をとがらせたようである（好戦的な部分と思われるが）。

しかし、強気のローリーは、「真実を語ることで起こりうる国際的な危険については、まったくの空中楼閣だと思います。自国で刊行される本について、政府にも国民にも責任はありません」、「少なくとも、現実には、フランスでは出版は、自由です」（八〇年三月二十二日エッツェル宛――クサヴィエ・ノエル、同書）などと力説した。エッツェルも最終的には納得して、自分でも手をいれて、発表することとなった。そしてそのさいに、スタールの筆名でつぎのように、この連作の意義を説いた。

人間は、それぞれの国が隣国にあるよりよいものを吸収するならば、本質的にどこでも同じである（…）ヨーロッパの教育の水準は、道徳的にも知的にも、公的・私的教育にしめされるある種の統一をかちうるようになり、いずれ、さまざまな国民のあいだに、より緊密なきずなと新たな近親感を生みだすようになるであろう。（「教育娯楽雑誌」三三巻）

こうして、忠実に各国の学校について、教室風景、賞罰、試験、遊び、服装とあらゆる学校情景を描いた『すべての国の学校生活情景』の連作は、一八八一年から一九〇四年まで「教育娯楽雑誌」に挿絵つきで連載され、エッツェルの死後単行本にまとめられたが、それはなんと全一八巻のシリーズにふくらんでいた。そして、各国でも翻訳されて読まれたが、なによりも、学校で各種の賞とともに贈られる賞品の定番となった。

ローリーはまた、フィリップ・ダリルという筆名でも『世界中の暮らし』というタイトルの連作を書いて、エッツェルはそれを編集し、他の出版社にも推薦した。こうした刊行で、グルッセ＝エッツェルは、自国自讃するフランス人の目を海外に向けさせるという、貴重な貢献を果たしたというべきであろう。

コミューンの闘士であった自分を作家として育て上げてくれたエッツェルへの恩を、グルッセは終生忘れることはなかったはずである。エッツェルがモンテカルロで死去したとき、グルッセは、つぎのような弔電を打っている。

わたしは、失ったばかりの人のために、わたしにとって一一年ものあいだ実の父親のようであった人のために、あなた方とともに涙を流しています。（クサヴィエ・ノエル、同書）

第十六章　再建の時代とヴェルヌとの最後の日々

『八十日間世界一周』とヴェルヌとの新契約　普仏戦争（一八七〇―七一）とパリ・コミューン（一八七一）は、フランスに大きな傷あとを残した。むろんエッツェル書店もその例外ではなかった。さいわい書店は、エッツェルがパリをはなれていた一八七一年五月二十三日夜のパリの大火の類焼をまぬかれた。資料類は地下倉庫にしまいこまれ無事であった。国民軍の一員として従軍していた息子も書店の仕事に復帰した。

エッツェルは一八八六年に死亡しているので、逆算すると、五十七歳になった一八七一年の時点で、余命はあと一五年ということになる。しかしこの一五年間も、編集者エッツェルにとっては、多産の年月であった。

まず、生涯の「精神の父」として切っても切れない縁をむすんだヴェルヌの傑作を、つぎつぎと世に送り出した。

普仏戦争の直前には、すでにのべたように、『月世界旅行』を七〇年一月に刊行している（そのまえに、一八六九年十一月四日から十二月八日まで「ジュルナル・デ・デバ・ポリティック・エ・リテレール」紙で連載されている)。
『海底二万里』は、二巻目が七〇年七月十九日の普仏戦争の開戦直前の七〇年六月に、刊行された(連載は「教育娯楽雑誌」の誌上で一八六九年三月二十日から一八七〇年六月まで、第一巻刊行は六九年十月)。
その後の、コミューン動乱以後に刊行した主要作は、以下のとおりである。「教育娯楽雑誌」に連載したものはすでに第十一章に列挙したので、ここでは単行本の刊行のみを記している。
『毛皮の国』(一八七三年、全二巻)
『八十日間世界一周』(一八七二年十一月六日―十二月二十二日、「ル・タン」紙連載、二巻本として一八七三年)
『神秘の島』(一八七四―七五年、全三巻)
『ミシェル・ストロゴフ』(一八七六年)
『エクトール・セルヴァダック』(一八七七年、全二巻)
『ベガンの五億フラン』(一八七九年、邦訳『インド王妃の秘密』)
『ジャンガダ』(一八八一年、全二巻)
『緑の光線』(一八八二年五月十七日―六月二十三日、「ル・タン」紙に連載ののち、同年七月二十六日刊行)
『征服者ロビュール』(一八八六年六月二十九日―八月十八日、「ジュルナル・デ・デバ・ポリティッ

ク・エ・リテレール」紙に連載ののち、二巻本として同年八月二十二日刊行）

これでもわかるとおり、ヴェルヌの作品すべてが、「教育娯楽雑誌」に連載されたわけではない。といっても、ヴェルヌはエッツェルの同意なしには、他の雑誌に刊行できないように、契約でしばられていた。そして単行本は、契約にしたがってエッツェル書店から刊行されることになる。そのような契約だったので、エッツェルは他紙での連載についても、原稿段階からヴェルヌに注文をつけている。『征服者ロビュール』のばあい、原稿段階からいかにエッツェルが介入したかは、すでに第十一章で紹介したとおりである。

『八十日間世界一周』も、「ル・タン」紙に連載されたのち、エッツェル書店によって刊行されたが、この作品は、それまでのヴェルヌの作品とくらべると、「ダントツ」の売行きをしめした。エッツェルがヴェルヌに送っていた販売部数表によると、一九〇五年までの部数は十八折判で一〇万一〇〇〇部である。それまでの作品はせいぜい数万部であり、いちばん部数をのばしている一〇年前の一八六三年刊行の『五週間の風船旅行』でも七万六〇〇〇部であるから、これがいかに突出しているかわかるだろう。

『八十日間世界一周』

この売行きには、時代の波が関係している。アメリカの大陸横断鉄道が完成し、鉄道網が世界各地に張りめぐらされはじめ、スエズ運河が一八六九年に完成されたばかりのその時代、船と汽車による世界一周は、もはや夢ではなくなったのだ。事実、ボストンの実業家ジョージ・フランシス・トレインは、すでに一八七〇年に世界一周をやってのけ、同年十月十四日に帰国したという。また、ヴェルヌの主人公フィリアス・フォッグとまさに同じ姓のウィリアム・ペリー・フォッグなる人物が一八六九年から七一年にかけて世界一周をここ ろみ、『世界一周』という著書を刊行したという（ピーター・コステロ『ジュール・ヴェルヌ――SFの創始者』）。

そうした風潮にのって、「ツアー」旅行企画のパイオニアであるイギリスのトマス・クック社は、ヴェルヌの小説が連載されるまえに、すでに世界一周旅行の企画を発表していた。

トマス・クックは一八七二年六月四日付けの広報誌『クックの観光旅行』に世界一周旅行の広告をはじめて掲載した。それはこの壮挙を決断したいきさつと意気込みからはじまり、ルートの解説、費用と日数の詳細が記された一ページ二段組の広告である。

ルートについては基本ルートとして、リヴァプールまたはグラスゴーから出発して、西回りのコースをとり、アメリカを横断、アジア諸国（もちろん日本、中国もふくまれる）を訪れ、インド、エジプト、ヨーロッパを経由して帰国する、というものだった。（蛭川久康『トマス・クックの肖像』第八章）

シャルル＝ノエル・マルタンは、ヴェルヌがこの広告を見たにちがいないといっている。彼はまた、「マガザン・ピトレスク」誌の一八七〇年四月号に掲載された、スエズ運河を利用して三カ月以内で可能な世界一周のプランも、ヴェルヌが参考にしたにちがいないとしている。というのも、そのコースと日数が、つぎの比較でわかるように、ヴェルヌの小説と酷似しているからである。（シャルル＝ノエル・マルタン、前掲書、第十五章）

パリからスエズ運河の先端のポート＝サイド、汽車と蒸気船――六日間
ポート＝サイドからボンベイ、蒸気船――一四日間
ボンベイからカルカッタ、鉄道――三日間
カルカッタから香港、蒸気船――六日間
香港から江戸、蒸気船――六日間
江戸からサンドイッチ島、蒸気船――一四日間
サンドイッチ島からサン・フランシスコ、蒸気船――七日間
サン・フランシスコからニューヨーク、完成したパシフィック鉄道――七日間
ニューヨークからパリ、蒸気船――一一日間
　計八〇日間　（「マガザン・ピトレスク」誌）

ロンドンからモン・スニ、トリノを通過してスエズ、鉄道と船――七日間

スエズからボンベイ、船——一三日間
ボンベイからカルカッタ、鉄道——三日間
カルカッタから香港、船——一三日間
香港から横浜（日本）、船——六日間
横浜からサン・フランシスコ、船——二二日間
サン・フランシスコからニューヨーク、鉄道——七日間
ニューヨークからロンドン、船と鉄道——九日間
計八〇日間　（『八十日間世界一周』第三章で示されている計画）

驚くほど両者の計画は似ていることがわかる。クック社の世界一周ツアーは、一八七二年九月二十六日にリヴァプールを出発し、大西洋をわたる西回りでアメリカを横断し、その後フォッグ同様に横浜にも上陸している。

それればかりではない。ツアーに同行したクックは、ヴェルヌの作品の「ル・タン」紙連載中に、「タイムズ」紙に手記を載せている。たとえば横浜の印象記は、一七七二年十一月八日号に掲載されている（蛭川久康、前掲書）。一方、ヴェルヌの世界では、フォッグの従者パスパルトゥーが主人とはぐれたまま十一月十三日に横浜に着いている。ところで、「ル・タン」紙の連載は、一八七二年十一月六日—十二月二十二日までで、フォッグの世界一周は七十二年十月二日から十二月二十一日までだから、連載の最終回の前日にフォッグがロンドンに到着して、賭けに勝ったことになるよ

うに仕組まれていた。そこで、読者はまるで自分も旅行に加わっているような気分になって、毎日むさぼり読み、そのため「ル・タン」紙の売行きもうなぎのぼりに上昇したという。

クック社の一行は、二二二日かけて五月六日に世界一周を果たしたというから、フォッグは、クック社よりはるかに速く旅をおえたわけである。ここにも、現実をフィクションで超えるというヴェルヌの手法が生きている。それも八〇日間でおえるという作中の賭けが、読者をまきこんでまるでクック社との賭けに勝つように仕組まれている。賭け、盗みの疑いをかける探偵との追っかけ、一日おくれたと思いこんでいたら日付変更線を通過したためにぴたりと八〇日間におさまる結末のどんでん返しと（このトリックを取りいれるために、当時主流だった西回りコースと逆に、東回りコースにしたのである）、『八十日間世界一周』が大当たりしないわけはなかった。

『八十日間世界一周』の舞台

はじめからこの作品の劇作化をねらっていたヴェルヌは、翌年デヌリーの脚本によってこれを五幕の劇にして、七四年十一月七日より「ポルト・サン・マルタン座」での上演にこぎつけた。舞台に汽車や本物の象まで登場させるという大スペクタクル劇に仕立てられ、大当たりをとった。こうして、ヴェルヌは、『八十日間世界一周』によって、以前にもまして流行作家となった。

そこでエッツェルも、ヴェルヌとの契約を改善せざるをえなくなった。こうして、一八七五年五月十七日に新契約が締結された。

その前文には、それまでの四回にわたる契約の概要がしるされたあと、以下の文言が書かれている。

『八十日間世界一周』の刊行後、ジュール・ヴェルヌ氏の作品の売行きが大きく伸びたので、エッツェル書店は、ジュール・ヴェルヌ氏が同氏の作品の増大する売行きの利潤にあずかることになるようにと、数カ月前に以下のことを同氏に表明した。すなわち、本社の意図は、一八八一年に終結の予定で、まだ六年間は継続することになる一八七一年九月二十五日の契約による収益を放棄し、かつ、同氏の方でもそれまで選択していた固定収入の方式を放棄し、同氏の今後の作品の売行きにたいしては売れた部数に応じて定率の印税の取得の形にする契約を、同氏と取り結ぶこととする。

新契約とヴェルヌの不満　ここでいわれているように、新契約の大きな改正は、固定額の支払い方式ではなくて、印税による支払いという点である。第二回の総合契約の全文はすでに紹介しているので（二四一―四三頁）、その後の経過の概要をたどると、一八六八年に三回目の総合契約が結ばれた。その規定では、既刊の著作権が一巻三〇〇〇フランで買い取られること、挿絵の一〇年間の無条件独占、エッツェルとの契約以前に「家庭博物館」誌で発表された中編の単行本での刊行権、エッツェルの許可のもと一年一回「教育娯楽雑誌」以外の雑誌に発表できるが、それを単行本とする権利はエッツェル書店が留保するといった内容であった。

さらに一八七一年九月二十五日に、引用した文言にある四回目の総合契約が交わされた。そこでの大きな改正は、年間三作を完成する義務を二作とし、しかも報酬は、年間九〇〇〇フランから（一作三〇〇〇フラン、月割り七五〇フラン）一万二〇〇〇フラン（一作六〇〇〇フラン、月割り一〇〇〇フラン）と二倍の好条件となった点である。

ところが、七五年五月十七日に締結された第五回の総合契約では、原稿料方式から印税方式となるという大きな改正をおこなっている。その全文をかかげるかわりに、ここでは、以下に骨子を紹介する。

これまでの挿絵本の著作権は、完全にエッツェル書店に属する（第一条）。すでに刊行されたすべての作品について、一八八二年より（つまり一〇年継続の七一年契約がおわった時点で）、十八折判一巻について五〇サンチームの印税を支払うものとする（第三条）。エッツェル書店は今後のすべてのヴェルヌの作品の独占的刊行者となり、従来どおりヴェルヌは年二作を創作するものとする（第四条、第九条）。『ミシェル・ストロゴフ』（邦題『皇帝の密使』）以降の今後刊行されるものもすべて十八折判一巻で五〇サンチームの印税とする（第五条）。挿絵本では二万部まで一作について五パーセントの印税、それ以上の部数については一〇パーセントの印税とする（第六条）。また、エッツェル書店以外の新聞、雑誌、翻訳などすべての形の刊行の利益は、エッツェルとヴェルヌで折半し、新作を新聞、作品集、雑誌などに発表するばあいは、その発表機関の選択はエッツェルが定め、「教育娯楽雑誌」で発表するばあいは、他雑誌が支払うであろう額の半分をヴェルヌに支払うものとする（第七条）。印税支払い方法は、四月三十日と十月三十日の年二回で月締めの合算とし、現金で支払うものとする（第八条）、『ミシェル・ストロゴフ』と『太陽世界旅行』（刊行時に『エクトール・セルヴァダック』となる）の前渡しとして一万フランをヴェルヌ氏に支払うものとする（第九条）。この契約から二年間については、新たな方式が確立するまで、印税払いではなく従来通り月一〇〇〇フランの支払いをヴェルヌ氏に保証するものとする（第十条）。劇作品は、すべての文学作品と同様、エッツェル社にて刊行し、印税は第五、六条に準ずるものとする（第十一条）。契約は一八八五年に破棄できるが、猶予期間を三年おくので、じっさいには一八八八年に破棄されることになる（第十二条）。これが一八七五年の総合契約の骨子である。

このような改正がなされた理由は、『八十日間世界一周』の飛躍的な売行きの伸びからヴェルヌが抜きんでた流行作家となったことがあるが、一方、ヴェルヌも機会あるごとにエッツェルに報酬の値上げを求めてきた結果でもある。たとえば、七一年の改正のまえにエッツェルから改正点をあらかじめ伝えられると、ヴェルヌは、つぎのように求めている。

あなたは、わたしたちの契約を、わたしの収入を減らすことなく年間に書く本の数を二冊に減らすような改正を、ご提案くださいました。その点については、寛大なご配慮を格別に〔ラテン語 ex uno〕ありがたく思います！　しかし、現在の状況と、すべての場面で長期間つづいている苦境〔コミューンのことを指している〕からすると、九〇〇〇フランから一万フランへの収入の値上げも、わたしにとっては絶対的に不足であると、あなたに申し上げねばなりません。（七一年四月二十二日エッツェル宛——V・H）

こうした返答の結果、同年九月に結ばれた一八七一年の契約では、年間の報酬は一万二〇〇〇フランに値上げされたのである。同じように、七五年の契約が五月十七日に結ばれる直前にも、事前にしめされた案について、「ひとつだけ意見を申し上げます」と切り出して、挿絵本の五パーセント印税について、『ハトラス船長』全二巻が七フランで売られているため、一巻については一七・五サンチームの印税にしかならないので、「わたしの夢は、挿絵本であろうがなかろうがすべて一巻五〇サンチームの印税がもたらされることです」（七五年五月十五日エッツェル宛手紙――V・H）と、やんわり要求を出している。

ところが、それにたいしてエッツェルは、その翌日すぐに反論している。エッツェルは、挿絵本の製作費がいかに高いか、しかも挿絵なし本は一〇〇〇部ごとに追加費用なしで増刷できるのにたいして挿絵本は増刷ごとに費用がかかる、初版の二万部についてヴェルヌに五パーセントの印税を払っても、まだ刊行の経費をカバーできない、第二版で五〇〇〇部売ってやっと採算がとれる、それだけ売るためには価格を高く設定することはできない（ヴェルヌは、五パーセント印税で二巻構成の挿絵本で一巻五〇サンチームの印税を確保するには、二巻本で挿絵本を二〇フランに価格設定をしなければならないと提案をしている）と、縷々《るる》説明している。そして、「挿絵なし本と挿絵本の収益の比較は非常識で、ナンセンスであると、断言します」、挿絵本を「製作費用が安価で、発行部数が少ない本がもたらす収益と同じ収益が引き出せると考えてはなりません」（七五年五月十五日ヴェルヌ宛手紙――V・H）と、きびしくたしなめている。

結局、ヴェルヌは納得して契約書に署名したのであるが、挿絵本については、じつは大きな問題がひそんでいたのである。七五年契約では『ミシェル・ストロゴフ』以後の挿絵本については印税払いが規定されたが、一八六四年の第一回の総合契約以来ずっと、エッツェルが挿絵本の絶対的版権を所有する規定になっていたのである。そこでエッツェルの息子から、それまでの精算書を送られたときに、ヴェルヌは、七五年までの挿絵本の売上げが自分に還元されていないことをあらためて意識することになる。そして、息子のルイ＝ジュールにつぎのように書き送る。

親愛なるジュール、

お送りいただいた計算書、手形、受領書を拝受しました。受領書は署名して返送します。わたしは、すでにあなたに申し上げた指摘にあなたの注意をうながしたいと思います。わたしになんらの利益ももたらさなかった、一八六三年から一八七五年までの十八折判の挿絵本についてです。文章がなければあなた方にとって挿絵は無価値であるということから、これらの挿絵本の著作権をあなた方が確保したことは、重々承知しております。しかし、現在の十八折判は、新契約（七五年契約）では考慮されていますが、八折判が無視されている理由がどうしてもわかりません。これらの本はわたしにとって、死んだも同然とみえるのは辛いことです。（シャルル＝ノエル・マルタン、前掲書第十六章）

日付のないこの手紙は、「親愛なるエッツェル」ではなく、「親愛なるジュール」という書き出しからみて、息子に宛てて一八八四年に書かれたと推測される（シャルル＝ノエル・マルタン、同書）。

おそらく精算書が息子から送られたので、返書も息子宛になったのであろうが、ここでヴェルヌが、父のエッツェルにはいえない不満をぶちまけていることが注目されよう。この文面からすると、ヴェルヌの不満・不審はふたつある。

まず八折判の挿絵本であり、挿絵本の印税については、六四年契約で、「版木と版画は、著者の文章なしでは無価値となるので、エッツェル氏の版権は絶対的、独占的、無制限であるが、エッツェル氏は、第三条の文言に定められた印税〔六パーセント〕をヴェルヌに支払う義務を負うものである」としているが、この規定はどうやら八折版の挿絵本だけに適用されていたようである。そこで、十八折版の挿絵本の印税が払われていないという指摘になったと思われる。もうひとつは、逆に七五年規定で、十八折判についての印税払い規定があるのに（第五条）八折判については規定されていないので、新規定が有効になる段階で八折判の印税が払われなくなるという点である。

いちばんの問題は、挿絵本についてのエッツェルの独占的版権である。挿絵は画家から買い取ってエッツェルに版権があるとしても、文章なしでは挿絵は無価値だから挿絵本全体の版権をエッツェルが所有するというのが作家に不利であることはあきらかである。シャルル・ノエル・マルタンは、『ヴェルヌの生涯と作品』（第十六章）で、検分できる資料によると、ヴェルヌの著作によってエッツェルは四〇年間で三〇〇〇万フラン収益をあげたのに、ヴェルヌの収入は一〇〇〇万フランにすぎないのだから、ヴェルヌはエッツェルにだまされているのだとしるしている（さらに、同著の第十二章では、エッツェルは八倍もうけたとちがう数字をあげている）。彼以外にも何人ものヴェルヌ研究家が、この差異を指摘して、エッツェルによる一方的な契約をいきどおっている（なお、挿絵本刊行のエッツェルの戦略については、石橋正孝「カニバリズムの修辞学」にも具体的に論じられている)。

しかし、コミューンの一時期をのぞくと、ヴェルヌが生活的に困っていたという兆候は見られない。すでに述べたように、むしろ、持ち船を三回買いかえたり、立派な家を新築したり、アミアンの市民を招待して大盤振舞いをしたりしている。一方、エッツェルがぜいたくをしたり豪遊したりしているという姿は、わたしの知るかぎり見られない。つまりエッツェルは、いかに収益をあげようとも、それを書店の経営につぎこまざるをえなかったのである。

とはいえ、いずれにせよ、エッツェルはヴェルヌを完全に囲いこんでしまったのであり、とりわけ挿絵本の独占権はエッツェルに一方的に有利な規定であることはたしかである。ヴェルヌもそれを意識していたはずである。しかし、エッツェルへの敬意と力関係からあえて従ったと思われる。それが、七五年契約からは、精算書がエッツェルから送られることとなって(これもヴェルヌが求めたからだと思われるが)、ヴェルヌにも実体が見えてきて、息子をとおして訴えるということとなったのだろう。

エッツェルの死とヴェルヌ　エッツェルは死にいたるまでヴェルヌの作品に手をいれつづけた。ヴェルヌは荒唐無稽なファンタジーを描くことはなく、そこにはつねに合理的な論理がつらぬかれているのはたしかであるが、そういう手法にもエッツェルは影響をおよぼしたのである。

そのエッツェルから解放されたヴェルヌが、どのようなエッツェル離れの作品を書いたかという

『ヴィルヘルム・シュトリッツの秘密』の挿絵

ヴェルヌのカリカチュア（ジル画）

例をあげてみよう。それは、エッツェルの死後の一九一〇年に刊行された『ヴィルヘルム・シュトリッツの秘密』である。物語は、フランス人の画家マルクと結婚しようとしている花嫁に横恋慕したプロシアの医師が、物質を透明にする化学薬品を発明し、花嫁を奪い取るという物語である。

テーマとしては、歌姫に恋慕した男が映像再生装置をつかって歌姫をよみがえらせる『カルパチアの城』（一八九二）の系譜につらなる作品である。しかし、この小説がH・G・ウェルズの『透明人間』（一八九七）に張り合って書かれたのはたしかであるが、人間を化学薬品によって透明にするというのは、ヴェルヌにしてはあまりに科学的根拠にとぼしいものである。空想的な未来科学小説にしても、合理的な根拠を重んじたエッツェルが生きていたら、その細部に口を出したことは想像にかたくない。そのエッツェルがすでに他界しているので、ヴェルヌは自由に想像力を展開できたともいえる。

ただし、このヴェルヌの作品自体、ヴェルヌの死後に刊行されたため、エッツェルの息子ルイ＝ジュールとヴェルヌの息子ミシェルのために、大きく書き直されたことはよく知られている。いまではヴェルヌのオリジナル版が編纂されているが、ヴェルヌの死後、その遺作の刊行はすべてヴェルヌの息子に委託され、ふたりの息子によってヴェルヌの遺作が刊行されていったのである。しかも、エッツェルの息子はヴェルヌの息子に父の作品に手をいれることを求めている。ミシェルの方も父親へのコンプレックスから父の仕事に手をいれることに積極的であったから、それに同意した（ミシェルは、父へのコンプレックスのためか少年時代から父に反抗的であった。手を焼いた父は彼を感化院にあずけたり、インドまで遠洋航海に出したりしたが、その効果はなかった。父の遺作を書き直したのも、父へのコンプレックスから発した振舞いと思われる）。こうして、ヴェルヌ＝エッツェルの関係が、二代にわたって引き継がれたというわけである。

エッツェルの息子がミシェルにもとめた最大の手直しは、原作の時代を十九世紀から十八世紀にあらためることと、大団円をハッピーエンドにするため、透明人間にされた花嫁が元どおり見える肉体を回復するようにあらためることである。そのため、なんと花嫁がみごもって出産するときの出血によって、薬も胎内から排出されて回復するという結末に書き直されたのだが、ヴェルヌの原稿では、花嫁は透明人間のままでおわり、夫の画家が描いた肖像画のなかで永遠の若さを保ったままの姿がのこるという結末であった。この結末には、花嫁の生気を吸いとって夫の画家が描いた、生けるがごとき肖像画だけが花嫁の死後のこったというエドガー・ポーの『楕円の肖像画』の影響が指摘されていて、芸術至上主義のテーマもあるとされているが、ミシェルのヴァージョンは、これをまったく変えてしまったといえる。なお、この書き直しがいかに現実の女性を忌避するヴェルヌの女嫌い《ミソジニー》（ヴェルヌの作品には、女性像が稀薄で異性愛の筋書が少ないのは、ヴェルヌの心の深層にある女嫌いに起因するという解釈がある）のイデーを裏切る結果になっているかを、新島進が近著「ヴェルヌとルーセル、その人造美女たち」（慶應義塾大学出版会刊、荻野安奈編『人造美女は可能か？』）所収）で、この種のテーマの系譜を広く取り上げながら論じている。

ともあれ、エッツェルの死後であればこそ、ヴェルヌはこのような自由なヴェルヌ流のファンタジーをはばたかせることができたのであろう。しかし、それがヴェルヌにとって幸運であったとはいいがたい。

ヴェルヌにとって、編集者エッツェルの重圧が重かったのはたしかである。そして、エッツェルの干渉はしばしばふたりのあいだの議論の種となった。しかし、この執拗な介入が作家を刺激し、大きな収穫をもたらしたこともたしかである。そして、「もしエッツェルがいなかったら、作家に栄光をもたらした『驚異の旅』が存在したであろうか？」（オリヴィエ・デュマ「エッツェルとヴェルヌ——二十五年間の協同」——『ピエール＝ジュール・エッツェル——編集者・作家・政治家』所収）という問いとなる。

この問いは、むろんノンである。というのは、エッツェルは『驚異の旅』のシリーズのプロデューサーであったからである。それも、金も出せば口も出すという点で、稀代のプロデューサーであった。そのため、エッツェルが他界するや、その重圧と刺激がとれたとはいえ、ヴェルヌの生彩がいささか薄れたのも、否定できないであろう。

　この章のむすびとして、わたしはゴンドロ・デッラ・リーヴァが「ヴェルヌの文通相手エッツェル」のさいごに引用している、ヴェルヌ宛のエッツェルの一八八六年一月十三日付の手紙をかかげたい（『ピエール＝ジュール・エッツェル――編集者・作家・政治家』所収）。わたしもこのくだりに感慨をおぼえたからである。


　あなたにキスを送ります、わが親愛なるヴェルヌ、あなたの全世界の思い出としてわたしのことを覚えていてください。

　わたしは感激もなく出発します。道中の長さに怖れをなしています。わたしたちが楽しく旅をともにして、ジュアン湾〔南仏のコート・ダジュールにある湾〕をのぞむ窓から水平線のほうにコルシカ島を見つけようとしたあの時は、もうすでにはるか遠くです。

敬具

　パリから保養先のモンテカルロに旅立つ直前の手紙であるが、そのモンテカルロでエッツェルは帰らぬ人となったのである。ふたたび再会することがあるまいという予感がしみじみ伝わってくる文面ではないか。

第十七章　大作家たちとの精算——バルザック、ユゴー、サンド

バルザック夫人との確執　一八六〇年五月、ナポレオン三世の大赦でフランス帰国を果たしたばかりのエッツェルは、帝国裁判所の第一法廷に立っていた。バルザック夫人の訴えで喚問されたのである。原因はバルザックの『バルザックの思想』などの刊行をめぐるトラブルにあった。バルザックは、この九年前の一八五〇年八月十八日に逝去している。

バルザックの最期は、彼の小説さながらにドラマチックであった。というのは、バルザックは、ハンスカ夫人との一八年間にわたる大恋愛ののちに、同年三月にウクライナのベルディチェフで結婚式をあげたばかりだったからである。

ふたりが知り合うきっかけは夫人のバルザック宛のファンレター〔一八三二年二月二十八日付〕からであり、住所不明の手紙にたいしてバルザックが新聞広告で答えるという異常な形で応答したが、やがて相手がウクライナに大荘園を所有するポーランド系の大貴族の夫人であることがわかると、バルザックの心はたちまち燃えあがって、翌年の九月には、スイスのヌシャテルに旅行中の夫人と、夫の目をしのんで逢引するまでになる。こうして、結婚にこぎつけるまでバルザックは、夫人に四巻にものぼ

るラヴレターを書くことになる。百編近い小説と家族・知人宛の五巻の部厚い書簡のほかに、このラヴレターのヴォリュームだから、そのエネルギーと情熱は想像をこえている。

一八四二年にハンスカ夫人の夫が死亡するや、結婚の望みがにわかに浮上するが、それからもまだ山あり谷ありだった。とくに当時ロシア帝国の支配下にあったポーランドの貴族としては、遺産相続にも結婚にも、ツァーに許可を得なければならないという事情もあった。こうして、念願の結婚にこぎつけたころには、長年の過酷な執筆のためもあって、バルザックの体はすでにぼろぼろになっていた。そこで、パリまで馬車を乗りついでの約一カ月（四月二十四日から五月二十日か二十一日まで）の長旅である。新居の用意万端ととのっていたフォルテュネ街の自宅に到着するや、バルザックはすぐに病床にふし、その三カ月後に、視神経を冒《おか》され、心臓発作に見舞われ、腹膜炎を併発して、死去したのである。享年五十一歳であった。

一方、ハンスカ夫人は八十二歳まで生き（一八〇〇―一八八二）、一八八二年に死亡した。つまり、バルザックより三二年長生きしたことになる。その間、画家のジャン・ジグーや作家のシャンフルーリと浮気をしたとか、さまざまなスキャンダルも流した。むろん、バルザックの作品の管理と出版契約、借金返済などについては、となりに転居してきた娘婿ムニーゼフの助けを得て、いっさい取りしきっていた。バルザックの遺作『農民』の原稿にも手をいれたあとがある。

エッツェルはすでに、この夫人には煮え湯を呑まされていた。一八五一年十二月十一日にエッツェルはベルギーに亡命したが、その二日まえに、バルザックがエッツェルに返済すべき八〇〇〇フランを、証書が見つからないので一〇〇〇フランに減額してくれと夫人からもとめられたのである。

亡命をひかえていたので、エッツェルは泣く泣く受けいれたと、後日友人に書いている（五六年七月六日友人宛手紙、P・B第十七章）。

そのようなことをこぼしているのも、ちょうどその時期に、バルザックの著作をめぐって、夫人とエッツェルとの確執がはじまったからである。それは、エッツェルが、『バルザックの思想』、『バルザックの女性』、『バルザックのエスプリ』という三巻本刊行の契約を、夫人の代理人でバルザックの友人だったデュタックと結んだことに発する。

デュタックは、「世紀《シェクル》」紙の支配人・編集長をつとめ、風刺新聞「シャリヴァリ」紙を買収したり、「フィガロ」紙、「カリカチュール」紙などにかかわり、「ヴォードヴィル座」を買収したり、ジャーナリストとして精力的に活動したが、そのぶん敵も多く、七転び八起の人生であった。バルザックとは、『イヴの娘』、『ベアトリクス』などを「世紀」紙に、『結婚生活の小さな悲惨』などを「カリカチュール」紙に連載させ、親密な関係にあった。バルザックの小説はろくに読んでいなかったそうであるが、バルザックは彼を高く買っていて、「デュタック氏は知られざる大人物である。二音節より成るその名は、エネルギッシュで大胆な性格をしめしている」とル・アーヴルの「フランソワ一世の塔」を訪れたときの見物客用の記帳簿に記している（ロジェ・ピエロ編『バルザック書簡集』第四巻）。しかし、バルザックは彼から一万二〇〇〇フランにのぼる借金をし、返済しないまま死んだと思われる。

そんな事情もあってか、デュタックはバルザック夫人に託されて、バルザックの死後バルザックの全集刊行も企画していたが、それを果たせぬまま一八五六年七月十一日に死亡した。そのため、バルザック全集の刊行権は以前からバルザック全集の刊行を宿願としていたミシェル・レヴィーにゆずられた（共同経営者の兄の名前を取ってカルマン・レヴィー版と呼ばれるバルザック全集は一八六九―七六年に刊行された）。デュタックの死亡は、前述の三巻本の刊行にも支障をおよぼした。というのは、バルザック夫人が、いかなる理由によるのか、すでに発刊されていた二巻を差し押さえ、刊行したエッツェルとミシェル・レヴィー社を提訴するといいだしたのである。夫人はいったんは提訴取下げを約束したり、示談の可能性もあったが、結局エッツェルは訴えられたのである。

ハンスカ夫人（バルザック記念館蔵）

『人間喜劇』刊行の企画を推進したエッツェルにとっては、未亡人との確執は痛恨のきわみであったにちがいない。法廷でエッツェルの弁護に立った弁護士のキャラビーは、『人間喜劇』刊行当時のバルザックとエッツェルとの書簡を読み上げたという（P・B第十七章）。しかし、法廷はエッツェルの三巻本の刊行をなおみとめず、『バルザックの思想』のタイトルのもとで二巻本の刊行のみをみとめる判決となった。

エッツェルは、バルザック夫人への憤懣を、ふたりのあいだに立って調整をしようと努力していたジュール・ジャナンに、夫人が亡命中の自分を提訴しようとしていた五六年に、つぎのように書き送っている。

誠実さそのものであった、文学的誠実さそのものであった夫から、その誠実さを奪ってしまうのなら、その人はもはやバルザック夫人ではなく、ヴォートラン夫人です〔ヴォートランは、バルザックの小説に登場する脱獄囚の怪人物〕。（P・B第十七章）

バルザック夫人にまつわるこうした苦い思い出を払拭するように、エッツェルは親しみにあふれるバルザックの伝記の刊行を企画する。伝記の著者は、バルザックの身辺にいて、バルザックと親密につきあっていたレオン・ゴズランであった。こうして、大作家のさまざまなエピソードや日常を織りこんで、バルザック伝説のみなもとのひとつともなり、バルザック愛読者にはあまりにも有名な、『部屋ばきの（くつろいだ）バルザック』が誕生する。このタイトルも、エッツェルのアイデアによるものである。ゴズラン宛のつぎの手紙を読んでいただきたい。

> わたしは、『レ・ジャルディー』〔ゴズランが予定していたタイトルで、バルザックが一時期暮らしたパリ郊外の館の名から取っている〕は、「レ・ジャルディーの思い出」という形で取っておくとして、他のタイトルが必要だと思っています。たとえば、「部屋ばきのバルザック」、「部屋着のバルザック」、「レ・ジャルディーの思い出」など、あるいは「自宅でくつろぐバルザック」（…）この著作が貴重で、稀有《けう》なものであり、たぶん他の同じ種類の軽めの本がつづくと説明する序文が必要でしょう〔当時エッツェルは手軽に読める本の刊行にも力を入れていた〕（…）いずれ、バルザックについての一冊か数冊の本が、このわれらの偉大な友の全集の付属として欠かせないということも視野にいれていることをお忘れなきように。あー！　それで校正はどのようにしま

すか？　見て、直し、校了とするのはあなたですか？　あるいは、あなたが注釈をつけて、あとはどうしますか？？？？？（P・B第十七章）

これではまるで、エッツェルが原稿に自分の手を加えたいと持ちかけているようではないか。そこで、ゴズランは答えている。

『レ・ジャルディー』の序文を同封します。見直して下さい！　序文と本の校正を注意深く見て下さい。わたしの意見をもとめることはありません。直して下さい。あなたに白紙委任をいたします。

この洒落た序の上に空白がありますが、そこには何もいれないでください。序言とか、緒言とか、概要とか――ばかげたことばをいれないでください。以上です！（P・B第十七章）

エッツェルが、ゴズランの序文や本文に手をいれたかどうかは定かではない。しかし、ゴズランは序文にエッツェルの名をあげている。

バルザックとわたしが分かち合う友情にうながされ、偉大な風俗の描写家にささげられる愛読者の好奇心にせまられて、わが才知に富んだすぐれた編集者エッツェルがその記憶で訂正してくれるのをたよりにして、わたしは、バルザックについてのこのはじめての秘話を敢えて書き上げた。もし、読者の希望に応え、また熱心な読者各位の広い熱意を生かすことができれば、他の秘話をつづけて刊行する用意もある。（ゴズラン『部屋ばきのバルザック』序文）

こうして、ゴズランの名が後世にのこることとなった名著『部屋ばきのバルザック』が誕生した。しかし、当時エッツェルは亡命中だったので、ベルギーのキースリング書店から一八五六年に刊行されたのである。そして、ゴズランは約束どおり続編『自宅でくつろぐバルザック』を書き、それは一八六二年にミシェル・レヴィー社から刊行された。いずれのタイトルも、引用の手紙からわかるように、エッツェルがつけたものである。なおその序文でも推測できるように、デュタックの死後、エッツェルはバルザック全集を刊行することも考えていたが、バルザック全集は、結局ミシェル・レヴィー社から刊行されたのである。

ユゴーとの金銭トラブルから全集刊行まで　一八七〇年九月五日、ユゴーはパリの北駅に立った。汽車の到着は夜九時であったが、一九年ぶりに亡命先からユゴーが帰国するという報をきいて、駅頭は群衆でうずまっていた。ゴーティエの娘のジュディットも駆けつけて、彼女がユゴーをかかえて、駅前のカフェにつれてゆき、ドアをしめ、熱狂する群衆からユゴーを護った。人々が口々に「ユゴー万歳！」と叫ぶので、「ユゴーの右腕」といわれた劇作家のポール・ムーリス（一八二〇―一九〇五）のすすめで、ユゴーは二階のバルコニーや馬車の窓から、四度にわたって群衆に演説をしたという。

群衆は「ヴィクトル・ユゴー万歳！」をくり返し、『懲罰詩集』の詩句を朗唱したという。そこから、ムーリスの家に着いても、熱狂はおさまらなかった。おりしも、天気は荒れ模様となった。そのありさまを、アンドレ・モロワは、つぎのように描写している。

滞在することになるフロッショ街のポール・ムーリスの家に着くと、ユゴーは人々に語りかけた。「あなた方は、一時間にして、二〇年の亡命の代価をわたしに支払ってくださった！」夜の闇に嵐と雷光と雷鳴がいっぱいにとどろきわたった。天までも、群衆に和したのだ。（『ヴィクトル・ユゴーの生涯』第九部）

『懲罰詩集』でユゴーが弾劾したナポレオン三世がまさに倒れてユゴーが亡命先から凱旋したのであるから、群衆がその詩句を朗唱したのは当然であった。エッツェルはエッツェルで、『懲罰詩集』のフランスでの刊行にとって絶好の機が到来したと確信した。そして、さっそくユゴーに交渉して、帰国後二カ月足らずの同年十月二日という電光石火の速さで、新たに五編の詩をくわえた『懲罰詩集』の完全版を、エッツェル書店から刊行した。

すでに第八章でのべたように、『懲罰詩集』は、一八五三年にブリュッセルとジュネーヴとニューヨークで刊行され、フランスには海外からひそかに持ちこまれていた。こうした事情もあってか、『懲罰詩集』はそれほど売れなかったのである。ところが、こんどは天下晴れての初めてのフランスでの刊行であり、しかもナポレオン三世が王座から追われたとあっては、売行きが好調であるのは当然であった。そして、「毎晩、劇場では、人気俳優たちが、詩集のうちからいちばんよい詩編をえらんで朗読する」（P・B第二十五章）というありさまになった。こうして、『懲罰詩集』は一八七〇年から九七年までに、判型のちがいはあったが五三版を重ねたというから、エッツェルにとっても、ユゴーにとっても、亡命時代の刊行の赤字は取りもどされたというべきであろう。

じつは、エッツェルとユゴーの関係は、エッツェルにとって垂涎《すいえん》の的であった『レ・ミゼラブル』の刊行が、ベルギーのアルベール・ラクロワに取られてからというもの、冷えていたのである。ユゴーが『レ・ミゼラブル』の八年ないし一〇年の版権として三〇万フランを要求したのに、エッツェルが応えられなかったからである。その後ラクロワが主催した『レ・ミゼラブル』の成功祝賀会に招待されても、エッツェルは参加しなかったというくらい、この件はエッツェルにとって痛恨事であった。

ユゴーのカリカチュア（ナダール画）

『レ・ミゼラブル』刊行の件では、ユゴーもいくぶんかのやましさを感じたのか、遺憾の意を伝えたエッツェルにたいして、「あなたは、わたしにとって、高貴で、力強い方です。深くて魅力ある心根の方です。ダイアモンドの作家であるとともに黄金の編集者です。真っ直ぐな良心であり、たしかな友です」と最大級の「お世辞」を並べ立て、「だから、今まで以上に、勇敢で親密な戦いの同志であって下さい。そして、わたしに手をお貸し下さい」（六一年十二月三日エッツェル宛手紙――P・B第十九章）、と和解を申しいれている。

こういうこともあってか、エッツェルは、六五年には、『レ・ミゼラブル』の最初の挿絵本（ブリオン画）を刊行し、六六年には、亡命時代のユゴーのもうひとつの傑作で、雄渾な海洋小説『海の労働者』をラクロワとの共同出版で刊行した。こうして、晴れて『懲罰詩集』のフランス版刊行となったわけである。

しかし、コミューンの混乱は、ふたりの関係にも影を落とすことになった。発端は、ユゴーからエッツェルに出された印税などの支払いの要求である。ところがエッツェルは、精算しようにもコミューンの混乱で、契約書が見つからないという事態におちいっていた。

すでにのべたとおり、プロシア軍によるパリ包囲とパリへの砲撃があいついでいた時期は、書店は休眠状態になり、資料や書籍を地下倉庫などの何カ所かの安全な場所に分散させ、七一年一月には夫妻はポワソニエール大通り三〇番地の「ボセジュール」ホテルの一室に移ったのであるから、『懲罰詩集』を刊行した直後のことである。ヴェルサイユ派によるコミューン派攻撃の段階になると、エッツェルはパリから退去して、仕事からますますはなれることになった。一方、ユゴーの方はフランスでの作家活動を復活させ、ユゴーの作品刊行については今まで政府側の干渉をおそれていたさまざまな書店から、にわかに刊行の申し出があいついでいた。

エッツェルがパリにもどって、仕事に復帰し、ヴェルヌとも契約更新をするのは、七一年九月二十五日であるが（第十六章参照）、こうしたエッツェル書店復活のきざしを見て、ユゴーは金銭問題の総決算を求めたようである。しかし、それには、過去の契約書の詳細にさかのぼらなくてはならない。ところが、その契約書が見つからないというわけである。

この問題の交渉は長びいて、七二年の七月ごろピークに達して、エッツェルは消耗してゆく。「昨日は、もういちど始めたくないような一日だった。でも、また始めなければならない」（七二年七月十九日息子のルイ＝ジュール宛――P・B第二十七章）と、ユゴー宅での話合いのあと息子にこぼす。どうしても精算をもとめるユゴーに、エッツェルは、示談や、場合によっては訴訟までもほのめかす。ユゴーは『懲罰詩集』をエッツェル書店から引き上げたいというところまで話はこじれて、解決しない。一年経っても、ユゴーはいまだにエッツェルに書き送る。「じっさい古い友であるわたしにとって、わたしたちのあいだに示談が必要だなんて、悲しいことです。わたしは、できるだけ譲歩します。でも、残念です、この問題に立ち戻らねばならないのです」（七三年七月十七日エッツェル宛手紙――P・B第二十七章）。

こうして、解決がつかないままに年を越したが、翌七四年になって息子のルイ＝ジュールが問題の契約書を発見したというので、エッツェルは喜びの声を上げる。しかし、ユゴーは納得しない。

わたしは、すべての契約書を要求しているのですが、あなたが送ってきたのは一通です（…）わたしは、ペルヴェイの契約書を要求します。それによって、バーデンでの契約書の内容を確定できるのです。これはあなたの権利であると同時にわたしの権利です。（七四年五月十二日エッツェル宛手紙――P・B第二十七章）

ここで「ペルヴェイの契約書」といわれているのは、マレスク社との共同出版による挿絵入りの四巻本のユゴー作品集の刊行のさい、ユゴー、エッツェル、マレスク社の代表アシール・ペルヴェイとの三者によって交わされた契約のことだと思われる。その契約の全文はシェラ・ゴードン『ユゴー＝エッツェル書簡集』第一巻に掲載されているから、その後見つかったはずであるが、ここでは、エッツェルも昂然と突っぱねる。

あなたにお送りした契約書で、エルゼヴィル版〔小型十二折版〕にかかわる目下の問題をあなたが解明するのに十分ではないですか。当然ほかの契約書を見つけるために、今後も捜索をします。しかし、わたしにとって他のどの書類よりも保存することに関心をいだいていた書類をわたしが無くしてしまったのは、各地に渡り歩いていたのですから仕方がないのです。（P・B第二十七章）

それによって解決をみることはなく、この件は堂々めぐりをする。ユゴーの方からも法律的な措置をすることをほのめかすと、エッツェルは、「あなたの古い友の衣の下に隠された弱点を探し出し、傷つけようとするなら、よろしい、むかしの友は、そのような悪意ある願望があるというなら、友としての立場から解き放されて、防御態勢にはいり、いかなる不公平もこうむらない構えをします」（五月二十二日か二十三日ユゴー宛手紙――P・B第二十七章）と答える。要するに、エッツェルは、ユゴーからの精算の要求を根拠あるものと思っていないのである。どちらに非があるかは判定しがたいが、ふたりの往復書簡を綿密に検討しているシェラ・ゴードンは、パスカル・フュラシェールに「この問題に関しては、エッツェルの方が混乱気味で、ユゴーは、しばしば精算日の前にせよ後にせよ、エッツェルが支払うべき分を思い出させねばならなかった」といっている（パスカル・フュラシェール「ヴィクトル・ユゴーの足跡から」――『ピエール＝ジュール・エッツェル――編集者・作家・政治家』所収）。

いずれにせよ、ふたりの仲は、この時期、なんども破局の危機に瀕していた。しかし、結局そのような事態はおこらなかった。ユゴーにとって、かつての亡命の同志であり、自分の著書の大事な刊行者だったという過去のきずなも、これからも著書の刊行には欠かせない人物という未来のきずなも断ちきることができなかったからである。いわば切ることのできないもつれた糸のようにエッツェルにつながっていた。エッツェルにしても、まったく同様であった。

しかし、ユゴーとの関係が亡命時代のように濃密であった時期が終わりを告げたのも、事実である。そしてユゴーは、そのころ、ミッシェル・レヴィー社とのつながりを強めていた。しかし、エッツェルはなお、ユゴーのメインの編集者としての地位を保とうと努力しつづけていた。

そのひとつのあらわれとしては、ユゴーの『ある犯罪の歴史』の刊行がある。内容が、一八五一年のナポレオン三世のクーデターをめぐる事件を取り上げたものなので、帝政が崩壊するまではベルギーでもイギリスでも刊行できなかった。すでに書かれたものにナポレオン三世の没落の章と、ユゴーの序文を加えて、廉価版として、一八七七年十月一日に第一巻、七八年三月十五日に第二巻を刊行した。しかも、じつはその第一巻の刊行は共和派の危機せまる時期になされたのである。

というのは、王党派支持の反動的なマック＝マオン大統領が、五月十六日にいたって進歩的なジュール・シモン内閣を罷免、下院も解散させ、十月の総選挙を待つという、まさに共和派にとって危機がせまっていた時期だったからである。マック＝マオンは、コミューン鎮圧の時のヴェルサイユ軍の総司令官であり、帝政崩壊後は、ティエールが王党派によって不信任案を提出されたあとをついで大統領になった人物である。共和制が復活したとはいえ、たえず帝政復活の危険があり、クーデター再発の恐れさえあった。いわば、コミューン後の第三共和制の地歩は固まったとはいえなかったのである。しかし、選挙があるたびに共和派の勢力は伸び、七七年十月十四日の下院選挙でも、結局共和派が勝利をおさめた。

ユゴーの『ある犯罪の歴史』は十月一日に刊行されているから、むろん選挙への影響をねらっていたにちがいない。それもあってか、この刊行は大成功であった。ここに、ベルギー時代のエッツェル＝ユゴーのコンビが復活したといってもよいだろう。

こうした協力の復活をふまえて、エッツェルは念願のユゴー全集の決定版の刊行を企画する。こうして、七九年四月に、エッツェルはユゴーに仕事の打合わせをしたいと連絡している。その内容は不明であるが、おそらく全集刊行の話と推測される。そして、それは実現された。一八八〇年から開始された、全四八巻の決定版『ヴィクトル・ユゴー全集』の刊行である。ただし、バルザックの『人間喜劇』刊行のように、リスクを分散させるために、印刷屋のカンタンとの共同出版という形であった。

一八八〇年一月五日付で、ユゴーが署名したつぎのような領収書が残されている。

一五万フラン。ただし、八折判の決定版全集の一五万フランにかかわる作者の印税の支払いとして、現金五万フラン分、および、異なる決済期限の三四枚からなる手形一〇万フラン分とする。

（フランス国立図書館『J・P・エッツェル展カタログ』三二一番）

当然、すでに過去の金銭問題は片づいたという前提での支払いであろう。こうして、ユゴーとエッツェルは新たな大々的な刊行に乗りだした。

この刊行は、エッツェルにとって、『人間喜劇』刊行に匹敵する大事業であった。生前には完結せず、仕事は息子に受けつがれ、八九年にいたってようやく完結する。ユゴー自身も生前に全集の完結をみることはなかった。一八八五年五月二十二日に、ユゴーは永眠したからである。そして、六月一日には盛大な国葬がとりおこなわれた。エッツェルも、そのあとを追うように、翌一八八六年三月十七日に他界した。

このように、ユゴーが死去した翌年にエッツェルも他界したというのは、亡命という苦難の時代に出版という舞台で反ナポレオンの戦いを戦いぬいたふたりが、ひとつの時代をともに生きた印しにもみえる。

サンドからのさいごの手紙？　『動物の私的公的生活情景』の仕事以来、同じ共和派という思想を共有していたということもあって、エッツェルはたちまちジョルジュ・サンドの信頼をかちえ、サンドの相談役になっていった。サンドの息子のモーリスをエッツェル書店の挿絵画家に起用したり〔第十九章の「エッツェル書店の挿絵画家」参照〕、サンドの原稿の売込みに奔走したりで、サンドの台所事情までのみこんでサンドを助ける仲であった。サンドのほうも亡命中のエッツェルを精神的に支え、一時帰国のために手を回したりした。

そんなこともあり、サンドは、エッツェルとの親密な関係を嫉妬深いショパンに隠さなければならないほどだった。「彼〔エッツェル〕はわたしがたいへん愛している青年です。ショパンのまえではそれを口にしません。彼はなんであろうとすぐ恋だと思いこむからです」（一八四六年十二月九日――サンド『書簡集』第七巻）と、エマニュエル・アラゴー宛の手紙でもそのことをあからさまにこぼしている。

ところで、サンドは金銭的にもきびしい作家であったが、その点でもエッツェルを信頼していた。遺言状の作成をエッツェルに依頼するなどはそのあらわれであるが、きびしいだけにしばしばエッツェルに契約についてクレームをつけることもあった。そのようなサンドから、コミューン後の混乱期に、『本当のグリブイユのお話』の刊行権を取りもどしたいという申し出が出されたのだから、エッツェルも驚いたようである。サンドが死亡する四年前の七二年末のことであった。

『本当のグリブイユのお話』は一八五一年に「教育娯楽雑誌」に掲載され、同年に叢書「新子ども宝庫」の一冊として刊行された。「新子ども宝庫」はエッツェル書店の看板であり、そのリストをみると、サンドの創作がエッツェルの「新子ども宝庫」の目玉でもあることがわかる。そればかりか、叢書は亡命中にアシェット社に刊行権を売らざるをえない状態になったのだが、それを買いもどして再版しようとしていたのだから、たやすく手放すはずがないのは当然であろう。その思いがあふれている手紙を引用しよう。

　親愛なる友、わたしにとって、口に出すのがいちばんつらい、とりわけあなたにたいしていうのはつらいことばを、申し上げなければなりません。わたしは、あなたにノン、といわざるをえません（…）金銭の面でも、そう、その面でも、わたしは同意できません。あなたのにこやかな微笑に向かって、あの可愛い魅力的な叢書を半端な形にすることをお断りします。

　わたしの亡命時代、わたしは、アシェットの手にあの叢書を預けざるをえなかったのです。アシェットは、一五巻か一六巻で刊行するのではなく、八折判で四巻の叢書として再刊することを望みました。この不運な版は、一四年かかっても完売するにいたっていません。さてわたしは、アシェットに売ったよりもはるかに高い値で、叢書を買いもどすつもりです。それで、十年来若い男女と子どもたちのためにつくっている新しい叢書の頭に持ってくるつもりです。

　まとまっている叢書をばらしてしまうと、ふたたび二度と取りもどすことのできない名前がたくさんあるのです。

　あなたはむしろ、新たな別の叢書につけるために『グリブイユ』をもとめるよりも、『グリブイ

晩年のサンド（ナダール撮影）

ユ』につけ加えるために新たな短編をいくつもわたしに提供した方がよいですよ。

あなたは、わたしを恨まないでしょうね？　わたしは、自分の過去を（わたしの罪のほかは）すべて買いもどしたのです。『モリエール』、『ドン・キホーテ』、『ジル・ブラス』、『パリの悪魔』、『動物〔の私的公的生活情景〕』など、つぎつぎとです。これらはすべて、わたしがフランスを去るまえに、他社に引き取られていました。わたしの古い本を順次取りもどすことが、わたしの帰国後の仕事です。わたしはこれらの本を愛していますが、そのさいわたしの頭にあるのは、読者がこれらをどう思うであろうかということだけです。わたしは、それらの本が、それにふさわしい格を保つようにしています。できるかぎり、それらの本に命を取りもどしてやってもいるのです。そして、今年になってようやく、「〔新〕子ども宝庫」をアシェットから取り返して、創刊時の形態に戻す手だての目鼻がつくところです。わたしは、ほとんど本屋のみを、それも子どもの本の本屋のみをやっているので、いまは、わたしが最大の価値があると思っている本から別れることはできません。

お元気で。あなたにはじめてノンといったからといってわたしを恨まないと、ご返事下さい。

このあわれな小さな『グリブイユ』は、いわばわれわれのさいごの絆《きずな》なのです。切れてしまった絆はたくさんあります。わたしには、それが大きな悲しみです。（一八七二年十二月二十七日サンド宛――P・B第二十七章）

手紙はまだつづくが、この引用だけで、いかにエッツェルが『グリブイユ』を大事に思っているか、それを「新子ども宝庫」の象徴とまで思って手放そうとしないか、またそれ以外にも、亡命中に自分の手からはなれていたエッツェル書店の既刊の本をわが子のように思い、それを取りもどす努力をしていたかがわかるだろう。

それにたいし、サンドは二日後につぎように答えている。

いいえ、あなた、わたしはあなたを恨みません。わたしの気分を害さないで、わたしの申し出を断ることはできますと、申し上げます。そして、わたしが申し上げるのは、このただひとことだけです。あなたのお仕事がうまくいっていることと、ご子息のジュールが、手近に仕事があって親の仕事がやりやすいように開かれているのに、遠くに仕事を探そうとしているすべての若者のようには振る舞わずに、正しい道を歩んでいることを、うれしく思います。――わたしは、あなたの書店の幼児向きの本はたくさん持っていますが、愛読しているJ・ヴェルヌの本は全部は持っていません。うちの子どもとわたしのために、それを喜んでおうけします（…）（七二年十二月二十九日エッツェル宛手紙――P・B第二十七章）

パルメニー＝ボニエによると、これがサンドからのさいごの手紙ということになっているが、それは、それ以後の手紙が発見されていないという意味にすぎないだろう。それはともかく、ユゴーとの関係のように、この問題でふたりの仲がこじれることはなかった。むしろサンドは、エッツェルが自分の作品を後生大事にしていてくれることに好感をいだいたのではないか。そもそも、こんな申し出をする背景には他の書店からの誘いと、それによって得られる印税があったと思われるが、エッツェルの拒絶で、むしろ気分はさっぱりしたにちがいない。その気持が文面にあらわれているように思える。それに、エッツェルの心をくすぐるように、ちゃっかりヴェルヌの本を無心しているのも微笑ましい。

エッツェルとサンドの長いつきあいの歴史を概観すると、気の強いサンドは、エッツェルに心を許しながら、私生活にいたるまで相談をもちかけ、助力をたのみ、エッツェルにはサンドはいわばフランス語でいうエクジジャン〔要求の多い〕な相手といわざるをえない。しかし、エッツェルもサンドの全集と『本当のグリブイユの話』の刊行者となり、その他の作品の他社での刊行の労もとっている。

そのひとつに、サンドの金銭的窮状を救うためにエッツェルが奔走して、彼女の自伝刊行を一三万フランで買い取る契約をラトゥーシュに結ばせるという仲介を果したことがある（ベアトリス・ディディエ「エッツェルとジョルジュ・サンドの自伝」――『一編集者とその時代』所収）。自伝はやがて大著『わが生涯の物語』として結実するが、そのさいごのほうで、サンドは、晩年に深い友情をきずいた友達を列挙している。社会主義者のルイ＝ブラン、歴史家のアンリ・マルタン、ツルゲーネフが恋慕した歌手のポーリーヌ・ヴィアルド＝ガルシアとその夫の作家ルイ・ヴィアルド、カヴェニャック将軍、歴史家のエドガー・キネー、共和派の作家エティエンヌ・アラゴー等々のあとに、サンドは、つぎのように、エッツェルの名を記している。

さいごにあげたいのは、わたしの人生におくれてやってきたが、それでも、わたしには貴重な人であったエッツェルとの友情の思い出である。(『わが生涯の物語』)

サンドは、一八七六年五月三十日にノアンで急速に体力が衰えて、その後一〇日も経ずして六月八日に永眠し、十日にしめやかな葬儀とともに、ノアンの館の墓場に葬られた。フロベール、デュマ・フィス、ルナン、ナポレオン公ジェロームなどのほかに近隣の農民もくわわり、参列者は二百人にのぼった。そのなかにカルマン・レヴィーの姿もあったが、彼の同業者であるエッツェルの姿は見えなかった。むろん、なんらかの事情によるものと思われるが、ヘンリー・ハリスなる人物は、サンドの最期と葬儀の模様をつぶさに伝え、そこで、エッツェルやオデオン座の支配人のデュケネルなど四人の友人の欠席を記し、さらにもとの原稿では、その四人を「驚くべきエゴイスト」とまで書いている(ヘンリー・ハリス「ジョルジュ・サンドの最期と葬儀——ある友の回想」——サンド『書簡集』第二十四巻所収)。

エッツェルの名が目についたので、ここに紹介しているわけであるが、おそらくなんらかの理由があって参列できなかったわけであるから、このようにいわれてはたまったものではない。だいたい、このヘンリー・ハリスなる人物は東欧のユダヤ系の毛皮商の息子としてパリに生まれているが、その経歴には謎めいたところがあるようだ。アメリカに渡って、ノースカロライナ大学でフランス語を教えたりしたあとフランスにもどり、弁護士を開業し、ルナン、サント゠ブーヴ、テーヌ、フロベール、サンドなどに近づいたという。サンド『書簡集』第二四巻に転載されているジャン・ボヌロの記事によると、彼は「自信過剰で、ときにはうぬぼれで、感じが悪く、しばしばたしなめられている」と散々にこきおろされ、「莫大な財産を残して、一九一〇年五月十日にパリで死んだ」とある。サンドの葬儀の記録は貴重な資料であるが、自分が参列したことをとくとくと語っている節が見られる。エッツェルも、彼に「驚くべきエゴイスト」などとはいわれたくなかったであろう。もっとも、彼の回想が発表されたのは、エッツェルの死後の一九〇四年であった。

こんな話でこの章を終わるのもしのびないので、先ほどのサンドの『わが生涯の物語』の末尾のくだりに立ちもどりたい。その一文でわかるように、サンドはさいごまでエッツェルとの絆をたしかめていたのであり、エッツェルにとっても、サンドは生涯忘れられない友であったにちがいないと再度のべておきたい。

第十八章　作家たちへのまなざし――ボードレールから自然主義まで

ボードレール　これまでのべてきたように、エッツェルは、長い時間と努力を重ねて、バルザック、ユゴー、サンドといったロマン派の巨匠の編集者として、出版界に君臨するようになる一方、フランスの児童図書刊行のいしずえを築き、ヴェルヌのような未来的な作家を育て上げるという歴史的な仕事もなしとげた。

しかし同時に、エッツェルの眼光は、当代の才能にたえず鋭く向けられていた。たとえば、パリの暗部を歌うボードレールの詩に強い執着を見せている。

ボードレール『悪の華』は一八五七年六月二十五日にプーレ＝マラシ書店から刊行されたが、七月五日には「フィガロ」紙にブルダンという署名による詩集中の「不道徳な」詩を糾弾する記事が掲載され、一週間を経ずして風俗壊乱のかどで押収され、八月二十日にはセーヌ軽罪裁判所で六編の詩の削除と、ボードレールに三〇〇フラン、刊行にあたったプーレ＝マラシとその義兄のド・ブロワーズに一〇〇フランずつの罰金刑が科されるといった、スピード判決が下った。なお、この判決が無効とされたのは、なんと一九四九年の最高裁にあたる破棄院での宣告によってである。

ちなみに、『悪の華』裁判は、同年のフロベールの『ボヴァリー夫人』の裁判とならんで五七年の二大裁判というべきものであるが、いずれもピナール検事〔エルネスト・ピナール（一八二一—一九〇九）は弁護士、裁判官を経て国務大臣までつとめたが、出版物への厳しい対応で知られ、そのため大臣の辞任に追いこまれた〕が裁いている。

その後、一八六一年に『悪の華』の改訂版が刊行されたが、翌六二年に改訂版の在庫をかかえたままプーレ＝マラシ書店が倒産して、ベルギーに「夜逃げ」するという結果になった。そこで、ボードレールはエッツェルに頼ることになる。

当時ボードレールは、敬意を表しているユゴーの編集者ということもあって、エッツェルを自分の作品の編集者としてしばしば頭に浮かべていた。しかし、その思いは揺れ動いていたようだ。プーレ＝マラシには、「『現代作家論』の刊行者としては、一方ではエッツェル、他方ではディディエしか考えていません」（一八六〇年四月、P・B第二十章）と伝えたかと思うと、「エッツェルがわたしのものを刊行したいのなら、評論以外のものだと思っています。評論の価値はエッツェルには見抜けないでしょう」（六〇年十二月五日）と書き送りもする。

ともあれ、エッツェルは、ボードレールの詩の価値をいち早く認め、一八六一年十一月一日に「幻想派評論《ルヴュ・ファンテジスト》」誌に発表された九編の散文詩にも目をつけている。そして、「アルティスト」誌と「ラ・プレス」紙を主宰しボードレールの友人であったアルセーヌ・ウッセーに、ボードレールが望んでいる散文詩の刊行をすすめている。

ボードレールはわたしたちの古い友人です――わたしたちはたくさんの友をもっていますから、

これはなんでもないことですが――しかし、彼は当代のもっとも独創的で、もっとも個性的な詩人です。古典的でないものごとを描くこの異様な古典派を受け入れるような雑誌はありません。だから早く、ほんとうに早くこれを刊行しなさい。（P・B第二十章）

エッツェルとウッセーは親密な間柄であったということもあって、この推薦のことばが奏功したのであろうか、じっさい、ウッセーは六二年八月二十六・二十七日に、小散文詩を「ラ・プレス」紙にボードレールによるウッセーへの献辞つきで発表することになる。

エッツェルはエッツェルで、自ら『悪の華』と散文詩集の単行本の刊行を推進することになる。ボードレールは、「一八六一年クリスマス」と記された手紙で、散文詩集について、アルセーヌ・ウッセーに「エッツェルが挿絵つきのロマンティックな一巻の本になるような素材を見つけるだろうと思っています」と書き送っている。さらに、一年後の六二年十二月十三日には、プーレ゠マラシに、「エッツェルはわたしに、ふたつの作品を相互に対応する対の作品として刊行しようという、とてもすばらしい提案をしました。それを入念に売り出すというのです。しかし、それは単発の出版としてで、わたしの意図を満たすものではありませんでし

ボードレール

た」（P・B第二十章）と書き送る。

しかし、翌六三年一月十三日には、『悪の華』と散文詩集の五年間の独占出版権をボードレールから買い取ることとなった。そこでエッツェルは、散文詩集の刊行を実現しようとボードレールにしきりに提案したが、ボードレールは慎重であった。

二十日の今夕、九日付のあなたの手紙を拝受しました。わたしは、すぐれた友人に負担をおかけすることはできません。それに、わたしは『パリの憂鬱』〔ボードレールは自分で散文詩集のタイトルを決めていたのである〕をたいへん重要な作品だと思っています。じつをいうと、わたしはこの本に満足していなくて、手直しをしています、捏ね直しているのです（…）（一八六三年三月二十日エッツェル宛――P・B第二十章）

残念ながら、文中の九日付のエッツェルの手紙は残されていないが、『パリの憂鬱』刊行の申入れであったことは、この返信であきらかであろう。こうして、その後ふたりは話合いを重ねることになるが、結局、六月三日にボードレールは、母親のオーピック夫人に、「増補した『悪の華』の第三版と、『パリの憂鬱』を、五年契約にて、各巻二〇〇〇部につき六〇〇フランで、〔エッツェルに〕売りました」と報告している。

しかし、『悪の華』の改訂は遅々として進まず、まして『パリの憂鬱』は最終的な完成を見ない。エッツェルは待ちくたびれて、二年後の六五年の二月に、契約時に支払った前金の返済とひきかえに、出版権を手放すこととなった。

『悪の華』の決定版の刊行については、その後ミシェル・レヴィー社、ガルニエ社と話を持ちかけても、実現しないまま迷走をつづけるうち、六六年三月十日頃、ボードレールはベルギーのナミュール市のサン・ルー教会の石畳で倒れ、以後、半身不随、失語症となり、翌六七年八月三十一日に死亡してしまう。結局、ボードレールの死後、ボードレールの作品の出版権は競売にかけられ、ミシェル・レヴィー社が一七五〇フランで落札し、『悪の華』第三版は、テオドール・ド・バンヴィルとシャルル・アセリノの編集を経て、六八年にボードレール全集の第一巻として刊行されることになった。『パリの憂鬱』の方は同じ全集の第四巻として、刊行された。

ボードレールの作品の出版権をめぐっては、エッツェルとミシェル・レヴィーのあいだで緊張関係がつづいていた。エッツェルとボードレールが契約をむすぶと、レヴィーは「エッツェルがいちばんおいしいところを取ってしまった」(ボードレール『書簡集』第二巻)とボードレールに訴え、やがてレヴィーが出版権を取ると、すでに詩人に一二〇〇フランの前払い金を支払っていたエッツェルは、詩人の元後見人のアンセルに「わたしに支払われるべき金額が返還されないかぎり、ボードレールの作品を刊行させるわけにはゆきません。わたしは、まったく規則通りの正式な契約をむすんだのに」、「わたしに出版権があるものを他の者が刊行するのは我慢できません」(一八六八年月八日――P・B)、と書き送っている。結局、前払い金は半額ずつに分けて、最終的には七一年九月五日に、全額、オーピック夫人によって払いもどされた。

こうして結局のところ、『悪の華』と『パリの憂鬱』はエッツェルの手から離れる結果となったが、象徴派が台頭するまではボードレールの真の価値が未知数であった時期に、編集者としての眼力でいち早く詩人の独自な天分とその先駆性をみとめ、刊行にこぎつけようとしたのは、さすがといわなければならないだろう。とはいえ、出版を実現できなかった点には、編集者としてのエッツェルと企業家としてのエッツェルとの乖離が見られよう。

ふたつの処女作（一）――ゾラのばあい

あまり知られていないことだが、自然主義作家のリーダーのゾラと、ゾラに親炙《しんしゃ》して、自然主義作家としてデビューをかざったユイスマンスは、ともに処女作をエッツェルに売りこんでいる。しかし、その結果は明暗をわけた。

一八六四年三月三十日のことだった。エッツェルのもとに、当時アシェット社で働いていたゾラという青年から、一通の手紙が舞いこんだ。ゾラは、一八七七年に話題作『居酒屋』を刊行し、やがてモーパッサン、ユイスマンスなど五人の作家をひきいて短編集『メダンの夕べ』と自身の『実験小説論』を一八八〇年に刊行し、華々しく自然主義の旗揚げをすることになるが、その一〇年まえの当時は、作家志望の一介の無名の青年にすぎなかった。

わたしは、この封書にわたしが書いた短編を同封致します。わたしが思うところでは、これは、中味の性質上、「教育娯楽雑誌」で掲載することができるものです。

この作品をご自身でお読み下さることを、切にお願い致します。こうした題材についての、あなたの非常に優れて繊細な眼力に、わたしはきわめて大きな希望を抱いております。

わたしのささやかな作品をお読みになりましたら、あなたのご判定を何卒お伝え下さい。
敬具
エミール・ゾラ
（P・B第二十一章）

この手紙にたいして、エッツェルは態度を保留していた。そこでゾラは、エッツェルの友人のエミール・デシャネル（一八一九―一九〇四）をとおして、話をプッシュしてもらった形跡がある。というのは、ゾラの手紙から二カ月以上経った六月四日に、デシャネルからの推薦状が届いたからである。

エミール・ゾラ（マネ画）

親愛なる友、
わたしの友人の若者のひとりが、六週間まえあなたの「教育娯楽雑誌」のためにささやかな新しい物語を送りました。彼は、その試作についてのあなたの印象と、その種の物語集を一巻分書いているだけに、その最初の物語があなたの気に入ったばあい、出版にこぎつけられるかどうか、できるかぎり早く知りたいと思っています。わたしの方からゾラ氏にあなたのご返事を伝えるために、この件について、くわしくお答え下さるでしょうか？　彼はたいへんな好青年で、すでに筆力もかなりのものです。わたしは、彼があなたに送った物語についてては知りませんが、わたしは、すでにたいへんな才能を見せている彼のほかのものは読んでいます（…）（P・B第二十一章）

この手紙が奏功したのか、同月の三十日に、ラクロワ社からゾラにたいして、「エッツェル氏と貴殿と、わが社とのあいだで了解した件を、あなたに確認するものです。エッツェル氏とわが社は、エッツェル＝ラクロワのコレクションとしてあなたの物語集《ヌヴェール》の刊行を引き受けます」という文面の、エッツェルが出版を承諾した公式の連絡をしている。ゾラは、この連絡に小躍りして、「ぼくは、最初の勝利をおさめた。エッツェルがぼくのお話集《コント》を受けいれてくれた。この本は十月はじめに出版されるだろう」と、友人のアントニー・ヴァラブレーグに書いている（ロジェ・リポール『ニノンのためのお話集』解説」――プレイヤード版『ゾラ作品集』第四巻）。『ニノンのためのお話集』の刊行は、じっさいは十二月にずれこんだが、とにかく、エッツェル＝ラクロワの共同出版として、ラクロワの国際出版社より刊行された。

ところで、ゾラがエッツェルに送った原稿がどの物語であるかは不明である。プレイヤード版の編纂・注釈者、ロジェ・リポールは、それを「貧者のシスター」と推定している。その理由は、ゾラが、雇い主のアシェットに「貧者のシスター」を見せたところ「反逆精神」が見られるとの批評をうけたという話があるからだとしている。その挿話は、ポール・アレクシス『ゾラ、ある友人の備忘録』に紹介されているものだが、リポールは、その挿話と、エッツェル宛の手紙に、「中味の性質上、「教育娯楽雑誌」で掲載することができるものです」という文面があることから、エッツェルに送られた物語は「貧者のシスター」にちがいないとしている（リポール、同書）。

といっても、「教育娯楽雑誌」での掲載にふさわしいからという手紙の文面からの推定はいただけない。というのは、他の物語も妖精物語あるいはファンタジーであって、「教育娯楽雑誌」向きの作品といえるからだ。だから、エッツェルに送った物語が物語集の他の作品であっても、一向にふしぎではない。

それが仮りに冒頭の物語であるとすると、「サンプリシス」ということになる。そこで、エッツェルに送ったのが、このふたつの物語のいずれかと想定して、その特徴を紹介しよう。

「サンプリシス」の筋書きはこうである。サンプリシー王子は、十六歳のとき隣国との戦闘を見ただけで、三日も食事がのどを通らなくなるほどの臆病者で、十八歳になっても、女官が近づいてことばをかけただけで逃げまわるというありさまだった。たまたま森に迷いこんで、木や草花や動物たちと接するととても気が楽になり楽しくなったので、そのまま森の中で動物たちと暮らすようになる。しかし、さいごに太陽の光と露のしずくから生まれた水の精の〈水の花《フルール・デ・ゾ》〉に言いよられる。水の精は限りなく美しいのだが、彼女にキスをされた人間は死んでしまうといわれている。それを知っている森は、木立に囲まれた泉を隠れ家として彼にあたえたが、結局水の精に知られることになり、ふたりは抱擁したまま昇天してしまう。

つまり、後年の自然主義作家ゾラを予感させるものはみじんもなく、ひたすら伝統的な童話のスタイルに水の精と人間の悲劇的な恋という伝承を組み合わせた物語にすぎない。物語の出だしの文章をみても、そのことは歴然としている。

それでは、リポールの推定にしたがって、「貧者のシスター」のばあいはどうであろうか。この作品については、ゾラの一生のテーマたる「労働と金銭」という主題があるとする見方もあるが(宮下志朗・小倉孝誠『いま、なぜゾラか』藤原書店など)、内容としては後年の自然主義作家ゾラの片鱗すらないといえる。これは、一種の寓話、あるいは民話・伝承のうちの聖女伝といったジャンルのもので、近代小説と比較するのがどだい無理なのである。筋書きはこうである。両親をなくして叔父に引き取られたヒロインが、乞食の姿であらわれたマリアにお金を恵むと、お返しに古い一スーの銅貨をさずかる。すると、それがお金を無尽蔵に増やす呪宝だったことがわかる。そこで、彼女は、貧しい人々に富をほどこし、親を亡くした彼女を引き取ってこき使う叔父夫婦にも富をもたらし、それで叔父夫婦は改心する。しかし、呪宝の力で慈善をするより働くのが正しいと悟って、ヒロインは魔術的な銅貨をすてるという結末である。

つまり、その筋書きは陳腐なテーマと安直な展開の組合わせにすぎない。前述のリポールは、ここには節約の否定と無尽蔵な増殖・豊穣のテーマがあるとし、一方叔父のような血縁の者に悪が表現されているところなどに、後年の『ルーゴン・マッカール』叢書に通底するテーマがあるとしているが、小説と中世的な伝承のスタイルを同一視するのはどうであろうか。

むしろ注目に価するところは、この物語集全体にある、現実からの解放という主題であろう。ゾラは、書き直しと文章の彫琢《ちょうたく》に力を注いだようであるが、この物語集にそのように情熱を注いだのは、ゾラがいかにその時代、自分がおかれた状況に閉塞感を感じていたかをあらわしてはいないだろうか。たとえば、「血」という話では、四人の兵士が戦闘のあとの夜の眠りに、血がおびただしく氾濫する悪夢やら、カイン説話を思いおこさせる兄弟殺しの悪夢やら、「神は死んだ」という世界終焉の黙示録的な夢やらを見て（この悪夢は、仏訳されて、ユゴーやバルザックなどに広範な影響をあたえたドイツのジャン・パウル・リヒターの有名な「夢」という幻想短編を取りいれたものであることはたしかだが）、戦争と利己的闘争に明けくれる社会にたいする批判があきらかに見られ、ここでも兵士たちは戦場を捨てて、別世界に生きる決意をする。

また、物語集の半分を占める長い物語「大シドワーヌと小メドックの冒険」では、大男で力持ちだが知恵の足りないシドワーヌと、小男だが賢いメドックが力を合わせて、「幸福の国」を探しだす冒険談であり、ここには、スウィフトの『ガリヴァー旅行記』なみに当時のナポレオン三世の治世を風刺した社会批判とユートピア願望が見られる。そして、こうしたテーマにこそ後年のゾラのテーマの萌芽があるにしても、やはり、伝承・寓話のスタイルをとっているので、この延長上に『ルーゴン・マッカール』叢書や『四福音書』〔『豊穣』、『労働』、『真実』、『正義』の四作で、いずれも、主人公が理想主義の実現に邁進する筋書である〕などがあると、単純に望見するわけにはゆかないであろう。むしろ、ニノンという物語を贈る幼なじみの恋人らしき娘にささげた物語集の序文でもわかるように、これは現実に対峙するゾラの子ども時代の夢と幻想への憧憬だったのであろう。

また、エッツェルの逡巡にあらわれているように、エッツェルがこの物語集を高く評価したとは思えない。しかし、そこを一押ししたのがデシャネルであり、彼の推薦をエッツェルは無視できなかったはずである。というのも、デシャネルは、ナポレオン三世のクーデター以後エッツェル同様ベルギーに亡命した同志であり、大赦で帰国してからは、「ジュルナル・デ・デバ」紙や「ナショナル」紙の編集にたずさわったり、『カトリシズムと社会主義』（一八五〇）、『古典派の人々によるロマン主義』（一八八二）などを著わし、晩年はコレージュ・ド・フランスの教授となるほどの大物でもあったからだ。

こうして、ゾラの処女出版はエッツェル書店とベルギーのラクロワの国際出版社との協同出版の形で実現した。当然のことながら、ゾラは、この刊行の評判をたいへん気にした。「わたしは、自分の著書が成功したことに満足しています。すでに百ほどの記事が書かれ、そのいくつかはあなたもお読みですね」（六五年二月六日ヴァラブレーグ宛手紙）と書いて、「二、三の不快な短評をのぞくと、称賛の合唱です」と自画自賛をしているが、じっさいは、それほどでもなく、多くの批評は物語集が過去の模倣に終始していることを指摘していた。

当時初等教育視学官長の職にあったヴァプローなどは、「全体的に経験不足があらわになっている。『ニノンのためのお話集』では、それが模作にまですすめられた模倣が見られる。最初にのべた稀な長所をのぞくと、自分であろうとするまえに、いつでもだれかを模倣している」ときびしく評した。そのなかで、「筋立てがいくぶん軽っぽいこれらの物語は、たいへんに繊細に彫琢されている。なにかしら十八世紀の香りに、吸いこむとすぐそれとわかる現代のレアリズムの香りがまざっている」という作家ジュール・ヴァレスの批評はかなり好意的なものだった。いずれにせよ、売行きもそれほど芳しくなく、リポールによると、初版が完売されるのに一〇年かかったとのことである。それが注目され、ふたたび売れるようなったのは、自然主義作家としてのゾラの名声が高まってからである（リポリ、同書）。

いずれにせよ、こうしてエッツェルは、青年ゾラの初登場に力をかすことになった。しかしエッツェルは、自然主義にたいして、大きな関心をむけながらも、その手法には批判的になってゆく。これは、なんといってもロマン派の編集者から出発したエッツェルの限界であるといえる。こうしてエッツェルは、自然主義作家としてのゾラの作品の刊行にかかわることはなかった。

ふたつの処女作（二）——ユイスマンスのばあい　一方ユイスマンスが処女作をエッツェルに売りこんで、エッツェルに拒否されたというのは有名な挿話である。というのも、この事件が後年ゴンクール兄弟の『日記』に取り上げられたからでもある。

知られているように、ユイスマンスはゾラの文学に共感して、ゾラのもとに出入りして、自らも『マルト』（一八七六）や『ヴァタール姉妹』（一八七九）をひっさげて自然主義作家としてデビューをかざることになるのである。しかし、やがて、孤独な男の自閉的な夢想の世界を描いた『さかしま』（一八八四）によって、デカダンス文学の代表的な作家となってゆく。また、カトリックに回心してからは、『出発』（一八九五）、『大伽藍《こうじん》』（一八九八）など、宗教的なテーマの大作を書くようになる。このようにはじめはゾラの後塵を拝して、自然主義作家としてデビューしたユイスマンスが、処女作の売込みでもゾラの後塵を拝したのは、興味深い。あるいは、ゾラがエッツェルの世話で処女作を刊行することになったいきさつを知って、それにならおうとしたのかも知れない。

しかし、高名な編集者のエッツェルにじっさいに売りこむことを考えたのは、仮綴じの製本工房の経営者で、出版界の事情に通じていたユイスマンスの母親だった。彼女は、多くの出版社と商売上のつき合いがあった。そして、エッツェルも顧客のひとりだったのである。その返事が、ユイスマンスのもとに、届いた。

拝啓、

あなたの三点の淡彩画を拝読しました。あなたにいうべきことは、手紙に書くより口で申し上げたほうが簡単なので、午前十一時においでくだされば、そして、あなたが真実をおそれなければ、あるいは快い点も不快な点もある率直な意見を少なくともおそれなければ——まじめに話し合いましょう。わたしは、あなたの母上をたいへん尊敬申し上げております。そして、そのご子息がよい方向に歩まれるのを助けることを、義務のように見なしております。しかし、まったくの率直さを欠いてお話しするということはできません。したがって、讃辞ばかりでないということを、あらかじめお知らせしておきます。敬具。(P・B第十八章)

脅しの利いたこの手紙を読んで、びびらない若き文学志望者がいようか。ふたりの出会いの場面が想像されようというものだが、その一こまをエドモン・ド・ゴンクールが、『日記』の一頁にユイスマンス自身の口から直接聞いたこととして、伝えている。

われわれは、ブルヴァールのコーヒー店で、しばし休んだ。すると、ユイスマンスが、自分のデビュー当時のことを話してくれた。エッツェルの名がでると、かれはつぎのように語った。『薬味箱』がすべての出版社に拒まれたときに、仕事の上でエッツェルと関係をもっていた母親が、原稿をエッツェルのもとにもっていったらどうかと提案した。数日後、エッツェルは自分のところに来るようにといってくれた。そして、容赦のない面談の場で、きみにはなんら才能がない、これからも才能をもつことはないだろう、ひどい文章であって、「フランス語にパリ・コミューンをよみがえらそうとしている（…）」といいはなち、書店に鎮座するエッツェルなるこの愚かな作家、愚鈍な俗物、ペテン師は、自分のことを、ひとつのことばを他のことばより価値があると思ったり、形容詞には相互に優劣があると思ったりしている狂った人間だと、いいはなった（…）そしてユイスマンスは、この場面が、編集者の判断に全幅の信頼をよせていた母親の心にいかに懸念をもたらしたか、同時に息子の才能についていかに悲しむべき疑念が生じたかを、語った。（ゴンクール兄弟『日記』一八八六年三月二十三日）

若きユイスマンス

このように、ユイスマンスは、エッツェルのことを「愚かな作家、愚鈍な俗物、ペテン師」と罵倒しているのである。ところが、パルメニー＝ボニエの『エッツェル伝』では、この日記を紹介しながらも、このくだりは省略している。また、ロバート・バルディックの『ユイスマンス伝』でも、省略されている。エッツェルと面談した日付は不明だが、ゴンクール兄弟の『日記』の日付のほうは一八八六年三月二十三日となっている。つまり、『薬味箱』の完成から刊行が一八七三年から七四年であるから、およそ一三年後にむかしの話を語っているのである。にもかかわらず、ユイスマンスはいまだにこの会見の恨みに燃えているということになる。その誇張的な表現を、ゴンクールがさらに面白おかしく紹介しているとも思える。前述の『エッツェル伝』では、ゴンクールが事実を脚色している可能性を力説している。

ただし、エッツェルがユイスマンスに厳しく当たったのは、たしかと思われる。それを裏書きするものとして、『薬味箱』の原稿に記されている、ブリュネルがエッツェルのものとしている鉛筆書きのメモがある（ピエール・ブリュネル「最初の著書『薬味箱』」――「カイエ・ド・レルヌ」ユイスマンス特集号）。そこに掲載されている三つの作品についてのメモのうち、ふたつを紹介しよう。まず、「下水の水の精」については、こうである。

辞書には、気取った単語より気取らない単語の方が多い――騒々しい調子だけをもとめると、ことばはかえって貧しくなる――怒鳴るより、歌う方が豊かで変化に富むものである。
あなたは怒鳴ろうとしている――十頁もかけて、あなたは自分自身の叫びを発するのみである。そしてあなたは、あまりに単調になるまいとするあげく単調になっている。

この酷評のためか、ユイスマンスは原稿として残されているこの作品を『薬味箱』から削除している。また、最終的に『薬味箱』に収められた「フランソワ・ヴィヨン」は、こう評されている。

すべては時代遅れである――ヴィヨンは流行に乗っていたとしても――あなたが歩んでいる道は流行遅れである。

あなたはパレットを手にし、絵の具もたっぷりもっている――だが、描くべきものはまだ何ひとつない。

もし目で眺めるかわりに感じれば、いつもそうだが――とてもせせこましい異常なものをもとめることをやめるならば、

くず屋がくず箱に詰めるのと別なやり方で、心と才知と目を充実させるならば、

描くべきものが出てくるだろう――花束をつくれとはいわない――

でも、塗りたくりと〔一字読取り不能〕空っぽとのあいだには――幸いにも――余白というものがある。

〔以上二つのメモの訳の改行は必ずしも原文通りではない〕

ユイスマンス宛の手紙に「三点の淡彩画を拝読」とあるように、もうひとつ、結局削除された「青白い怪物」という作品へのコメントもあるが、これは省略する。

このメモからは、ユイスマンスへのエッツェルの批評はあまりにも厳しく、やや場当たり的な感じもする。『薬味箱』にはパリの下町の庶民の点景もあるが、古き時代の盗賊詩人ヴィヨンなどの芸術家たちも登場して、『パリ・スケッチ』や『さかしま』の世界にある偏執的な趣味の片鱗が見られる。だからこそ、エッツェルが指摘するように、ことさら奇をてらうところがないとはいえな

い。しかし、これはユイスマンスの特徴の萌芽であり、こうした文体と世界にたいして、エッツェルは無理解であったといわざるをえない。

それを自負心の強いユイスマンスが恨みに思い、元来辛辣きわまりない舌鋒《ぜっぽう》のユイスマンスが、エッツェルを罵詈雑言の形容で切り捨てたことは考えられる。そして、それをゴンクールが、野次馬根性で面白おかしく伝えたのであろう。

『薬味箱』にたいする後世の批評はおおかた厳しいものであるが、ピエール・コニーの「これはいまだに楽しく読めるもので、いくらかのことばを駆使していたり、気取りなしにささやかなパスティッシュに独自な注解をちりばめるというまったく特有の技法は、評価できよう。しばしば薬味が利いていないことがあるが、それでも、この箱はかぐわしい香りを保っている」(『J・=K・ユイスマンス、ユニテを求めて』――ブリュネル、前掲書より)という正当な評価もある。

エッツェルは自然主義に厳しくあたったが、それ以上に、やがて到来する世紀末のデカダンスの美学をほのかに予感させるユイスマンスの表現に非寛容であったことがわかる。ことばをかえれば、これこそエッツェルがエッツェルであることの証左であるのかも知れない。

エッツェルはまた、自分が作家であっただけに、他人の文体を常に厳しく評してきた。そんなにいいすぎると若い作家に恨まれるだろうと、忠告をうけたこともあったくらいである。ユイスマンスのばあいは、まさにそのことが起こったともいえよう。

第十九章　出版史とエッツェル

本の文化の変革期とエッツェル　エッツェルが、編集者として名を上げた時期は、本の文化が、大きな変動と発展をむかえた時期であった。いうまでもなく、時代の転換と出版技術の発達とともに出版の歴史も展開していった。

たとえば、エッツェルの時代には、ディド一族が何代にもわたって経営している大手の印刷会社がフランスに君臨していて、多くの印刷はディド式活字によってなされていた。また、十九世紀にはいると、出版の世界に挿絵の活用という新しい波が押しよせてきた。本の装丁も、旧時代の重々しい革製の装丁から、厚紙やクロスによって華麗な表紙絵をつけた豪華本があらわれる一方、庶民の識字率の向上にともなって配本形式や叢書の形での廉価本も普及してきた。こうした展開は、ロマン派の時代の前後にすべて萌芽としてあり、ロマン派からブルジョアの時代といわれる第二帝政期に華やかな展開をすることになる。ロマン派の編集者として出発したエッツェルは、まさにこの流れの中心人物のひとりであって、エッツェル自身がフランスの出版史の一角をつくりあげたといっても過言でないだろう。

この章では、以下の項目を取り上げて、エッツェルが出版の歴史で果たした仕事を鳥瞰してみたい。

(1) 挿絵
(2) ポスター
(3) 豪華本
(4) 叢書／廉価本

挿絵　ジュール・ヴェルヌの『驚異の旅』は、ダイナミックな挿絵と切りはなすことができない。読者は文章を読みながら、冒険や未知の国や空想的な乗物を挿絵でたしかめて、また想像力をふくらませるようになる。その意味で、エッツェルが起用した、リウー、ヌヴィール、フェラ、ブネット、ルーなどの挿絵画家の存在は、きわめて大きい。だから、エッツェルが、ヴェルヌとの契約で、挿絵とテキストを一体化し、挿絵本にはエッツェル書店に版権があるとした態度は理解できる。ヴェルヌの側から見ると一方的な権利主張であるが、エッツェルの側から見ると、挿絵が本と切りはなせないという原理をつらぬいたといえよう。

まず、エッツェルが出版業にのりだしたとき、フランスの本の歴史に大きな変化が起こりつつあったということに注目せねばならない。そのひとつは、挿絵が本作りの主役に躍り出たことであり、もうひとつは、挿絵の隆盛とむすびつきながら、「生理学もの」という出版物が大流行をしたことである。

まず、挿絵の役割の変化について説明しよう。挿絵は、それまでは本の扉とか頁のはじめやあいだとか本の片すみにありいわば本の脇役にすぎなかった。ところが、一八三〇年代から挿絵の役割が大きくクローズアップされてきた。それまで文章の脇役にあまんじていた挿絵が、表舞台にひっぱりだされるようになったのだ。そして、頁の中央にきたり、頁の半分を占めて文字と一体化し、ついには絵が主役で文字は絵の説明にかぎられるという主客転倒が起ころうとしていた。

とりわけ一八三〇年一月刊行のシャルル・ノディエの『ボエームの王と七つの居城』は、「挿絵本の歴史のなかで重要な時代の幕を開いた」（マリー＝ジャン・ボワサック＝ジュヌレ『「ボエームの王と七つの居城」における伝統と近代性』）といわれるものである。この刊行には、活字の遊びと挿絵の役割の拡大という当時では画期的な本作りが見られ、賛否両論をまきおこしたのである。活字の遊びとは、活字の大きさに変化をつけたり、感嘆符をつぎつぎふやして話し手の感情を表現したり、星印や点を無数に並べたり、活字の大きさや字体や配置を自由に変えたりという大胆きわまる表現で頁をみたし、いまでは、活字の配置の変化そのものが詩の表現になるといった、マラルメの『さいころ一擲』やアポリネールの『カリグラム』の先駆とみなされるようになった。

ノディエの作品の挿絵は、トニー・ジョアノーの絵をポレが木版に彫ったものであったが、従来は本の扉や章の冒頭や終わりに置かれていた絵を、頁の中央や文章に割りこませるように自由な位置に置き、書かれた文の内容を挿絵でおぎなうようにし、文と挿絵で表現が一体となる頁がうみだされたのである。

挿絵が新技術による木版画でなされるようになったということも、新しい流れに拍車をかけた。

それまでは、本の挿絵は石版画や銅板画によるものが主流であった。ところが、目のつまった木にビュランという先が菱形の鑿《のみ》で彫るビュラン彫りの技術が一八二〇年頃イギリスから輸入されたということがあって、それまで柾目の木に彫刻刀で彫られていたのが、ビュラン彫りの製作法で、これまでより精緻で長持ちし、活字の頁のなかに挿絵の版をしっかりはめこむことができるようになり、これも挿絵の時代の到来にはずみをつけたのである。こうして、その技法を使いながら、挿絵を本の主役に躍り上がらせたのがノディエの著作の一大特徴であった。

ノディエの画期的な著作からはじまった挿絵本の刊行は、やがて、ジグー挿絵『ジル・ブラース』（一八三五）、ジョアノー挿絵『ドン・キホーテ』（一八三六）、グランヴィル挿絵『ラ・フォンテーヌ寓話』（一八三八、一八四〇）などの代表的な刊行をうみだした。エッツェルが企画したバルザックの『人間喜劇』でも、ベルタール、ジョアノー、ガヴァルニー、メソニエなどの挿絵画家の絵がいれられた。さらに単行本より定期刊行物で挿絵は大きな役割を果たし、「挿絵マガジン」（一八三三年発刊）、「家庭博物館」（一八三三年発刊）、「イリュストラシオン」（一八四三年発刊）、「挿絵世界」（一八五一年発刊）などつぎつぎに刊行されて、その隆盛は写真の時代まで続くこととなった。

そのような挿絵の活躍は、絵入り旅行ガイドブックやイギリスから取り入れられた「キプセック」といわれた贈答用絵入り詩文集の本の流行をうみだしたが、とりわけ一八四〇年からはじまった「生理学もの」の爆発的な流行を到来させた。

「生理学もの」の発生の土壌は、それ以前に形成されていた。たとえば、十八世紀のセバスティアン・メルシエの『パリ風景』（一七八一）からパリの人々の風俗を繊細に描いたジュイーの『隠者』シリーズ（一八二三―二五）へと続くパリ社会の風俗描写ものの刊行があった。それと並行して、さまざまな医学的な生理学や骨相学者ラファーターの『人相学』の仏訳がまきおこした、人間を形態学的にとらえて人間の相貌を動物の顔と比較するという流行もあり、それを小説に取り入れるといった風潮もあった。そうした流れから、「生理学」と称して、さまざまな生活・風習やさまざまな種族や階層の人々の習俗をおもしろおかしく分析する読み物が生まれた。バルザックのふざけた定義によると、「笑わせるという口実で通りがかりの者から二〇スー（一フラン）を巻き上げ、読者の顎をはずしてしまうような青表紙や黄表紙の小型本の体裁を使って、どんなことであれ不作法にしゃべったり書いたりする技法である」（『パリの出版物モノグラフ』一八四三）ということになる。

　こうして、初期の「生理学もの」として、アリベール『情念の生理学』（一八二五）、ブリア＝サヴァラン『味覚の生理学』（邦訳『美味礼賛』）（一八二六）、バルザック『結婚の生理学』（一八三〇）などが刊行された。しかし、「生理学」が大流行となったのは一八四〇年から四二年にかけてであった。

　その先鞭をつけたのはペイテル『洋梨の生理学』（この本にはルイ＝フィリップを体型から洋梨にたとえ風刺する意図もあり話題を呼んだが、権力者を戯画する風潮は当然のちにルイ＝フィリップによる弾圧を招くことになる）などであるが、その後彼の義理の兄弟のオベールが「生理学もの」を続々刊行した。アルベールの『音楽家の生理学』、ユアールの『学生の生理学』と『浮気女の生理学』などである。彼はまた、シャルル・フィリポンが刊行した絵入り週刊誌「シャリヴァリ」誌の編集に加わり、「生理学もの」の連載や単行本の挿絵の転載をして、人気をあつめた。

「生理学もの」は三十二折本で、厚さは一〇〇頁ばかり、バルザックがいっているように値段は一フランときまっていたが、当時の本の主流が八折本で三フラン五〇サンチームだったから、いかに手頃に買えるものであったかわかるだろう。しかも一〇〇頁に三〇から六〇ほどの木版の挿絵がのせられていて、目で読む本でもあった。というわけで愛読者が急増し、一八四〇年に刊行された「生理学」は八〇点、四二年には四四点にのぼるという流行ぶりになった（H・＝J・マルタンほか『フランス出版史』。アンドレ・レリティエ「生理学もの」――「プレス研究」一九五七年九巻一七号）。

話をエッツェルにもどすと、俊敏なエッツェルは、この「生理学」に目をつけた。しかし、エッツェルはスケールの大きい刊行物を考えていた。エッツェルの念頭にあったのは、バルザックやゴーティエやノディエやジュール・ジャナンやアルフォンス・カールなどが執筆した「フランス人自身が描くフランス人」というキュルメール書店刊のシリーズものである。これは一八三九年から四一年まで刊行された八折版の大型本で、ガヴァルニー、グランヴィル、ジョアノー、シャルレ、モニエなどの挿絵つきであった。キュルメールは「現代社会のすべてを要約する膨大な精神的百科全書」と宣伝したが、エッツェルはこのスケールを踏襲して、『動物の私的公的生活情景』の画期的な出版にのりだしたのである。

『動物の私的公的生活情景』と挿絵の関係については、第三章ですでにのべたので、ここではその大きな背景を説明することにとどめよう。

すでにのべたように、『動物の私的公的生活情景』の挿絵画家はグランヴィルである。グランヴィルは、当代きっての戯画作家であり、とりわけ、この物語集を通して彼は動物戯画の手法を完成させたといってよい。彼は、ル・ブランや骨相学者ラファーターの影響をうけて、人間の典型的な顔を動物の顔にしてしまうという画法をうみだしたのである。バルザックも、グランヴィルの『永遠への旅』を批評したとき（「シルエット」紙一八三〇年四月十五日号）、「グランヴィル氏は人間に動物の愚かさをあたえ、動物に機知をあたえてきた」のであると称賛している。エッツェルが期待したのは、人間のように表情ゆたかに動物を描くその才能であって、彼を起用したことで、『動物の私的公的生活情景』はこうした視覚言語の役割を、画期的なものにしたといえよう。

本の扉のタイトルの下には「挿絵グランヴィル」と書かれ、その下に多くの作家名がならんでいるという配列に、この本の主役が挿絵であるというエッツェルの意志と姿勢がしめされている。この本がたちまち二万五〇〇〇部という当時としては破格の部数売れたのは、グランヴィルの挿絵のためであることは歴然としていて（一八四三年一月二十二日のハンスカ夫人宛のバルザックの手紙による）、そのためエッツェルは、彼に一万八五〇〇フラン支払っている（アニー・ルノンシア「エッツェルとグランヴィル」――『ピエール＝ジャン・エッツェル――編集者・作家・政治家』）。当時フランスで六〇〇〇フラン以上の年収があるいわゆる納税義務者は全人口の三分の一にみたないという時代にである。この時期はエッツェルとグランヴィルの蜜月であって、ちょうどグランヴィルが妻を亡くしたこともあって、エッツェルはベルヴィルの別宅に彼を招待してなぐさめている。しかし、『お好きなところに旅をして』の挿絵画家にジョアノーが起用されてから、グランヴィルはジョアノーやエッツェルに牙をむきだして、以後長いあいだエッツェルから離れ、その後和解しても彼はエッツェルの仕事をする機会はもたなかった。

話をもどすと、エッツェルはこの本でグランヴィルに最大の信頼をよせ、一八四〇年のサロンで落選したグランヴィルに挿絵の裁量をまかせ、それによって彼の名を天下に知らしめたのである。

はたして、グランヴィルの躍るような筆致によって、挿絵とテキストは緊密な一体感をもつことになった。テクストが挿絵をうみだし、挿絵がテキストのイメージを凝集しているという相互関係をつくり上げたのである。もともと、グランヴィルは人間の顔をデフォルメしながら動物の顔に近づけてゆく技法をマスターし、その動物画はある種の異様な現実感をもっているが、これがバルザックの動物寓話にも見られるように、テキストに現実感をもたらし、ファンタジーは迫力のある視覚的イメージになって、読者にせまってくるのである。

こういうわけで、『動物の私的公的生活情景』は、挿絵画家の地位を画期的に高めることになったが、エッツェルは、つぎの代表作『パリの悪魔』でも、ガヴァルニー、ベルタール、ドービニィーなど当代の画家の挿絵をちりばめた豪華本を刊行した。そして、こうした実績はヴェルヌの『驚異の旅』シリーズにもいかんなく発揮され、有名な挿絵入りエッツェル版のヴェルヌ全集を刊行させることになる。

エッツェル書店の挿絵画家　ここで、グレヴィッチの『エッツェル』を参考にしてエッツェル書店刊行本で起用された主な挿絵画家とその作品を列挙してみよう。

バイヤール（一八三七—九一、Émile Bayard）　エクトール・マロ『家なき児』、ヴェルヌ『月をまわって（世界探検）』ほかブネット（一八三九―一九一七、Hippolyte-Léon Benett）ヴェルヌ『八十日間世界一周』、同『征服者ロビュール』、エルクマン＝シャトリアン『民間伝承・物語集』ほか

ベルタール（一八二〇―八二、Charles-Albert d' Arnoux Bertall）『パリの悪魔』、スタール（エッツェル）『親指トムの冒険』、バルザック『人間喜劇』ほか

ドレ（一八三二―八三、Gustave Doré）『ペロー童話集』ほか

フェラ（一八二九―一九一九、Jules-Descartes Férat）ヴェルヌ『神秘の島』、『ミシェル・ストロゴフ』ほか

フレーリッヒ（一八二〇―一九〇八、Lorenz Froelich）マセ『一口のパンの話』ほか

フロマン（一八二〇―一九〇〇、Eugène Froment）ユゴー『子どもたち』、「アルバム・スタール」（シリーズ）ほか

ガヴァルニー（一八〇四―六六、Sulpice Hypolyte Guillaume Chevalier Gavarni）『パリの悪魔』（共作）、バルザック『人間喜劇』ほか

グランヴィル（一八〇三―四七、Jean-Ignace-Isidore Gérard Granville）『動物の私的公的生活情景』ほか

ジョアノー（一八〇三―五二、Tony Johannot）ノディエ『空豆の宝とエンドウの花』、スタール、ジョアノー、ミュッセ共著『お好きなところへ旅を』、バルザック『人間喜劇』ほか

アドリアン・マリー（一八四八―九一、Adrien Marie）ドーデ『月曜物語』ほか

メソニエ（一八一五―九一、Ernest Meissonier）『子どもの本』、バルザック『人間喜劇』ほか

モントー（一八三〇—一九〇〇、Henri de Montaut）ヴェルヌ『月世界旅行（地球から月へ）』ほか
ヌヴィール（一八三五—八五、Alphonse de Neuville）ヴェルヌ『海底二万里』、『月世界探検』、『八十日間世界一周』ほか
フィリッポトー（?—一九〇三、Paul-Dominique Philippoteau）ドーデ『ちびっ子』、ヴェルヌ『エクトール・セルヴァダック』ほか
リウー（一八三三—一九〇〇、Édouard Riou）ヴェルヌ『地底旅行』、『グラント船長の子どもたち』ほか
ルー（?—一九二九、Georges Roux）ヴェルヌ『サンティア号の漂流物』、スティーヴンソン『宝島』ほか
サンド（ジョルジュ・サンドの息子、一八二三—一八八九、Maurice Dudevant Sand）『ジョルジュ・サンド全集』、サンド『本当のグリブイユの話』ほか
シュレール（一八二一—七八、Théophile Schuler）エルクマン＝シャトリアン『国民物語集』、スタール『銀のスケートぐつ』、『マルーシア』ほか
スガン（一八〇五—七五、Gérard Seguin）ポール・ド・ミュッセ『風さんと雨夫人』ほか

ポスター　エッツェルによるジュール・ヴェルヌの『驚異の旅』の刊行と宣伝で目を見張ることがある。それは、『驚異の旅』の宣伝ポスターである。エッツェルの前半生の主要な企画のひとつに、バルザックの『人間喜劇』の刊行がある。しかし、そのときには、色鮮やかな宣伝ポスターが

使われた形跡はない。むろん、他の書店との共同刊行という理由もあるだろうが、やはり、ヴェルヌの時代に宣伝方式と印刷術が大きな発展をとげたことが、その宣伝の飛躍を助けたのであろう。

わたし自身、ダイナミックな『驚異の旅』の宣伝ポスターに魅せられていたが、ヴェルヌ関係物のコレクターとして知られているピエロ・ゴンドロ・デッラ・リーヴァによると、エッツェル書店の絵入りカタログ、あるいはポスターの研究には「深い研究が要求されている」（「エッツェルのポスター」――『ピエール＝ジャン・エッツェル――編集者・作家・政治家』）ということだから、この種のポスターの分析はこれからなされることであろう。

とはいえ、エッツェル書店のポスターはじつに特徴的なので、ゴンドロ・デッラ・リーヴァ自身の解説も参考にしながら、ここでまとめてみたい。

ポスターが広告のなかで大きな位置を占めるようになったのは、石版画《リトグラフ》の登場以後である。石版画は一七九六年にミュンヘンの劇作家ゼーネフェルダーが考案したもので、石灰石のようなやわらかな石に油性クレヨンで描画し、他の部分には硝酸ゴム液を塗布して水分をくわえ、油性インキをローラーなどであたえると、親油性の描画部分にインキが付き、他の部分はインキをはじくという原理で描画を印刷するのである。これで、木版や銅版による画よりも技術的に容易で、廉価で、多刷りが可能であるばかりか、大きなサイズのものが印刷できるようになったのである。これがポスターの隆盛をうながしたのはいうまでもない。とりわけフランスではオーギュスト・ブリやジョゼフ・ルメルシエによって改良されて、王政復古期に広く普及していった。

しかし、バルザックやユゴーが活躍したこの時代のものは、いわば「ロマン派のポスター」というべきもので「白黒」が主流の印刷物であった。ガヴァルニーによるウージェーヌ・シューの『さまよえるオランダ人』、トニー・ジョアノーによる『ドン・キホーテ』、グランヴィルによるエッツェル書店の『動物の私的公的生活情景』などのポスターも白黒であった。

ところが、十九世紀後半の「ポスト・ロマン派」の時代における印刷術の発達はいちじるしいものであった。そして、一八六五年以降、ブリッセ石版印刷工房が、ゼーネフェルダーの愛弟子のエンゲルマンが開発した多色刷りの石版画を改良して、美麗な多色画を安価に量産できるようにした。そこに多色石版画の制作者ジュール・シェレがあらわれて、ポスターの黄金時代が出現した。やがて、マネ、ドガ、ロートレック、ドーミエなど、多くの画家が石版画に手を染め、その流行のなかで、シェレは『踊り子の恋人』（一八八八）、『ムーラン・ルージュ』（一八八九）、『パリの公園』といったポスターの傑作をつぎつぎと印刷していった。そして、時代が移って、ミュシャなどのアール・ヌーヴォーの時代が到来する。

このような流れをうけて、エッツェル書店の本の表紙の装丁や宣伝ポスターには、はなやかな極彩色が使われるようになってゆく。大きさは、一八六五年以降は、原則として、単行本のポスターは二〇センチ×三〇センチだったが、コレクションなどのポスターの大きさは五〇×七〇センチと大型になった。

しかし、印刷費もかかっているだけに、やたらに配るものではなかった。そのうえ、一八八一年七月二十九日の立法によって、街頭での広告の掲示が規制されるようになった。こうしたこともあってか、エッツェル書店のポスターも「店内ポスター」とか「このポスターは店内にしか展示でき

1909年の『ヴェルヌ全集』のポスター

エッツェル書店のポスター

ない」とかの指示があり、書店内に張られたのである。また、新聞や「両世界評論」とか「モニトゥール・ド・ラ・モード」などの雑誌の付録としても使われたりした。

そのなかには、ヴェルヌの『驚異の旅』ののための有名な大型ポスターもあるが、他の作品と組み合わせたり、「教育娯楽雑誌」、「白色小文庫」「アルバム・スタール」などの他の出版物にあてられたポスターもあった。

エッツェル書店のポスターの描き手としては、ヴェルヌの小説の挿絵画家でもあったジョルジュ・ルーがいて、二十点ほどのヴェルヌのポスターのほか、アンドレ・ローリーなど多数の作家のポスターを描いている。ヴェルヌのポスターで有名なものとしては、一九〇九年のものがある。ヴェルヌの作品に登場するさまざまな乗物が描かれ、左上から灯台の光が投げかけられ、そこに「一九〇九年のお年玉」、『ジュール・ヴエルヌ全集』などと描かれている、じつにダイナミックな構図のポスターである（前頁左図）。ただし年代からいうと、これは、ヴェルヌとエッツェル死後の息子たちの時代のポスターである。

子どもたちが本棚から本を取りだして読んでいる一八八六年のポスターや、大きな地球儀のまわりで子どもたちが読書している一八九〇年のポスターも代表作で、後者は「地球儀」の名称で知られている。本書口絵の一八八〇年のポスターも、本に集《つど》う子どもたちの群像を描いた傑作である。

そのほか、アシェット社の仕事を主にしていたが、一八八四年の「アルバム・スタール」のようにエッツェル書店の代表的なポスターを描いたイタリア人のセメギーニ（一八五二―一九一二）、ジャン・ジョフロワ（一八五三―一九二四）などがいる。ゴンドロ・デッラ・リーヴァによると、ジョフロワはセメギーニより独創性に欠けているというが、彼はエッツェル書店のポスターを多数描いていて、やがて子どものいる風景を描く絵の専門家となる。

いずれにせよ、エッツェル書店の大型ポスターは、どれも迫力にみちて、児童図書の黄金時代の到来、宣伝時代の到来、印刷技術の発展を告げ、目を楽しませるだけでなく、出版史上でも貴重な資料となっているといえよう。

豪華本（「お年玉本」）　これらすべての出版物の方式にエッツェルは力をいれ、おおくの画期的な出版をしている。このなかで、いわゆる「お年玉本」（livre d'étrenne）といわれている豪華本を、エッツェルはおびただしく出版した。しかも、その中味がヴェルヌ本などの時代に即した革新的なものであったことは、特筆すべき点である。それには、エッツェルと同時代の作家・ジャーナリストして活躍したジュール・ヴァレスの「お年玉本」批判を紹介しなければならない。
ヴァレスは、「街頭」、「シチュアシオン」といった雑誌で、古い型の「お年玉本」の内容と体裁について、批判をくり返していた。ヴァレスによれば、当時売り出されていた「お年玉本」は、知的好奇心を刺激するためではなく、いたずらに贅沢につくられていると非難する。フランソワ・マロタンは、「ウーロップ」誌（一九八〇年、十一月・十二月合併号）の「ジュール・ヴェルヌ、エッツェル、お年玉本」で、つぎのようにヴァレスの見解を要約している。

「お年玉本」は、「本のへりが金箔になり、背の溝の部分を傷《いた》めそうで頁を開くことができないような、それを前にして女・子どもがうっとりとして倒れこんでしまうような豪華な本である」。ところが、「この製本されたしゃれた小部屋には、甘ったるい活気のない物語」しかないときている。子どもの本は子どもだましの本である。そこには馬鹿げたものがいっぱい詰まっている。このジャンルの伝統がその中味を押しつけ、作者は「お年玉本」の陳腐な調子にとどまろうと、才能を小さくしてしまう。

引用部分は「リヨンの進歩」誌一八六五年二月日号からであるが、この時期に、ヴァレスは、その他の雑誌でも、「お年玉本」が一方では教理問答といった宗教教育があるかと思うと、他方ではオシアン風であったりバイロン風であったりユゴー風であったりして、「ロマン派がふくれあがっている」ばかりだという。ヴァレスは、一八八二年になっても、こうした批判を「レヴェイユ」誌

（十二月六日号）でくり返している。

「お年玉本」と新年の見世物がある十二月のこのヴァカンスは、真に自由で楽しい教育のときである。

そのためには、おろかしい玩具と人食いや小悪魔の本を、妖精と天使の見世物をなくさなければならないだろう。

では、ヴァレスの推奨する「お年玉本」はどんなものだろうか？「本の魂は科学である。そこではお説教をしない。教えこむのである」（「リヨンの進歩」誌、一八六五年一月三日号）と、すでに一八六五年に彼は説いている。ただし、一方では「わたしは美しい夢の翼を切りとらなければならないなどとは、少しも主張していない」（「ヴォルテール」誌、一八七八年十二月号）と空想的な世界を否定しているわけでもない。こうした説はまさにエッツェルの説と同じである。とすれば、ヴァレスはエッツェル書店の本を評価していたのであろうか？　一八六七年十二月四日にヴァレスはつぎのような手紙を書いている。

わたしは、来週金曜日の「街頭」誌に、大型「お年玉本」について記事を書きます。テーブルの上にはすでにアシェットの叢書があります。あなたの書店の叢書をお送り下されば、同時にそれについても語ります。

それをうけてエッツェルは、『ペロー童話集』と『パリの悪魔』を送った。それにヴァレスは失望して、ルクリュの『地球』、プーシェの『宇宙』、シャルトンの『世界一周』が収められたアシェット社の叢書のほうが興味があるとした。一方、エッツェル書店のものも、「ドレの才能とガヴァルニーの天才が『ペロー童話集』と『パリの悪魔』をまったく新鮮で面目を一新した作品に仕立てている」と評価している。これは、おそらくエッツェルの送った本に、エッツェル書店本来の科学ものが欠けていて、それがアシェット社に集中していたためであろう。

ヴァレス自身は、戦闘的な共和派・反体制派としてつねに鋭い舌鋒で社会批判を展開していたが、一方ではその批評はかなり主観的で偏向していたので、エッツェルの仕事を客観的に評価していたかどうかは疑問である。いずれにせよ、すでにのべたように、ヴァレスの主張はエッツェルの刊行物の特徴とぴったり一致しているから、エッツェル書店の刊行物をアシェット社のつぎにおいている点には、疑問の余地がのこる。ただこの時期は、エッツェルにとっては、「お年玉本」についても、優れた挿絵で飾った伝統的な読み物にくわえ、ヴェルヌの連作を刊行しはじめるという移行期にあったので、ヴァレスにその特徴が見えなかったためであろうとも思われる。

そもそも、エッツェルによるひろい意味の豪華本のシリーズは、ロマン派時代あるいは前期の共同出版時代のものとポスト・ロマン派時代あるいは中・後期の独立出版時代に分かれるといえよう。前期で特徴的なのは、「時禱書《リーヴル・ドゥール》」〔四一頁参照〕の刊行があり、ポーラン書店との共同出版で、アップル神父監修の『ラテン語・フランス語の時禱書全集』として売り出された。広告によると、一八三七年十一月十五日より月八回で計二〇回にわたる配本形式で、一回六〇サンチーム、全巻予約はパリで一〇フラン、それ以外で一一フランとなっている。さらに特徴的なのは、画家ジェラール・セガン、建築家ダニエル・ラメ、木版画家ブレヴィエールなどを起用した色刷りの挿絵、飾り文字の多用、図版に飾られた紙面と、一冊本にまとまった刊行は、銀の十字架をあしらったスミレ色の装丁という美麗な本であった。

また、当時の宗教書のベストセラーといってよい『キリストのまねび』も、ポーラン書店との共同出版で、やはりジェラール・セガンなどによる多数の挿絵入りの本である。

その他、アルフレッド・ド・ミュッセ、挿絵画家トニー・ジョアノー、スタールの筆名によるエッツェルとの共著『お好きなところへ旅を』(一八四三)、フュルヌ、デュボッシェ、エッツェル、ポーランの共同出版によるバルザックの『人間喜劇』なども八折版の挿絵入りの豪華本であったが、この時期のエッツェル書店の代表的な刊行物は、なんといっても『動物の私的公的生活情景』と『パリの悪魔』であろう。いずれも、四折版の大型本である。また、ヴァレスに送った『ペロー童話集』はペロー童話の挿絵の古典といってよいギュスターヴ・ドレの迫力ある挿絵つきの大型本(四三五×三一五ミリ)であり、お年玉本の極めつきであった。

豪華版ヴェルヌ全集　こうしてエッツェルは、新時代の「お年玉本」を続々刊行することになる。「お年玉本」とうたうばあいは原則的に豪華本である。その意味では、ヴェルヌの『驚異の旅』の豪華本は、「お年玉本」そのものである。そして、これこそヴァレスが理想としているポスト・ロマン派の「お年玉本」であるが、その装丁も時代とともに変遷している。主なものを列挙すると、以下のようになる。

花束の装丁　初期の刊行で、赤か青の地色に上下にバラの花輪をあしらい、まん中の丸い囲みのなかにタイトルが書かれている。

イニシャルの装丁　一八七五年からは、上記の花輪のかわりにジュール・ヴェルヌのイニシャルＪＶ、下にジュール・エッツェルのＨまたはＪＨがメダル状につけられ、全体にモノクロの緑、褐色、赤などである。

大砲の装丁　表紙の下に船、左上に砲弾を発射した大砲のデザイン。

船の帆の装丁　船の帆が大きく広げられ（青色と銀色の二種がある）、そこにタイトルが書かれ、周辺には船や気球があしらわれている。これは、一八七二年からはじまった多色刷りの時代のものであるが、基本は帆の色と地の色の二色刷。

『驚異の旅』シリーズの〈地球儀の装丁〉

天球儀の装丁　一八七七年以降の刊行に見られるもので、『驚異の旅』の文字がはいった天球儀を上部におき、そこにジュール・ヴェルヌと書いた帯が取り巻き、下半分には本のタイトルがある。

二頭の象の装丁　上部の左右に象が首を出し、まん中の扇子のなかに『驚異の旅』と作者名、下にタイトルがつけられているデザインであり、赤が基調。象の首が左にひとつのものもある。

蒸気船の装丁　一八九二年にはじめて刊行された本格的な多色刷りの装丁で、デザインというよりほとんど絵に近いリアルな蒸気船が中央を占めていて、タイトルは左上に追いやられている。

地球儀の装丁　上部に地球儀がおかれ（前頁の図）、そのまわりを気球や飛行体が飛び、下部は錨や槍などを組み合わせたデザイン的な模様となっている。ヴァリエイションとしてまん中にヴェルヌの肖像があるもの、タイトルが金文字になっているものなどがある。

以上が主な装丁の種類であり、裏表紙のパターンをくわえると、さまざまなヴァリエイションがある。しかし、いずれも豪華本の名に恥じない絢爛たる装丁で、つねに「お年玉本」の役割をになっていた。ついでにいえば、現代ではこれらのなかには、ほとんど骨董的な値で売買されているのもある。ジャン・ポール・グレヴィッチの『エッツェル』の巻末につけられた値段表によると、高価な本は、保存程度によって二〇〇から二二〇〇ユーロ（一ユーロを一五〇円と換算すると、約三万円から三三万円、以下同様）の値がついている「船の帆の装丁」、一五〇から二一〇〇ユーロの「二頭の象の装丁」、二〇〇から一三〇〇ユーロの「金文字の地球儀の装丁」、一〇〇から一四〇〇ユーロの「花束の装丁」などがあり、なかには「金文字の地球儀の装丁」本が七〇〇〇ユーロ（約一〇五万円）で売られたという記録もある。

若い頃、生地の模様デザインから文学に転向し、村の生活を描いた『ミオネット』という感動的な中編小説集や数多くの児童文学を残し、エッツェルと親交を結んでいたウージェーヌ・ミュレールは、エッツェルが一八八六年三月十七日に他界すると、「本《リーヴル》」誌五月号につぎのような追悼文を書いて、エッツェルがフランスの出版界に残した数々の功績をあげ、エッツェルをたたえている。

豪華本に説明文つきの芸術的な版画を添えることを慣行とさせることに成功し、作品の挿絵入り分冊配本の刊行を普及させたのは――この改革以来いかにこうした普及が進んだことか――、彼〔エッツェル《エッツ》〕であった。

廉価本と叢書　しかし、当時においても高価なこうした豪華本は、中流のブルジョワジーにしか手にはいらなかったのも事実である。したがって、エッツェルはその層に顧客の的をしぼっていたのであるが、一方で良書を安価に売って、販路を庶民層にひろげるというのもエッツェルの戦略であった。というのも、当時の識字層のひろがりにはめざましいものがあったからである。もっとも、こうした戦略はなにもエッツェルの独占物ではなくて、当時競って各出版社が廉価本を販売しはじめたのである。

廉価本の走りは一八三八年から刊行されたシャルパンティエ社の十八折版で三・五フラン本（労働者の条件のよい日給に相当）のシリーズである。この版で九フランから七・五フランの値の八折版と同じ分量の読物がおさめられている、つまり、半額で四倍の分量が読めるという格安版である。この格安本をさらに進めたのが「四スー本」である。四スーというのは二〇サンチーム、つまり五分の一フランであるが、これは週一回の配本の価格である。このスタイルだと、月賦で本を買うように一回に四スーで、回を重ねると大きな小説も読めるので、庶民階級にも手がとどくということになる。

十七・十八世紀から庶民層に普及していた「青本叢書《ビブリオテーク・ブル》」といわれた行商本は、なんと第二帝政期まで生きのびていたが、それにかわる新時代の民衆本としてこうした格安本が躍り出てきた。格安本の普及が決定的となったのが、イギリスのスミス書店が駅で本の販売をはじめたのを取り入れたアシェット社の「鉄道文庫」である。一八五二年から刊行され、すでに完備されてきた鉄道網とともに全国にひろがった。そして、そのあとを追うように五五年からミシェル・レヴィー社も「旅人文庫」をはじめた。同時に、一八五五年から刊行された同じくミシェル・レヴィー社の一巻一フランのシリーズといった廉価版も、本の市場をまきこんでいった。こうした波のなかで、エッツェルもミシェル・レヴィー社といわば密接な関係をたもちながら、豪華本から廉価版に舵を切っていったと思われる。

すでにのべた「コレクション・エッツェル」もその種の叢書である。この叢書の多くはミッシェル・レヴィー、アシェット、ブランシャールなどの他の出版社によって刊行されているが、いずれも表紙には「コレクション・エッツェル」と印刷されている。そのため、本の体裁や値段はそれぞれの出版社によってまちまちであるが、エッツェル自身は明確な方針をもっていた。それは、エッツェルがコレクションの本につけたつぎのような広告で読みとれる。

巧みになされた活版技術によって、われわれの本は、活字がゆったりとして見える。それは明快で、目を喜ばせながらも、いずれも充実した内容であり、格安でもって、われわれの時代にもたらされた進歩というものを提供するであろう。

印刷物としても、内容でも、値段の安さでも、引けを取らないようたっているのである。じっさい、この叢書の仮綴じ本〔個人で製本できるように折丁（頁折りのまま）で糸綴じして仮製本し、頁を読みながらペーパーナイフで切るようになっている〕の価格は一フラン、ハードカバーは一フラン五〇サンチームにされていたが、大部分は仮綴じであった。

「コレクション・エッツェル」の内容は、当代の有名作家、または最高の作品からなっていた。企画は、主として一八五三年から六一年の亡命時代に立てられ、その後、六五年から九四年にかけて四点追加されている。本の大きさの基準は三十二折版（一三・五×九センチ）で、値段は一フランが基準であるから、まるで大正十五年（一八二六）に改造社が企画した一冊一円で買える「現代日本文学全集」からはじまった昭和初期の円本のようなもので、これなら庶民にも手がとどく値段であることはまちがいない。エッツェルは五七年から六六年には、ミシェル・レヴィー社と提携して、「エッツェル＝レヴィー・コレクション」と銘打ったシリーズも刊行した。こうして、一フラン本はレヴィー社との二人三脚でパリの市場を駈けめぐったのである。

児童書を中心とした「アルバム・スタール」といわれるコレクションも、はじめは八折版の大型本（二八×一八センチ）で、値段もブラデル装丁本〔本の縁を落とさない布地製本〕が三フランか五フラン、布地装丁本が七フラン五〇サンチームであったのが、一八七九年からは、それぞれ一フラン五〇か三フラン、三フランか五フランと廉価になり、やがて高価本は消えてゆく。とくにエッツェルの死後の息子の代になると、一八八七年からは、前者が二フラン、後者が四フランと固定された。といっても、いずれもロレンツ・フレーリッヒとか、ウージェーヌ・フロマンとか、ジャン・ジョフロワといったすぐれた画家の挿絵を掲載し、子どもが手に取るので堅牢に製本するため、廉価本の特徴である仮綴じ本にはしなかった。

「アルバム・スタール」には、エッツェル自身がスタールの筆名で以前から書きはじめ、フレーリッヒの挿絵（ときには文章も書いている）をつけたリリーという少女を主人公にした幼年童話の「リリーもの」がある。これは、一八九〇年から「リリー嬢といとこのリュシアン文庫」という連作になり、一三三作が刊行され、そのうち八五点はエッツェルの生前に刊行されている。エッツェルの死後も、このシリーズはJ・レルモンなる執筆者が書きつづけた。

そのほか、『海水浴場の赤ん坊』（一八六四）、『家の赤ん坊』（一八六五）、七二年から刊行された一四冊構成の『子ども時代のシャンソンとロンド』なども収められている。

エッツェルの後半生は、こうした叢書の刊行に情熱がそそがれたといえよう。なかには大型本もあったが、多くは小型の廉価本であった。その主なものを列挙してみよう。

エッツェルによる普及版の端緒は「新子ども宝庫」であるが、これは第六章でのべているように一八四三―五七年に刊行され、十六折版（二〇×一四センチ）で、平均一二〇頁、ゆとりのある組み版で、多数の木版画の挿絵つき。値段は仮綴じ版が三フラン、簡易製本が四フラン、ハードカバーが六フランであるから、かならずしも廉価版ではないが、以下にあげるものは廉価本といえよう。

「フランス青少年文庫」　一八八〇―九〇年。十六折版で平均一二八頁、本によっては挿絵がついて、仮綴じ本は一フラン五〇、ハードカバーは二フランである。主な作品には、愛国的なエルクマン＝シャトリアンの短編集やフランス史関係のものがあり、その他ジャン・マセやミシュレによる青年向きのフランス史などもおさめられていた。

「職業文庫《ビブリオテーク・デ・プロフェッシヨン》」　十八折版（一八・五×一二センチ）であるが、ものによっては八折版もある。頁はさまざま。しばしば資料として版画がそえられ、値段は二―四フランである。一一二点がラクロワ社に買い取られて刊行され、一八八二年からはエッツェル書店で販売された。『婦人向きリキュール製造』、『電気照明器具の組立て』、『家の建築法』、『ピアニストの技法』、『労働事故の保険』などの実用本が目録にあり、叢書の内容には必ずしも一貫性がなく、旧刊行物の再録もある。

「白色小文庫」　一八七八年から一九一三年まで、全八〇巻が刊行された。十六折版で、平均一二八頁。各巻一〇頁ほどは挿絵つきである。仮綴じ版二フラン、ハードカバーは二フラン五〇。八七年より仮綴じ版は一フラン五〇、ハードカバーは二フランであった。内容は、「新子ども宝庫」の再版もの。「教育娯楽文庫」からの抜粋。「教育娯楽雑誌」所収の中編物語、また、『氷の冬ごもり』、『オックス博士』などヴェルヌの作品のうちの短いもの、スタールの作品などであるが、すでに豪華本・お年玉本として刊行された大型本を廉価版にするという原則が見られる。しかし、このコレクション自体、「一八七九年のお年玉」という宣伝文句で、七八年の年末に九巻刊行するといった販売をしている。つまり、この時期になると、お年玉本そのものを安価にしようという傾向が見られることがわかる。

そのほかヴェルヌの『驚異の旅』から作品をおさめた「教育娯楽文庫」も刊行されたが、こうしたシリーズものも、エッツェルは熱心に刊行していた。エルクマン＝シャトリアンの『国民小説《ロマン・ナショノ》』、アンドレ・ローリーの『すべての国の学校生活情景』（全一四巻、一八八二―一九〇四）、同著者の別の筆名フィリップ・ダリルによる『世界中の暮らし』（全一〇巻、一八八四―八八）などがその代表的なものである。

エッツェルと民間図書館　こうして、さまざまな工夫と発案を凝らして刊行されたエッツェル書店の本は、一方では読者層の拡大に対応し、他方では良書の普及といった役割をになっていた。エッツェル書店の刊行物がいかに読書の普及に貢献したかは、図書館などでの調査を通して紹介するつぎのような状況にも見てとれよう（主としてアルレット・ブローニュ「民間読書機関へのジャン・ピエール・エッツェルの影響」――『一編集者とその時代』所収、を参考にしている）。

一八六〇年以前には、革命期に設立された公共図書館、カトリックの聖職者が維持している教会の教区図書会、企業主による工場図書館などがあったが、公共図書館は閉鎖されているものが多く、また利用者は一部の学識者が中心であった。教区図書館は宗教教育の本ばかりで、工場図書館は職業教育本が多かった。六二年六月一日の法案で学校図書館の設立が決められると、学校に図書館が設けられるようになったが、視学官が許可する図書のみが置かれた。

しかし、六〇年代から、学校図書館のほかに、一般図書館が続々と誕生しはじめた、たとえば、六一年にはパリ三区に、三区教育友好会による図書館が生まれ、後続の図書館のモデルとなり、その後大きな存在となるフランクリン協会の発足をうながした。

アルザスでは、エッツェルの友人で「教育娯楽雑誌」の編集スタッフとなるジャン・マセがオー・ラン〔高ライン地方〕市町村図書館協会を設立し、これがやがて教育連合に発展して、図書館設立運動を推進するようになる。こうして、一八八〇年までに、二万から一〇万の民間図書館が設立されたという。こうした機関は蔵書目録を発行しているので、図書の構成を知ることができる。ただし、出版社名がなく、著者名も記されていないばあいがあるなど不備なものであるが、主要な二例について図書構成を見てみよう。

フランクリン協会（五〇〇点のうち）
小説をふくむ文学作品……四二％
歴史……一六％
地理……九％
科学……二二％
倫理・宗教・哲学……八％
教育連合パリ支部（六〇〇点のうち）

小説をふくむ文学作品……三二％
歴史……一七％
地理……一〇％
科学……二七％
哲学……六％
一般図書館（点数不明）
小説をふくむ文学作品……三五―四五％
歴史……一六―二七％
地理と旅行……八―一三％
科学……一一―二七％
宗教・倫理・哲学……六―八％

雑誌では、いずれも「教育娯楽雑誌」、「マガザン・ピトレスク」、「世界一周」が収められていて、作家では、エルクマン＝シャトリアン、ヴェルヌ、エミール・スヴェストル、アレクサンドル・デュマ、フェニモア・クーパー〔アメリカの冒険小説作家〕、キャピテン・メイン・リード〔イギリスの冒険小説作家〕、ディケンズ、サンド、バルザック、ウージェーヌ・シューなどはいずれのカタログにも記されている。エルクマン＝シャトリアンやヴェルヌの名前があるのを見ると、出版社のリストは不明であるが、エッツェルの企画による刊行物が、アシェット社に並んで多いことがわかる。

フランクリン協会のカタログでは、五〇〇点中アシェット社のものが一二〇点あることだけは判明しているようである。これには、アシェット社による「鉄道文庫」と「大衆文庫」の刊行が関係あるようだ。しかし、アシェット社の刊行物そのものの多くがエッツェルの企画によるものであるから、エッツェル書店刊行によるものはかなりの点数にのぼる可能性がある。エッツェルはまた、こうした市町村図書館、民間図書館に多数の図書を寄贈している。そのような貢献にたいし、「フランクリン協会ジャーナル」は、エッツェルの死に際しつぎのような追悼文をかかげている。

P・＝J・エッツェルの死は、予期していたとはいえ、文学にとって痛恨のきわみの損失である（…）しかし、どんな場所よりも、小さな読者、年が年少であるとともに科学においても年少であるすべての者たちの世界では、エッツェルの死に心からの涙を流したにちがいない。その者たちのために彼は優しい熱愛をこめて働いたのであり、その者たちは、自分たちのために彼が編集したたくさんの魅力的な頁、たくさんの本にたいして、彼に恩を感じている。エッツェルは大衆文学をもっとも高く正当に評価した人々のひとりである（…）彼にとっては見知らぬ友であった民間図書館の読者たちは、彼に忠実でありつづけるであろうし、彼の仕事はその死後も生きつづけるであろう。（ブローニュ、同書より引用。なお、文中の「民間」も「大衆」も原語は populaire であり、民間という意味は大衆に開放されているという意味であろう）

終章

編集者の最晩年　一八七九年の春ごろ、エッツェルは毎年保養をかねて冬期に滞在していたモンテカルロの友人グリオワにつぎのように書き送っている。

時間にめぐまれ、平穏にお暮らしと拝察しています！
時間に恵まれている！　もしそうであるならば、十分それをお楽しみあれ。わたしは、その幸せを知らずに死んでゆくことでしょう。わたしは、立ったまま、階段を上ったり降りたりしながら、扉を開けっぱなしにしたまま、すべてをやってきました。わたしのささやかな楽しみのすべては馬跳びでした。わたしは、走っているときしか幸福ではありませんでした。すべては、あまりに速く過ぎてゆきました。急ぐあまり、はじめたのかどうかわからなくさえなります。結局、この大急ぎの人生は最悪の人生です。人はこれよりもっと平穏であらねばなりません。自分の時計の時間がいつも遅れていると思うのは、うんざりです。そこで、この悲しい思いから、あなたに挨拶のキスを送りたくなったのです。モンテカルロではときには退屈する時間まであるのです

から！（P・B第二十九章）

一八七三年から最期の日まで、エッツェルは毎年モンテカルロで冬を過ごしていたが、少なくとも、そこではゆっくり余暇を楽しむことができたことは、この手紙の終わりの一行でわかる。そのような保養ができたのも、息子のルイ＝ジュールがエッツェル書店の業務の補佐ができるようになったからでもある。しかし、一八八〇年代になっても、編集者エッツェルとして、また作家スタールとしての仕事に衰えはなかった。

一八八〇年には、前年契約を結んだユゴーの全集を、印刷屋のカンタンとの共同出版で刊行しはじめる。また、フランスの代表的な歴史家ジュール・ミシュレの『フランス史』、『フランス革命史』の刊行を週二回の配本形式ではじめ、少年向きの『アンリ四世』を「フランス青少年文庫」におさめている。じつはミシュレとは古いつき合いで、一八五二年十一月十一日と翌年七月十一日のミシュレからエッツェル宛の手紙が残っている。第一の手紙は、フランスの現状と行く末を憂える内容で、第二の手紙は、フランスとヨーロッパの歴史的事件に関する四編の省察を一冊の本にして刊行するという提案であるが、これは実現しなかったと思われる。したがって、それから三十年近くを経て、エッツェ

1880年頃のエッツェル

ルはようやくミシュレの著書を刊行することになり、ミシュレとの懸案を果たしたといえよう。

さいごの長編　一方、同年七月九日に、スタールの筆名による『われらが将軍の四つの恐怖――子ども時代の思い出』が刊行されている。これは、四年前の『わたしの名付け親の物語』と並んで、おそらくエッツェルの子ども時代の思い出がこめられている作品である。ところで、創作家スタールとしての紹介は本書の主題ではないので限定的にしかふれていないが、「おそらくわたしのさいごの本になるでしょう」とヴェルヌ宛に書いているように（一八八一年三月二十三日）、この作品は長編としてまとまったエッツェルさいごの創作であり、ここには六十七歳に達したエッツェルが、いかに成熟と瑞々しさをかねそなえた傑作を生みだしたかがみてとれるので、とくにここに紙面を取って、そのエッセンスを紹介したい。

アルジェリアに出兵しているフランス軍団の兵士たちには、義務とか良心とか恐怖とか勇気とかがいつも問題になっていたが、そのうちの「恐怖」にまつわる四つの挿話を、軍団の精神的支柱でもある将軍が語る。将軍は、「子どもにはおとなのすべてが含まれている」と前置きをしながら、六歳の思い出からはじめる。これは兵士たちに将軍が語る四つの思い出というオムニバス形式の物語である。

第一話は死の恐怖がテーマである。ジャックと呼ばれた将軍の子ども時代、ジャックは、父親が海軍大佐なので留守がちで、その分母親とマリー叔母にかわいがられている。六歳のあるとき、マリー伯母が修道女として看護の仕事をしている陸軍病院で、そばにいた老修道女の杖を借りて、それを馬に見立てて乗馬遊びをしているうちに、けっしてはいってはいけないと禁じられていた建物にはいってしまう。なかには空のベッドだけが並んでいる不気味な大部屋があって、その壁沿いにひとつの大きなベンチがあり、そこに白いシーツがかかっていた。おそるおそるシーツを剝ぐと、短い白髪を逆立て、青ざめた男が横たわっている。眠っているのだと思って起こそうと肩に手をかけると、ぞっとするように冷たいので死体だと気づき、あわててそこを逃げだしながらも、恐怖と死体を汚したという罪の意識で卒倒してしまう。その後戦場で数知れない死体に出会ったが、そのときの恐怖にまさるものはなかったという話である。

第二の話は、水の恐怖である。少年ジャックは飲み水でも浴びる水でも冷たい水が怖くてしようがないのに、いかにそれを克服したかという話である。

『われらが将軍の四つの恐怖』挿絵

息子を立派な船乗りに仕立てたい父は水を怖がるジャックのふがいなさを心配し、蛙でも見習って泳げるようになりなさいという。彼も『スイスのロビンソン』を愛読していて、いつか海に乗りだしたいという夢をいだいているが、水が怖くてならない。ある日、いつも遊びに行くアントワーヌ伯父のバラ園の庭沿いの川を眺めていると、向こう岸で子どもが川に落ちて溺れているではないか。驚いて、背が立って歩ける場所をえらんでたどりつき、子どもを助けて陸にあげてから子どもの母に急を知らせにゆく。やがて医者がきて、その子どもと体を冷やし息も絶え絶えのジャックを介抱してくれる。あとで、ジャックは背の立たない場所も横切っていて、そこは蛙を観察して学んだ泳ぎの動作を自然にやって渡ったことがわかった。こうして彼は、水の恐怖を克服したのであった。助けられた少年はボゾンとい い、のちに同じ戦線で、将軍になったジャックが馬が撃たれて落馬したときに彼を助けて恩返しをすることになるという後日談がついている。

第三話は決闘の物語である。十二歳になったジャックは学校で勉強をしていたが、いろいろな科目で一等賞になって先生に目をかけられている優等生であった。冬になるといつもストーブの右の机に坐ることになっていた。左に坐っているのは黒人であるが、並はずれて優秀で、体も大きくて腕力があった上に大金持で、どこやらの王子らしいという噂があった。ところが、みんなとつきあわず、とりわけ、いつも成績が二番目だった彼はジャックをライヴァルと見なし、競争心を燃やしていた。その彼が、あるとき、先生が坐る習慣のあったジャックのとなりの腰かけに坐ろうとするので、ジャックがその席を取ってしまう。すると復讐に燃えたものすごい目でにらむので、ジャックはおびえたあまり、授業が終わると、かえって自分の方から襲いかかると、驚いたことに相手をおさえつけてしまう。そのとき先生がやってきて、ふたりは引きはなされるが、以来相手はショックをうけて寝こんでしまい、学校に出てこない。ある日、ジャックの机の上に相手から話し合いたいから夜八時に校庭のすみにきてくれという呼出し状が置かれていた。しかし、それは第二の決闘の果たし状であって、相手は二本の同じナイフをもってきて、一本を彼に渡し、襲いかかる。ところが、ジャックの胸を刺そうとしたその切っ先がジャックの服のボタンに当たり、その瞬間に飛びだしナイフの刃が手もとにたたまれて、自分の親指の根元をぐさりと刺して、血が飛びちり、その傷で相手は倒れてしまう。以来負傷した黒人は学校に出てこない。こうして、二度目の恐怖の決闘も思いがけずジャックの勝ちに終わったが、やがてジャックはしきりに黒人のもとに話しにゆくようになって、白人にまじっている黒人の孤立感を理解するようになり、ふたりは打ち解けるという物語である。

さいごの第四話は、アルジェリアの戦場ではなく、アルジェリア戦争も普仏戦争も終わって、故国の自宅にくつろいでいる将軍のもとに苦楽をともにしたかつての部下や軍医たちが訪れて、さいごの恐怖の物語を聞くことになる。

将軍は、はじめから第四の恐怖の的は「女」であると明かす。彼にとって母と伯母以外の女性は怖くてならなかった。というのに、通学するには反対方向に通学する女学生たちとすれちがわなければならない。あるとき、父から送られた水兵服を着て通学すると、反対方向にすれちがう女学生たちにからかわれて泣いてしまう。すると、エレーヌという優しい女の子が涙を拭いて慰めてくれ、しかもその女の子の父はジャックの父と同じ海軍にいて戦死したというのである。そこで、ジャックはエレーヌに夢中になって、「エレーヌと結婚させてください」と父に頼むことになる。意外にも父の許可が出たので、その後ふたりはいつもいっしょにいる。

あるときは、乳母の主人の教会の鐘つき男が病気で倒れたというので、かねてあこがれだった鐘楼の上にエレーヌと上って、鐘の音とともにメガホンで「お休みなさい」と町じゅうに叫ぶことができて感激する。

エレーヌは優しいだけではなくてしっかり者だった。ある日、ジャックは叔父の隣人のビリアード室にあるビリアード台で玉突き棒《キュー》を使ううち、ラシャを破ってしまう。隣人にけっしてさわるなといわれた玉突き棒にさわり、またそのみごとなラシャをつくった名人の職工は死んでしまっているから、大騒ぎになり、結局取替えのラシャを職工の息子につくってもらい、費用はすべて叔父が負担することになった。そしてジャックは、罰として頭の上から足もとまで緑のラシャを着せられることとなった。それを見てエレーヌは、「夫となる人が木の緑を身につけているのを誇りに思う」となぐさめ、罰をあたえた叔父には「悪いことをした人を後悔させる最良の方法」といってほめ、みなをあっといわせる。エレーヌのそのことばでジャックは緑の服を着ることに二年間耐えることができたが、やがて悲劇が訪れる。パリの学校にいってあと半年で卒業というときに、マルチニック島の伯母に引きとられていたエレーヌが叔母の夫の甥と結婚するというのだ。打ちのめされたジャックは、女性を見ると再び怖れにとらえられるようになってしまった。

「ではなぜいま結婚しているのか」と一同に聞かれると、涙を流してその話をそばで聞いていた妻のまえで、こう語る。戦場で肺に弾丸をぶち込まれ瀕死の重傷を負い、民家にかつぎこまれ、早く死にたいと叫んでいると、家の女主人があらわれ、「ここで死んではいけません」という。その人こそ未亡人となってその家に暮らしていたエレーヌだったと。つまり、将軍はエレーヌと再会し、いまは幸福な結婚生活を送っているのである。

これが第四話で、この第四話にはさらに四つの挿話がはめこまれているという凝った構成になっている。全体として日常的な場面が舞台になっているが、いずれもドラマチックで、恐怖に直面した主人公の心臓の音が聞こえるようである。また話の合い間には、語りに好奇心をもたらすような聞き手の合いの手が挿入されている。合いの手ばかりか、たとえば決闘物語のまえには、じっさいに将軍の部下がけんかをはじめ、決闘寸前の雲行きになっていたところ、将軍の話を聞いて決闘をやめるといういきさつをいれたりしている。

『スイスのロビンソン』を愛読し、〈サン・ジャック号〉という船まで父につくってもらいそこで本を読むことを夢見ながら、水が怖くてならないという第一話には、ヴェルヌの少年時代の姿が映されたり、第四話では『ポールとヴィルジニー』の悲恋が連想されたりで、多くの題材を取り入れていると思われるとはいえ、細部の描写はたしかで、ドラマチックな盛り上げは冴えている。しかも、第四話でもわかるよう、読後のあと味がじつによい。途中で、シャルルという聞き手に「あなたの子どもの話でもおとなに教訓になります」といわせているように、エッツェルがこの物語をおとなにも読ませようという意図があったのは、たしかである。

『赤ちゃんとおもちゃ』を刊行するときエッツェルが文章をかなり直したベルギーの作家カミーユ・ルモニエに、この作品に関して、エッツェルはつぎのように書き送っている。

スタール氏は子どものためにしか書かなかったというとすれば、それはまちがいだと申し上げます。けっして子どものために書かれたのではない彼の主要作品もたどって下さい。というのも、わたしがいままでなしとげた仕事の一部分にすぎない専門領域〔こどもの領域〕に、たまたまわたしを閉じこめることのないようにお願いしたいためです。この領域を侮っているわけではありませんが。
（一八八一年八月九日――P・B第二十九章）

この作品の特徴のひとつとして、すぐれた文章力がある。エッツェルの文章力は物語にも硬派の論文調のものにも随想風のものにも発揮されているが、この物語も、簡明で子どもにも読みやすい文体で読者を引きこんでゆく。さすが大作家たちの文章の教師でもあったエッツェルの表現力、と感心するほかない。

一方、これもエッツェルらしいのだが、あまりにバランスのとれたヒューマニズムと教訓が読みとれて、波瀾万丈の想像力を期待する読者には物足りないかも知れない。たとえば、黒人との決闘の物語では、人間的な感情として黒人はジャックを受けいれるようになり、先生は先生で、じつは黒人を見守り、評価していたと黒人に語りながら、「ヨーロッパの教育の成果をきみの国に持ちかえる」ことを期待しているとさとすところには、植民地の西欧化思想が垣間見られ、このドラマの結末は人種差別の深刻な問題として提示されていない。これは当時ブルジョワ層の感覚を体現していたエッツェルの限界であり、こうした人種観は近年とくに批判されているヴェルヌのそれと通底しているかも知れない（杉本淑彦『文明の帝国』）。とはいえ、六十七歳にしてこれだけの瑞々しい物語を書いたというのは驚きにあたいするし、フランスでもこれがいま読まれる機会がないのは残念だといえよう。

晩秋　ユニヴェルシテ通りとサン・ペール通りの角に「キャロン」というカフェ・レストランがあった。カフェというよりサロンに近く、一八三〇年代の雰囲気のインテリアとまずまずの料理で満足させるので、常連にはとりわけ作家たちが多く、ポール・ブルジェやジュール・サンドーなどの姿が見られたという。エッツェルも、この「キャロン」の常連だった。いちばん奥の赤いビロード張りの椅子に坐って、毎日仲間と昼食をとりながら、若い芸術家や作家たちと語り合っていたという。アルスナル図書館に所蔵されているロレダン・ラルシェのメモによると、当時のエッツェルは「エレガントで、わざとらしいほど洗練され、気取りではないかと思えるほど機知に富み、他の作家と同様に作家然とし、『動物の私的公的生活情景』の大成功をつくりだした芸術的なセンスを漂わせて、しばしば他の作家よりいっそう作家然としていた」（グレヴィッチ『エッツェル』）という。

　しかし、一方ではペンをもつ腕が利かなくなり、パーキンソン病の徴候を見せてきた。また、頭痛に悩まされ、当代の名医であったヴュルピアン、ポタン、シャルコーなどの所に通っていた。水飲み療法とか、熱い針を刺す烙刺術《らくしじゅつ》なるものを一五〇回もほどこされている。それでも、めざましい回復はみられない。そして、一八八四年秋ごろの「両世界評論」で活躍した批評家で友人のエミール・モンテギュ宛の手紙では、つぎのように書いている。

> わたしの手と指がつとめを拒否してから、まもなく四年になります。わたしは沈黙します。頭や胸の内にあることを書き取るために、紙とわたしのあいだに第三者をおくことが〔人に筆写してもらうこと〕、まったく不可能になりそうだからです。他の人をまえにして考えることは手なれた作家がやるこ

とではありません。それは、雄弁家や教授や、おそらく特別で自然な天賦の才にしたがって自分の考えを話せる人たちがやることです。（P・B第三十章）

そして、自分は表舞台からおりて、「黒子」に徹するという覚悟をのべている。同じころであろうか、『マルーシア』の仕事をともにしたマルコヴィッチには、「わたしはいつも病気で、年中めまいが起きて本を読めません」と訴え、「この人生が長くつづくことになるのはわたしの好みではなく、他界での大いなる休息の方が神の思し召しにかない、よいのです」（P・B第三十章）という諦観を吐露している。

この時期のエッツェルのすべての手紙は、「悲しい口調につらぬかれている」とパルメニー＝ボニエはのべているが（P・B第三十章）、ルグヴェには「わたしは相変わらずベルヴィルにいます。三、四日まえから風が木の葉に向かって荒れ狂っています。緑の葉はまだ落ちようとしません。黄色い葉はあきらめていて、もう一吹きで吹き飛ばされるでしょう。わたしは、その黄色い葉の一枚です」（一八八四年十月三十日、P・B第三十章）と言って、七十七歳にしてまだ若々しいルグヴェを「あなたは常緑樹の葉に生まれついていますね」とうらやんでいる。

エッツェルがベルヴィルといっているのは、パリの西の郊外に所有していた別宅のことである。「息子とわたしは、蔦におおわれた小さな住まいにいます。家も見えず、パリからはなれていると思うことができます。小鳥がさえずり、花が咲き、草は緑で、われわれは仕事をします。朝からわたしは、ちびっこたちのために書いています」（一八七三年七月十四日トロッシュ宛——P・B第二十

ベルヴィルのエッツェル邸

ベルヴィルのエッツェル邸の
書斎（ジョルジュ・ルー画）

七章）というように、まだ元気なころには、夏になるとそこで創作に没頭していたのである。しかし晩年には、夏は土曜日をのぞいてはパリに出てゆかなかったという。そして、毎日駅まで朝の散歩をして、駅の待合室のベンチに他の年寄りたちと腰をおろしていたという（シエンキエヴィッチ夫人『回想録』――グレヴィッチ『エッツェル』より引用）。エッツェルの別宅のちかくには、ジョルジュ・サンドのかつての恋人のジュール・サンドー、スエズ運河開削の成功者レセップス、大思想家ルナンなど錚々たる人士が住んでいた。エッツェルはとりわけサンドーと親交をむすんでいたが、そのサンドーも、一八八三年にはこの世を去っていた。そして、エッツェルは自分の死期を予感するようになる。こうして、編集者としての仕事をやりとげたことと、作家としても至福のときは終わりを告げたことを、二通の手紙に記している。

一通は、一八八五年三月十七日付のマルコヴィッチ夫人宛のものである。

もうお役には立てない自分の人生の終わりがやってくるのがわかりますが、後悔はありません（…）わたしは、われわれの国に欠けていたひとつの図書館をあとにのこしました。その仕事にわたしは全力を使いはたしました。それをくやんではいません。（P・B第三十章）

もう一通は、同年十二月十九日付のつぎのようなヴェルヌに宛てた述懐である。

書くという、フィクションのなかに生きる、現実を忘れる喜びに、どのくらいわたしは打ちこみたいと思っていることか！　しかし、この面でのわたしの役割はおわりました。わたしはそれをあきらめました。しかし、それはわたしの人生の最良の部分でした。（V・H）

この手紙を書いた翌年の三月十七日、エッツェルは、保養先のモンテカルロのグリオワ宅で、多臓器不全のため永眠した。遺体はパリに移され、葬儀は三月二十二日に、サンジェルマン・デ・プレの教会で、友人、同業者、ジャコブ街の近隣の人々があつまって、盛大にとりおこなわれた。葬儀には、デュマ・フィス、ドーデ、ジャン・マセ、ナダール、ロシュフォール、オジエ、ルイ・パスツール、ジュール・シモン、ジュール・フェリー、出版関係のマソン、カンタン、フラマリオン、アシェット、プロン、カルマン・レヴィー等々、挿絵画家ではバイヤール、ジョフロワ、マリー、メソニエ、リウー、要するに出版人のピエール・ヴェロンのことばによると、「すべてのパリの文人、知識人がそこに参列していた」のである（グレヴィッチ『エッツェル』）。そのあと棺は、モンパルナスの墓地に向かった。家族のあとには、エッツェル書店の店員たちがつきしたがった。

葬儀には告別の辞はとくになかったが、「教育娯楽雑誌」は六月十五日にエッツェルにささげる三二頁の増補版を刊行し、友人のジャン・マセ、劇作家のルグヴェ、「ジュルナル・デ・デバ」紙のルムワーヌ、「ル・タン」紙のシェレール、「絵入り世界」誌のヴェロン、「フィガロ」紙のバコ、「フランス書誌」のアルマン・コラン等々の業界の友人たちが弔辞を寄稿した。

残念なことに、そこにはヴェルヌのことばはなく、また、ヴェルヌは葬儀に参列できなかった。そのかわりに、息子のミッシェルの姿があった。じつは、ヴェルヌは葬儀に参列するどころではなかったのだ。エッツェルの死のわずか八日まえの三月九日、ヴェルヌは金を無心にきた弟ポールの息子のガストン・ヴェルヌによって二発も拳銃で撃たれ、二発目が左足の関節に命中するという災難に遭ったのである。アミアンの病院に運ばれて治療を受けたが、以後足が不自由になってしまった。犯行の理由は金の無心をヴェルヌが断わったためといわれているが、警察への甥の証言には支離滅裂のところがあり、真相は闇につつまれている。しかも、これは生涯愛しあった弟ポールの息子による犯行であり、ヴェルヌの衝撃は計り知れないものであったろう。

ヴェルヌは自分自身の息子の反抗にも一生手を焼いて、たえずエッツェルにこぼしていたが、その上に、大作家の伯父にコンプレックスをいだいていたと思われる甥にも傷つけられたのである。一方、エッツェルの息子のルイ＝ジュールはすでにエッツェル書店を切り回すほどに成長していたから、エッツェルは安心してこの世を去ることができたのである。参列できなかったヴェルヌは、エッツェルの息子に宛てて、アミアンからつぎのようにお悔やみのことばを送っている。

これが、事件からいままでに書くことができた最初の数行です。あなたの母上とあなたのために書きました！　わたしにとっても父であったあなたのお父上の最期のときには駆けつけられませんでした。そして、あなたとご一緒してお父上をお墓までお送りできませんでした！

妻とわたしは、エッツェル夫人とあなたがたご一族と涙をともにしています。（V・H）

ヴェルヌはその後、エッツェルの息子と親密な関係を保って、晩年の作品を発表しつづけ、エッツェルの死の九年後、一九〇五年に他界した。

『ミシェルとカルマン・レヴィー、あるいは近代出版の誕生』の著者ジャン・イーヴ・モリエは、「ミシェル・レヴィーとエッツェル、ふたつの編集者の運命」（論集『一編集者とその時代』所収）でふたりの遺産を比較している。それによると、不動産をのぞいて大づかみな財産として、ミッシェル・レヴィーは九〇〇〇万フラン、一方エッツェルは七三万二五〇〇フラン遺していると指摘している。つまり、エッツェルはレヴィーのほぼ一〇分の一足らずなのである。

これは、あまりに良心的にすぎて、商売中心に走らなかったエッツェル書店の宿命というべきかも知れない。すでにみてきたとおり、作家としてのスタンダール、ボードレールの価値をいちはやく洞察しながら、その全集刊行はミシェル・レヴィー社にゆずらざるをえなかったという痛恨事など、営業的にはライヴァル社に遅れを取ることがあったが、こうしたドラマも、亡命という多事多難をのりこえるなかで営業を展開させる十分な力がなかったことにも原因があろうし、あまりにも先見力がありすぎたともいえる。資金をふやしながら拡張路線をあゆんだレヴィーにたいして、政治的主張の貫徹、作家の育成、健全な児童文学の発展、作家活動に邁進したエッツェルは、企業家としてはかならずしも成功しなかったことを物語っているのかもしれない。しかし、編集者として

1873年頃のミシェル・レヴィー

エッツェルがいかに多くの作家からその力を引きだしたか、いかに独創的な出版をつぎつぎと企画したかは、本書を通して十分わかるであろう。とりわけ、巨匠たちの仕事を推進したその影の力も今後さらに明るみに引きだされてゆかなければならないであろう。

あとにのこされたエッツェル夫人は、夫と同様に病気がちであったが、エッツェルが死んだ五年後の一八九一年に、夫のあとを追った。息子は一九三〇年に八十三歳で亡くなっている。彼は書店クラブの会長をつとめたり、父の意志をついで著作権の国際協定の設立に尽力したりしたが、エッツェル書店そのものは息子によって一九一〇年に廃業され、その在庫や資料は営業権とともに一九一四年七月にアシェット社に委譲された。

あとがき

エッツェルの伝記をまとめたいと思ったのはかなり前のことである。筆者の研究対象であるヴェルヌやバルザックにしても、またフランスの児童文学にしても、エッツェルとは深い関係がある。とりわけ、ヴェルヌについては、エッツェルなしには「SFの父」ヴェルヌは誕生しなかったといってもいいすぎではないほど切っても切れない関係にあるので、エッツェルへの筆者の関心はヴェルヌとともにあったといえる。

そのようなときに、A・パルメニーとC・ボニエ・ド・ラ・シャペルの共著『P・=J・エッツェル――編集者とその作家たちの物語』という著書が手にはいった。エッツェルと作家たちの書簡を中心に組み立てられた六八四頁の大著である。そこにはエッツェルをめぐる作家・思想家だけでなく政治家などのじつに多様な人物が、あたかも走馬燈のようにつぎつぎと登場するので、読破して状況を把握するのもたいへんであったが、それだけにつきせぬ興味が湧いてくる。そして、この大著が、エッツェル伝をまとめる自信を筆者にもたらした。

本国でも、この著書が刊行されたおかげで、エッツェルと作家たちとの知られざるつき合いも明るみに出され、エッツェルへの関心も、同時代のどの編集者にもましてにわかにたかまった。フランス国立図書館によるエッツェル展（一九六六）、エッツェル没後百年の一九八六年以来刊行されたエッツェルについての数種の論文集、昨年刊行のグレヴィッチ著『エッツェル伝』、シェラ・ゴードン編『エッツェル＝ユゴー往復書簡集』、待たれていたオリヴィエ・デュマほか編『エッツェル＝ヴェルヌ往復書簡集』全三巻の完成がつづいた。息子のミシェル・エッツェルとエッツェルの息子のルイ＝ジュール・エッツェルとの往復書簡集二巻をふくめると、その刊行が完結したのは、なんと昨年の二〇〇六年である。また、前者の『エッツェル＝ユゴー往復書簡集』の第二巻目が、一巻目から二五年という長いブランクを経て刊行されたのは二〇〇四年である。本書はこれらの書簡集も主要な資料として書かれているので、こうした刊行事情も本書の完成が遅れる理由となった。

このように、本国でもエッツェル関係の資料は現在進行形でまとめられているといえる。とはいえ、できるかぎり早くエッツェルの全容を日本の読者に紹介したいというのが、筆者の願いであった。というのは、フランス文学を専攻している人のあいだでさえ、エッツェルはあまり知られていないからである。エッツェルと同時代の、アシェット、カルマン・レヴィー、シャルパンティエ、ガルニエは周知であっても、エッツェル書店の名をあげると、おおかたは首をかしげることになる。

その理由は、「まえがき」で述べたことのほか、他の多くの出版社は現在までつづいているのにたいして、エッツェル書店は息子の代で途絶えたということもあろう。さらにその遠因には、エッツェルが経営主義のみに走らなかったということがあると思える。当時、多くの出版社主はlibrairie-éditeurと称して同時に編集者でもあったが、エッツェルも、経営者であるとともに作家の才能を見抜き、作家を育成する編集者であり、さらにスタールという筆名で作家としてもデビューし、以来児童文学を中心におびただしい著書を書いた作家でもあった。そしてエッツェルは、良心的・創造的編集をとおして成功することにこだわり、だからこそ大企業に膨張することがなかったといえよう。しかし、出版におけるさまざまな新機軸の展開で、出版史に輝かしい頁を残している。

著作権確立の歴史でもエッツェルの存在は重要である。この問題では、エッツェルは作品の版元であるとともに作家であるという利害相反する立場にあった。それは、文芸家協会の設立を唱え、その会長にもえらばれて、ひたすら作家の立場で著作権のためにたたかったバルザックやユゴーより、複雑な立場にあった。そのはざまで、エッツェルは双方のあり方が生きるような提案をしていた。また、エッツェルもバルザックも著作権を侵害する海賊版には怒りを燃やし、いずれも海賊版撲滅のたたかいに力をいれた。今日につながるこうした著作権の確立が歴史的にどのような経過で勝ちとられていったかを、エッツェルとバルザックの活動を通して再現しようとつとめた。

それればかりではない。エッツェルには政治家としての側面があった。筆者がエッツェル伝を書きたいと思った理由には、二月革命を影でささえた黒子としてのエッツェルの姿と、ナポレオン三世によってフランスを追放されベルギーに亡命した苦難の歴史も描きたいということがあった。とりわけ、亡命中にヴィクトル・ユゴーと邂逅して、反ナポレオンの活動をユゴーの著作の出版を通して展開したのは、エッツェルにとって苦渋にみちた日々ではあっても、その後の編集者エッツェルを大きく育てた価値ある日々と思っているからである。ところが、代表的なユゴーの伝記に目を通しても、ふたりの密接な関係に縷々《るる》ふれたものは筆者の知るかぎりほとんどない。幸い、前述の往復書簡集によって、そのドラマが明るみに出された。それにふれるのも本書の目的であった。

バルザック研究の面でも、『人間喜劇』誕生の産みの親がエッツェルであるにもかかわらず、エッツェルとバルザックの関係は最小限にしか取り上げられない。あるいはほとんど取り上げられないといってよい。『動物の私的公的生活情景』でエッツェルがバルザックに執筆を依頼して、バルザックの躍如たる才が展開された動物寓話についての関心も、かならずしも深くない。そこで、バルザックの寓話の特徴についても、本書でふれた。

その他、エッツェルがいかにヴェルヌを出版契約でかこいこみ、ヴェルヌの執筆に執拗な介入をしたか、そのなかでヴェルヌがいかに是々非々で対応して自己出張をしたかという編集者と作家の大きなドラマ、「まえがき」でふれたが、ゾラの処女作をエッツェルが刊行し、ユイスマンスの処女作の刊行をエッツェルがはねつけたエピソード、時代に先駆けスタンダールの価値を見抜き、スタンダール全集をはじめて企画したことなど、あまり知られていない。大げさにいえば、エッツェルを語ることはフランス文学史の秘められた部分を明るみに出すことなのである。だからこそ、本書の副題は「フランス文学秘史」となった。

本書のもうひとつの特徴は、普仏戦争からパリ・コミューンにいたる歴史にかなりの頁を割いたことである。エッツェルは第二帝政期のなかばに大赦によって帰国すると、ヴェルヌ発見のドラマがあり、「教育娯楽雑誌」の創刊があり、本格的な児童図書刊行に編集者としての情熱をささげたが、やがて普仏戦争、パリ・コミューンという動乱にまきこまれることになる。そのなかで、エッツェルがいかに身を処したかを語るためには、パリ・コミューンの成立から解体までの歴史的背景を描く必要があった。そうしてはじめて、当時のエッツェルの書簡を理解できるからである。

本著をまとめて、筆者の願いはいくらか満たされたといえる。そして、僭越であるが、本書によって日本でのエッツェルへの関心を呼び起こし、これからのエッツェルおよび出版史の研究の一石になれば、この上もない喜びである。といって、本著はフランス文学の専門家だけでなく、広く読まれる読み物として書かれている。そのため、引用は文献のタイトルのみにとどめたが、巻末の参考文献で引用の原資料をたどることができるようにした。なお、本書の第二章の一部は拙論「十九世紀フランス文学情景――エッツェルをめぐる大作家たち」(「武蔵大学人文学雑誌」平成十二年五月)、第三章の一部は「動物寓話作家としてのバルザック」(「武蔵大学人文学雑誌」平成九年一月)、第九章は「文芸家協会長としてのバルザック――海賊版との闘い」(「武蔵大学人文学雑誌」平成十六年三月)をもとにしている。

新曜社の社主堀江洪氏に執筆の約束をして、本書が完成するまですでに十年ほどの歳月が経っている。そして、今もっとも心が痛むことは、新曜社と筆者の橋渡しをして、一貫してこの仕事の進捗を見守ってくださった、大学時代からの親友であり、畏友でもある前野昭吉君が、原稿の入稿中に本書の刊行を見ずして、昨年九月に逝去されたことである。これは、筆者にとって、ことばにつくせない痛恨事である。前野君の霊に本書を心からささげたいと思う。

さいごに、長いあいだ、忍耐強く完成を待ち受け、いつも励ましのことばをかけてくださった堀江洪氏、労多い本書の編集の仕事をみごとに遂行してくださった渦岡謙一氏に、心からの御礼を申し上げるものである。

索　引

Charles Guillaume　335
グショー Goudchaux, Michel　129
グノー Gounod, Charles　283
クーパー Cooper, James Fenimore　79, 219, 474
グラッドストン Gladstone, William Ewart 384
グランヴィル Grandville　45, 59-61, 88, 91, 95, 181, 232, 450, 452-455, 458
クーリエ Courier, Paul-Louis　202
「クーリエ」紙 Le Courrier français　114
グリオワ（家）famille Griois　298, 476, 489, 499, 501
グルッセ Grousset, Paschal →ローリー
グルニエ Grenier, Édouard　178
クールベ〔画家〕Courbet, Gustave　307
クレ Claye　189, 503
グレヴィッチ Gourévitch, Jean Paul 454, 466, 488, 489, 494
　『エッツェル』　454, 466, 485, 488, 489
クレマン＝トマ Clément-Thomas　359
クレミウ Crémieux, Isaac Moïse　123, 124, 127, 129
「クロニック・ド・パリ」Chronique de Paris　199, 202
「グローブ」紙 Le Globe　37
劇作家協会　206, 208
ゲズネック Guézenec, Alfred →ブレア
　『パリの少年の冒険』　226
ゲーテ Goethe, Johann Wolfgang von 102, 300, 503
　『エッカーマンとの対話』　300, 316, 503
　『ファウスト』　102
ケプラー Kepler, Johannes　243
　『夢』　243
ゲラン，ウージェーヌ・ド Guérin, Eugène de　26
ゲラン，モリス・ド Guérin, Maurice de 26, 181
ゲルツェン Gertsen Aleksandr Ivanovich 305, 314
原稿料　67, 69, 82, 196, 231, 376, 397
憲法制定議会　130, 131, 147
豪華本　3, 20, 95, 186, 189, 287, 447, 448, 454, 460, 463, 464, 466-468, 471
降霊術　166-169
国際出版社　307
ゴーゴリ Gogol, Nikolai　285
コシディエール Caussidière, Marc　129
コショワ＝ルメール Cauchois-Lemaire 36
コステロ Costello, Peter　253, 392
ゴズラン Gozlan, Léon　40, 97, 100, 110, 137, 205, 207-209, 411-413
　『自宅でくつろぐバルザック』　413
　「パリの愛人たち」　100
　「パリの女たちとは」　97
　『部屋ばきのバルザック』　411, 413
ゴダール兄弟 Godard, Eugène, Louis et Jules　16, 276
コック Kock, Paul de　196
ゴーティエ，ジュディット〔娘〕Gauthier, Judith　413
ゴーティエ，テオフィル Gautier, Théophile 98, 102, 182, 504
　『フランス演劇史』　182, 504
　「若き家兎の何枚かのアルバム」　98
古典派　42, 44, 215, 431
ゴドウィン Godwin, Francis　243
　『月の男』　243
「滑稽雑誌」Revue comique　137, 507
「子ども雑誌」Le Magasin des enfants 188, 204
「子ども週間」La Semaine des enfants 193
『子ども時代のシャンソンとロンド』 470
「子どもの友」L'Ami des enfants　188
ゴードン Gaudon, Sheila　151, 163, 166, 171, 494, 499
　『ユゴー＝エッツェル往復書簡集』

サ 行

タ　行

ナ 行

ハ　行

『所有とは何か』 304
『人民の代表』 305
『戦争と平和』 3, 189, 302, 303, 308, 313,315,316,503
『租税論』 189
フルニエ Fournier, Henri 35
ブルバキ(元帥) Bourbaki, Charles Denis Sauter 340
フルーランス Flourens, Gustave 357
ブレア Brehat, Alfred de 226
ブレヴィエール Brévière 41,464
「プレス」紙 La Presse 50,114
ブレスト Brest 41,372,373
プーレ＝マラシ Poulet-Malassis, Paul Auguste 429-431,502
フレーリッヒ Floelich, Lorenz 232,455, 470
プロヴォ Provost 115
フロコン Flocon, Ferdinand 117, 127, 129
フロット Flotte, René de 148
ブローニュ Boulogne, Arlette 472,475
フロベール Flaubert, Gustave 185,427, 430,505
『ボヴァリー夫人』 185,430,504
フロマン Froment, Eugène 232,455, 470
フローリアン Florien, J.-P. Claris de 91,508
『寓話集』 91,187,507
プロレタリア革命 114,128
ブロワーズ，ド Broise, de 429
プロン Plon 489
文芸家協会 198,199,203-208,214,215, 495,509
ペイテル Peytel 451
『洋梨の生理学』 451
ペギー Péguy, Charles Pierre 23
ベッシェ Béchet, Charles 35
ベッシェ夫人 Béchet, Louise 39
ベドリエール，ド・ラ Bédollierre, E. de la 45
ペトロルーズ（石油放火女） 370,377
ベネデッティ(伯爵) Benedetti 332,333
ヘラクレイトス Herakleitos 104
ヘラクレス Herakles 315
ベラ Bérat, F 101
ベランジェ Béranger, Jean-Pierre de 72,181,202
ベリンスキー Bélinsky, Vissarion Grigorévitch 283,292
ベール Beyle, Henri 92-94,100 →スタンダール
ペルヴェイ Pelvey, Achille 418
ベルカン Berquin, Arnaud 188
「ベルギー独立新聞」L'Indépendance belge 16,184
ペルシニー Persigny, Flalin, duc de 139
ベルジュラック Cyrano de Bergerac, Hector Savinien 243
ベルタール Bertall, Charles-Albert d' Arnoux 95-101,108,110,232,450, 454,455
「連作パリ・コミック」 99,101,107, 108,110,117
ベルタン Bertin, Armand 124,181
ベルトラン Bertrand 96,99,100
ベルナール，ピエール Bernard, Pierre 46
ベルナール，ド Bernard, de 210
ベルニー夫人 Berny, Laure Hinner, Madame de 69,70,73,75,76
ベルマール（将軍） Bellemare, Adrien Carrey de 354
ベルヌ条約 217
ペルレ Perlet 88
ベレス・デ・ゲバーラ Vélez de Guevara, Luis 102
『悪魔コフエロ（びっこの悪魔）』 102
ペロー，シャルル Perrault, Charles 42, 90,91,190,286-288,464

マ 行

『さいころ一擲』 449
マリー Marie, P. T. Marie de Saint-Georges, dit 123,129,130
マリー，アドリアン〔画家〕Marie, Adrien 455,489
マリー＝ルイーズ Marie-Louise 122,123
マルコヴィッチ Markowitch, Marie 293-299,486,488
『マルーシア』 293-300,456,486,500
マルコヴォフゾク Markowovzok 294-296 →マルコヴィッチ
マルシアル AP. Martial, Adolphe-Martial Potemont, dit 339
マルソー（将軍）Marceau, général 24
マルタン Martin 128 →アルベール
マルタン，アンリ Martin, Henri 426
マルタン，アンリ＝ジャン Martin, Henri-Jean 32,196
『フランス出版史』 32,196,452
マルタン，シャルル＝ノエル Martin, Charles-Noël 228,247,255,393,400,401
『ジュール・ヴェルヌの生涯と作品』 228,247
マルタン，ジュール＝ルギュリュス Martin, Jules Regulus 35
マレシャル Mareschal, Jules 216
マレスク社 Maresqu et Cie 418,506
マロ Malot, Hector 19,110,231,454
『家なき児』 454
マロタン Marotin, François 461
ミー Mie, Auguste 37
ミシュレ Michelet, Jules 471,477,478,499
『アンリ四世』 477,498
『フランス革命史』 28,477
『フランス史』 44,477,498
ミニェ Mignet, Auguste 28
ミニョンヌ〔活字〕 70,74
宮下志朗 438
『いま，なぜゾラか』 438
ミュシャMucha, Alfons 458
ミュッセ，アルフレッド・ド Musset, Alfred de 19,48,52,54-56,90,92,98,101,181,190,202,206,455,464,509
「白ツグミの身の上話」 52,56
『世紀児の告白』 52
「パリ女への忠告」 101
「ミミパンソン嬢」 98
ミュッセ，ポール・ド〔息子〕Musset, Paul de
46,48,206,456
『コワラン氏の略奪者』 206
『ロザン氏の調停人』 206
ミュレール Muller, Eugène 127,467
『ミオネット』 466
ムニーゼフ Mniszech, comte Georges 408
ムーリス Meurice, Paul 147,148,150,151,173,413,414
『名教理問答』 42,44
メソニエ Meissonier, Ernest 88,91,450,455,489
メナンジェール Meininger, A.-M. 68
メニアル Maynial, Édouard 64
『バルザックのドラマチックな金勘定』 65
「メモリアル・ド・ルーアン」Le Mémorial de Rouen 210,212,213
メリー Méry 98
メリメ Mérimée, Prosper 40,74,92,202,285,290-292,300,342,500
「イヴァン・ツルゲーネフ」 291
メルシエ Mercier, Louis-Sébastien 450
『パリ風景』 450
メルタン（社）Mertin, Antoine 155,161,163
モニエ Monnier, Henri 100,452
「モニトゥール」〔官報〕Le Moniteur 36
「モニトゥール・ユニヴェルセル」紙 Le

Moniteur Universel 291
「モニトゥール・ド・ラ・モード」Le Moniteur de la mode 459
モーパ Maupas, Charlemagne Émile de 140
モーパッサン Maupassant, Gué de 434
モリエ Mollier, Jean-Yves 173,191,433,491
『一編集者とその時代』 191,472,491
『ミシェルとカルマン・レヴィー』 173,491
モリエール Moliére 42,70,71,424
モリス Maurice, S. 101
モルトケ Moltke, H. K. Bernhardt 333
モルニー，ド Morny, Charles duc de 141,144
モロワ Maurois, André 138, 148, 154, 168,169,414
『ヴィクトル・ユゴーの生涯』 138, 154,168,414
モンカルヴィル，ド Montcarville, Jacques-Édouard de 70
モンゴルフィエ兄弟 Montgolfier, Joseph et Etienne 15
モンゼーグル夫人〔バルザックの妹〕 Montzaigle, Laurence, née de Balzac 70
モンタリヴェ Montalivet, M. C. Bachasson, comte de 186
モンティヨン賞 Le Prix Montyon 328, 329,500,501
モンテギュ Montégut, Émile 485
モントー Montaut, Henri de 456
モンフェリエ Montferrier, Sarrazin de 149

ヤ 行

ユアール Huart, Louis 451
『浮気女の生理学』 451
『学生の生理学』 451
ユイスマンス Huysmans, Joris-Karl 3, 434,441-446,496,499,501
『ヴァタール姉妹』 441
『さかしま』 441,445,500
『出発』 441
『大伽藍』 441
『パリ・スケッチ』 445
『マルト』 441
『薬味箱』 443-446,501
ユゴー，アデール〔娘〕Hugo, Adèle 154,168
ユゴー，ヴィクトル Hugo, Victor-Marie 3,5,13,14,19,20,52,54,56,70,76, 110,138,147-151,153-155,158-164, 166-175,179,182,183,190,196,202, 205,206,208-210,213,214,282,299, 302,305,308,324,356,407,413-421, 425,429,430,439,455,458,461,477, 494-496,499-506,508-511
『アイスランドのハンス』 190
『ある犯罪の歴史』 419,420
『ヴィクトル・ユゴー全集』 152,420
『海の労働者』 416
『クロンウェル』 64,510
『子どもたち』 175,455,504
『母の本・子どもたち』 182
『挿絵入りユゴー作品集』 175,505
『サン＝タントワーヌの豚』 182
『小ナポレオン』 3,153-157,159,161, 164,506
『諸世紀の伝説』 175,182,504
『静観詩集』 3,166,169,170,172-174, 505
『懲罰詩集』 3,20,158,159,161,164, 166,168-170,173,174,414-417,505
『犯罪の歴史』 150,153
「ふたつの十二月」 153,154
『レ・ミゼラブル』 175,415,416,502, 503
ユゴー，シャルル〔息子〕Hugo, Charles 147,148,150,154
ユゴー，フランソワ＝ヴィクトル〔息

子〕Hugo, François-Victor　147,148,154
ユゴー，レオポルディーヌ〔娘〕Hugo, Léopoldine, 結婚後 Madame Chrarles Vacquerie　167-169,179,508
ユベール〔書店〕Hubert, Grégoire Cyr　68

ラ 行

ラ・アルプ La Harpe, Jean-François de　74,206
ラヴァレ Lavalée, Théophile　41,97,99,106,509
「洪水前のパリ」 99
『パリ案内』 106
「パリの地理」 99,108
ラヴァレット Lavalette, S　98,100,181
ラヴィロン Laviron　124
ラクロ Laclos, Pierre Choderlos de　69
『危険な関係』 69
ラクルテル Lacretelle, Pierre de　165,166
ラクロワ（社）Lacroix, Albert　415,416,436,440,471,502,503
ラコンブ Lacombe, librairie　33
ラシーヌ Rachine, Jean　42,70
ラ・シュヴァルディエール La Chevardière　37
ラスパイユ Raspail, François Vincent　130,131,138
ラテリーLasteyrie, Ferdinand de　122
ラトゥーシュ Latouche, Henri de　38,76,82,180,426
ラッカム Rackham, Arthur　190
『フラゴレッタ』 38
ラ・ファイエット（将軍）La Fayette, Gilbert Motier, marquis de　37
ラファーター Lavater, Johann Caspar　60,451,452
ラフィット Laffitte, Jacques　37
ラ・フォンテーヌ La Fontaine, Jean de　42-44,60,69-72,74,187,245,310,450
『動物寓話集』 42,43
ラブルー Labroue, Adolphe　155,161
「ラ・プレス」紙 La presse　430,431,505
ラ・ベドリエール La Bédolierre　45,46
「ラ・マルセイエーズ」 363
ラマルティーヌ Lamartine, Alphonse de　5,19,70,115-126,128-130,137,138,150,190,198,221,347,507,511
『二月革命の歴史』 124
ラムネー Lamennais, Robert de　181,205
ラメ Ramé, Daniel　41,464
ラ・モット・フケー La Motte Fouqué, Friedrich, baron de　26
『水妖記』 26
ラモリシエール Lamoricière, Général de　150
ラルシェLarchey, Lorédan　485
ランヴァン Lanvin, Jacques-Firmin　149
ランガード Rengade, Jules　254,255 → ロジェ
『海底旅行』 254,255
ランビュトー Rambuteau　125
リウー Riou, Édouard　190,254,448,456,489
リヴォワール Rivoire　211
リサガレ Lissagaray, Hippolyte-prosper-Olivier　353,372,373,378
『一八七一年のコミューンの歴史』 373
リシェ Richer, Jean　220
リスト Liszt, Franz　283,284
リード Reid, Captain Mayne　300,474
『火の国』 300
「リベルテ」紙 La liberté　143,373
リポール Ripoll, Roger　323,324,436-438,440
「両世界評論」Revue des deux mondes　55,343,459,485
リヨン Lyons, Martin　31,32,43,185,

196
『書物の勝利』 31,32,185,196
臨時政府 18,37,117,118,127-131,507
ルー Roux, Georges 448,456,459,487
ルイ＝ナポレオン →ナポレオン三世
ルイ＝フィリップ Louis-Philippe 28-30,37,112-114,120,122,127,128,186,451
「ルヴュ・コンタンポレーヌ」誌 Revue contemporaine 285
ルキアノス Lukianos 243
『イカレメニップス』 243
『本当の話』 243
ルグヴェ Legouvé, Ernest 117,486,489
ルクリュ兄弟 Reclus, Élie, Élisée, Onésime, Armand, et Paul 372
ルクリュ，エリゼ Reclus, J.-J. Élisée 341,371-381,463
『小川の歴史』 374
『新世界地理学』 381
『地球』 371,463
『人間と地球』 381
『山の歴史』 374-376,378-380
ルゴワ Legoyt 101
「パリ市の統計」 101,108
ルコント（将軍） Lecomte, général 359
ルサージュ Lesage, Alain-René 102
『びっこの悪魔』 102
ルーセ Rousset, Idelfonse 90
「ル・タン」紙 Le Temps 37,193,242,274,295,296,383,384,390,391,394,395,489
ルドリュ＝ロラン Ledru-Rollin, Alexandre Auguste 117,123,124,127,129,130,138,183
ルナン Renan, Joseph Ernest 427,488
ルヌアール Renouard, Augustin 37,215
ルノルマン Lenormand 37
ルノワール Lenoir 41
ルビンシュタイン Rubinstein, Anton 284
ルフラン Lefranc, Victor 365,381,382
ル・ブラン Le Brun, Charles 60,452,494
ル・プランス・ド・ボーモン夫人 Leprince de Beaumont 90
ルフランセ Lefrançais 345
ル・フロ Le Flô 150
ル・ポワトヴァン Le Poitevin de L'Égreville, Auguste 65
ルムワーヌ Lemoine, Édouard 46,489
ルメルシエ Lemercier, Joseph 457
ルモニエ Lemonnier, Camille 483
『赤ちゃんとおもちゃ』 483
ルラルジュ Lelarge, Auguste 225
ルルー Leroux, M. 188
レノー Reynaud, Charles 181
レヴィー，カルマン Lévy, Calmann 410
レヴィー，ミシェル Lévy, Michel 95,172,190,191,302,307,313,410,413,419,433,468,469,491,503,504,508
レオナルド・ダ・ヴィンチ Leonardo da Vinci 252
歴史小説 64,66,79,353
レジョン・ドヌール勲章 328,329,500
レセギエ公爵 Rességuier, comte Jules de 74
『ナポリのギーズ公』 74
レセップス Lesseps, Ferdinand Marie, vicomte de 488
「レピュブリック」紙 La République 191
「レフォルム」紙 Réforme 113,114,117,127,129
レボー Reybaud, Louis 205
レミュザ Rémusat, comte de 36
レリティエ，アンドレ Lhéritier, André 452
レリティエ・ド・ラン Lhéritier de l'Ain 46
レルモン Lermont, J. 470
廉価本 20,447,448,467,470,471
レンブラント Rembrandt, Harmenszoon

van Rijn　315
ロヴァンジュール Lovenjoul, Charles de Spoelberch, vicomte de　84
六月騒乱(事件)　130,134,338,343,344,347
「ロシア報知」　290
ロジェ Roger, Aristide　254,255　→ランガード
「科学者トリニチュスのふしぎな冒険」　254
ロシュフォール Rochefort, Henri　340,341,383,489
ロスダ（博士）Laussedat, docteur　177
ロットマン Lottman, Herbert R.　221,226,227
『ジュール・ヴェルヌ』　226,227
ロートレック　→トゥルーズ＝ロートレック
ロナッティ Lonati, Français　187
「新子ども童話集」　187
ローヌ卿 Lord R'hoone　64,65　→バルザック
『クロチルド・リュジニアン』　65
『ピラーグの跡取り娘』　65,67
ロビンソネイド robinsonade　263
ロマン派　42,56,74,91,185,429,441,447,457
『ロマン派年報』Annales romantiques　74
ロミユー Romieu　74
『ロマン派風のことわざ集』　74
ロラン Laurant, Jean-François　75
ロラン＝ジャン Laurant-Jan　100,110
「外出する女は何処にゆくか」　100,110
ローランス Laurens, Jean-Joseph　72,73　→モンゼークル夫人
ローリー Laurie, André　231, 300, 341, 383-385,387,388,459,472,499
『アトランティス』　384
『すべての国の学校生活情景』　387,472
『トラファルガー船長』　384
『魔術師の秘密』　384
『ロビンソンの相続人』　384
ロール Rolle, Jacques-Hippolyte　85
ロワイエ Royer, Alphonse　205

ワ　行

「若者雑誌」Le Journal de la jeunesse　188
ワーグナー Wagner, Richard Wilhelm　283,284

引用文献および主要参考文献

（洋書は姓のアルファベット順，和書はアイウエオ順）

エッツェル関係（作品と研究書の順）

Hetzel, P.-J. : *La propriété littéraire payant*, Dentu, 1862.

Stahl, P.-J. : *Théorie de l'amour et de la jalousie*, Bruxelles, Tarride, 1853.

Stahl, P.-J. (Hetzel) : *Les bonnes fortunes parisiennes*, nouvelle série, Hetzel, 1873.

Stahl, P.-J. : *Les histoires de mon parrain*, Hetzel, 1877.

Stahl, P.-J. : *Maroussia, Magasin d'éducation et de récréation, tome 27*, 1878 1er semestre.

Stahl, P.-J. : *Maroussia, d'après une légende de Markowozok*, Hetzel, 1878.

Stahl, P.-J. : *Voyage où il vous plaira, avec Tony Johannot et Alfred de Musset*, Editions des autres, 1979.

Stahl, P.-J. : *Les quatre peurs de notre général*, Heztel, 1881.

Stahl, P.-J. : *Les Aventures de Tom Pouce*, Gallimard, 1990.

Stahl, P.-J. : *Les quatre fille du docteur Marsh*, d'après Louisa Alcott, Hachette, 1923.

Stahl, P.-J. : *Les patins d'argent, d'après le roman anglais de Mary Mapes Dodge*, Hachtte, 1931.

Bibliothèque Nationale de France : *De Balzac à Jules Verne, un grand éditeur du XIX siécle, P.-J. Hetzel, catalogue d'éxposition*, 1966.

Bibliothèque Nationale de France : Papiers Hetzel, Naf. 16933-f. 1-3, f. 344, 17013, 17031, 17060-ff. 107-120, 17063, 17066-17152.

Europe : *Numéro spécial d'Hetzel*, novembre-décembre 1980.

Europe : *Numéro spécial d'Hetzel*, janvier-février 2005.

Fulacher, Pascal : *Dans le sillage de Victor Hugo*, dans *Pierre-Jules Hetzel, éditeur, écrivain, homme politique*, Édition Technorama, 1987.

Gondolo della Riva, Piero : *Bibiliographie analytique de toutes les œuvres de Jules Verne*, Société Jules Verne, 1977.

Gondolo della Riva, Piero : *Les Affiches Hetzel* dans *Pierre-Jules Hetzel, éditeur, écrivain, homme politique*, Édition Technorama, 1987.

Gourévitch, Jean-Paul : *Hetzel, le bon genie des livres*, Édition du Rocher, 2005.

Muller, Dugène, *Un éditeur, homme de lettre ; J. Hetzel—P.-J. Stahl*, dans *Le*

livre, mai 1886.
Noël, Xavier : *Hetzel éditeur d'André Laurie, Hetzel* dans *Pierre-Jules Hetzel, éditeur, écrivain, homme politique*, Édition Technorama, 1987.
Parménie, A. et Bonnier de la Chapelle, C. : *Histoire d'un éditeur et de ses auteurs, P.-J. Hetzel (Stahl)*, Albin Michel, 1953.
Robin, Christian : *Un éditeur et son siècle, Pierre-Jules Hetzel*, ACL-Crocus Édition, 1988.
Technorama : *Pierre-Jules Hetzel, éditeur, écrivain, homme politique*, Édition Technorama, 2e édition, 1987.
石澤小夜子ほか『*Magasin d'Éducation et de Récréation*』梅花女子大学児童文化研究室，1996年
石澤小夜子ほか『*Index des auteurs et des illusrateurs du Magasin d'Éducation et de Récréation*』梅花女子大学児童文化研究室，1997年
石橋正孝「カニバリズムの修辞学」(*Résonances 2006*[*4*] 所収)
石橋正孝「表現行為としての編集――ピエール＝ジュール・エッツェルの場合」(「東京大学総合文化研究科フランス語系学生論文集」所収，2003年３月)
私市保彦「十九世紀フランス文学情景――エッツェルをめぐる大作家たち（バルザック，ユゴー，ヴェルヌ)」，「武蔵大学人文学雑誌」第31巻第３号，平成12年５月)

バルザック関係（著書，研究書の順）

Balzac, Honoré : *Œuvres complètes, tome 23-25, Œuvres deveres*, Club de l'Honnête homme, 1956.
Balzac, Honoré : *Œuvres complètes de M. de Balzac, Bibliophiles de l'originale*, 1965-76.
Balzac, Honoré : *La Comédie Humaine t. 1-12, Œuvres deveres t. 1-2*, Bibliothèque de Pléiade, Gallimard, 1976-1996.
Balzac, Honoré : *Correspondance tome 1-5*, Garnier, 1960-1969.
Balzac, Honoré : *Lettres à Madame Hanska, tme 1-4*, Bibliophiles de l'originale, 1967-1971.〔バルザック「異国の女（ハンスカ夫人）への手紙」私市保彦訳，『バルザック全集26』所収，創元社，昭和51年〕
Appel, A. Appel : *The Cuvier-Geoffroy Debate-French biology in the Decades before Darwin*, Oxford University Press, 1987.〔トビー・A. アペル『アカデミー論争――革命前後のパリを揺るがせたナチュラリストたち』西村顕治訳，時空出版，1990年〕

Barbéris, Pierre : *Aux sources de Balzac, les romans de jeunesse*, Bibliophiles de l'originale, 1965.
Bardèche, Maurice : *Balzac*, Julliard, 1980
Bouvier, René et Maynial, Edouard : *Les Comptes Dramatiques de Balzac*, F. Sorlot, 1938.
Chollet, Roland : *Balzac journaliste, le tournant de 1830*, Klincksieck, 1983.
Citron, Pierre : *Dans Balzac*, Seuil, 1986.
Descaves, Pierre : *le Président Balzac*, Laffont, 1951.
Felkay, Nicole : *Balzac, Désnoyer et la société des gens de lettres*, dans *Le courrier balzacien*, avril 1986.
Felkay, Nicole : *Balzac et ses éditeurs, essai sur la librairie romantique*, Promodis,1987.
Gozlan, Léon : *Balzac chez lui, souvenirs des Jardies*, Michel Lévy, 1862.
Gozlan, Léon : *Balzac en pantoufles*, Lemercier, 1926.
Guyon, Bernard : *La pensée politique et sociale de Balzac*, A. Colin, 1969.
Hanotaux, Gabriel et Vicaire Georges : *La jeunesse de Balzac, imprimeur Balzac, 1825–1828*, Librairie des amateurs, 1903.
Meininger, A.-M. : *La saisie du Vicaire des Ardennne*, dans *L'Année balzaciennne 1968*, p. 149–161, Garnier, 1968.
Perrod, P.-A. : *Balzac《avocat》de la propriété littéraire*, dans *L'Année balzaciennne 1963*, Garnier, 1963.
Pierrot, Roger : *Honoré de Balzac*, Fayard, 1994.
Surville, Mme Laure (née de Balzac) : *Balzac, sa vie et ses œuvres d'après sa correspondance*, Librairie Nouvelle, 1858.〔ロール・シュルヴィル『わが兄バルザック，その生涯』大竹仁子・中村加寿訳，鳥影社，1993年〕
私市保彦「動物寓話作家としてのバルザック」(「武蔵大学人文学雑誌」第28号第2号，平成9年1月)
私市保彦「文芸家協会長としてのバルザック」(「武蔵大学人文学雑誌」第35巻第4号，平成16年3月)

ヴェルヌ関係（著書，研究書の順）

Correspondance inédite de Jules Verne et de Pierre-Jules Hetzel, établie par Olivier Dumas, Piero Gondolo della Riva et Volker Dehs, tome I–III, Slatline, 1999–2002.
Correspondance inédite de Jules et Michel Verne avec l'éditeur Louis-Jules Hetzel, établie par Olivier Dumas, Piero Gondolo della Riva et Volker Dehs,

tome I-II, Slatline, 2004-2006.
Verne, Jules : *Voyages extraordinaires*, Michel de l'Ormerie, 1976-84.
Verne, Jules : *Voyages extraordinaires*, Lausanne, Rencontre, 1966-71.
Verne, Jules : *Souvenir d'enfance et de jeunesse*, dans *L'Herne-Jules Verne*, 1974.〔ジュール・ヴェルヌ「青少年時代の思い出」私市保彦訳，「武蔵大学人文学会雑誌」第30巻第４号所収，平成11年５月〕
Alotte de la Fuÿe, Marguerite : *Jules Verne, sa vie, son œuvre*, Hachette, 1953.
Bibliothèque municipale de Nantes : *Jules Verne écrivain*, Coiffard et joca seria éditeurs, Nantes, 2000.
Chesneaux, Jean : *Jules Verne, une lecture politique*, François Maspero, 1982.
Costello, Peter : *Jules Verne, inventer of science fiction*, Hodder and Stoughton, 1978
Diekiss, Jean-Paul : *Jules Verne l'enchanteur*, Le Félin, 2002.
Diekiss, Jean-Paul : *Jules Verne, Le rêve du progrès*, Découverte Gallimard 119, Gallimard, 1991.
Dumas, Olivier : *La mort d'Hatteras*, dans le *Bulletin de la Société Jules Verne*, numéros 73, 1er trimestre 1985.
Dumas, Olivier : *Jules Verne, avec la correspondance inédite de Jules Verne avec sa famille*, La Manufacture, 1988.
Dusseau, Joëlle : *Jules Verne*, Paris, Perrin, 2005.
Europe, Numéro spécial Jules Verne, novembre-décembre, 1978.
Europe, Numéro spécial Jules Verne, janvier-février, 2005.
Evans, I. O. : *Jules Verne and his works*, London, Arco Publications, 1965.
L'Herne : *Jules Verne*, Éditions de l'Herne, 1974.
Jakubowski, Marc : *Jules Verne, l'œuvre d'une vie!, guide du collectionneur vernien*, Le Sphinx des glaces, 2004.
Jules-Verne, Jean : *Jules Verne*, Hachette, 1973.
Lottman, Herbert R. : *Jules Verne*, Flammarion, 1996.
Martin, Charles-Noël : *La vie et l'œuvre de Jules Verne*, Michel de l'Ormerie, 1878.
Moré, Marcel : *Le très curieux Jules Verne*, Gallimard, 1960.
Moré, Marcel : *Nouvelles explorations de Jules Verne*, Gallimard, 1963.
Noirey, Jacques : *Le romancier et la machine II—Jules Verne et Villiers de L'île-Adam*, José Corti, 1982.
Serres, Michel : *Jouvence sur Jules Verne*, Edition de minuit, 1974.
Sherard, Robert : *Jules Verne at home*, dans *Mclure's Magazine*, janvier 1894,

cit. Herbert Lottman *Jules Verne*, Flammarion, 1996.
Taves Brian and Michalaluk, Jr : *The Jules Verne Encyclopedia*, Kent, Scarecrow Press, 1996.
私市保彦『ネモ船長と青ひげ』晶文社，1978年
杉本淑彦『文明の帝国』山川出版社，1995年
新島進「ヴェルヌとルーセル，その人造人間たち」，巽孝之・荻野安奈編著『人造人間は可能か？』慶応義塾大学出版部，2006年，所収
蛭川久康『トマス・クックの肖像』丸善ブックス，平成10年

ユゴー関係（著書，研究書の順）

Hugo, Victor : *Œuvres complètes de Victor Hugo*, édition chronologique publié sous la direction de Jean Massin, Club français du livre, 1967–1969.
Victor Hugo Pierre-Jules Hetzel, correspondance, texte établi par Sheila Gaudon, Klincksieck, tome I, 1979, tome II, 2004.
Hugo, Victor : *Choses vues*, Gallimard, 1972.〔ヴィクトール・ユゴー『私の見聞録』稲垣直樹編訳，潮出版社，1991年〕
Fuligni, Bruno : *Victor Hugo président*, les Editions de Paris, 2002.
Maurois, André : *Olympio ou la vie de Victor Hugo*, Hachette, 1954.〔アンドレ・モロワ『ヴィクトール・ユゴー』辻昶・横山正二訳，新潮社，昭和36年〕
Victor Hugo, série de Génies et Réalités, Paris, Hachette, 1967.
Vacquerie, Auguste : *Les Miettes de l'histoire*（*Trois ans à Jersey*）, Pagnerre, 1863.
稲垣直樹『ヴクトル・ユゴーと降霊術』潮出版社，1993年
辻昶『ヴィクトル・ユゴーの生涯』潮出版社，1979年

ナダール関係

Nadar : *Quand j'étais photographe*, Edition d'aujourd'hui, 1979.
Auer, Michèle : *Paul Nadar*, Neuchâtel, Ides & Calendes, 1990.
Barret, André : *Portraits de ses contemporains par Nadar*, Paris, Julliard, 1975.
Bory, Jean-François（Préface）: *Nadar*, tome I, introduction par Philippe Néagu et J.-J. Poulet-Allamagny, A. Hubschmid.
Maison de Balzac : *Nadar. Caricatures et Photographes*, Paris-Musées, 1990.

その他の作家

Daudet, Alphonse : *Œuvres complètes illustrées*, Paris, Marcel Rivière, 1930.

Daudet, Alphonse : *Œuvre 1,texte établi, présenté par Roger Ripoll*, Gallimard, Bibliothèque de la Pléiade, 1986.

Huysmans J.-K. : *Œuvres complètes de J.-K. Huysmans*, Paris, G.Crès,
Brunel, Pierre : *Un premier livre, Le Drageoir à épices.* dans *L'Herne*, Huysmans, 1985.
L'Herne : *Huysmans*, Éditions de l'Herne, 1985.
Goncourt, Edmond et Lules : *Journal II*, Fasquelle et Flammarion, 1956.
ロバート・バルディック『ユイスマンス伝』岡谷公二訳，学習研究社，1996年

Proudhon, P.-J. : *Œuvres complètes, nouvelle édition publiée avec des notes et des documents inédits sous la direction de MM.C.Bouglé & H.Moysset*, Rivière, 1927.
Woodecock, Georges : *P.-J. Proudhon, a biography*, London, Routledge, 1956.
河野健二編『世界の思想家13　プルードン』平凡社，昭和52年
サント＝ブーヴ『プルードン』原幸雄訳，現代思潮社，昭和45年

Sand, Georges : *Correspondance tome IV-V*, Garnier, 1968-69.
Sand, Georges : *Histoire de ma vie*, Gallimard, 1971.〔ジョルジュ・サンド『我が生涯の記』加藤節子訳，水声社，2005年〕
長塚隆二『ジョルジュ・サンド評伝』読売新聞社，1977年

И. С. Тургенев : Полное　Собрание　Сочцнеий　и Пцсем В Трицати Томах ; Изцательство 〈Наука〉 ; Письма, Т. 1-14, 1987-2003. (ツルゲーネフ『(アカデミー版) ツルゲーネフ全集』よりエッツェル宛書簡)
浦野進「メリメとトゥルゲーネフ」,「個性」28-32号，2001-2006年
江滝龍太郎『ツルゲーネフ研究』理想社，1968年
小椋公人『ツルゲーネフ――生涯と作品』法政大学出版局，1980年
佐藤清郎『ツルゲーネフの生涯』筑摩書房，1977年
アンドレ・モーロワ『ツルゲーネフ伝』小林竜雄訳，実業之日本社，1941年

Zola, Emile : *Contes Nouvelles*, texte établi et annoté par Roger Ripoll, Gallimard, Bibliothèque de la Pléiade, 1976.
宮下志郎・小倉孝誠『いま，なぜゾラか』藤原書店，2002年

児童文学

Caradec, François : *Histoire de la littérature enfantine en France*, 1977.〔フランソワ・カラデック『フランス児童文学史』石澤小枝子監訳，青山社，1994年〕

Fourment, Alain : *Histoire de la presse des jeunes et des journaux d'enfants* (*1768-1988*), Edition Ecole, 1987.

Gourevitch, Jean-Paul : *Quatre siècles d'illustration du livre pour enfants*, Editions Alternatives, 1994.

Soriano, Marc : *Guide de la littérature enfantine.*, Flammarion, 1959.

Trigon, Jean de : *Histoire de la littérature enfanntine,de Ma Mère l'Oye au Roi Babar*, Hachette, 1950.

Soriano, Marc : *Guide de la littérature pour la jeunesse*, Flammarion, 1975.

私市保彦『フランスの子どもの本』白水社，2001年

末松氷海子『フランス児童文学への招待』西村書店，1997年

出版史（Histoire de l'édition）とその周辺

Barnett, Graham Keith : *Histoire des bibliothèques publiques en France de la révolution à 1939*, Pormodis, 1987.

Bellanger, Claude etc. : *Histoire générale de la presse française, tome II de 1815 à 1871, tome III de 1871 à 1940*, dirigé par C. Bellanger, J. Godechot, P. Guiral et F. Terrou, P. U. F., 1969-1972.

Boisacq-Generet, Marie-Jean : *Tradition et modernité dans l'Histoire du roi de Bohême et de ses sept châteaux de Charles Nodier*, Champion, 1994.

Chartier, Roger et Cavalio, Guglielmo : *Histoire de la lecture dans le monde occidental*, Paris, Seuil, 1997.〔ロジェ・シャルティエ／グリエルモ・カヴァッロ編著『読むことの歴史――ヨーロッパ読書史』田村毅ほか訳，大修館書店，2000年〕

Martin, Henri-Jean et Chartier, Roger : *Histoire de l'édition française, tome III, Le temps des éditeurs*, Promodis, 1985.

Mollier, Jean-Yves : *Michel & Calmann Lévy ou la naissance de l'édition moderne 1836-1891*, Calmann Lévy, 1984.

Lhéritier, André : *Les physiologies*, dans *Etude de presse*, vol. IX, no. 17, 1957.

Lyons, Martyn : *Le Triomphe du livre*, Promodis, 1987.

Parinet, Elisabeth : *Une histoire de l'édition à l'époque contemporaine*, Edition du Seuil, 2004.

Mondadore, Arnoldo : *I Manifesti nella Storia e nel Costume*, 1972.

Wechsler, Judith : *A Human Comedy-physiognomy and caricature in 19 century*, Thames and Hudson, 1982.〔ジュディス・ウェクスラー『『人間喜劇』十九世紀パリの観相術とカリカチュア』高山宏訳，ありな書房，1987年〕

Weil, Alain : *L'Affiche française* (collection *Que sais-je?*) P. U. F., 1982.〔アラン・ヴェイユ『ポスターの歴史』竹内次男訳，白水社《クセジュ》，1994年〕

大輪盛登『グーテンベルグの鬚――活字とユートピア』筑摩書房，1988年

鹿島茂『愛書狂』角川春樹事務所，1998年

鹿島茂『人獣戯画の美術史』ポーラ文化研究所，2001年

マックス・ギャロ『世界のポスター』 物部治三訳，栗田勇監修，講談社，昭和50年

R. シャルチエ『読書の文化史』福井憲彦訳，新曜社，1992年

鈴木康司『闘うフィガロ――ボーマルシェ一代記』大修館書店，1997年

林田遼右『カリカチュアの世紀』白水社，1998年

馬渡力『印刷発明物語』日本印刷技術協会，昭和56年

宮下志郎『書物史のために』晶文社，2002年

横山和雄 『出版文化と印刷』出版ニュース社，1992年

フランス史――二月革命からパリ＝コミューンへ

Bourgin, Georges : *La Commune* (Collection *Que sais-je?*), P. U. F, 1953.〔ジョルジュ・ブルジャン『パリ・コミューン』上村正訳，白水社《クセジュ》，1961年〕

Duby, Georges : *Histoire de la France, sous la direction de Georges Dupy*, Larousse, 1972.

Hanotaux, Gabriel : *Histoire de la Nation Française, histoire politique de 1804 à 1920*, Plon, 1929.

Lavisse, Ernest : *Histoire de France contemporaine, tome sixième, la révolution de 1848－le Seconde Empire,* par Ch. Seignobos, Hachette, 1921.

Lissagaray, Hippolyte-prosper-Olivier, : *Histoire de la Commune de 1871*, Dentu, 1896.〔リサガレ『パリ・コミューン』上下，喜安朗・長部重康訳，現代思潮社，1969年〕

Michel, Louise : *La Commune*,〔ミッシェル・ルイーズ『パリ・コミューン――女性革命家の手記』天羽均・西川長夫訳，人文書院，1972年〕

Rougerie, Jacques : *La Commune de 1871* (Collection *Que sais-je?*), P. U. F., 1953.

Sorel, Albert : *Histoire diplomatique de la guerre franco-allemande*, Plon, 1875.

Tulard, Jean : *Histoire de France, tome 4, Les révolutions de 1789 à 1851*, Fayard, 1984.
大佛次郎『パリ燃ゆ』上下，朝日新聞社，1975年
鹿島茂『怪帝ナポレオンⅢ世』講談社，2004年
桂圭男『パリが燃えた70日』教育社，1981年
桂圭男『パリ・コミューン』岩波新書，1971年
前川貞次郎『フランス革命史研究』創文社，1987年（第２版）
松井道昭「『国防査問録』に見る，籠城下パリ市民の精神状態」,『おさらぎ選書第七集』所収，大佛次郎記念会，1993年

エッツェル関連年表

エッツェル（エッツェルによる刊行物も含む）	年	バルザック，ユゴー，サンド，その他の事件
	1799	５月20日，オノレ・ド・バルザック，トゥールで生まれる。
	1802	２月26日，ヴィクトル・ユゴー，ブザンソンで生まれる。
	1804	７月１日，ジョルジュ・サンド，パリで生まれる。 12月２日，ナポレオン一世の戴冠式。
６月15日，第一竜騎兵団の馬具係官ジャン＝ジャック・エッツェルを父，シャルトルの宿駅長の娘で助産婦のルイーズを母として，ピエール＝ジュール・エッツェル生まれる。	1814	４月２日，ナポレオン一世退位。
	1815	３月１日，ナポレオン，エルバ島より脱出。 ６月22日，ナポレオン，百日天下を経て２度目の退位。 王政復古。
〔２歳〕 エッツェルの未来の妻，カトリーヌ＝ソフィー・キラン，ストラスブールで生まれる。	1816	11月４日，バルザック，パリ大学法学部に入学。
	1820	春ごろ，サンド，パリの修道院の寄宿学校を出て，祖母の所領のノアンに落ちつく。 ３月，ラマルティーヌ『瞑想詩集』。
	1821	バルザック，筆名を使って大衆小説を書き始める。 （日）伊能忠敬『大日本沿海輿地全図』。

	1822	9月17日，サンド，カジミール・デュドゥヴァンと結婚。 10月12日，ユゴー，アデール・フーシェと結婚。
	1825	4月，バルザック，出版業をはじめる。 （日）鶴屋南北『東海道四谷怪談』。
	1826	4月4日，バルザック，印刷工場を買い取り，6月1日より営業を開始。 11月7日，ユゴー『オードとバラッド』刊行。 （日）頼山陽『大日本外史』。
〔13歳〕 10月，エッツェル，パリのスタニスラス学院に入学。	1827	12月5日，ユゴー『クロンウェル』とその「序文」。
	1828	バルザック，印刷・活字鋳造業の破産。 2月8日，ジュール・ヴェルヌ，ナントで生まれる。
	1829	バルザック『さいごのふくろう党員』，『結婚の生理学』。
	1830	8月7日，七月革命ののちルイ=フィリップ王政の成立。
	1831	1月4日，サンド，夫との取決めで6カ月をパリで過ごすようになり，パリでは愛人のジュール・サンドーと過ごす。 3月16日，ユゴー『ノートル=ダム・ド・パリ』。
	1832	2月28日，「異国の女」の名で，ハンスカ夫人からのファンレターが新聞紙上に載る。 5月，サンド『アンディアナ』。
	1833	7月，サンド『レリア』。 7月29日，サンドーと別れたサン

	1833 (つづき)	ドはミュッセと結ばれる（35年に別れる）。
〔20歳〕 11月，エッツエル，ストラスブール大学法学部入学のためストラスブールに到着。	1834	
〔21歳〕 4月14日，エッツエル，ストラスブール大学法学部の入学資格試験に失敗する。その後，パリ大学法学部に籍をおくが，学業を放棄する。 11月7日，エッツエル，代理人を立てて兵役を逃れる。	1835	3月14日，バルザック『ゴリオ爺さん』。
〔22歳〕 エッツエル，ポーラン書店（セーヌ街33番地）に丁稚としてやとわれる。	1836	
〔23歳〕 エッツエル，ポーランと共同の出版社設立。 ポーランが創設者のひとりであった「ナショナル」紙と関係をもつようになる。『時禱書』を配本形式で刊行しはじめる。	1837	（日）大塩平八郎の乱。
〔24歳〕 エッツエル，ポーランと共同でテオフィール・ラヴァレ『ガリア人の時代からのフランスの歴史』を刊行（～39年）。	1838	（日）緒方洪庵，適塾を開く。
〔25歳〕 エッツエル，ポーランと共同で『キリストのまねび』を刊行。	1839	8月16日，バルザック，文芸家協会長に選ばれる。
〔26歳〕 1月5日，長女マリー誕生。11月20日『動物の私的公的生活情景』の第1回配本を刊行（最終配本は42年12月17日）。	1840	1月9日，バルザック文芸家協会長を辞任し，後任にユゴー選ばれる。
〔27歳〕 3月20日，エッツエル，バルザック『著作権法案委員会を構成する議員諸氏への覚書』を刊	1841	（日）天保の改革始まる。

行。 10月２日，ポーラン，フュルヌ，デュボシェとともに『バルザック全集（人間喜劇）』の共同出版のためにバルザックと契約，第１巻は翌年７月に刊行。	1841 (つづき)	
〔28歳〕　７月，『バルザック全集（人間喜劇）』の第１巻を刊行。 12月17日，『動物の私的公的生活情景』の最終回配本を刊行。 12月10日にP. = J. スタールのペンネームで『お好きなところへ旅を』の第１回配本を刊行（翌年の12月に最終回）。 フローリアン『寓話集』を刊行し，序文に子どもの読み物について初めて語る。	1842	３月23日，スタンダール死去。
〔29歳〕　７月１日，　ポーラン書店との共同経営を解消し，リシュリュー街76番地に移る。	1843	９月４日，ユゴーの長女のレオポルディーヌ，ヨットが転覆して，夫とともにセーヌ川で溺死する。
〔30歳〕　４月13日，『パリの悪魔』の第１回配本の刊行（45年12月に最終回配本）。	1844	
〔31歳〕　２月13日，スタンダールの遺言執行者ロマン・コロンと，スタンダール全集刊行の契約を結ぶ（全集刊行は実現せず，1854年にミッシェル・レヴィー社によって刊行されることになる）。 ４月８日，『バルザック全集（人間喜劇）』11巻目刊行以後，フュルヌに刊行権を委譲し，現在全集はフュルヌ版と呼ばれている。なおエッツェルの名が消えるのは17巻以降である。	1845	
〔32歳〕　５月23日，スタンダール『赤と黒』を刊行。	1846	２月，サンド『魔の沼』。

金銭問題でバルザックと法廷で争い，不仲になる。12月２日に金融資本家のジャン＝ヴィクトール・ヴァルノと合資会社を設立。	1846 (つづき)	
〔33歳〕 10月２日，『パルムの僧院』（バルザックの「ベール氏〔スタンダール〕研究」とスタンダールによる「作家の返信」収録）を刊行。 11月８日，長男ルイ＝ジュール誕生。	1847	
〔34歳〕 ２月23日，エッツェル，ラマルティーヌと会見する。 ３月11日から４月２日まで，ラマルティーヌ外務大臣の命をうけて，トニー・ジョアノーとともに非公式の使命でにベルギーに滞在する。 ５月29日，革命臨時政府のもとで，外務省官房長官，ついで行政庁事務総長代行に任じられる。 11月，ナダールと「滑稽雑誌（ルヴュ・コミック）」誌を創設，反ルイ＝ナポレオンの論陣を張る。	1848	ヴェルヌ，パリで法律を修める。 二月革命。 ２月24日，ルイ＝フィリップ退位。 ２月25日，第二共和制布告。 ６月23日～26日，六月事件。 12月10日，大統領選挙でルイ＝ナポレオン・ボナパルトが選ばれる。
〔35歳〕 エッツェル，デュフォール内務大臣よりの使命で，出版情勢を調査するためにドイツに送られるが，プロシアでは入国を拒否される。	1849	（日）異国船渡来盛んとなり，海防強化策が命じられる。
	1850	３月14日，バルザック，ウクライナのベルディチェフでハンスカ夫人と結婚式を挙げる。 ８月18日，バルザック，パリで死去。
〔37歳〕 サンド『本当のグリブイユのお話』を刊行。 ５月７日～12日，10月４日～７日にノアンのジョルジュ・サンドを	1851	

訪問。 10月4日～7日，ノアンに滞在。 12月11日，パリを離れ，19日にブリュッセルに到着し，亡命生活がはじまる。 12月17日，『挿絵入りサンド全集』全9巻の廉価版の刊行を開始（56年に終了）。	1851 (つづき)	12月2日，ルイ＝ナポレオンのクーデターによる政権奪取で第二帝政期開始。 ユゴー，エッツェルと同日の12月11日に，印刷工に変装して ブリュッセルに亡命。
〔38歳〕 許可をえて，3月27日～4月27日にパリ滞在。 6月8日，エッツェル，ユゴー，マレスク社のあいだで『ユゴー全集』刊行の契約がむすばれる。 6月15日，エッツェル，国際出版社の設立の交渉のためにロンドンに向かう。 7月31日，エッツェル，許可をえて，両親と会うためにバーデンに滞在し，8月26日にブリュッセルに帰る。 8月7日，ユゴーのナポレオン三世風刺の『小ナポレオン』をブリュッセルで刊行。 9月ごろより許可をあたえられてパリに滞在。 9月23日，父がシャルトルにて死去。 10月13日，パリ1区の市役所に妻のカトリーヌ＝ソフィー・キランとの婚姻届を提出。 11月22日に，妻と子どもたちをつれて，ブリュッセルに帰る。	1852	8月5日，ユゴー，ジャージー島に移る。
〔39歳〕 2月，『愛と嫉妬の理論』をスタールの筆名でベルギーのテリッド社から刊行（パリのブランシャール社からも刊行される）。 3月9日，13歳の娘マリー，ブリュッセルで死去。 7月，パンフレット「海賊版につ	1853	6月，サンド『笛師の群れ』。 アシェット社，「鉄道文庫」をはじめる。

いてのベルギーとフランスの作家，芸術家，出版社への書簡」を発表。 10月11日～11月８日までパリに滞在。 11月11日，『挿絵入りユゴー作品集』の第１回配本（55年に完結）。 11月21日，ユゴーの『懲罰詩集』がエッツェルの手を通してサミュエル社から刊行される。	1853 (つづき)	（日）ペルリ，浦賀に来航して，開国を迫る。
〔40歳〕 スタールの筆名で「コレクション・エッツェル」所収の『コントとエチュード，動物と人間』（サンドの序文つき）を刊行。 ３月，ブリュッセルで冊子「海賊版ノート――その廃絶とその結果について」を刊行。	1854	10月５日，サンド『わが生涯の物語』の「ラ・プレス」紙上での連載を始める（55年に単行本刊行）。 （日）ペルリ，再び来航。日米和親条約，日英和親条約，日露和親条約が締結される。
〔41歳〕 スタールの筆名で「三十二折コレクション」にて『わが友ジャックの意見』，『ラ・ソヴェニエールの美徳について』，『祭りの舞踏会の夢』を刊行。 12月３日，エッツェル，パリに数日滞在。	1855	１月１日，ネルヴァル『オーレリア』第１部（第２部は，１月26日にネルヴァルが自殺をしたのちの２月25日に発表される）。 ６月，ボードレール『パリの憂鬱』（～56年）。 10月31日，ユゴー，ガーンジー島に移る。
〔42歳〕 ２月29日～４月10日，パリに滞在。 ４月23日，ユゴーの詩集『静観詩集』がエッツェルの手を経てブリュッセルとパリで同時刊行される ５月１日～６日，ノエル・パルフェとともにはじめてガーンジー島にユゴーを訪ねる（その後，1857年９月，58年11月，60年６月にも同島を訪ねている）。	1856	（日）洋学所を蕃書取調所と改称。
〔43歳〕 １月中旬頃～５月８日，パリ滞在。	1857	１月10日，ヴェルヌ，未亡人のオノリーヌと結婚。 ４月，フローベール『ボヴァリー

	1857 (つづき)	夫人』。 ６月25日，ボードレール『悪の華』。
〔44歳〕 ユゴーの子ども向きの詩集『子どもたち』をブリュッセルで刊行。 ゴーティエ『フランス演劇史』全６巻の刊行開始（59年まで）。 11月25日，妻ソフィーの連れ子のオクターヴ・フィッシェール，ロシアで死去。	1858	
〔45歳〕 ７月19日，エッツェルの母ジャン＝ジャック・エッツェル夫人，シャルトルにて死去。 ９月28日，ユゴー『諸世紀の伝説』（第１集）をブリュッセルとパリで刊行。	1859	８月17日，ナポレオン三世政治犯への特赦令を発布。 （日）安政の大獄。
〔46歳〕 ５月８日，ミッシェル・レヴィーと組んで，定期刊行物「ボン・ロマン」の刊行をはじめる（63年末にその提携から引き上げる）。 ８月，帰国してジャコブ街18番地に居を定める。 年末，スタニスラス学院の旧友ジャン・マセと会う。 12月31日，出版社の営業許可証が改めて交付される。	1860	（日）桜田門の変。
〔47歳〕 ５月，旧友の印刷屋ジュール・クレと，ベルギー，ドイツを旅行。 ５月22日，プルードンの『戦争と平和』を刊行。 ７月９日，ユゴーとブリュッセルで再会。 11月13日，ギュスターヴ・ドレ挿絵『ペロー童話集』刊行。	1861	
〔48歳〕 ２月８日，エッツェル名	1862	

で冊子『著作権と有料の公有財産』をダンテュ社より刊行。 3月8日，スタール名で『パリの艶福』刊行。 9月27日，「コレクション・エッツェル」でゲーテの『エッカーマンとの対話』をJ.-N.シャルル訳で刊行。 10月25日，「アルバム・エッツェル」の第一冊『リリー嬢の一日』を刊行。 12月24日，ヴェルヌの『五週間の風船旅行』を刊行。	1862 (つづき)	3月30日～6月3日，ユゴー『レ・ミゼラブル』刊行。
〔49歳〕 1月13日，エッツェル，ボードレールからプーレ＝マラシに委譲されていた作品の刊行権を買い取る（この刊行権は65年にミッシェル・レヴィー社に移る）。 1月31日，ヴェルヌの『五週間の風船旅行』を刊行。 9月12日～15日，ユゴーとともにバーデン大公国に旅行する。 10月4日，ナダールがパリのシャン・ド・マルスにて大気球〈巨人号〉打上げに成功。 10月18日，ナダール2度目の大気球打上げに失敗。 12月5日，エルクマン＝シャトリアンの『テレーズ夫人，あるいは九二年の義勇兵』を刊行。 12月8日，ベルギーのラクロワ社などと国際出版としての提携を結ぶ。	1863	
〔50歳〕 1月1日，ヴェルヌと第1回の出版契約を結ぶ。 3月20日，ジャン・マセの協力を得て，「教育娯楽雑誌」を発刊。 11月25日，ヴェルヌ『地底旅行』を「教育娯楽叢書」の一巻として	1864	(日) 英米仏蘭の連合艦隊，下関を攻撃。幕府による長州征伐。

刊行。 12月10日，ゾラの『ニノンのためのお話集』第1巻をラクロワ社との国際出版として刊行。	1864 (つづき)	
〔51歳〕 ベルギーのアルベール・ラクロワとの国際出版でユゴーの『レ・ミゼラブル』の挿絵入り本を刊行。 10月28日，エルクマン＝シャトリアンの『ある庶民の物語』を刊行。 12月11日，ヴェルヌと6年有効の第2回目の出版契約を結ぶ。	1865	
〔52歳〕 3月12日，ユゴー『海で働く人』を刊行。 11月25日，ヴェルヌ『ハテラス船長の旅と冒険』を刊行。 エルクマン＝シャトリアンの『民衆のコントと小説集』を挿絵入りで刊行開始（～67年）。	1866	（日）薩長連合。
〔53歳〕 ヴェルヌ，マセとともに，「教育娯楽雑誌」刊行の功でフランス・アカデミーよりメダルを授与される。	1867	（日）大政奉還。 8月31日，ボードレール死去。
〔54歳〕 1月に南仏コート・ダジュールのジュアン湾の友人宅に滞在（69年1月，2月，70年1月にも滞在）。 2月1日，ドーデ『プティ・ショーズ』を刊行。 2月8日，スタール名で『親しみやすい教訓』を刊行。 3月28日，ツルゲーネフ『けむり』を刊行。 5月5日，ヴェルヌと第3回目の出版契約を結ぶ。 息子のルイ＝ジュール，父の補佐役になる。	1868	（日）明治維新。

〔55歳〕 8月28日，ヴェルヌ『海底二万里』第1巻（第2巻は翌年6月）を刊行。 12月9日，『親しみやすい教訓』で「モンティヨン賞」を受賞。	1869	（日）東京遷都。
	1870	7月19日，普仏戦争勃発。 9月2日，セダンでの降伏，ナポレオン三世捕虜となる。 9月4日，ナポレオン三世の退位と国防政府成立。
〔57歳〕 1月，プロシア軍によるパリ包囲のあいだ，エッツェルと家族はポワソニエール大通り30番地の「ホテル・ボセジュール」に移る。息子は国民軍に従軍。 3月29日，エッツェルは息子とパリを離れ，南仏を転々とし，6月にパリに帰る。 7月，前年9月より休刊していた「教育娯楽雑誌」の再刊をはじめる。 9月25日，ヴェルヌと年2冊創作すればよいという第4回目の契約を結ぶ。	1871	1月5日，プロシア軍のパリ砲撃はじまる。 3月10日，政府はヴェルサイユに移転を決定。家賃・満期手形の支払い猶予令の停止。 3月18日，コミューン成立，パリの支配権を掌握する。 5月21日，ヴェルサイユ軍パリに侵入して，「血の一週間」の大虐殺はじまる。 9月5日，ユゴー帰国，パリに到着して大歓迎を受ける。 ゾラ『ルーゴン＝マッカール叢書』（～93年）。
〔58歳〕 冬期には毎年モンテカルロの友人グリオワ宅に滞在するようになる。	1872	
〔59歳〕 1月4日，息子のルイ＝ジュールにエッツェル書店の経営権を委譲。 1月30日，ヴェルヌ『八十日間世界一周』を刊行。	1873	4月，ランボー『地獄の季節』。 11月15日，サンド『おばあさんのお話集』（第1集）。
〔60歳〕 11月20日，スタール『ロバと二人の少女の物語』刊行。	1874	2月19日，ユゴー『九十三年』。 10月10日，ユイスマンス『薬味箱』。
〔61歳〕 5月17日，ヴェルヌと第5回目の契約を結ぶ。	1875	

11月11日，『ロバと二人の少女の物語』で「モンティヨン賞」を受賞。 12月18日，『銀のスケートぐつ』（メアリー・ドッジ原作の再話）を刊行。	1875 (つづき)	
〔62歳〕 8月～11月，ヴェルヌ『ミシェル・ストロゴフ』を刊行。 8月3日，『銀のスケートぐつ』で「モンティヨン賞」を受賞。	1876	6月8日，ジョルジュ・サンド，ノアンで死去。 4月10日，マラルメ『半獣神の午後』
〔63歳〕 1月27日，スタール『わたしの名づけ親の物語』を刊行。 10月1日，ユゴー『ある犯罪の歴史』第1巻を刊行（第2巻は翌年3月15日刊行）。	1877	
〔64歳〕 8月5日，レジョン・ドヌール「シュヴァリエ」賞を受賞。 3月23日，セルヴァンテスの『ドン・キホーテ』（メリメ遺筆の「解説」つき）をリュシアン・ビヤールの仏訳で刊行。 12月17日，スタール『マルーシア』を刊行。	1878	
〔65歳〕「白色小文庫」の刊行開始。 8月7日，『マルーシア』がアカデミー賞を受賞。 11月4日，ユゴーと全集刊行の契約を結ぶ。	1879	
〔66歳〕 エッツェル＝カンタン版の全48巻の『ヴィクトル・ユゴー全集』を刊行開始（1889年まで）。 12月9日，スタール『マーシュ博士の四人娘』（オールコット『若草物語』の翻案）。	1880	11月，ヴェルレーヌ『叡知』（ただし刊行年は1881年と記されている）。
〔67歳〕 7月9日，スタール『われらが将軍の四つの恐れ――子ど	1881	

も時代の思い出』を刊行。 ミシュレ『フランス史』と『アンリ四世』(「フランス青年文庫」所収)の刊行。	1881 (つづき)	
	1884	5月，ユイスマンス『さかしま』。
〔71歳〕 イギリスで前年刊行のスティーヴンソン『宝島』のアンドレ・ローリーによる仏訳を刊行。	1885	5月22日，ヴィクトル・ユゴー死去。 (日) 内閣制度制定と第1次伊藤内閣成立。
〔72歳〕 3月17日，モンテカルロの友人グリオワ宅にてエッツェル死去。 3月22日，サン＝ジェルマン・デ・プレ寺院で葬儀ののち，モンマルトル墓地に埋葬。	1886	
7月3日，妻ソフィー・エッツェル75歳で死去。	1891	
	1905	3月24日，ジュール・ヴェルヌ死去。
アシェット書店によるエッツェル書店の買収。	1914	(日) 第1次世界大戦参加。

*エッツェルの年表は，主として「ウーロップ」1980年11・12月号掲載のシェラ・ゴードンの年表を参考にしている。

著者紹介

私市保彦（きさいち　やすひこ）

東京生まれ。東京大学仏文科卒業，同大学院比較文学科修士課程修了。

武蔵大学名誉教授（フランス文学・比較文学専攻）

主な著書：『ネモ船長と青ひげ』（晶文社），『幻想物語の文法』（晶文社，ちくま学芸文庫），『フランスの子どもの本』（白水社），『琥珀の町——幻想小説集』（国書刊行会）。

主な共編著：『世界の児童文学』（「フランスの児童文学」執筆，国土社），『文章の解釈』「川島忠之助訳『八十日間世界一周』」執筆，東京大学出版会），『城と眩暈』（「暗黒の美学とフランス」執筆，国書刊行会），『幻想空間の東西』（「鏡花文学とフランス幻想文学」執筆，十月社），『叢書比較文学比較文化３　近代日本の翻訳文化』（「思軒訳『十五少年』の周辺」執筆，中央公論社），『バルザック生誕200年記念論文集』（「仮面とゴシック——『暗黒事件』試論」執筆，駿河台出版社）ほか。

主な訳書：バルザック『異国の女への手紙』（東京創元社，バルザック全集），ベックフォード『ヴァテック（上・下巻）』（国書刊行会，バベルの図書館），ヴェルヌ『海底二万里（上・下巻）』（岩波少年文庫）ほか。

名編集者エッツェルと巨匠たち
フランス文学秘史

初版第１刷発行　2007年３月20日©

著　者　私市保彦

発行者　堀江　洪

発行所　株式会社　新曜社
〒101-0051　東京都千代田区神田神保町 2-10
電　話(03)3264-4973・FAX(03)3239-2958
e-mail　info@shin-yo-sha.co.jp
URL　http://www.shin-yo-sha.co.jp/

印刷　星野精版印刷　Printed in Japan
製本　イマヰ製本所
ISBN978-4-7885-1038-8 C1098

好評関連書より

ロバート・ダーントン 著／近藤朱蔵 訳
禁じられたベストセラー 革命前のフランス人は何を読んでいたか
大革命が醸成されていく過程を巷に流通する文書類を通して描出する、読んで面白い歴史書。
四六判400頁 本体3800円

小倉孝誠 著
『パリの秘密』の社会史 ウージェーヌ・シューと新聞小説の時代
フーコーが愛読し、バルザックを嫉妬させたシューの『パリの秘密』がいま現代に甦る。
四六判316頁 本体3200円

ピーター・バーク 著／井山弘幸・城戸淳 訳
知識の社会史 知と情報はいかにして商品化したか
知はいかにして社会的制度となり、資本主義社会に取り入れられたか、を鮮やかに展望。
四六判410頁 本体3400円

J・エプスタイン 著／堀江洪 訳
出版、わが天職 モダニズムからオンデマンド時代へ
米国の伝説的編集者が、本の不滅を信じて、生彩豊かなエピソードで描く出版の現代史。
四六判200頁 本体1800円

B・サンダース 著／杉本卓 訳
本が死ぬところ暴力が生まれる 電子メディア時代における人間性の崩壊
メディアと人間性の発達との関係への深い洞察から生まれた「書物復興」への熱い提言。
四六判376頁 本体2850円

紅野謙介 著
投機としての文学 活字・懸賞・メディア
文学が商品とみなされはじめた時代を戦争報道、投書雑誌などを通していきいきと描く。
四六判420頁 本体3800円

（表示価格は消費税を含みません）